Död joker

ANNE HOLT

Död joker

EN KRIMINALROMAN

ÖVERSATT AV MAJ SJÖWALL

AV SAMMA FÖRFATTARE

Blind gudinna 1995

Saliga äro de som törsta... 1995

Demonens död 1996

Mea culpa 1998

I lejonets gap, med Berit Reiss-Andersen 1998

ISBN 91-642-0000-0

© Anne Holt 2000

Originalets titel: Død joker

Utgiven av Piratförlaget

Omslag: Arne Öström/Ateljén

Tryckt hos Nørhaven A/S, 2001

Till Tine

DEL 1

1

VETSKAPEN OM att han bara hade sekunder kvar att leva fick honom att äntligen sluta ögonen mot saltvattnet. När han kastade sig från det höga brospannet hade han visserligen känt en ilning av rädsla men när han efter luftsprånget slog ner i fjorden gjorde det inte ont. Antagligen bröt han bägge armarna. Händerna lyste gråvita i en underlig vinkel. Mot sin vilja hade han försökt ta några simtag. Det hjälpte inte. Han kunde inte använda armarna i den starka strömmen. Ändå kände han ingen smärta. Snarare tvärtom. Vattnet omslöt honom med en värme som förvånade honom. Han kände en dragning mot djupet som fick honom att dåsa till.

Mannens anorak böljade kring kroppen; en mörk, slapp ballong mot ett ännu mörkare hav. Huvudet guppade som en övergiven boj och han hade omsider slutat att trampa vatten.

Det sista mannen konstaterade var att det var möjligt att andas under vatten. Känslan var inte ens obehaglig.

2

KVINNAN PÅ GOLVET hade för en stund sedan varit ask-blond. Det kunde man inte se nu. Huvudet var skilt från kroppen och det halvlånga håret hade trasslat in sig i muskelfibrerna runt den avskurna halsen. Dessutom var bakhuvudet krossat. De döda, vidöppna ögonen stirrade som i förvåning mot Hanne Wilhelmsen, som om kriminalkommissarien var en högst över-raskande gäst.

Det brann fortfarande i spisen. Låga flammor slickade en sot-svart innervägg och det sparsamma ljuset nådde inte särskilt långt. Eftersom strömmen hade gått och nattmörkret tryckte sig mot fönsterrutorna som en nyfiken åskådare, kände Hanne Wil-helmsen behov av att lägga på mer ved. I stället tände hon en fick-lampa. Strålen svepte över liket. Kvinnans huvud var verkligen skilt från kroppen, men avståndet mellan kroppsdelarna var så li-tet att halshuggningen måste ha skett medan hon låg på golvet.

– Synd på isbjörnsfällen, mumlade kriminalinspektör Erik Henriksen.

Hanne Wilhelmsen lät ljuskäglan dansa runt i rummet. Det var stort, nästan kvadratiskt och övermöblerat. Chefsåklagaren och hans fru hade uppenbarligen sinne för antikviteter. Sinnet för att hålla måtta var mindre utvecklat. I halvmörkret kunde Hanne Wilhelmsen se rosmålade träklot från Telemark sida vid sida om kinesiskt porslin i vitt och blekblått. Över spisen hängde en mus-köt. Femtonhundratal, antog kommissarien och hejdade sig in-nan hon gav efter för impulsen att röra vid det vackra vapnet.

Ovanför musköten gapade två tomma specialgjorda krokar av smidesjärn. Där måste samurajsvärdet ha hängt. Nu låg det på golvet bredvid trebarnsmamman Doris Flo Halvorsrud, en kvinna som inte skulle få uppleva sin fyrtiofemte födelsedag. Den låg dryga tre månader framåt i tiden. Hanne letade vidare i plånboken som hon hade fiskat upp ur en handväska i tamburen. Ögonen, som en gång hade stirrat in i en fotoautomat, hade samma förvånade uttryck som det döda huvudet vid spisen.

I en plastficka låg ett foto av barnen.

Hanne rös till vid synen av tre tonåringar som log mot fotografen från en roddbåt, alla iförda flytvästar och äldste sonen svingande en ölflaska. Ungdomarna liknade varandra och sin mor. Öldrickaren och hans äldsta syster hade samma blonda hår som Doris Flo Halvorsrud. Den yngste grabben hade klippt sig en gång för alla; en snaggad och finnig pojke med tandställning som gjorde V-tecken med magra pojkfingrar över systerns huvud.

Det var en bild i starka sommarfärger. Orange flytvästar nonchalant kastade över bruna axlar, röda och blå badkläder klaskade blött mot båtens gröna tofter. Det var ett foto som framställde syskon så som de nästan aldrig har det. Och livet så som det nästan aldrig är.

Hanne Wilhelmsen la tillbaka bilden och tänkte att hon sedan hon kom inte hade sett några tecken på andras närvaro än Halvorsruds. Hon strök förstrött pekfingret över ett gammalt ärr i ögonbrynet, slog ihop plånboken och såg sig återigen om i rummet.

Köket i körsbärsträ var till hälften öppet mot rummet, och stack ut mot vad som måste vara husets baksida. Fönstren mot sydväst var stora och i ljuset från staden kunde Hanne Wilhelmsen skymta en prunkande terrass. Bortom den låg Oslofjorden och speglade fullmånen som snuddade vid åsarna någonstans över Bærum.

Chefsåklagare Sigurd Halvorsrud satt på en kubbstol och grät med ansiktet i händerna. Hanne kunde se brasan reflekteras i en vigselring som grävt sig in i höger ringfinger. Halvorsruds ljusblå fritidsskjorta var översköljd med blod. Det tunna håret var nedsmetat av blod. De grå flanellbyxorna med smala ben och uppslag var fulla av mörka fläckar. Blod. Blod överallt.

– Jag lär mig aldrig hur mycket fyra liter blod egentligen är, mumlade Hanne och vände sig om mot Erik.

Den rödhårige mannen svarade inte. Han svalde och svalde.

– Syrliga karameller, påminde Hanne honom. Tänk på något surt. Citron. Vinbär.

– Jag gjorde ingenting!

Nu snyftade Halvorsrud. Han lyfte ansiktet ur händerna och lutade huvudet bakåt. Den storvuxne mannen kippade efter luft och fick ett rejält hostanfall. Bredvid honom stod en kvinnlig aspirant i uniform. I brist på kunskap om hur hon skulle bete sig på en mordplats, stod hon i något som mest liknade militärisk givakt. Tveksamt och utan någon speciell effekt daskade hon chefsåklagaren lätt i ryggen.

– Det förfärliga är att jag inte kunde göra någonting, snyftade han när han till slut hämtade sig för egen maskin.

– Han har väl för fan gjort tillräckligt, sa Erik Henriksen och spottade tobaksflagor medan han fumlade med en otänd cigarrett.

Kriminalinspektören hade vänt sig bort från den halshuggna kvinnan. Nu stod han vid panoramafönstren med händerna på ryggen och svajade lite. Hanne Wilhelmsen la handen mellan hans skulderblad. Kollegan darrade. Det kunde inte vara av kyla. Trots att strömmen hade gått måste det vara mer än tjugo grader i rummet. Lukten av blod och urin hängde sur och besk mellan väggarna. Hade det inte varit för teknikerna – som äntligen hade kommit efter en oacceptabel försening – skulle Hanne ha insisterat på att vädra.

– Där gör du en tabbe, Henriksen, sa hon i stället. Du ska inte dra slutsatser när du uppriktigt sagt inte vet ett dugg.

– Vet, fräste Erik och gav henne en blick från sidan. Se på'na, för helvete!

Hanne Wilhelmsen vände sig inåt rummet igen. Hon la underarmen på Eriks axlar och stödde hakan i handen, en halvt förtrolig, halvt nedlåtande gest. Det var verkligen outhärdligt varmt här inne. Rummet var starkare upplyst nu; kriminalteknikerna finkammade bit för bit av det stora utrymmet. De hade ännu knappast närmat sig liket.

– Alla som inte har här att göra måste dra, bullrade den äldste av teknikerna och svepte fram och tillbaka med ficklampstrålen över golvet i uppfordrande rörelser.

– Wilhelmsen. Ta med dej alla ut. Nu.

Det hade hon ingenting emot. Hon hade sett mer än tillräckligt. När hon hade låtit chefsåklagare Halvorsrud bli sittande där de fann honom, i en utsågad kubbstol som var alldeles för liten för den store mannen, var det för att hon inte kunnat annat. Chefsåklagaren var inte till att tala med. Och kanske oberäknelig. Hanne kände inte den unga aspiranten från krimjouren. Hon visste inte om flickan klarade att själv ta hand om en chockskadad chefsåklagare som möjligen och i så fall nyligen hade halshuggit sin fru. Själv kunde Hanne inte lämna liket förrän kriminalteknikerna kom. Erik Henriksen hade å sin sida vägrat att lämna henne ensam med de groteska resterna av Doris Flo Halvorsrud.

– Kom igen, sa hon till chefsåklagaren och räckte honom handen. Kom, så går vi någon annanstans. Sovrummet, kanske.

Chefsåklagaren reagerade inte. Hans blick var tom. Munnen var halvöppen och mungiporna våta som om han snart skulle kräkas.

– Wilhelmsen, raspade det plötsligt. Hanne Wilhelmsen.

– Just det, log Hanne. Kom. Vi går, va?

– Hanne, upprepade Halvorsrud meningslöst utan att resa sig.

– Kom nu.

– Jag gjorde ingenting. Ingenting. Kan du begripa det?

Hanne Wilhelmsen svarade inte. I stället log hon igen och tog handen som han inte frivilligt ville ge henne. Först nu upptäckte hon att även hans händer var fulla med stelnat blod. I det svaga ljuset hade hon tagit blodspåren i hans ansikte för skuggor och skäggstubb. Hon släppte honom intuitivt.

– Halvorsrud, sa hon högt och skarpare nu. Nu kommer du här. Nu med detsamma.

Det hjälpte att höja rösten. Halvorsrud ryckte till och lyfte blicken, som om han plötsligt hade kommit tillbaka till en verklighet han inte förstod sig på. Han reste sig stelt från kubbstolen.

– Ta med dej fotografen.

Aspiranten spratt till när Hanne Wilhelmsen för första gången talade direkt till henne.

– Fotografen, upprepade den uniformerade oförstående.

– Ja. Fotografen. Han med kameran, du vet. Han som tar bilder där borta.

Aspiranten slog förläget ner blicken.

– Jösses. Javisst. Fotografen. Okej.

Det var en lättnad att få stänga dörren om det huvudlösa liket.

Hallen var kolmörk och kylig. Hanne drog djupt efter andan medan hon fumlade efter knappen på ficklampan.

– Allrummet, mumlade Halvorsrud. Vi kan gå dit in.

Han pekade på en dörr alldeles till vänster om ytterdörren. När ljusstrålen från Hannes lampa träffade hans händer stelnade han till.

– Jag gjorde ingenting. Att jag kunde... Jag lyfte inte ett finger.

14

Hanne Wilhelmsen la handen lätt över hans korsrygg. Han reagerade på det lätta trycket och ledde de två poliserna genom den smala korridoren till allrummet. När han skulle ta i dörrhandtaget förekom Erik Henriksen honom.

– Jag fixar det, sa han snabbt och smög sig förbi Halvorsrud. Så där. Ställ dej där.

Fotografen stod i dörröppningen utan att någon av dem hade hört honom komma. Han kastade en tyst blick på Hanne Wilhelmsen genom tjocka glasögon.

– Har du något emot att vi tar några bilder på dej, frågade han och såg på chefsåklagaren. Som du mycket väl vet är det en massa rutiner i ett fall som det här. Vore fint om vi fick det undanstökat innan vi åker till polishuset.

– Polishuset, kom det som ett eko från Halvorsrud. Bilder. Varför det?

Hanne drog fingrarna genom håret och kände en otålighet som varken fallet eller hon själv var betjänt av.

– Du är alldeles översköljd med blod. Även om vi naturligtvis ska ta hand om dina kläder så är det bra att ha bilder på dem medan du har dem på. För säkerhets skull, menar jag. Så du kan få byta om och så. Det är väl bättre, va?

Hanne fick inget annat svar än en harkling. Hon valde att tolka det som samtycke och nickade mot fotografen. Chefsåklagaren blev omedelbart dränkt i blåvitt blixtljus. Då och då gav fotografen korthuggna order om hur chefsåklagaren skulle stå. Halvorsrud hade resignerat. Han höll fram händerna. Han vände sig om. Han stod i profil mot väggen. Antagligen skulle han ha ställt sig på huvudet om någon hade bett honom om det.

– Det var det, det, sa fotografen efter tre, fyra minuter. Tack.

Han försvann lika tyst som han hade kommit. Bara det surrande ljudet av filmen som spolades tillbaka inne i kameran avslöjade att han gick tillbaka till vardagsrummet och det frånstötande motiv som han skulle jobba med den närmaste timmen.

– Då kan vi gå, sa Hanne Wilhelmsen. Först letar vi fram lite kläder så du får byta om när vi är framme. Jag kan följa med dej till sovrummet. Var är dina barn förresten?

– Men kommissarien, protesterade Sigurd Halvorsrud och Hanne såg för första gången glimten av något som kunde likna verklig närvaro i hans blick. Jag var ju där när min fru blev mördad! Förstår du inte? Jag gjorde ingenting…

Han segnade ner i en stol. Antingen hade han glömt blodet på händerna eller också struntade han i det. I vilket fall så gned han sig hårt över näsroten. Därefter strök han sig flera gånger över huvudet, som i ett fåfängt försök att trösta sig själv.

– Du var där, sa Hanne Wilhelmsen långsamt utan att våga se på Erik Henriksen. För ordningens skull måste jag göra dej uppmärksam på att du inte behöver lämna någon förklaring utan…

Hanne Wilhelmsen blev avbruten av en helt annan man än den gråtande, nyblivne änklingen, som för bara några minuter sedan hade suttit som ett stort barn i en kubbstol vid sin hustrus halshuggna kvarlevor. Det här var chefsåklagare Sigurd Halvorsrud som hon kände honom från förr. Synen fick henne att tystna.

Hans ögon var gråkalla. Munnen var inte längre ett konturlöst hål i ansiktet. Läpparna stramade kring ovanligt jämna tänder. Näsvingarna vibrerade lätt, som om han hade fått vittring på en sanning som han plötsligt beslöt att dela med andra. Till och med den arroganta lilla knycken med nacken, snabb och tvär med framskjuten haka, syntes i en så kort skymt att Hanne Wilhelmsen för ett ögonblick trodde att hon sett fel.

– Jag var inte bara där, sa Halvorsrud lamt och halvhögt ut i luften, som om han vid närmare eftertanke bestämt sig för att vänta med att bli sitt gamla jag till en mer passande tidpunkt. Jag kan ge dej namnet på mördaren också. Och adressen, för den delen.

Fönstret stod på glänt, trots att det ännu var mars och våren såg ut att vänta på sig. En dunst av ammoniak smög in i rummet och en katt jamade så plötsligt att alla ryckte till. I skenet från utomhusbelysningen vid ytterdörren kunde Hanne se att det hade börjat snöa, lätt och glest. Aspiranten rynkade på näsan och gick för att stänga fönstret.

– Så du känner den här… var det en man?

Chefsåklagaren borde inte säga någonting. Hanne borde inte lyssna på honom. Hanne Wilhelmsen borde få iväg chefsåklagare Sigurd Halvorsrud till Grønlandsleiret 44 så fort som möjligt. Mannen måste få en advokat. Han måste få en dusch och rena kläder. Han hade rätt att få lämna det här huset där hans egen fru låg död och lemlästad på golvet i vardagsrummet.

Hanne borde hålla tyst.

Halvorsrud såg inte på henne.

– En man, sa han och nickade.

– Som du känner?

– Nej.

Chefsåklagaren lyfte äntligen blicken. Han fångade Hannes blick och det uppstod en tyst kamp som Hanne inte förstod. Hon kunde inte tolka uttrycket i hans ögon. Hon var förvirrad över den påfallande förändringen i hans uppträdande. I ena ögonblicket var han totalt borta och i nästa var han sitt vanliga arroganta jag.

– Jag känner honom överhuvudtaget inte, sa Sigurd Halvorsrud med anmärkningsvärt stadig röst.

Sedan reste han sig och lät Hanne följa med upp till övervåningen för att packa en liten väska.

Sovrummet var stort, med dubbeldörrar ut till en balkong. Reflexmässigt lät Hanne handen glida över strömbrytaren vid dörren. Överraskande nog tändes sex infällda punktljus i taket. Sigurd Halvorsrud tycktes inte lägga märke till det påfallande i att lyset i övervåningen faktiskt fungerade. Han hade dragit ut två lådor i en grön byrå. Nu stod han framåtböjd och rotade till synes planlöst bland kalsonger och undertröjor.

En gigantisk himmelssäng tronade mitt på golvet. Fotgaveln var rikt utsirad och snickaren hade varit generös med bladguld. Ett veritabelt hav av kuddar och dynor gav rummet en sagoaktig prägel, vilket förstärktes av tre oljemålningar med motiv från Asbjørnsen och Moe på den bortre väggen.

– Ska jag hjälpa dej, frågade Hanne Wilhelmsen.

Chefsåklagaren rotade inte längre efter något han inte kunde hitta. Han hade handen på ett fotografi i silverram som stod tillsammans med fem, sex andra familjeporträtt på den grönlaserade byrån. Hanne Wilhelmsen kunde inte se om mannen ens andades.

Hon gick tvärs över rummet och blev stående två steg från Halvorsrud. Bilden föreställde som väntat hans fru. Hon satt på hästryggen med ett litet barn grensle mellan sig och sadelknappen. Barnet såg ängsligt ut och klamrade sig fast vid moderns arm som beskyddande låg som ett säkerhetsbälte snett över ungens axel och mage. Kvinnan log. I motsats till bilden som uttryckslöst hade stirrat på Hanne Wilhelmsen från det blekrosa körkortet, visade detta foto att Doris Flo Halvorsrud hade varit en stilig kvinna. Ansiktet var milt och öppet och den kraftiga näsan och hakpartiet vittnade mer om en attraktiv styrka än om brist på kvinnlighet.

Sigurd Halvorsrud höll fotot i höger hand. Tummen pressade mot glaset innanför den ciselerade ramen. Fingret vitnade. Plötsligt sprack glaset med ett dämpat ljud. Halvorsrud reagerade inte, inte ens när blodet började rinna ur ett djupt sår i tummen.

– Jag känner inte mannen som mördade min fru, sa han. Men jag vet vem han är. Du kan få hans namn.

Kvinnan och barnet var nästan osynliga nu, bakom splittrat glas och blod. Hanne Wilhelmsen tog fotot och lirkade det ur mannens grepp. Försiktigt la hon det ifrån sig på byrån, bredvid en hårborste av silver.

– Nu går vi, Halvorsrud.

Chefsåklagaren ryckte på axlarna och följde med henne. Det droppade blod från den skadade tummen.

3

JOURNALIST Evald Bromo hade alltid trivts på Aftenposten. Det var en bra tidning. I alla fall att jobba på. Man slapp det värsta kvällstidningssnusket och lönen var bra. Då och då fick han till och med tid att fördjupa sig, att vara grundlig. Evald Bromo hade arbetat på Aftenpostens ekonomiredaktion i elva år och gladde sig som regel åt att gå till jobbet.

Men inte idag.

Evald Bromos fru ställde en tallrik med två pannkakor på bordet framför honom. Det var smör emellan och kanadensisk lönnsirap ovanpå, så som hon visste att han ville ha dem. I stället för att begärligt kasta sig över frukosten höll han hårt om kniv och gaffel och slog dem omedvetet och orytmiskt mot bordskivan.

– Eller hur?

Han hoppade till och tappade gaffeln i golvet.

Evald Bromos fru hette Margaret Kleiven. Hon var en mager kvinna, som om barnlösheten som hon aldrig hade kunnat komma över, hade ätit upp henne inifrån. Huden var liksom för stor för den tunna kroppen, något som fick henne att se tio år äldre ut än sin jämnårige make. Eftersom adoption aldrig hade kommit på tal dem emellan hade Margaret Kleiven vigt sitt liv åt att sköta jobbet som gymnasielärare så bra som möjligt samt att betrakta sin man som substitut för det barn hon aldrig fick. Hon lutade sig över honom och stack servetten bättre till rätta under halslinningen på hans skjorta innan hon böjde sig ner och tog upp gaffeln.

– Våren är ovanligt sen i år, upprepade hon lätt irriterat och pekade uppfordrande på pannkakorna. Ät nu. Du har bråttom.

Evald Bromo stirrade på tallriken. Sirapen hade runnit över och smöret smält. Nu blandade det hela sig i en fet sörja runt kanten av pannkakorna och han kände äckel.

– Jag är inte så hungrig idag, mumlade han och sköt undan maten.

– Mår du inte bra, frågade hon ängsligt. Håller du på att bli sjuk? Det är så mycket som går nu. Det är kanske bäst att du stannar hemma.

– Nej då. Jag sov lite dåligt bara. Jag kan äta på jobbet. Om jag blir hungrig, menar jag.

Han pressade fram ett stramt leende. Svetten rann från armhålorna fast han just hade duschat.

Han reste sig tvärt.

– Men älskling, du *måste* äta lite, sa hon bestämt och la handen på hans axel för att få honom att sätta sig igen.

– Jag går, fräste Evald Bromo och drog sig undan den märkbart ovälkomna beröringen.

Margaret Kleivens smala ansikte blev idel ögon; mun och näsa tycktes försvinna i ett överväldigande intryck av gigantiska gråblå iris.

– Ta det lugnt, sa han och försökte le. Men det kan hända att jag sticker till ett möte på... Ett möte. Det är inte säkert alltså. Jag ringer. Okej?

Margaret Kleiven svarade inte. När Evald Bromo lutade sig fram för att ge henne en rutinmässig kyss drog hon sig undan. Han ryckte på axlarna och mumlade något som hon inte kunde uppfatta.

– Krya på dej, sa hon med förorättad röst och vände sig bort.

När han väl var ute ur huset blev hon ändå stående vid fönstret för att se efter honom tills hans rygg försvann bakom grannens vildvuxna häck. Hon gned fingrarna mot gardinen och tänkte förstrött att de var i behov av en vårtvätt. Dessutom slog det henne att hennes mans rygg hade blivit smalare med åren.

När Evald Bromo kände att hans fru inte längre kunde se honom, stannade han. Vårluften ilade i en öm oxeltand när han drog djupt efter andan med öppen mun.

Evald Bromos värld skulle slås i stycken. Det hela skulle ske den första september. Först skulle en vår och en sommar passera och hösten skulle knappt hinna börja innan allt var över.

I ett halvår skulle Evald Bromo gå omkring och känna smärtan och skammen och rädslan för det som skulle hända.

Bussen kom och han högg en plats framför näsan på en gammal dam. Så brukade han aldrig göra annars.

4

EVALD BROMO var inte på jobbet. Av gammal vana hade han stigit av bussen när den stannade på Akersgata mellan regeringsbyggnaden och kulturdepartementet. Utan att så mycket som kasta en blick på Aftenposten femtio meter nedför gatan hade han, som om fötterna närmast gick för sig själva, kommit upp till Vår Frelsers Gravlund.

Kyrkogården var alldeles tyst. En och annan gymnasist småsprang på gångstigarna för att hinna till första timmen i Katedralskolan. Trots skyltarna som strängt påbjöd koppel, gick en lös hund och nosade mellan gravarna. Tiken var fet och svart och viftade som besatt på svansen över allt den hittade. Ägaren måste vara en liten tjock man i likaledes svart rock som lutade sig mot en lyktstolpe medan han läste tidningen.

Evald Bromo frös.

Han öppnade blixtlåset i skinnjackan och lossade på halsduken. Plötsligt kände han en våldsam hunger. Han var törstig också när han kände efter. Han satte sig på en smutsig bänk vid en gravsten där skriften inte längre gick att tyda. Så tog han av sig handskarna, la dem prydligt bredvid sig och kände efter hur kall han var och hur hungern och törsten verkligen hade börjat plåga honom. Han frammanade bilder av mat. Han mindes hur iskallt vatten fyllde munhålan efter en lång joggingtur; han följde vätskans väg från gommen ner genom strupen. Så tog han av sig jackan också.

Nu hackade han tänder.

Två elektroniska brev hade han fått. Ett e-mail utan signatur och med en intetsägande adress: pokerfejs@hotmail.com. Det andra var signerat. "En som aldrig glömmer".

Glömmer vad?

Kanske var det möjligt att spåra en hotmailadress. Kanske fanns det register över sådant. Evald Bromo visste mycket väl att polisen ibland hade problem med att få nätleverantörens tillåtelse att spåra en mail. Desto svårare måste det vara för privatpersoner. Han hade försökt att få hjälp av en kollega som kunde åtskilligt mer om elektronisk kommunikation än han själv. Men det fick honom bara att känna sig dummare. När han kände hettan stiga i kinderna hade han i stället bett om hjälp att söka i ett arkiv han inte klarade att komma in på.

Det värsta var ändå att mailen antagligen låg någonstans i Aftenpostens stora IT-system. När de plingade fram på hans skärm hade han öppnat dem, läst dem två gånger och raderat dem. Han ville bort från dem, de måste försvinna. Först efter att ha raderat det andra, det som kom igår förmiddags och som gjorde honom panikslagen på allvar, kom han att tänka på att båda mailen fortfarande kunde finnas någonstans. Evald Bromo mindes vagt ett meddelande som hade legat i posthyllan för några månader sedan. Eftersom det handlade om något han inte förstod sig på hade han bara skummat igenom det. Men han hade lagt märke till varningen. Om att IT-ansvarige av tekniska orsaker kunde bli tvungen att gå in i den privata posten. Om att raderade dokument kunde bli liggande i systemet ett tag.

Evald Bromo var en bra journalist. Han var fyrtiosex år och hade ännu inte tröttnat. Han levde ett lugnt och stilla liv med en begränsad umgängeskrets och en för omgivningen rörande omsorg om sin gamla mor. Under årens lopp hade han skaffat sig en sorts ekonomisk utbildning; en kurs här och en brevskola där. Tillräckligt för att kunna ställa förnuftiga frågor. Mer än tillräckligt för att kunna hitta svagheter där svagheterna fanns. Så som en god ekonomisk journalist skulle kunna. Evald Bromo var lika noggrann i sitt jobb som han var när det gällde modellbåtsbyggande, något som hade utvecklats till en tidskrävande hobby.

Att bygga båtar och skriva gick ut på samma sak.

Att vara noggrann. Grundlig. Liksom varje detalj måste stämma på ett fartyg, från kanonens kulor till sömmarna i seglen och galjonsfigurens drapering, så måste också artiklarna han skrev vara korrekta. Kritiska, en aning vinklade ibland, men alltid välgrundade. Alla skulle få komma till tals. Alla fick säga sitt.

Evald Bromo hade bara en verklig svaghet.

Visst fanns det trista sidor av hans liv. Fadern, som söp ihjäl sig när Evald bara var sex år, hade ofta hemsökt hans drömmar. Men hans mor hade gjort vad hon kunnat för pojken. Till och med nu, när hon låg med ett skröpligt skal till kropp och ett huvud som för länge sedan var kortslutet, fann Evald Bromo en stilla glädje i de nästan dagliga besöken på sjukhemmet. Äktenskapet med Margaret Kleiven hade aldrig varit någon större fröjd. Men det gav honom frid. I fjorton år hade han fått omsorg, mat och frid.

Evald Bromos svaghet var småflickor.

Han kunde inte minnas när det hade börjat. Det hade väl alltid varit så. På sätt och vis hade han aldrig vuxit ifrån dem. Fnittrande, tuggummituggande flickor med råttsvansar och knästrumpor under korta kjolar hade svärmat omkring honom den våren han var tolv och hade fått femhundra kronor av en faster. Flickorna blev större efterhand, men Evald Bromo följde inte med. Han lyckades aldrig glömma det en av dem hade gett honom i utbyte för femtio blanka kronor, bakom gymnastiksalen under löfte om total diskretion.

Som ung man hade Evald Bromo begravt sina lustar i arbete och träning. Han sprang som en häst; en timme innan någon annan stigit upp och gärna ett par timmar på kvällen. Den påbörjade juristutbildningen strandade efter en och en halv termin. Timmarna i läsesalen, böjd över böcker som överhuvudtaget inte intresserade honom, blev honom outhärdliga. Det blev för mycket plats för tankar som han inte ville kännas vid. Evald Bromo sprang, sprang som en galning, bort från universitetet och bort från sig själv. Tjugotvå år gammal nådde han fram till ett vikariat på Dagbladet. Hans löpning höll dessutom på att bli på modet.

På sin tjugofemte födelsedag blev Evald Bromo kriminell.

Han hade aldrig haft någon kvinna. Hans enda sexuella erfarenhet med andra hade han köpt för femtio enkronor uppträdda på ett snöre. Då var han tolv och ett halvt år.

När hans liv hade blivit dubbelt så långt visste han skillnaden mellan rätt och fel. Flickungen, som hade rymt hemifrån och tiggde pengar när han vinglade hem efter en krogrunda med några som kanske kunde kallas kamrater, kunde inte vara mer än tretton år. Flickan fick trehundra kronor och ett paket cigarretter. Evald Bromo fick fem minuters intensiv glädje och ändlösa nätter i ånger och ruelse.

Men han var i gång.

Han betalade alltid. Han var riktigt rundhänt och han använde aldrig våld. Ibland förvånade det honom hur lätt det var att hitta de här barnen. De var på avvägar; de var överblivna i en stad som blundade för dem så länge de inte slog sig ihop i gäng. Och det gjorde de inte. Inte de här. De var ensamma och även om de sminkade sig äldre hade Evald Bromo en mästarblick för vad som gömde sig under de trånga blusarna och behåarna med bomull i. Han kunde nästan på månaden bedöma en flickas ålder. Han köpte olaglig sex i sex år. Då träffade han Margaret Kleiven.

Margaret Kleiven var tyst, liten och tunn. Hon var vänlig. Hon var den första vuxna kvinna som någonsin hade visat mer än kollegialt intresse för honom. Sexuellt krävde hon ytterst lite. De gifte sig efter tre månaders bekantskap och Evald Bromos känslor när han trädde ringen på hennes finger var mest präglade av hopp och lättnad. Nu skulle någon ha kontroll över honom. Allt skulle bli mycket svårare, och slutligen enkelt igen.

Evald Bromo hade aldrig varit otrogen. Han upplevde det inte så. När han av en händelse kom över en adress i en porrtidning som någon lagt ifrån sig på jobbet, blev frestelsen för stor. Det verkade tryggt. Metoden kostade mycket mer än att plocka upp dem på gatan, men i gengäld kunde han hålla sitt och Margarets hem rent. Genom åren hade det blivit nya adresser från andra lugubra tidskrifter och dessutom då och då ännu yngre flickor, men han hade alltid hållit sig till tioårsgränsen. Där sa han stopp. Det han gjorde var fel, förfärligt fel, men det blev värre ju yngre de var.

Han var aldrig otrogen.

Han köpte sex en gång i månaden.

Först och främst var han journalist – och han byggde båtar.

Evald Bromo var fyrtiosex år gammal och han skolkade från jobbet för första gången i sitt liv. Morgonrusningen på Ullevålsveien hade lagt sig något och en och annan småfågel tycktes mena att våren redan var här. Det luktade våt jord och diffust av stad och Evald Bromo frös.

Den första september skulle Aftenpostens chefredaktör få ett kuvert med posten. Det skulle innehålla en videoupptagning och fem fotografier föreställande Evald Bromo och en flicka som ännu hade tre år kvar till konfirmationen. E-mailen hade inte innehållit några krav. Inget hot. Ingen utpressning av typ "om du inte ger mig detta så…". Bara ett faktum. Kort och gott. Detta kommer att hända. Den första september.

Evald Bromo reste sig, stel av kyla och förtvivlan. Han drog på sig jackan igen och knöt halsduken.

Det fanns ingenting han kunde göra.

Han kunde bara vänta. Det var ett halvår kvar.

5

OSLO POLISKAMMARE hade bytt namn. Som ett led i en evinnerlig rad omorganiseringar skulle det långsträckta, grå-tunga huset vid Grønlandsleiret 44 nu kallas Oslo Polisdistrikt. Ingen förstod egentligen varför. Efter att länsmansmyndigheten nyligen hade slagits ihop med polisen och alla landets godmodi-ga landsortspoliser underställdes urbana polismästare med ju-ristexamen och guld på axlarna, fanns det inte längre någon po-liskammare i Norge.

Namnbytet hade inte satt några synliga spår. Oslo Polisdi-strikt verkade lika felplacerat sina omgivningar som Oslo Polis-kammare alltid hade varit. Mot öst låg Kretsfengselet, det gamla häktet som både tiden och statliga bidrag hade sprungit ifrån. I väst reste sig Grønland kyrka, som trotsigt och tålmodigt vänta-de på besökare, i en stadsdel där hälften av invånarna var muslim-er och den andra hälften knappt hade sett insidan av en helig byggnad sedan de döptes. Den optimism som präglade omgiv-ningarna för övrigt och som hade fått bostadskostnaderna i Gamle Oslo att fördubblas på två år, hade aldrig nått fram till den höjd där Oslo Polisdistrikt låg.

– En Kammare är och förblir en Kammare, sa Hanne Wil-helmsen och kastade en dokumentmapp bort i ett hörn. Sedan jag började vid polisen har det här stället omorganiserats en tril-lion gånger. Låt bli de där!

Hon slog efter mannen som stod lutad över henne och redan hade norpat fyra chokladbananer från en blå emaljskål på skriv-bordet.

Mannen försåg sig med tre till.

– Billy T., sa Hanne rasande och slog honom på baken så det small i de trånga jeansen. Låt bli, sa jag! Dessutom börjar du bli riktigt tjock. Smällfet.

– Trivseltillägg, log Billy T. och klappade sig på magen innan han satte sig i besöksstolen. Jag får så jävla mycket god mat nu för tiden.

– Vilket helt enkelt betyder att du får mat, sa Hanne syrligt. I stället för allt skräp du har levt på så länge jag har känt dej. Jag har förresten mycket att göra.

Hon kastade en uppfordrande blick på dörren som han just hade slängt igen bakom sig med en smäll.

– Schyst, flinade Billy T. och drog till sig Dagbladet som låg i en hylla under ett överfyllt askfat. Jag väntar. Du har fan ta mej börjat röka igen.

– Inte alls, sa Hanne. Om jag tar en cigarrett i ny och nedan betyder inte det att jag röker.

– Ny och nedan, mumlade Billy T., som redan hade fördjupat sig i en artikel om vårens nya motorcykelmodeller. Det betyder två gånger i månaden, det. Är de där fimparna från förra året då?

Hanne Wilhelmsen svarade inte.

Mannen, som satt och läste tidningen på andra sidan av hennes skrivbord medan han frånvarande pillade sig på näsan, verkade större än någonsin. Billy T. hade varit tvåhundratvå centimeter lång i strumplästen sedan han var arton. Smärt hade han alltid varit. Nu var han snart fyrtio och under det senaste halvåret måste han ha gått upp tjugo kilo. De verkade som om den extra vikten också hade påverkat kroppslängden. Inte ens när han satt ner, tycktes gestalten ha början eller slut. Han fyllde rummet med något som Hanne inte riktigt förstod vad det var.

Hanne bläddrade i en lärobok i straffrätt och låtsades läsa medan hon smygtittade på Billy T. genom luggen. Hon borde klippa sig. Han borde banta.

Det var länge sedan Hanne Wilhelmsen hade gett upp att förstå sig på sitt förhållande till Billy T. Han var så självklart hennes bäste vän. Under årens lopp hade de lagt sig till med ett umgängessätt som vore de ett symbiotiskt gammalt äkta par; en smågnabbig, spydig ton, som ögonblickligen försvann så snart en av dem förstod att den andra menade allvar. Hanne kom på sig med att undra hur förtroliga de egentligen var. De senaste månaderna hade hon börjat undra om hon överhuvudtaget kunde vara förtrolig med någon. Annat än i korta och flyktiga ögonblick.

Något hade hänt mellan Hanne och Billy T. en sen torsdagskväll för fem månader sedan. När hon blundade såg hon honom komma indrumlande i hennes lägenhet, full som en student på valborgsmässoafton. Hela trappuppgången måste ha hört när han lyckligt vrålade att han skulle gifta sig med mamman till den som skulle bli hans femte son. Eftersom han aldrig hade bott ihop med mödrarna till de fyra första sönerna, så fanns det all anledning att fira. Cecilie, Hannes sambo sedan snart tjugo år, hade tagit emot Billy T. med krutstarkt kaffe, milda förmaningar och innerliga gratulationer. Hanne, däremot, hade blivit tyst, delvis sårad, delvis förorättad, en känsla som sedan inte helt hade försvunnit. Insikten om vad som plågade henne sved mycket mer än själva känslan av att mista någon hon trodde att hon skulle ha för sig själv så länge hon levde.

– Har du tänkt på talet, frågade Billy T. plötsligt.

– Talet?

– Bröllopet. Talet. Har du tänkt på det?

Det var fortfarande dryga tre månader kvar. Hanne Wilhelmsen skulle vara bröllopsvittne, men visste inte ens om hon skulle orka gå.

– Titta på det här, sa hon i stället och kastade en mapp med inklistrade polaroidbilder över arbetsbordet. Varning för våldsamma scener.

Billy T. kastade Dagbladet på golvet och öppnade pärmen. Han gjorde en grimas som Hanne inte mindes att hon sett förr. Billy T. hade blivit äldre. Ögonen låg djupare än förr och skrattrynkorna under dem kunde med lite ond vilja likna mörka påsar. Den slätrakade hjässan var inte längre lika uppseendeväckande; han kunde lika gärna ha tappat håret. Till och med tänderna, som syntes när han i avsky spände läpparna, bar spår av att Billy T. skulle bli fyrtio till sommaren. Hanne lät blicken glida från hans ansikte ned på sina egna händer. Den vintertorra huden blev inte bättre av handkrämen hon smorde in tre gånger om dagen. Fina rynkor på handryggen påminde henne om att hon bara var ett och ett halvt år yngre än han.

– Fy för helvete, sa Billy T. och slog ihop pärmen. Jag hörde om fallet vid morgonmötet, men det här…

– Ruskigt, suckade Hanne. Han kan ha gjort det själv.

– Knappast, sa Billy T. och gned sig i ansiktet. Ingen kan få mej att tro att chefsåklagare Halvorsrud har gått bärsärkagång med ett samurajsvärd mot sin egen fru. Inte fan heller.

– En rask slutsats, må jag säga.

Hanne Wilhelmsen kliade sig irriterat på halsen. Billy T. var den åttonde polisen som på ett kvarts dygn och utan en gnutta förhandskunskap om fallet hade tagit klar ställning till Halvorsruds skuld eller brist på densamma.

– Självklart kan han ha gjort det, sa hon torrt. Lika självklart som att han kan tala sanning om att han blev hotad med ett skjutvapen och därför satt fullständigt paralyserad medan hans fru blev massakrerad av en galning. Who knows.

Hon hade lust att tillägga: And who cares. Ännu ett tecken på att hon höll på att glida bort från något. Det värsta var att hon inte visste vart hon ville. Eller varför allt på ett vagt och odefinierbart sätt höll på att förändras. Det hade kommit in något i hennes liv som gjorde att hon inte längre orkade helt och hållet.

Eller kanske var det rättare att säga inte hade lust. Hon hade blivit tystare än förr. Mer tvär, utan att egentligen vilja det. Cecilie hade börjat granska henne när hon trodde att Hanne inte såg. Hanne orkade inte ens fråga vad hon glodde på.

Det bankade på dörren; hårt, fyra gånger.

– Kom in, vrålade Billy T. och log brett när en stormagad kvinnlig polis vaggade in i det trånga kontorsrummet. Min blivande hustru och dito son!

Han drog ner kollegan i sitt knä.

– Har du sett en vackrare syn, Hanne?

Utan att vänta på svar gned han ansiktet mot kvinnans mage och började en obegriplig, mumlande dialog med barnet där inne.

– Det är en FLICKA, formade den höggravida kvinnan med läpparna mot Hanne. EN FLICKA!

Hanne Wilhelmsen började motvilligt skratta.

– En flicka, Billy T. Ska du nu till slut bli pappa till en flicka? Stackars arma flickebarn!

– Den här mannen gör bara pojkar, sa Billy T. och trummade med fingret mot mammaklänningen. Och detta, mina vänner, detta är min son. Den femte i rad. Banne mej.

– Vad ville du?

Hanne Wilhelmsen försökte att inte låtsas om Billy T. Kriminalinspektör Tone-Marit Steen gjorde ett halvhjärtat försök att slita sig loss. Varken det ena eller andra lyckades.

– Billy T.!

Han gjorde en grimas och sneglade på Hanne.

– Det var fan vad du är sur nu för tiden! Är du premenstruell dag ut och dag in, va? Skärp dej, människa.

Grimasen blev till ett leende mot Tone-Marit när han ålade sig upp ur stolen och försvann.

– Vad ville han egentligen, frågade Hanne och slog demonstrativt ut med armarna.

– Ingen aning, sa Tone-Marit och satte sig med ett stön som hon försökte undertrycka. Men jag har något till dej. Den där killen som liksom ska ha halshuggit Halvorsruds fru...

– Ståle Salvesen, sa Hanne kort. Vad är det med honom?

– Jo. Han som chefsåklagaren insisterar på att...

– Jag vet vem du pratar om, avbröt Hanne irriterat. Vad har du kommit på?

– Han är död.

– *Död???*

Hanne Wilhelmsen visste att ingen hade fått tag i Ståle Salvesen sedan de satte igång sökandet igår natt. Hans data fanns på ett papper som låg framför henne.

Ålder: 52 år. Civilstånd: Skild. Yrke: Sjukpensionär. Familj: En vuxen son. Bostad: Vogts gate 14. Inkomst: 32.000 under 1997. Ingen förmögenhet. Inga andra anhöriga än sonen. Som bodde i USA.

Två patruller hade varit i Torshov för att leta efter Ståle Salvesen klockan tre i morse. Eftersom han inte var hemma och lägenheten var olåst hade de tittat in helt inofficiellt. Urtrist ställe, men prydligt. Sängen bäddad. Ingen Salvesen. Utgången mjölk i kylen. Upplysningarna i telegramstil framgick av en rapport som fanns häftad vid utskriften från dataregistret.

– Vad menar du med död, sa Hanne onödigt skarpt; upplysningen från i natt att man inte kunde hitta Salvesen hade givit henne ett fåfängt hopp om att Halvorsrud faktiskt talade sanning.

– Självmord. Han hoppade i sjön i måndags.

– Hoppade i sjön?

Hanne Wilhelmsen fick lust att skratta. Hon begrep inte varför.

– Det var en... Oooops!

Tone-Marit tog sig om magen och höll andan.

– En spark, bara, flämtade hon efter en stund. En som var ute och gick såg en man kasta sej från Staure bro strax före elva i måndags kväll. Polisen hittade Salvesens gamla Honda alldeles i närheten. Öppen, med nyckeln i tändningslåset. På instrumentbrädan låg självmordsbrevet. Inget märkvärdigt, fyra rader om att han inte orkade mer etcetera etcetera.

– Och liket?

– Har inte påträffats än. Strömförhållandena är hopplösa just där, så det kan ta tid. Salvesen kan mycket väl ha dött i fallet. Det är på mer än tjugo meter.

Ett brandlarm vrålade.

– Nejjj, skrek Hanne Wilhelmsen. Jag är skittrött på alla falska larm! *Skittrött!*

– Du är skittrött på det mesta nu för tiden, sa Tone-Marit lugnt och reste sig. Dessutom kan det ju faktiskt hända att det brinner.

I dörröppningen vände hon sig om och såg på sin överordnade. Ett ögonblick verkade det som om hon skulle säga något mer. Så skakade hon nästan omärkligt på huvudet och gick sin väg.

6

– Det här ser ju inte så bra ut, sa Hanne Wilhelmsen lågt och hällde mer kaffe i den öronlösa muggen framför chefsåklagare Halvorsrud. Det förstår du själv, inte sant?

Halvorsrud hade stramat upp sig ordentligt. Han var rentvättad och nyrakad. Till råga på allt bar han slips, trots att han för närvarande huserade i en obekväm cell i häktet. Han nickade utan att säga något.

– Min klient godtar en veckas häktning. Under den tiden borde det här missförståndet vara uppklarat.

Hanne Wilhelmsen höjde på ögonbrynen.

– Uppriktigt sagt, Karen...

Ett nästan omärkligt drag över Karen Borgs ögon fick Hanne att räta på sig i stolen.

– Advokat Borg, rättade hon sig. Titta noga på det här.

Hanne la ett ark med en handskriven lista framför Halvorsruds advokat. Hon knackade med pekfingret på de olika punkter som polisen menade sig ha för att hålla chefsåklagare Halvorsrud i häkte åtskilligt mer än en vecka.

– Han var på brottsplatsen när...

– Han ringde själv efter polisen.

– Kan jag få fortsätta utan att bli avbruten?

– Förlåt. Var så god.

Hanne Wilhelmsen fiskade fram en cigarrett. Halvorsrud hade gjort slut på tre cigarretter redan under formaliteterna och just där och då gav Hanne fanken i att Karen hade fått skenheliga fasoner efter att ha blivit tvåbarnsmor.

– Halvorsrud var faktiskt närvarande när mordet blev

begånget. Hans fingeravtryck finns överallt. På svärdet, vid liket... Överallt.

– Men han *bor*...

– Advokat Borg, sa Hanne demonstrativt tydligt och reste sig.

Hon blev stående vid fönstret i det kontorsrum hon just hade blivit tilldelad. Rummet var liksom inte hennes. Hon hörde inte dit. Det fanns knappt en personlig ägodel i rummet. Det var inte hennes utsikt. Träden som utgjorde allén från fängelsets gamla huvudingång var ännu nakna. En fotboll rullade sakta nedför grusgången utan att något barn syntes till.

– Jag föreslår, började Hanne Wilhelmsen på nytt och blåste av gammal vana en rökring mot taket. Att jag får avsluta mitt resonemang. Sedan blir det din tur. Utan avbrott.

Hon vände sig snabbt mot de båda andra igen.

– Okej?

– Okej, sa Karen Borg och log ett snabbt leende medan hon en kort stund la handen på sin klients underarm. Naturligtvis.

– Förutom det jag just har sagt tillkommer det faktum att Halvorsrud åberopar ett... ett dött alibi, så att säga. Han hävdar att det var en viss Ståle Salvesen som slaktade och dödade hans hustru. Ståle Salvesen dog emellertid i måndags.

– *Va?*

Chefsåklagaren fällde överkroppen framåt och slog armbågen i bordskivan så det small.

– Ståle Salvesen är inte död! Det är omöjligt! Han var hos mej... Han mördade min fru igår kväll! Jag såg det med egna ögon, jag kan...

Han gned den ömma armen och såg på Karen Borg som om han väntade att advokaten skulle gå i god för hans uttalande. Det kom ingen hjälp. Karen Borg fingrade på en enkel diamantring och skakade på huvudet som om hon inte riktigt hade uppfattat vad Hanne sa.

– Ståle Salvesen tog livet av sej i måndags kväll. Allt tyder i varje fall på det. Ögonvittne, hans bil alldeles vid bron som han hoppade från, självmordsbrevet.

– Men inte något lik, sa Karen Borg långsamt.

Hanne lyfte blicken.

– Nej. Än så länge inte. Det dyker väl upp. Förr eller senare.

– Han kanske inte är död, sa Karen Borg.

– Det har du naturligtvis rätt i, sa Hanne lugnt. Men för närvarande finns det i alla fall inte en gnutta bevis för att din klient talar sanning. Med andra ord...

Hon fimpade cigarretten, irriterad över att det var dagens sjätte. Hon skulle inte börja igen. Absolut inte.

– En vecka är för lite. Men om ni kan acceptera två så ska vi jobba av bara fan i fjorton dar.

– Okej, sa Halvorsrud tonlöst utan att konferera med sin advokat. Jag avstår från häktningsförhandling. Två veckor. Okej.

– Med brev- och besöksförbud, sa Hanne Wilhelmsen raskt.

Karen Borg nickade.

– Och med minsta möjliga skriverier, la hon till. Jag har lagt märke till att tidningarna ännu inte har fått historien.

– Dream on, mumlade Hanne innan hon fortsatte:

– Jag ska försöka skaffa dej en madrass, Halvorsrud. Vi tar ett nytt och mer omfattande förhör i morgon om det är okej för...

Karen Borg strök håret bakom örat i en tillmötesgående gest. När en aspirant som tillkallats på snabbtelefonen väl hade stängt dörren bakom sig och Halvorsrud, gjorde hon inget tecken till att resa sig.

– Det var länge sen vi sågs, sa hon.

Hanne log ett kort leende och började lagra något obefintligt i datorn.

– För mycket att göra. Både Cecilie och jag. Och ni då? Hur mår ungarna?

– Fint. Och du?

– Det är väl okej.

– Håkon säger att det är någonting som oroar dej.

– Håkon säger så mycket konstigt.

– Och mycket klokt. Han ser saker. Det vet både du och jag.

För ett halvår sedan hade Håkon Sand äntligen blivit åklagare. Utnämningen kom sent, senare än för de flesta polisjurister. Som regel blev man befordrad. Förr eller senare. Det var bara att hålla ut. År efter år. Rättegång efter rättegång. De allra flesta sökte sig till bättre betalda och mindre krävande jobb inom loppet av två, tre år. Håkon Sand höll ut och hade med tiden skaffat sig en sorts respekt – om än inte precis beundran – hos åklagarmyndigheten. Inte minst tack vare samarbetet med Hanne Wilhelmsen och Billy T., som bägge två hade protesterat ihärdigt mot att förlora sin mest polisvänliga jurist. Men Håkon Sand orkade inte längre. Han hade trampat linoleum och släpat på gröna pärmar med åtalsakter i Grønlandsleiret i nio år, innan han till slut kunde lägga familjefotografierna och en vacker bronsstaty av rättvisans gudinna i en pappkartong och förflytta sig till CJ Hambros Plass 2 B. Fågelvägen kunde det knappast handla om mer än halvannan kilometer. Men han var som bortblåst. Det hände att han ringde för att prata lite, senast för ett par dagar sedan. Lunch, hade han föreslagit. Hanne hade inte tid. Aldrig tid.

– Jag trodde du hade blivit de penningsvagas riddare och var mans samarit, sa Hanne torrt. Vad får dej att ta dej an hans höghet Halvorsrud?

– Han är vän till familjen. Till min bror, rättare sagt. Dessutom sa ju du det själv: Halvorsrud ligger ganska illa till. Vad är det egentligen med dej, Hanne?

– Ingenting.

Hanne försökte verkligen le. Hon drog upp mungiporna och försökte få med sig ögonen i farten. De fylldes med tårar. Hon såg från sida till sida med uppspärrad blick och kände att leendet höll på att förvandlas till en grimas som avslöjade något av det hon inte ville säga. Som hon inte kunde säga.

Karen Borg lutade sig fram över skrivbordet. Försiktigt la hon handen över Hannes. Hanne drog bort den; mer reflexmässigt än för att egentligen vara avvisande.

– Det är verkligen ingenting, smålog hon medan tårarna började rinna.

Karen Borg hade känt Hanne Wilhelmsen sedan 1992. Början på deras vänskap hade varit nog så dramatisk. De föstes ihop i ett mordfall som visade sig bli en politisk skandal av sällsynta dimensioner. Det hela hade så när kostat Karen Borg livet. Håkon Sand räddade henne ur en brinnande sommarstuga i sista stund. När de två senare flyttade ihop och fick barn blev Hanne och Cecilie nära vänner till dem bägge. Det hade gått sju år.

– Jag har aldrig sett dej gråta, Hanne.

– Egentligen gråter jag väl inte heller, rättade Hanne och torkade tårarna. Jag är bara så slut. Trött, liksom. Hela tiden.

Det hade börjat snöa igen. Stora singlande flingor som smälte så snart de träffade fönsterrutan och Hanne var inte säker på om det var de eller hennes tårar som fick konturerna i parken utanför att glida ihop till en suddig grå bild.

– Jag önskar att det kunde bli sommar snart, viskade hon. Varmt. Bara vädret blir varmare så blir allt bättre.

Karen Borg svarade inte. Hon anade att inte ens tidernas värmebölja kunde hjälpa Hanne Wilhelmsen. Ändå lyckades hon inte låta bli att titta på klockan. Daghemmet stängde om tre kvart. Hanne sa ingenting mer, hon vippade bara rytmiskt fram och tillbaka i kontorsstolen och knäppte torrt med fingrarna. Det påklistrade leendet satt fortfarande som en mask över nedre delen av hennes ansikte. Och fortfarande rann tårarna.

– Vi ses då, sa Karen Borg. I morgon klockan tio.

Det var något som smärtade henne när hon småsprang genom korridoren på fjärde våningen, gula zonen. Å andra sidan: Hon hade ännu inte någon idé om vad hon skulle laga till middag.

7

STRÖMMEN HADE FÖRT Ståle Salvesens jordiska kvarlevor ut i fjordmynningen. I mötet mellan hav och fjord uppstod vattenvirvlar som hade lekt med liket så länge de hade lust. När de tröttnade pressade de honom till botten.

På trettiotvå meters djup låg en gammal fiskebåt på omkring femtio fot. Den hade legat där sedan en hård vinternatt 1952 och hade länge varit ett omtyckt mål för amatördykare. Nakterhuset var borta. Den solida ratten i ek monterades bort av en yngling på sextiotalet. Grytor och pannor fanns inte längre. Allt som fanns kvar var ett skrov med styrhus utan vindrutor.

Ståle Salvesen var inte längre klädd i anorak. Vattnet hade vrängt den av honom, nu skvalpade den lojt mot strandstenarna två kilometer längre norrut. Men stövlarna hade han fortfarande på sig. De satt fast som i vakuum och när Ståle Salvesens högra ben drogs av strömmen genom styrhytten fastnade stövelskaftet i en krok som ingen hade brytt sig om att ta bort.

Han liknade en fyrarmad sjöstjärna där han vaggade i marskallt havsvatten.

8

HON HADE KÄNT det på sig redan när de gick uppför träd-
gårdsgången; hon själv på lite för höga stövelklackar i det grova
gruset, Billy T. med en sliten skinnjacka som han drog bättre till
om sig medan han småsvor över den fuktiga blåsten.

– Det finns något här, sa Hanne Wilhelmsen sammanbitet till
Billy T. Jag vet att det finns något här.

– Nu har fyra man genomsökt huset i tre timmar, protestera-
de han. Nada! Noll och intet. Det mest suspekta vi har hittat är
en skurtrasa som enligt Karianne behöver tvättas i klor och två
nummer av Cupido under grabbens säng.

– Var *är* de egentligen?

– Vilka?

– Ungarna. Var är de, vem tar hand om dem?

– Åh, ungarna. Den äldste är på skolresa till Prag. De två yng-
sta är på charterresa med en moster eller något. Det ska du för-
resten vara jävligt tacksam för. Bra att de inte var här igår kväll.
Allt är under kontroll. Präster och psykologer har rest på paket-
resa på regeringens bekostnad både hit och dit. Vi räknar med
att ungarna hämtas hem under helgen.

– Stackars jävlar, mumlade Hanne och satte sig på huk mitt
framför spisen i chefsåklagare Halvorsruds vardagsrum. Du får
förhöra dem du. Du som har handlag med barn.

– Barn och barn. De är ju tonåringar.

– Det var helt enkelt två säkringar som hade gått.

Hanne reste sig mödosamt och kände att vänster fot hade
somnat. Hon stampade lätt med benet och såg på en kvinnlig
kriminalinspektör som hon inte kunde minnas att ha sett förut.

– Av sig själv? Jag menar, av naturliga orsaker? Överbelastning?

– Det är svårt att säga, sa kriminalinspektören med en iver som retade Hanne. Säkringsskåpet är av den moderna sorten. Sådana där evighetssäkringar, du vet, som man bara vippar upp och ner. Någon kan förstås ha mörklagt bottenvåningen med flit.

Det hade börjat bli kväll. Hanne kände att hon var på väg att nå det stadium när det blev omöjligt att somna utan piller. Förr i tiden kunde hon hålla igång i tre dygn på bara en timmes tupplur då och då. Även det hade förändrats. En vaknatt som den som varit och kroppen sa stopp när halva dagen hade gått. Hon kvävde en gäspning.

– När det gäller datorn i arbetsrummet, fortsatte kvinnan i dörröppningen. Så är det något... Något konstigt, kan man väl säga.

– Konstigt.

Hanne såg på kriminalinspektören och upprepade:

– Konstigt. Jaha. Vad är det som är så konstigt?

– Den är alldeles tom, sa kvinnan och rodnade.

– Vilket betyder?

– Nja, betyder...

Kvinnan vred sig. Rodnaden gav sig inte. Men det gjorde inte hon heller.

– Det är väl konstigt att en dator som ser ganska välanvänd ut, med skitigt tangentbord och fingeravtryck på skärmen, inte innehåller någonting alls. Ingenting. Inte en enda textfil. Hårddisken är helt enkelt tom på allt annat än programmen.

– Det här är förresten Holbeck, sa Billy T. som plötsligt kom på att han borde presentera henne. Hon har just kommit från Bergens Polisdistrikt. Hanne Wilhelmsen.

Han viftade med handen åt Hannes håll.

– Mmm, sa Karianne Holbeck och log. Jag vet det. Ska jag ta med datorn för en närmare koll?

– Kan du göra det utan att förstöra något?

Hanne Wilhelmsen visste precis så mycket om datorer att hon kunde skriva ett dokument och spara det.

– Inga problem, försäkrade Karianne.

– Hon var IT-ansvarig i Bergen, viskade Billy T. så högt att han var säker på att Karianne kunde höra det. Dessutom har hon varit utlånad till ekokrim bara för att hon kan de där maskinerna utan och innan.

Hanne nickade ointresserat, men fann sig och log i riktning mot sin nya kollega. Men det var för sent. Karianne Holbeck hade redan försvunnit för att packa ihop en pc som visade alla tecken på att vara använd men ändå inte innehöll någonting.

– Vi går ner i källaren och sedan ger vi oss.

– Okej då, sa Billy T. surmulet och lufsade efter Hanne ut i gången och nedför trappan.

Källaren luktade tvättmedel och gamla gummidäck. En lång korridor med fyra dörrar längs ena väggen mynnade ut i en välordnad tvättstuga. Tvättmaskin och torktumlare var av dyraste Míele-modellen. Till och med smutstvätten, som låg på en bänk av plastlaminat, var sorterad i högar för vittvätt, kulörtvätt och fintvätt. Väggar och golv var klädda med kakel och rummet verkade anmärkningsvärt rent.

– Här finns i alla fall ingenting, sa Billy T. och kliade sig i skrevet. Dessutom får jag nackspärr av att det är så lågt i tak.

Hanne låtsades inte höra honom och gick in i rummet bredvid. Om tvättstugan var ren och prydlig var det här mer kaotiskt. Antagligen hade det ursprungligen varit en sorts hobbyverkstad; en hyvelbänk och verktyg på väggen kunde tyda på det. Men det måste ha varit ett bra tag sedan någon hade utfört något meningsfullt här inne. Två gamla cyklar stod lutade mot en kortvägg medan tre uppsättningar välanvända bildäck stod staplade på bruna pappskivor som gjorde det svårt att se golvet. I ett hörn stod en dammig vindamejeanne och överallt låg det gamla kläder och lådor med något som såg ut att vara utlästa pocketböcker samt en trehjuling och underredet till en barnvagn från åttiotalet.

– Det här stället ser inte precis ut som om någon har letat igenom det särskilt grundligt, sa Hanne Wilhelmsen och sparkade lite på en svart sopsäck.

Sju småkryp uppenbarades och pilade iväg för att finna sig ett nytt gömställe.

– Jag sa ju att de skulle ta källaren en gång till, sa Billy T. surt. Men vi har ju folk till det här, Hanne. Det är väl för fan inte nödvändigt för en kommissarie att rota i skiten.

– Det sa du inte.

– Vad då?

– Du sa inte att de skulle ta källaren en gång till. Vad är det där?

Utan att vänta på svar klev hon över trehjulingen. Hon böjde sig fram och rotade i något som Billy T. inte kunde se.

– Och vad har vi här då, frågade hon och reste sig. Ett medicinskåp. Ett mycket *gammalt* medicinskåp.

– Ett *öppet* medicinskåp, frågade Billy T. smått intresserad.

När Hanne Wilhelmsens plastbehandskade händer med största lätthet hade dyrkat upp det enkla låset med en fickkniv som Billy T. hade räckt henne, höll hon fram skåpet mot kollegan som om det var ett smyckeskrin.

– Ha den äran, sa hon. Öppna.

Ingen av dem hade väntat sig någonting alls. Trots att Hanne Wilhelmsen haft en känsla av att någonting skulle komma fram om de bara sökte igenom familjen Halvorsruds villa ordentligt, så fick innehållet i det skamfilade medicinskåpet även henne att bli knäpptyst i nästan en halv minut.

– Det var som fan, sa Billy T. till slut.

– Det kan man lugnt säga, sa Hanne.

Skåpet, omkring en halv meter högt och kanske fyrtio centimeter brett, hade inte längre några hyllor. De hade tagits bort för att ge plats åt feta sedelbuntar packade i plast och något som såg ut att vara femton, tjugo datadisketter. När Billy T. försiktigt lyfte på de översta sedelbuntarna blev ännu fler synliga.

– Det ska bli ganska intressant att höra vad vår vän i häktet har att säga om det här, sa Billy T. och lyfte en av buntarna mot näsan, som om han redan nu skulle kunna lukta sig till svaret.

– Billy T.!

Karianne Holbeck stod andfådd i dörröppningen.

– Titta här! Jag tänkte att det kunde vara bra att gå igenom soporna…

Hanne Wilhelmsen sköt omärkligt fram underläppen och gjorde ett bekräftande kast med huvudet.

– Och där låg det här.

Det verkade som om Karianne Holbeck var tveksam om vem som skulle ha papperet. Billy T. hjälpte henne ur knipan.

– En skilsmässoansökan, sa han och läste vidare på blanketten som var fläckad av kaffesump och något som måste vara äggula.

– Undertecknat av vem, frågade Hanne och riktade sig mot Karianne Holbeck. Jag har snackat med Halvorsrud fyra gånger sedan igår kväll och han har inte nämnt ett ord om några skilsmässoplaner.

– Av Doris Flo Halvorsrud. Bara av henne. Där makens namn ska stå är det tomt. Men det värsta är datumet. Eller det bästa. Beror på vem man hejar på, liksom…

Karianne log generat och rodnade igen.

– Doris undertecknade det här papperet igår. Det måste vara något av det sista hon gjorde. Innan hon… Innan någon halshögg henne.

Hanne rätade på sig och noterade att Karianne Holbeck skulle behöva gå ner fem, sex kilo.

– Det här blev mycket på en gång, sa hon lugnt. Det verkar som om vi måste skjuta på morgondagens förhör med Halvorsrud. Jag måste ta reda på vad de här disketterna innehåller. Omedelbart.

Det var fredag eftermiddag den femte mars och klockan närmade sig halv sex.

9

– Billy T. insisterade, sa Hanne Wilhelmsen sömndrucket. Han
ville ta förhöret själv. I morgon. Alla behöver sova, sa han. Sigurd
Halvorsrud också. Och jag behöver en ledig dag, påstod han.

Hon hade slumrat till med fötterna på bordet. Ett rödvinsglas
hade vält och väckt henne. Cecilie Vibe reste sig för att hämta en
trasa.

– Förnuftigt, sa hon tankspritt medan hon försökte begränsa
skadorna på två böcker som den växande pölen röd vätska när-
made sig. Ta ner fötterna, då.

Hanne Wilhelmsen la sig tillrätta i soffan och drog en pläd
över sig ända upp till halsen.

– Låt mej inte somna här, snörvlade hon.

Cecilie Vibe fyllde på glaset igen, stängde av teven och flytta-
de en stol så att hon kunde se på den sovande kvinnan i soffan.
Rödvinet smakade henne inte. Det hade inte maten gjort heller.
Inte på länge. Hanne hade inte ens lagt märke till att Cecilie hade
gått ner fyra kilo på en månad.

Förr eller senare måste hon berätta det. Det hade gått två da-
gar. Läkaren som meddelade resultatet var en kurskamrat. En
som hon aldrig hade tyckt om och som var lika svår att få ögon-
kontakt med nu som på den tiden. Han hade dragit sig hårt i
örsnibben och mumlat ned i sin kaffekopp. Cecilie hade fäst
blicken på kollegans högra öra och känt som om tiden gick ett
evighetslångt straffvarv.

När hon kom ut från sjukhuset var vädret oförändrat. Blåsten
– som för en knapp timme sedan hade jagat in henne genom de
automatiska dörrarna till onkologiska kliniken – bet lika ilsket

efter henne när hon kom ut igen. Men nu märkte hon den inte. En tuggummifläck på den våta asfalten hade fullständigt fångat hennes uppmärksamhet. Den blev till ett klot, en kula, en boll. En svulst. En vaktmästare som sköt tomma sängar framför sig hade till slut smågrälande fått henne att flytta på sig. Hon visste inte vart hon skulle ta vägen.

Cecilie Vibe hade en elakartad tumör av en tennisbolls storlek i tjocktarmen. Sannolikheten talade för att den hade funnits där en tid. Om den hade trängt sig igenom tarmväggen och in i andra organ var det för tidigt att avgöra. Kanske. Kanske inte.

Hon ställde ifrån sig det tomma rödvinsglaset. Från en flaska hällde hon upp friskt, kallt källvatten; det färgades svagt av vinresterna. Hon lät det blekrosa vattnet rulla runt, runt medan hon försökte tänka på vad de skulle göra i sommar.

Cecilie hade inte ställt en enda fråga till mannen med den illröda örsnibben. Det fanns ingen att ställa, just då och där. Senare hade hon slagit upp i alla databaser de hade tillgång till på avdelningen. Sedan hade hon gråtit sig hela vägen hem, till fots.

Egentligen skulle hon ha berättat det för Hanne i kväll.

Hanne visste ingenting. Den morgon för sex veckor sedan, när Cecilie upptäckte blod i avföringen och för första gången kände en isande rädsla vid tanken på hur trött och håglös hon länge hade känt sig, hade Hanne varit likgiltig och ouppmärksam. Skräcken över upptäckten på toapapperet, önskan om att det måste vara fel – kanske mensen hade kommit i olag och för tidigt – hade fått Cecilie att spola så fort som möjligt och borsta tänderna med överdriven energi. Det var ingenting att prata om. Inte då. Det var säkert ingenting. Bara en massa onödig rädsla som Hanne inte la märke till, trots att den låg som ett skal kring Cecilie där hon stod i badrummet, naken och helt osynlig för Hanne; hon sa inte ens hej när hon gick.

Så var det något, i alla fall.

Hanne hade varit svimfärdig när hon kom hem kvart i åtta. För en gångs skull hade hon pratat som ett vattenfall, kanske för att hålla sig vaken länge nog för att äta. Hanne babblade i ett om ett huvudlöst lik, en man som hade hoppat i sjön och en chefsåklagare som måste ställa in sig på att skaka galler några år. Om moderlösa ungdomar med sin pappa i fängelset, om Billy T. som blev mer och mer outhärdligt fixerad vid sitt stundande bröllop. Om det nya arbetsrummet som Hanne inte alls kunde vänja sig vid och om det nya avgasröret till Harleyn som ännu inte hade anlänt.

Det hade inte funnits utrymme för att berätta om en tennisboll med hotfulla tentakler som låg någonstans i Cecilies mage. Det hade överhuvudtaget inte funnits plats för Cecilie denna korta, kalla vårkväll.

Hanne snarkade lätt.

Plötsligt gnydde hon till och vände sig så hon blev liggande med ansiktet mot Cecilie, med öppen mun och halvt uppåtvänt ansikte. Höger ben la sig till rätta på soffryggen och vänster arm hängde hjälplöst mot golvet. Det såg obekvämt ut och Cecilie la varsamt tillbaka armen längs Hannes kropp. Så hällde hon upp mer vatten åt sig.

Hannes lugg var för lång och dolde ena ögat. Det mörka håret hade fått en lätt anstrykning av grått och det förvånade Cecilie att hon inte hade lagt märke till det tidigare. Fransarna på det synliga ögat ryckte nästan omärkligt och avslöjade att Hanne drömde. Den ena mungipan fylldes av saliv och långsamt spred sig en mörk fläck på kudden under hennes kind.

– Du ser så liten ut, viskade Cecilie. Jag önskar att du kunde vara lite mer liten.

Det ringde på dörren.

Cecilie hoppade till. Hanne Wilhelmsen låg lika orörlig. Orolig för att det skulle ringa en gång till störtade Cecilie till ytterdörren och slet upp den.

– Billy T., utbrast hon och märkte att det var länge sedan hon hade upplevt en så omedelbar enkel glädje över att se någon. Kom in!

Så hyssjade hon med pekfingret mot munnen.

– Hanne sover på soffan. Vi kan sätta oss i köket.

Billy T. kikade in i vardagsrummet.

– Nej, sa han bestämt och gick bort och flyttade soffbordet så han kom bättre åt.

Billy T. lyfte Hanne Wilhelmsen som om hon var ett barn som hade somnat mitt i en förbjuden tevedeckare. Hennes tyngd kändes behaglig mot bröstkorgen. Den svaga vindoften från hennes mun blandade sig med dygnsgammal parfym och fick honom att, utan att tänka sig för, kyssa henne på pannan. Cecilie öppnade dörren och Billy T. la Hanne till rätta på sängen utan att hon gjorde något tecken på att vakna.

– Det där har jag aldrig upplevt med en vuxen, sa Billy T. lågt och stod och granskade Hanne medan Cecilie stoppade om henne. Att de inte vaknar av att bli bärda, menar jag.

– Burna, viskade Cecilie och log medan hon gjorde tecken att de skulle gå ut.

– Det är någonting som plågar den tjejen, sa Billy T. och blev stående. Vet du vad det är?

Cecilie försökte undvika hans blick. Den var för blå och välkänd och såg för mycket. Cecilie ville ut ur sovrummet, bort från den sovande Hanne och den instängda lukten av sängkläder och sömn. Hon ville ut i vardagsrummet, öppna en ny flaska vin, prata om filmer de inte hade sett och listor över bröllopsgäster och vad det nya barnet skulle heta. Hon orkade inte röra sig. När hon till slut lyfte huvudet var det han som drog henne intill sig.

– Vad i all världen *är* det med er två, viskade han och höll om henne. Har ni hamnat i nån kris, eller?

Billy T. blev sittande hos Cecilie tills klockan närmade sig fyra

på lördagsmorgonen. När han gick högg det till av dåligt sam-
vete hos Cecilie över att Hanne inte hade varit den första att få
veta. Samtidigt kände hon sig lättad och fylld av något som kun-
de påminna om optimism när hon försiktigt klädde av Hanne
innan hon själv kröp ner under täcket.

– Jag tror jag ska sälja Harleyn, sa Hanne halvsovande och
kröp tätt intill henne. Det är på tiden att bli vuxen.

10

CHEFSÅKLAGARE Sigurd Halvorsrud såg anmärkningsvärt bra ut. Kläderna var rena och skjortan nystruken. I den rödgröna slipsen glimmade en diamant infattad i vitt guld. Endast antydan av en slarvig rakning skvallrade om de omständigheter han för närvarande levde under. Hudfärgen var frisk och påfallande lite blek för årstiden. Hela hans framtoning kunde verka stötande på känsligare individer än Billy T., med tanke på att hans hustru mördades för två dagar sedan och han själv var anhållen för att ha utfört mordet.

Men det var något med ögonen.

De var blodsprängda och helt utan liv. Trots att mannen försökte hålla på en viss värdighet i sättet att sitta – rakt upp och ner med den berömda lätt framskjutna hakan – avslöjade han sig i den förtvivlade blick som han försökte dölja.

Billy T. strök med fingrarna runt insidan av två koppar och hällde upp kaffe i dem från en pumptermos.

– Svart?

– Lite socker, tack.

Chefsåklagarens fingrar var stadiga när de försåg sig med två sockerbitar. Billy T. tog själv en bit, doppade den i kaffet och la den mellan läpparna.

– Advokat Borg kommer alldeles strax, sa han och sög ljudligt på sockerbiten. Ska vi vänta på henne eller sätta igång medsamma?

– Vi kan börja, sa chefsåklagaren och harklade sig lätt. Om det är så att hon är på väg.

– Den här Ståle Salvesen, började Billy T. och sörplade kaffe för att svälja resten av sockret. Hur känner du egentligen honom?

Halvorsrud såg villrådigt på Billy T.

– Men, sa han och ställde ifrån sig kaffekoppen med en smäll. Jag fick veta att han var död. Han hade... Såvitt jag fick veta hade han begått självmord. Varför frågar du då?

Billy T. försåg sig med två nya sockerbitar, doppade dem i koppen och la dem på tungan.

– Har inge lik än, sörplade han. Dessutom förstod jag på Hanne Wilhelmsen att du insisterar på att det var Ståle Salvesen som mördade din fru. Säger du. Därför frågar jag om Ståle Salvesen. Okej?

Halvorsrud strök sig över hjässan som skymtade genom det tunna gråblonda håret. Han såg ut som om han tvivlade på det kloka i att hålla fast vid påståendet att en död man hade mördat hans fru medan han satt och såg på. Det såg ut som om han tvivlade på det mesta.

– Jag förstår det inte, sa han och försökte svälja en rap med knytnäven mot munnen. Ursäkta. Naturligtvis tror ni mej inte. Men jag *vet* att det var Ståle Salvesen som stod i mitt eget vardagsrum. Han var där...

Han lyfte kaffemuggen och förde den till läpparna. Så svalde han två gånger, slog sig för bröstbenet och ursäktade sig ännu en gång.

– Ståle Salvesen var där en lång stund. *Hur* länge är svårt att säga, man förlorar tidsuppfattningen under sådana omständigheter. Utgår jag ifrån. I alla fall gjorde jag det. Men jag tvivlar inte på att det var han. Han...

– Men hur visste du det, avbröt Billy T. Hur känner du en kille som har sjukpension och bor i en kommunal lägenhet i Torshov?

Advokat Karen Borg kom in i det trånga kontorsrummet.

Hon stirrade förvånat på kriminalinspektören.

– Billy T., sa hon. Jag trodde kriminalkommissarie Wilhelmsen skulle…

– Hon sover, sa Billy T. och log. Det har du också gjort, kan jag se. Jobbig morgon med småttingarna?

Karen Borg slätade generat till håret och försökte gnugga bort en O'Boy-fläck på den linnefärgade kjolen. Fläcken växte. Hon stirrade på den ett ögonblick, suckade lätt och satte sig i den lediga stolen utan att öppna portföljen.

– Och hur långt har ni kommit, sa hon med ett stramt leende.

– Jag försöker ta reda på hur chefsåklagaren känner en enstöring med en inkomst på under femtio tusen, sa Billy T. och gäspade. Det är inte lätt, ska jag säga. Vill du ha en Pepcid, Halvorsrud?

Han rotade fram två tabletter ur en gemburk.

– Tack, mumlade chefsåklagaren och svalde ner dem med kaffe.

Ljudet från en helikopter, som smattrade på låg höjd över Oslo, trängde in i rummet. Billy T. lutade sig mot fönstret och kisade mot solen. För första gången på flera veckor gjorde den ett halvhjärtat försök att tina den vinterfrusna huvudstaden, men det varade inte länge. Det gula hålet i himlen slöt sig bakom ett gråtungt moln och helikoptern försvann västerut.

– Ståle Salvesen var en gång en mycket framgångsrik affärsman, sa Halvorsrud högt och såg på sin advokat. På åttiotalet. Han var chef för ett blomstrande dataföretag. Aurora Data. Salvesen var en typisk selfmade man, kan man väl säga. Helt utan utbildning, men kunde allt om programvaror. Ett tag var det faktiskt risk för att Microsoft skulle köpa Aurora Data. Men eftersom Salvesen själv hade aktiemajoriteten stannade det vid försöket. Han ville driva det hela själv. Mannen hade vyer, det kan man i alla fall säga. Företaget var före sin tid och hade utvecklat en…

Halvorsrud kliade sig på handryggen och riktade blicken mot polisinspektören.

– Jag kan så lite om sånt. Då visste jag det förstås, men jag minns inte så noga. Det var någonting med Internet i alla fall. En... webbläsare? Minns jag rätt?

Han ryckte lätt på axlarna och betraktade ett hack i bordskivan framför sig. Pekfingret for fram och tillbaka över ojämnheten.

– Så kom den ekonomiska krisen i slutet på åttiotalet. Nya och till dess ganska lönsamma företag föll omkull som dominobrickor. Aurora Data klarade sig. Lustigt nog.

– Varför säger du det, frågade Billy T. Du påstår ju att det var ett solitt företag.

– Inte direkt solitt. Spännande. Lovande. Med stor potential. Allt det där var inte alls någon garanti mot katastrof på den tiden. Att Aurora Data överlevde berodde först och främst på ett genombrott med ett annat program. Såvitt jag minns var det specialdesignat för nyhetsredaktioner. Både radio, teve och tidningar. Så blev Aurora Data börsintroducerade.

Billy T. var en man som yvdes över sina svagheter. Mannen med den kolossala framtoningen skröt med allt han inte kunde och visste. Han drog sig aldrig för att be om förklaring på de enklaste problem. Efter att Anne Grosvold hade gjort enkelhet till en dygd och blivit en älskad tevedrottning med slagkraftig naivitet, hade Billy T. hängt upp en färgbild av henne på sin anslagstavla. Där stod hon, sprudlande och blid med utsträckta armar som om hon begeistrat öste sin välsignelse över Billy T. och hans frejdiga skyltande med sin egen kunskapsbrist. Bara en sak vägrade han att erkänna: att han inte hade begrepp om ekonomi.

Billy T. hade vaga föreställningar om vad det innebar att bli börsintroducerad. Han greppade en penna från burken och skrev ned uttrycket på en skär post-it-lapp.

– Jaha, sa han tonlöst och bet i kulspetspennan. Och sedan?

– Att gå in på börsen innebär en hel del. Bland annat ökad kontroll. Större uppmärksamhet, kan man säga. Från omvärlden.

Ända till nu hade Billy T. lyssnat med ljumt intresse. Ståle Salvesen var ett ämne som måste tröskas igenom, men som med största sannolikhet skulle stuvas undan när jobbet var klart. Ståle Salvesen var en patetisk sjukpensionär som dessutom var död och Halvorsrud talade inte sanning. Men nu fanns det något här. Salvesen hade en bakgrundshistoria. Han hade inte alltid bott i en tvårumslägenhet med fyra matvaror i kylskåpet. Ståle Salvesen hade varit herre på täppan. För bara ett tiotal år sedan.

– Tio år är för fan inte så länge, sa Billy T. tankspritt.

– Förlåt?

– Fortsätt.

– Jag lärde känna Salvesen nittio. Det vill säga...

Halvorsrud tog fram ett paket Barclay och höll fram det mot Billy T. för att be om lov.

– Rök på bara, mumlade Billy T. utan att fråga advokat Borg.

– Jag lärde inte direkt känna honom. Jag har faktiskt aldrig träffat honom. Men han blev misstänkt i en otäck historia. Insiderhandel. Med mera.

Billy T. krafsade ner "ins.hand" på den rosa lappen och hällde upp mer kaffe åt sig.

– Salvesens son, jag har glömt hans namn, studerade på den tiden ekonomi i USA, fortsatte Halvorsrud. Han gjorde ett mycket fördelaktigt och omfattande aktieköp från det företag där hans far var styrelseordförande. *Inte*...

Han betonade ordet.

– *Inte* Aurora Data, alltså. Ett annat. Strax efter köpet – det var bara en fråga om dagar – visade det sig att företaget hade gjort ett lukrativt avtal med ett amerikanskt storföretag. Aktierna blev plötsligt dubbelt så mycket värda. Då kom vi in i bilden.

– Ekokrim, sa Billy T.

– Ja. Jag hade precis tillträtt min befattning där.

För första gången kunde Billy T. ana antydan till ett leende i chefsåklagarens ansikte. Halvorsrud hade gått mot strömmen. Efter många år som framgångsrik affärsjurist, expert på skatterätt och bolagsjuridik och på konsten att tjäna pengar, hade han tvärt brutit upp och gått till offentliga sektorn. Från att ha tjänat runt fem miljoner om året hade han med sin unika kompetens trätt i ekonomiska rotelns tjänst mot en ersättning som för Halvorsrud måste te sig som småpotatis. Över skrivbordet på hans kontor hängde en mässingsskylt som han hade fått av kollegerna han lämnade: "It takes one to know one".

– Vi började gräva. Och vi fann. När man börjar undersöka någon som har jobbat sig upp från ingenting till stenrik på sju år, så finns det nästan inga gränser för vad man hittar. Oegentligheter. Lagbrott.

– Hur mycket fick han då?

– Fick?

– Ja, sa Billy T. otåligt. Hur långt straff fick han?

Halvorsrud log igen, ett trotsigt, nästan triumferande leende.

– Vi reste aldrig åtal.

Billy T. hade på tungan att påpeka det ohållbara i att chefsåklagaren först spred elakt skvaller om en död man, för att sedan erkänna att saken inte var allvarlig nog att dras inför rätta. Men han hejdade sig. Fler gånger än han orkade komma ihåg hade han själv varit i samma situation. Skulden var uppenbar; bevisen tunna.

– Vilket inte betyder att mannen var oskyldig, la Halvorsrud till, som om Billy T. hade tänkt högt. Jag kommer alltid att anse att Ståle Salvesen skulle ha dömts. Men…

– Okej, sa Billy T. Jag förstår. Jag har varit med om det själv. Men det gick ändå inte särskilt bra för Salvesen, va? Något måste ju ha hänt, menar jag. Från dollargrin till cykel på knappt tio år...

– Jag har inte den ringaste aning, sa Halvorsrud torrt. Saken las ner i brist på bevis nittiosex. Då hade den varit... Nåja, vi hade inte ägnat oss åt den så mycket de sista åren, om man säger så.

Billy T. gjorde inget försök att kväva en långdragen gäspning. Det knakade i käkarna. Han släppte en diskret fis och hoppades att ingen märkte något. För säkerhets skull lutade han sig mot fönstret och ställde det på glänt.

Fall som Salvesens var vanliga. En helvetes massa bestyr i ett halvår. Polisen vände på varje sten, klämde fram varje uns av fakta. Sedan tonade det sakta men säkert bort. Akten blev liggande någonstans längst ner i en trave och det enda som hände var en eller annan påstötning från någon alert advokat, som hetsade upp sig mer och mer på sin klients vägnar. Till slut rotades fallet fram igen, blev stämplat och signerat, nedlagt och förpassat till arkivet.

– När slutade ni jobba med fallet, frågade Billy T.

– Jag minns tyvärr inte. Nittioett, kanske. Kommer inte ihåg.

– Nittioett, återtog Billy T. Och det las inte ner förrän nittiosex. Vad gjorde Salvesen under tiden?

– Jag vet som sagt inte.

– Hur kände du igen honom?

– Kände igen...

– Du säger att du aldrig hade träffat karln och ändå tvivlar du inte på att det var Ståle Salvesen som mördade din fru. Hur...

– Tidningarna, sa Halvorsrud uppgivet. Fallet blev vederbörligt bevakat. Dessutom hade jag sett bilder av honom tidigare också. Som jag nu har berättat upprepade gånger: Mannen var framgångsrik. Han hade naturligtvis blivit äldre, lite... Tunnare, kanske? I håret, i varje fall. Men det var han.

– Sa han något?

– När han mördade min fru?

Halvorsruds röst åkte upp i diskant. Han svalde hörbart, skakade lite på huvudet och kikade ner i kaffekoppen. Den var tom. Billy T. tycktes inte vilja ge honom mer.

– Han sa faktiskt ingenting, fortsatte Halvorsrud. Inte ett ord. I ena sekunden slocknade ljuset och i nästa stod Salvesen i dörren och siktade på oss bägge med ett vapen. Revolver. Eller... pistol. Jo, det var en pistol.

Han rös till och Karen Borg sträckte sig efter termosen.

– Vill du kanske hellre ha vatten, frågade hon med låg röst.

Chefsåklagaren skakade omärkligt på huvudet och tog fram en ny cigarrett. Han sög frenetiskt på filtret och vänster fot dunkade nervöst och rytmiskt mot bordsbenet.

– Och sedan?

– Så tvingade han ner mej i stolen. Kubbstolen. Min fru försökte tala med mannen, men jag... Jag sa väl ingenting, tror jag. Det var som om... När han grep efter svärdet blev det svart för mig en stund. Tror jag. Jag minns faktiskt inte... Jag...

– Hur detaljerade ska vi vara, Billy T.?

Karen Borg fingrade på chokladfläcken och såg växelvis på kriminalinspektören och chefsåklagaren.

Billy T. sträckte sig för att stänga fönstret. Helikoptern var tillbaka. Rotorbladen fladdrade skevt och lågt över hamnbassängen vid Bjørvika innan den tippade över och satte våldsam fart mot Grønlandsleiret 44. Ett öronbedövande oväsen dånade över dem. Så dog ljudet långsamt bort när helikoptern till slut bestämde sig för nordlig kurs.

– Vad tycker du om operabygget, Halvorsrud? I Bjørvika eller Vestbanen?

Chefsåklagaren stirrade på Billy T. Det glimtade till av något som kunde likna raseri i den grå tomma blicken.

– Vad menar du?

– Jag ger egentligen fan i vilket. Opera är bäst på cd. Vi ska gå in på detaljer. Ner till minsta lilla fakta du kan tänka dej.

Det sista sa han till Karen Borg.

– Vi har skonat din klient i ett och ett halvt dygn nu. Det är på tiden att vi klarar upp den här saken. Tycker du inte det?

Sigurd Halvorsrud la det ena benet över det andra och nickade.

– Han löpte amok. Jag vet inte riktigt hur jag ska förklara det. Han slog henne i huvudet med en ficklampa. Sedan...

– Var det hans egen ficklampa?

– Förlåt?

– Var det Salvesens egen ficklampa. Hade han den med sej, liksom?

– Ja, det måste han ju ha haft. Vi har ingen sån lampa i huset. Inte vad jag vet i alla fall. Stor. Svart.

Chefsåklagaren mätte med händerna någonting som var mellan trettio och fyrtio centimeter.

– Min fru föll ihop framför spisen och jag kunde se att hon blödde kraftigt från bakhuvudet. Så tog han ner svärdet. Salvesen. Han tog samurajsvärdet och...

Billy T. lyssnade fascinerat. Från början hade han insisterat på att ta hand om förhöret för att skona Hanne Wilhelmsen. Även för honom var det jobbigt att använda lördagen till obetalt arbete. Det var pappahelg, och även om Tone-Marit visade ett tålamod på gränsen till enfald med Billy T:s fyra söner, var det bäst att inte utmana ödet. Bröllopet låg tre månader och en unge till framåt i tiden.

Men fallet började intressera honom. Eller det kanske var Sigurd Halvorsrud själv som på allvar hade börjat fånga hans uppmärksamhet. Själva mordfallet – det mest makabra mord som Billy T. någonsin varit med om – var i och för sig spännande

61

nog. Men Billy T. hade varit polis länge nog för att inte låta sig fascineras i onödan. Ett mord var ett mord. Det här var ett fall som alla andra; ett fall som måste lösas.

Sigurd Halvorsrud, däremot, var en sak för sig.

Billy T. kom på sig med att tro på mannen.

Det kändes absurt.

Allt tydde på att Ståle Salvesen var död. Å andra sidan: liket hade inte dykt upp. Ståle Salvesen kunde ha arrangerat det hela. Såvitt Billy T. visste kunde Salvesen nu sitta på en bar i Mexico och njuta av en Tequila Sunrise, medan han strödde pengar omkring sig, pengar som han hade stoppat undan, när han kände the good guys flåsa honom i nacken, på den tiden han ännu var på grön kvist. Helt bortsett från att man fortfarande var ljusår ifrån att förstå varför i all världen Salvesen skulle önska livet ur Doris Flo Halvorsrud.

Historien om Ståle Salvesen framstod som paradoxalt och näst intill provocerande trovärdig. Sigurd Halvorsrud svalde och bleknade, stammade och sa fel, kom inte ihåg mycket för att sedan komma med detaljer som att Salvesen hade ett födelsemärke, eller kanske var det en vårta, på höger kind, alldeles ovanför munnen. Vid två tillfällen såg Billy T. att den vanligtvis så arrogante, självsäkre mannen höll på att brista i gråt. Men han tog sig samman, borstade inbillade dammkorn från kavajslaget, hostade lite och fortsatte berätta. Chefsåklagare Halvorsrud uppförde sig som en som talar sanning.

– Du har ställt till det som fan för dej , sa Billy T. till slut och såg på klockan.

Den var tjugo minuter i ett.

– Du satt alltså i över en och en halv timme och stirrade på din hustrus lik innan du ringde polisen? *En och en halv timme???*

– Något ditåt, sa Halvorsrud med låg röst. Jag minns det förstås inte, men jag har räknat ut det. Efteråt. Det kändes inte så länge.

– Men varför i helsike gjorde du det?

Billy T. slog ut med armarna och lyckades välta burken med pennor. De ramlade ut på bordet och blev liggande som ett plockepinnspel som ingen brydde sig om.

– Jag… Jag vet uppriktigt sagt inte. Jag var väl chockad antar jag. Jag tänkte på barnen. Jag tänkte på… vårt liv. Som det hade varit. Som livet blev. Jag vet inte riktigt. Det kändes inte så länge.

Billy T. förstod vad Halvorsrud hade använt en och en halv timme till. Om han talade sanning. Vilket han antagligen inte gjorde om man skulle se till fakta.

– Du kunde inte förstå att du inte hade ingripit, sa Billy T. och hörde hur hårt det lät. Du skämdes djupt och innerligt över att du lät en man döda din fru utan att du lyfte ett finger. Antagligen funderade du på om det var något du kunde leva vidare med. Du kunde inte föreställa dej hur du skulle kunna berätta för barnen vad som hade hänt. Till exempel. Har jag rätt?

Halvorsrud kippade efter andan. Han stirrade Billy T. in i ögonen; blicken innehöll en blandning av djup skam och nytt hopp.

– Tror du mej, viskade han. Det låter som du tror mej.

– Det betyder inte ett skit vad jag tror. Det vet du mycket väl.

Billy T. gned sig med höger hand i nacken och halade med den vänstra fram en mapp från näst översta skrivbordslådan. Han slog den i bordet framför sig utan att öppna den.

– Jag tycker din historia är intressant, sa han kort. Men ännu mer intressant vore det att få höra din förklaring till att det låg en skilsmässoansökan bland era sopor. Undertecknad av din fru och daterad den fjärde mars. Samma dag som hon dog. Den dagen någon mördade Doris.

För första gången färgades Halvorsruds ansikte djupt rött. Han slog ner blicken och borstade sig som besatt på byxlåret.

– Jag visste det inte. Jag visste inte att hon faktiskt hade… jag

63

trodde inte att våra små problem på sista tiden var relevanta för det här fallet.

– *Relevanta?*

Billy T. vrålade och störtade upp ur stolen.

– Relevanta, skrek han igen och lutade sig mot chefsåklagaren med de stora nävarna flata mot bordsskivan. Och du ska liksom föreställa höjdare inom åklagarmyndigheten. Är du... Är du *idiot* eller???

Advokat Borg reste sig blixtsnabbt och höll en arm framför sin klient som om hon ville förhindra Billy T. att gå till fysiskt angrepp mot mannen.

– Ärligt talat. Det här behöver varken Halvorsrud eller jag finna oss i. Antingen tar du det lugnt och sätter dej ner eller så tänker jag med bestämdhet råda min klient att vägra att svara på fler frågor.

– Finna er i, fräste Billy T. sammanbitet. I den här mappen...

Han slog med fingrarna mot den hopslagna mappen.

– ...har jag indicier på att någonting var *riktigt* rotten in the house of Halvorsrud. Och du ska vara klar över en sak, Halvorsrud...

Billy T. satte sig tvärt igen och kliade sig häftigt på skallen med bägge händer innan han riktade ett anklagande pekfinger mot chefsåklagaren.

– I detta hus har du just nu bara en vän. I hela *världen* har du bara en vän. Och det är *jag*. Karen, till exempel...

Han vred pekfingret mot advokaten.

– ... är en lysande advokat. Jävla bra tjej. Fantastisk kvinna. Men hon kan inte hjälpa dej en millimeter. Inte en millimeter, fattar du det? Jag däremot kan tala om för dej att jag finner din historia om Salvesen så pass otrolig att jag är intresserad av att syna den närmare. För varje dag som hans lik inte flyter i land någonstans så står du starkare. Om jag vill. Om du samarbetar.

Om du svarar på vad jag frågar dej och dessutom använder din stora jävla hjärna till att förstå att du också måste berätta det jag *inte* frågar dej om! Fattar du?

Det blev tyst. Det svaga suset från datorn förstärkte bara intrycket av total tystnad.

– Förlåt, sa Halvorsrud till sist; det måste ha gått en minut. Jag ber verkligen om ursäkt. Naturligtvis borde jag ha sagt någonting om det här. Men det verkade så avlägset. Just nu, menar jag. Det är sant att vi har haft det svårt en tid. Doris har pratat om skilsmässa. Men jag visste inte att hon hade fyllt i en ansökan. I torsdags innan Salvesen kom…

Han är i alla fall beundransvärt konsekvent i sin Salvesenhistoria, tänkte Billy T. matt.

– … så hade vi det fint. Jag hade tagit fredagsledigt och vi skulle vara tillsammans hela helgen. Ensamma. Ungarna är bortresta.

När han nämnde barnen strök återigen ett drag som såg ut som fysisk smärta över hans ansikte; en muskelstramning kring ögonen och en skälvande rörelse under kindbenen.

– Jag måste skriva lite innan vi går vidare, sa Billy T.

Han vände stolen mot tangentbordet. Trots att han bara använde tre fingrar gick det fort. Ljudet från de klapprande fingrarna fick advokat Borg och chefsåklagare Halvorsrud att vara tysta. Karen Borg blundade och kände att det värsta återstod. Hanne Wilhelmsen hade lovat henne alla utskrifter efter dagens förhör, vilket hon hade accepterat. Det var i det hela taget upprörande att komma till ett viktigt förhör utan att ha sett en enda akt. Å andra sidan visste hon att Hanne aldrig skulle lura henne. Inte direkt. När Karen Borg nu satt och hade en obehaglig föraning så var det för att hon kände Billy T. Hon visste vad de röda fläckarna på sidan av hans hals betydde.

– Okej, sa Billy T. och vände sig mot Halvorsrud igen. Du visste alltså ingenting om skilsmässoansökan. Men kan du tala om för mej varför det låg hundratusen kronor prydligt inpackade i ett gammalt medicinskåp i din källare?

Chefsåklagaren rodnade inte. Han gav inte uttryck för någon förvåning. Ingen skam. Underkäken föll inte ner och han slog inte ut med händerna. I stället såg han tomt och uttryckslöst på Billy T. med ögon som hade återtagit sitt utseende från i morse; röda och döda.

– Hallå, sa Billy T. och viftade med fem fingrar i luften framför sig. Är du där? Vad betyder de där pengarna?

Halvorsrud svimmade, lugnt och stilla.

Först slöts ögonen, som om han hade bestämt sig för att ta en tupplur. Därefter gled den styva överkroppen långsamt åt sidan. Den fortsatte tills huvudet träffade väggen med en liten duns. Sedan sjönk underkäken ned, också det ganska sakta. Halvorsrud liknade en flygpassagerare som hade tröttnat på filmen. Hans andetag var knappt hörbara.

– Det var som fan, sa Billy T. Är han död?

Karen Borg grep Halvorsrud i kavajslagen.

– Hjälp mej då, väste hon och tillsammans manövrerade de ned Halvorsrud i ett slags stabilt sidoläge på golvet, innan Billy T. ringde efter ambulans och två polisassistenter som kunde följa mannen till sjukhuset.

– Har ni mer?

Fläcken på Karen Borgs kjol hade växt. Hon försökte hålla handen över den, men gav upp. Hon kippade av sig skon och gned sig under fotsulan. De var ensamma på Billy T:s kontor. Han svarade inte.

– Hanne lovade mej papperna idag, fortsatte Karen. Jag antar att det fortfarande gäller.

Billy T. drog fram en bunt kopior från en emaljerad vägghylla. Han bläddrade raskt igenom papperna, innan han tog bort två ark som satt ihop med ett gem.

– Det här kan du få, sa han och gäspade igen medan han räckte henne bunten. Resten får vi vänta med tills jag har snackat mer med din klient. Det där med pengarna såg ju verkligen ut att ta på honom...

Han stirrade tankfullt ut genom fönstret. Det hade börjat regna; stora tunga vattendroppar jagade varandra i ränder nedför det smutsiga fönsterglaset.

– Kan jag titta in nån dag, frågade Billy T. plötsligt. En kväll, helst. Jag har nåt viktigt att snacka med er om. Både dej och Håkon, menar jag.

– Självklart. Men ge mej en vink är du snäll. Om vad det rör sej om? Något allvarligt?

De växlade en blick som varade så länge att Karen till slut gjorde en grimas och såg ned på den ömma foten.

– Jag tror det, sa Billy T. lågt. Jag kommer förbi måndag kväll. Okej? Om inte det här plejset brinner ner under tiden förstås.

– Det här stället står kvar om så Dovrefjäll rasar, mumlade Karen och drog på sig skon igen. Du kan inte komma i kväll? Vi är hemma och har inga planer.

Billy T. tänkte efter.

– Nej, sa han till slut. Vi ses på måndag. Vid åttatiden.

11

NÄR EIVIND TORSVIK var tretton år gammal skar han av sig bägge öronen.

Det var inte alls meningen att dö av blodförlust eller infektion. Dagen innan hade han varit på apoteket och köpt sterila kompresser och tre rullar plåster för pengar som han hade stulit. Han la de avskurna öronen i en ask med bomull och med blodfyllda örongångar traskade han upp till skolan för att visa läraren vad han hade gjort.

Det var vad som måste till.

På många sätt hade han redan känt att det var för sent. Samtidigt visste han att det ändå fanns något kvar. Han hade skadats för livet, visst, men fortfarande fanns det något inom honom som det var värt att ta vara på. Bara någon tog hand om honom.

Det kostade honom öronen att få hjälp.

Nu var han tjugosju år gammal och kände att offret inte hade varit för stort. Visserligen var det svårt att få glasögonen att sitta kvar; han måste köpa bågar som var så trånga att de klämde åt om huvudet. Dessutom tittade folk konstigt på honom. Men han träffade inte så många. På sommaren kryllade det av folk kring stugan där han bodde, men de fasta sommargästerna hade vant sig vid den öronlöse unge mannen som alltid log och sällan sa något. De respekterade hans gränser; både för den fyratusen kvadratmeter stora tomten och för honom personligen.

Dagar som den här var underbara.

Det var lördag den sjätte mars. Duggregnet färgade förmiddagen grå medan vinden piskade fram vita vågkammar ute på fjorden. Eivind Torsvik hade suttit uppe till fyra i natt, men kände sig ändå pigg och glad. Han var snart färdig med sin fjärde roman.

Vilket var bra. Under begynnelsefasen, ungefär vid den här tiden varje år, var han helt uppslukad av sitt skrivande. Han hade inte mycket tid att avsätta för egentliga livsnödvändigheter. Det avancerade datasystemet – som dominerade halva rummet och gav ifrån sig en lukt av instängd industrilokal – reducerades till en enkel ordbehandlare.

Eivind Torsvik traskade barfota bort över klippan. Berghällen var kall och knottrig under fötterna och han kände sig stark. Saltvattnet sved mot huden när han kastade sig i sjön. Det kunde knappt vara mer än sju, åtta grader. Flämtande och ivrig la han tio meter mellan sig och land innan han tvärvände och simmade tillbaka med snabba simtag och huvudet under vattnet.

Det var dags att äta frukost.

Sedan skulle han göra sig alldeles klar.

12

– Varför händer det här ideligen?

Hanne Wilhelmsen dängde Dagbladet och Verdens Gang i bordet. Erik Henriksen satte maten i vrångstrupen och sprutade en sky av halvtuggade brödsmulor över tidningarna.

– Vad då, frågade kriminalinspektör Karl Sommarøy och tog en stor slurk ur ett halvlitersglas mjölk.

– Varför vet de här journalisterna mer än vi? Varför är det ingen som har ringt och väckt mej?

Ingen kände sig manad att svara. Hanne Wilhelmsen satte sig på en stol vid bordsändan i det spartanskt inredda sammanträdesrummet och började bläddra i VG, mer och mer uppretad.

– Du har mustasch, sa hon plötsligt och såg på Sommarøy medan hon drog ett streck över sin egen läpp. Är det sant att Halvorsrud har varit bötfälld för våld tidigare?

– För ganska exakt trettio år sedan, sa Karl Sommarøy stelt och torkade sig om munnen. Som sextonåring fick han femtio kronor i böter för att ha klippt till en kompis på sjuttonde maj. En full och dum sextonåring, Hanne. Det har inte ens hindrat honom från att få juristexamen. Eller att göra karriär inom åklagarmyndigheten. Episoden har för länge sedan försvunnit ur alla arkiv. Jag tvivlar på att den har så stor betydelse i det här fallet.

– Låt mej avgöra den saken, sa Hanne kort. Jag är trött på att läsa nyheter om mina fall i tidningen. Hur *vet* de här människorna såna saker?

Hon kastade ifrån sig tidningen med en grimas och sträckte sig efter en kopp på brickan som stod mitt på det avlånga bordet.

– Tips, sa Erik Henriksen, som hade hämtat andan. Med hopp om tiotusen skattefria kronor finns det inga gränser för vad genomsnittsnorrmannen är beredd att sälja.

– Jag har nyheter om de där disketterna, sa Karianne Holbeck och log.

Hanne hade inte ens lagt märke till att hon satt där.

– Från medicinskåpet?

Karianne Holbeck nickade.

– Och vad är det då?

Hanne rätade på sig och drog stolen intill bordet.

– De innehåller upplysningar om fyra olika fall. Fall för eko-roteln. Ganska stora grejer, såvitt jag kan se. Jag kände i alla fall igen tre av namnen. Inflytelserika människor. Det lustiga är att disketterna inte innehåller egentliga kopior av åtalsakter. Mer sammandrag, liksom. Visserligen detaljerade, men till form och innehåll liknar de knappast polisrapporter.

Luften i det fönsterlösa rummet var tung och luktade gamla matsäckspaket. Hanne Wilhelmsen kände att hon redan var på väg att få huvudvärk. Hon masserade tinningarna med pekfingrarna och blundade.

– Kan du säga något om vem som har skrivit dem?

– Inte för närvarande. Men vi granskar dem naturligtvis noggrannare nu.

Hanne öppnade ögonen och såg på Erik Henriksen. Så små-log hon och ruskade honom i det knallröda håret. En gång i ti-den hade han varit förälskad i henne; svassat kring benen på henne som en hundvalp och blivit lycklig över varje tecken på förtrolighet. När han så småningom insåg det hopplösa i hela projektet hade kommissariens ständiga anspelningar på hans ungdom och underlägsenhet börjat irritera honom.

– Hjälp henne, Erik, sa Hanne Wilhelmsen. Och dessutom…

Hon såg återigen på Karianne Holbeck. Det var någonting

som tilltalade henne hos den där nykomlingen. Kriminalinspektören kunde knappast vara mer än tjugosex, tjugosju år gammal. Hon var frisk och rundlagd utan att vara rultig och hon kastade ofta med huvudet för att få undan det halvlånga blonda håret. Hennes ögon påminde Hanne om ögonen på en hund hon brukade rasta när hon var liten: gulbruna med gröna fläckar och en blick som var både alert och avmätt, direkt och ändå inte så lätt att tyda.

– Finns det något nytt om den där datorn?

– Ja, sa Karianne Holbeck och nickade. Hårddisken var faktiskt ny.

Dörren gick upp med ett brak och Billy T. stormade in och fyllde rummet med en närvaro som fick Karianne Holbeck att tystna.

– Fortsätt, bad Hanne utan att se åt Billy T:s håll.

Han satte sig förnärmad bredvid Karl Sommarøy och nappade åt sig de braskande tidningarna.

– Hårddisken var helt enkelt utbytt, förklarade Karianne Holbeck. Det har antagligen hänt ganska nyligen. Vi har kollat produktionsnumren. Datorn var gammal, precis som vi trodde. Gammal och välanvänd. Men innanmätet var alltså...

– Nytt, sa Hanne tankfullt och knep ihop ögonen.

Ända sedan hon blev nedslagen utanför sitt eget kontor en kväll strax före jul nittiotvå hade hon lidit av en ofta återkommande huvudvärk. Det senaste halvåret hade den blivit värre.

– Vet vi vem som disponerade datorn?

– Visserligen inte, sa Karianne och försökte stänga till korken på en termoskanna som gav ifrån sig ett klagande pip. Men av omgivningarna att döma skulle jag anta att det var frun. Doris Flo Halvorsrud, alltså. Det låg lappar och anteckningar kring datorn om inköp och inredning och sånt. Dessutom var platsen så... jag vet inte vad jag ska säga. Feminin? Krukväxter och en

72

liten nallebjörn som var fastklistrad uppe på datorn. Såna saker. Någon bör fråga Halvorsrud. Och ungarna, kanske. De kommer tillbaka i morgon.

– Hur gick förhöret?

Hanne Wilhelmsen knäppte händerna bakom nacken och såg på Billy T. Han spottade på fingrarna och bläddrade ilsket vidare i Verdens Gang.

– Han svimmade minsann.

– Va?

– Han svimmade. Mitt i förhöret. Jag frågade bara om pengarna i källaren och så var killen väck. Sjönk ihop, lugnt och stilla.

– Har du skrivit ut förhöret?

– Jo, men det är ju inte underskrivet. Halvorsrud är på Ullevål. Det är ingenting allvarligt, säger de. Han kommer tillbaka hit i morgon.

– Om inte en eller annan vitrock anser att han inte tål luften här, förstås.

Erik Henriksen stack en cigarrett bakom örat och fortsatte:

– Typiskt i så fall. Vanligt patrask får stå ut med vårt trista häkte i månader. Men när vi tar in någon kostymgubbe så är det hälsoskadligt att sitta där mer än tre timmar.

– Ska vi ta en promenad, sa Billy T. plötsligt och såg på Hanne.

– Promenad, upprepade hon misstroget. Nu?

– Ja. Du och jag. Gå ut och gå. En arbetspromenad. Vi kan snacka om fallet medan vi går. Jag behöver lite frisk luft.

Han reste sig så tvärt att stolen höll på att välta och gick mot dörren, som om saken redan var avgjord.

– Kom, kommenderade han och slog henne på skuldran.

Hanne vred sig bort och blev sittande.

– Ta kontakt med ekoroteln, Karianne. Titta på de där fallen som finns på disketterna. Ta reda på...

Hon höll upp händerna och räknade på fingrarna.

... om de är under utredning, om det eventuellt har väckts åtal, om de är nedlagda och...

Hanne tystnade tvärt.

– Om vem som eventuellt har föreslagit nedläggning, sa hon sakta. Om det är Halvorsrud, så be en av de andra åklagarna att titta närmare på saken. På om nedläggningen är rimlig. Och du, Karl...

Hon tittade på polisinspektör Sommarøy. Hon tyckte alltid att det var svårt att se honom i ögonen. Hennes blick gled som regel nedåt; fascinerande nog var han närmast haklös. När hon träffade honom första gången hade hon trott att den märkliga nederdelen av hans ansikte berodde på en ödesdiger olycka. Mannen var storbyggd och atletisk med kraftigt, krulligt hår. Ögonen var stora och gröna, med korta maskulina fransar. Den stora näsans böjning skulle ha skänkt hela gestalten ett nästan auktoritärt drag om det inte var för att ansiktet i stort sett tog slut under den pyttelilla, smala munnen. Det var som om Gud hade spelat Karl Sommarøy ett allvarligt spratt och givit honom en fyraårings hakparti.

– Du samlar allt vad vi har tills nu av vittnesförhör, skriver ett sammandrag och lägger det på mitt bord före nio i morgon bitti. Tillsammans med kopior av alla förhörsprotokollen.

– Det är fråga om bortåt tjugo förhör redan nu, klagade Karl Sommarøy och trummade med vänster hand mot bordet. Och det finns inte mycket av betydelse i något av dem.

– Då är det lätt gjort då. Klockan nio i morgon.

Hanne Wilhelmsen reste sig.

– Jag tar en liten promenad nu, förklarade hon och log så brett att nykomlingarna i mötesrummet stirrade förvånat på henne.

I dörröppningen vände hon sig snabbt om och nickade mot Karianne Holbeck.

– Du fattar vart jag vill komma med disketterna?

– Jag har redan tänkt på samma sak själv, sa Karianne och suckade tungt. Om vi har rätt, sitter Halvorsrud ordentligt i klistret.

– Det gör han redan, mumlade Erik Henriksen. Jag slår vad om en tusing att snubben blir dömd så det dånar om det.

Ingen satte emot.

13

EVALD BROMO hade aldrig använt Internet till sådant. Han visste hur mycket det fanns där ute, han hade bara aldrig vågat. Apatiskt satt han och tittade på skärmsläckarens meningslösa mönster. En kub delades i kulor som växte och omformades till blommor för att sedan vissna till en triangel i fyra färger. Om och om igen. Långsamt tog han av sig glasögonen, putsade dem grundligt med skjortsnibben och tog dem på sig igen. Triangeln blev till en kub. Kuben till kulor som växte.

– Åsgardutbyggnaden, sa han halvhögt för sig själv och grep om musen.

Skärmsläckaren försvann. En tom sida kom upp framför honom. Den hade stått orörd i två timmar.

Antagligen hade Statoil gjort en katastrofal budgetmiss i det kanske största prestigeprojektet i statsoljeföretagets snart trettioåriga historia. Den gigantiska Åsgardkedjan – utbyggnaden av fältet på Haltenbanken, gasrörledningen in till Kårstø i Rogaland, utbyggnaden av processanläggningen där samt gasrörledningen Europipe II – skulle efter planen kosta runt tjugofem miljarder. Enligt vad Evald Bromo fått tips om, kunde de nya kalkylerna ligga tio, femton miljarder över det ursprungliga beloppet. Var detta sant, var det svårt att avgöra vem som skulle stå kvar på slagfältet om ett par månader. Koncernchefen gjorde det knappast. Inte styrelsen heller.

Evald Bromo fick inte ner ett ord.

Han tänkte på allt som låg där ute. Några tangentslag bort. Spänningen i kroppen gjorde att hans knäskålar slog emot varandra; omedvetet och hårdare och hårdare tills smärtan fick honom att lugna sig.

Evald Bromo visste vad spänningen betydde.

Han visste vad han måste göra, men han ville det inte. Inte den här gången. Två e-mail hade ramlat in i hans liv och gjort allting omöjligt. En tur på nätet kunde ha hjälpt. I alla fall för en liten stund.

Han kunde inte.

Elektroniska spår lagrades överallt.

Evald Bromo bestämde sig för att springa hem. Kanske skulle han springa hela kvällen. Han reste sig, vrängde av sig jacka, skjorta och byxor och tog på sig den gulsvarta adidasdräkten. När han snörde joggingskorna märkte han att han redan svettades. Händerna var våta och han kände en frän doft av sig själv när han gick ut genom dörren.

Han glömde att tala om för redaktionssekreteraren att hans artikel inte blev färdig. När han kom på det – fem kilometer spurtjogging senare – bromsade han upp ett ögonblick innan han återigen la all kraft i stegen.

Evald Bromo orkade inte ens ringa.

14

DEN SKARPA LUFTEN bet i kinderna och Hanne Wilhelmsen
stannade. Hon lutade huvudet bakåt och blundade medan hon
kände fukten från marken krypa genom de tunna skosulorna och
uppför benen som en sval smekning. Hon andades djupt genom
näsan och det slog henne att det var första gången på länge som
hon inte var röksugen. Träden stod vintergrå och pessimistiska
längs skogsvägen, men en och annan tussilago stack upp huvudet
genom ruttnande löv. Hanne småfrös och mådde bra.

– Bra idé, sa hon och stack armen under Billy T:s. Jag behöv-
de verkligen komma ut ett tag.

Billy T. hade berättat om förhöret. Om Halvorsruds envisa
påstående om Ståle Salvesen. Om sin egen motvilliga tro på
chefsåklagaren. Om sin växande fascination över fallet, som till
att börja med inte hade intresserat honom.

– *Om* Halvorsrud talar sanning, resonerade han, så ser jag
bara två möjligheter. Antingen att han faktiskt tar fel. Han tror
att gärningsmannen är Salvesen, men egentligen var det nån an-
nan. Nån som liknar honom.

Hanne rynkade på näsan.

– Jag håller med, sa Billy T. snabbt. Det låter osannolikt. Sär-
skilt eftersom han var där så länge och eftersom Halvorsrud så
hårdnackat säger att det var han. Alternativet är naturligtvis att
Salvesen inte är död.

– Möjligen det, samtyckte Hanne. Han arrangerar ett själv-
mord på måndagen, gömmer sej för att slå till på torsdagen för
att därefter ge sig iväg till en annan del av världen.

De växlade en tvivlande blick.

– Jag har läst om sånt, sa Billy T. och drog på det. Sett på film och så, menar jag. Men uppriktigt sagt så har jag aldrig hört om nåt sånt i verkligheten.

– Vilket inte innebär att det inte kan hända, sa Hanne. Han kan ha sett filmen han också.

De vek av från skogsvägen och in på en stig, som efter bara några meter slutade i en rastplats vid Skarselva. Vattnet flöt tungt och regnfyllt mot Maridalsvannet; en sky av rå fukt låg över älvbrinken. Utan att torka bort vintersmutsen från den väderbitna träbänken, satte sig Hanne och Billy T. med ansiktena vända mot vattnet.

– Den här doften skulle de göra parfym av, sa Hanne och log medan hon sniffade i luften. Vi måste hitta ett motiv. Hypotetiskt.

– Hypotetiskt, upprepade Billy T. Om vi bara, på skoj... Om vi föreställer oss att Halvorsrud talar sanning. Och har rätt. Varför i helvete skulle Salvesen mörda en chefsåklagares fru för? De har ju inte ens träffats.

– Nej. Men Ståle Salvesen blev ju ganska så ruinerad av den där utredningen du berättade om. I början av nittiotalet. Den som Halvorsrud igångsatte och ledde.

– Jovisst, sa Billy T. och vände sig till hälften mot Hanne. Det är uppenbart att Salvesens tillvaro tog en dramatisk vändning när ekoroteln var efter honom. Så är det. Men varför *nu*? Om karln var så full av hat mot Halvorsrud att han önskade livet ur hans fru, varför har han gått och grunnat på det i sju, åtta *år*?

Hanne svarade inte.

Salvesenhistorien hängde inte ihop. Hanne Wilhelmsens rättesnöre hade alltid varit: det enkla är det sanna. Det uppenbara är också det rätta. Brott är oftast impulsiva, sällan komplicerade och så gott som aldrig konspiratoriska.

Det fanns visserligen undantag från dessa teser. Genom åren

hade hon klarat upp ett inte obetydligt antal fall just därför att hon visste och förstod att alla regler hade sina undantag.

– Arrangera sitt eget falska självmord...

Hon bröt en kvist från en liten björk och stoppade den i munnen. Det smakade beskt. Saven klistrade mot läpparna.

– Utan annat motiv än att mannen var föremål för utredning för många år sedan. Utan att det ens väcktes åtal.

Hanne småspottade, kastade ifrån sig björkkvisten och gick ända ner till vattnet. Bruset från älven tryckte mot trumhinnorna och hon skrattade högt utan att veta varför.

– Nu ska du få höra en annan teori, ropade hon till Billy T. Tänk om Halvorsrud sålde information från ekoroteln till folk som var under utredning?

Brinken var hal. Hanne balanserade från sten till sten. Plötsligt gled foten under henne. Det iskalla vattnet nådde henne till ena knäet innan hon överrumplad lyckades ta sig i land.

– Kanske hade hans fru upptäckt det, fortsatte hon medan hon häftigt skakade det våta benet. Kanske till och med hade skrivit om det på sin dator. Eftersom hon ville vara gift med en hjälte och inte en skurk så begärde hon skilsmässa. Vi måste nästan springa till bilen. Jag får lunginflammation av det här.

De sprang i kapp. De knuffades och buffades och försökte lägga krokben för varandra medan de sprang för livet mot bilen.

– Men Halvorsrud ville inte skiljas, flämtade Hanne med näven i vädret i en segergest. Doris hade blivit ett hot. Ett allvarligt sådant. Han mördar henne, kokar ihop en historia som är så fantastisk att någon helt enkelt måste tro på den, och håller stenhårt på den – come hell or high water.

– Men för fan, Hanne, sa Billy T. medan han försökte åla sig in i den lilla utrangerade tjänstebilen. Varför arrangerar han inte hellre en olycka. Bilkrasch? Eldsvåda? *Samurajsvärd*, Hanne. En regelrätt *halshuggning*!

Bilen hostade sig nedför Maridalsveien. Trafiken var gles, trots att det var lördag eftermiddag i ett av Oslo-områdets mest populära strövområden. I kurvan vid Mariakirkeruinerna dog motorn.

– Jävla skitbil!

Billy T. hamrade näven i ratten. Hanne skrattade.

– Den här bilen är som ett litet barn. Jag känner den mycket väl. Ivrig i början, men när den är trött i benen så tvärvägrar den. Kanske ska vi bära den hem?

Hon kiknade av skratt när Billy T. topp tunnor rasande fastnade i något som gjorde att han varken kom ut eller in i det trånga förarsätet.

– Ring Kammaren, fräste han. Ring *brandkåren* för den delen. Få ut mej!

Hanne Wilhelmsen gick ut ur bilen. Hon drog jackan tätare om sig och knallade ned mot Maridalsvannet medan hon halade fram mobilen ur fickan. Två minuter senare fick hon bekräftelse på att hjälp var på väg.

Isen hade ännu inte gått upp. Den låg som ett smutsgrått lock över Oslos dricksvattenkälla. Hanne stannade när hon fick syn på en välvuxen älg som stod och drack av smältvattnet. Så fick den antagligen vädring på henne; det stora djuret lyfte vaksamt på huvudet innan det travade mot skogsbrynet och försvann.

Hanne Wilhelmsen kände det med en oförklarlig säkerhet. Ståle Salvesen var död. Hon kunde naturligtvis inte veta det. Men ändå visste hon det.

– Skärp dej, sa hon irriterat till sig själv.

Sedan skakade hon av sig tanken och gick för att hjälpa Billy T. som fortfarande satt fast i en gammal Ford Fiesta och svor så det måste höras över hela dalen.

15

SISTA PUNKTEN sattes alltid med en liten ceremoni. Eivind Torsvik hade öppnat en flaska Vigne de L'Enfant Jésus på morgonen. Nu hade rödvinet fått lufta i tio timmar. Han höll upp glaset mot ljuset från skärmen och lät vätskan rulla runt kanterna. Han njöt av tillfredsställelsen att snart trycka på punkttangenten för sista gången.

Hans manus var alltid perfekta. Ingenting rättades av förlaget. Inte en mening. Inte ett komma, inte en utgång. Det fanns inte ens ett stavfel i de omfångsrika manuskripten.

Eivind Torsvik hade aldrig varit bra i skolan. Han kom knappt igenom folkskolan. Efter att han skar av sig öronen och livet så småningom blev något bättre i trettonårsåldern hade han snart förstått att han saknade grundkunskaper. Då gav han mer eller mindre upp. Han klarade sig utan.

Eivind Torsvik kunde lite grann om parlamentarismens historia. Naturligtvis hade han hört talas om det amerikanska inbördeskriget och den ryska revolutionen, men han hade ändå grumliga föreställningar om när de inträffade och vad de i grund och botten handlade om. Av skönlitteratur hade han hållit sig till tre böcker: Moby Dick, Svält, och Jens Bjørneboes Drömmen och hjulet. Aldrig något annat. Han läste alla tre under de första veckorna i fängelset och kunde inte sova. Sedan dess hade han läst om dem tre gånger. Sömnlösheten hade slutat med en vecka på sjukhus. När han bestämde sig för att börja skriva, beslöt han samtidigt att aldrig läsa vad andra hade skrivit. Det bara störde honom.

När han blev IQ-testad i samband med den rättspsykiatriska

undersökningen, förvånade det alla andra än honom själv att han låg skyhögt över genomsnittet. Eivind Torsvik hade använt sin begåvning till att skriva böcker som ingen kunde öppna utan att läsa färdigt. Han var dessutom bra på engelska, något som han redan som liten grabb hade lärt sig genom att se på amerikanska B-filmer på video medan alla de andra barnen var i skolan.

Eftersom han sällan läste tidningar hade förlaget när den första boken kom ut skickat recensionerna med posten. För första gången i sitt liv hade Eivind Torsvik känt sig riktigt nöjd. Inte för att han blev smickrad av panegyriken – vilket han visserligen blev – men för att han kände sig sedd. Förstådd. Debutboken var en tegelsten på över sjuhundra sidor och handlade om en lycklig hora som regerade på Amsterdams slitna bakgator. Eivind Torsvik hade aldrig satt sin fot i Amsterdam. När han ett år senare fick veta att boken hade blivit en storsuccé i Holland, sände han en vänlig tanke till pliten på Ullersmo som hade ställt en halvt utrangerad dator på hans bord i cellen och sagt:

– Hej, Eivind. Här är din biljett till yttervärlden

Eivind Torsvik tänkte sällan på åren som han suttit i fängelse. Inte för att det var speciellt smärtsamt att se tillbaka på tiden bakom lås och bom. Under loppet av de fyra år som han måste sona för mordet han begick på sin egen artonårsdag, lärde han sig allt han behövde för att leva ett gott liv. Förutom att skriva lärde han sig datateknik. Plitarna hade aldrig gjort Eivind Torsvik någon förtret; de behandlade honom med respekt och ibland med något som kunde likna godhet. De andra fångarna hade i stort sett lämnat honom i fred. De kallade honom "änglagossen". Trots att namnet nog ursprungligen kom till för att håna hans ljusa lockar och det eviga, outgrundliga leendet, hade han aldrig känt sig förnärmad. Änglagossen var okej. Eftersom han satt inne för mord lät till och med nykomlingarna honom få leva sitt liv utan särskild inblandning. Efter ett par månader var det ingen som kommenterade att han saknade öron.

När han nu för första gången tänkte på cellen där han hade bott i fyra år var det för att han skulle sätta punkt. Han blundade och kände efter. Fem dagar innan han skulle släppas fri hade han för första gången upplevt glädjen i att förklara ett manus för färdigt. Eftersom han inte hade tillgång till rödvin i fängelset hade han långt i förväg köpt en flaska Pommac. En vakt hade skrattat åt hans förfrågan, men försett honom med ett vackert glas på fot. När Eivind Torsvik skålade för sig själv och sin allra första roman, kände han kittlingen av kolsyra mot gommen som det närmaste han någonsin hade kommit en bra, sexuell upplevelse.

Han drack en klunk av vinet. Det var varmt i stugan; skönt, nästan hett. Eivind Torsvik satt i T-tröja och jeans och när han till slut svalde rödvinet lät han fingret beröra punkttangenten.

Även om han inte precis gladde sig åt de kommande fyra månaderna, så kände han sig mycket tillfreds med att ta itu med något annat.

16

HANNE WILHELMSEN ville inte sova. Hon klippte med ögonlocken, skakade häftigt på huvudet och försökte så gott hon kunde att hålla sig vaken. Återigen hade det stått mat på bordet när hon kom hem. Återigen hade Cecilie tänt stearinljus och satt på vacker musik som fyllde rummet med något som krävde uppmärksamhet. Och för femtioelfte kvällen, veckan, kanske *månaden* i sträck, fylldes Hanne av något som mest av allt påminde om irritation. Antagligen var det dåligt samvete. Hon grep tag i det, klamrade sig fast vid känslan av otillräcklighet och försökte få den att hjälpa henne att hålla ögonen öppna.

– Jag ger mej, sa hon till slut. Förlåt mej, Cecilie, men jag bara *måste* sova. Jag stupar, jag…

Musiken tog slut. Tystnaden var så påtaglig att den för ett ögonblick fick Hanne att tro att hon skulle klara av en halvtimme till. För husfridens skull. För Ceciliessess skull.

– Jag går och lägger mej, sa hon tyst. Tack för maten. Det var jättegott.

Cecilie Vibe sa ingenting. Hon blev sittande med gaffeln lyft framför sig. Ett litet stycke stenbit höll på att lossna och hon stirrade på fiskköttet tills det äntligen föll ner i citronsåsen som delvis och oaptitligt hade stelnat på tallriken. När hon hörde att Hanne stängde sovrumsdörren efter sig orkade hon inte ens gråta.

I stället satt hon uppe hela natten och läste en bok.

Det blev söndag den sjunde mars. Den grå gryningen kröp in i lägenheten. Så småningom somnade Cecilie där hon satt. När Hanne gick upp vid åttatiden bredde hon ett täcke över sin sambo utan att väcka henne, glömde frukosten och försvann.

17

PREBEN HALVORSRUD var för ung för att fatta sin egen förvirrade sorg. Hans ansiktsuttryck präglades av trots och avståndstagande. Finnarna kring näsroten var illröda och ögonfransarna – långa och böjda som på en flicka – hade klibbat ihop av snor och tårar. Munnen var förvriden i en avvisande grimas med våta mungipor som han inte vågade slicka torra. Pojkens blick hade bara snuddat vid Billy T. när han hämtade honom hemma hos en moster. Sedan hade de knappt växlat en blick.

– Så bra att ni kan bo hos din moster då.

Billy T. var nära att ge upp. Han tyckte inte om att förhöra barn. Ungar hörde inte hemma på polishuset. Alla under tjugo var ungar för Billy T. Själv hade han kört en olovligt lånad bil till vrak som nittonåring. Hans tacksamhet mot kamratens far var oändlig. Han hade satt brottslingarna till att måla huset som straff. Ordningsmakten fick aldrig nys om saken. När Billy T. tre år senare sökte in på polisskolan, kunde han lägga fram det fläckfria registerutdrag som krävdes. Han hade lärt sig två saker av episoden: för det första att det inte fanns några gränser för vilka dårskaper ungdomar kunde hitta på. För det andra att det mesta kunde förlåtas.

Preben Halvorsrud var nitton år och hade inte ens stulit en flaska läsk. Han hade inte gjort någonting. Ändå satt han i ett ogästvänligt kontor i polishuset och bet fingrarna till blods för att det inte längre fanns några naglar att bita. Han vred sig i stolen och spretade med benen utan att inse att det verkade mer barnsligt än maskulint.

– När får jag träffa farsan då?

Han vände sig till sitt eget byxlår.

– Inte lätt att säga, sa Billy T. När vi får lite mer överblick och kan se vad som egentligen har hänt.

Samtidigt som han sa det hörde han hur meningslöst svaret var. Det sa inte grabben någonting som helst. Preben Halvorsrud ville träffa sin pappa nu. Snart.

– Snart, rättade sig Billy T. Så snart som det överhuvudtaget är möjligt.

Han var tömd på frågor. Försiktigt hade han försökt ta reda på vad grabben visste om föräldrarnas förhållande. Preben svarade i stort sett med enstaviga ord. Men han visade en butter och motvillig omtanke om sina syskon. Han verkade särskilt bekymrad för systern på sexton.

– När är begravningen, sa han plötsligt och stirrade ut genom fönstret.

Billy T. svarade inte. Han visste inte. Det var bara tre dagar sedan Preben Halvorsruds mamma blev halshuggen. Till nu hade Billy T. och resten av de elva spanarna som jobbade med fallet uteslutande koncentrerat sig på att samla trådar i en väv som till slut skulle visa dem vem som hade mördat Doris Flo Halvorsrud. Men kvinnan skulle väl begravas. I ett absurt ögonblick såg Billy T. för sin inre syn två kistor; en stor till kroppen och en liten nätt en till huvudet. Han undertryckte ett högst opassande leende.

– Kan farsan få gå?

Grabben såg på honom ett kort ögonblick. Han var sin mor upp i dagen, trots den senpubertala och alltför stora näsan och en hy som måste vålla honom svåra problem med tjejer.

– Gå härifrån? Nej. Han blir nog sittande ett tag. Som sagt, det…

– Jag menade inte härifrån. Jag fattar att det inte går. Jag menade på begravningen. Morsans begravning. Kan farsan komma?

Billy T. gned sig i ansiktet och snörvlade hårt och länge.

– Det är jag fan ta mej inte säker på, Preben. Jag ska göra mitt bästa.

– Det skulle vara okej, i alla fall för min syster. Hon är... pappig, liksom.

– För dej då, frågade Billy T. Hur är det med dej?

Grabben ryckte på axlarna.

– Tja...

– Tror du det är viktigt för din far, då? Att komma till begravningen, menar jag.

Preben Halvorsrud gjorde en grimas som var omöjlig att tolka. Kanske var han bara trött.

– Mmm, sa han och nickade svagt.

– Varför?

– De tyckte ju *om* varann!

För första gången slog en känsla igenom den avvisande butterheten. Nittonåringen rätade på sig i stolen och tog handen från munnen.

– Mina föräldrar har vart gifta i över tjugo år. Jag fattar ju att det inte alltid har varit så jävla lätt. Det är det väl inte för nån. Du till exempel...

Ett småskitigt pekfinger med blod på toppen pekade på Billy T.

– Är du gift?

– Nej, sa Billy T. Men jag ska gifta mej i sommar.

– Ha'ru ungar?

– Fyra stycken. Snart fem.

– Jisses, sa Preben Halvorsrud och drog till sig fingret. Med samma tjej?

– Nej. Men det är inte mej vi snackar om nu.

Billy T. smällde i onödan med en skrivbordslåda.

– Jo, sa Preben. Det är dej vi snackar om. Om dina ungar har olika morsor så vet du ju vad jag snackar om. Allt är inte så jävla lätt hela tiden. Du har ju inte fixat det du heller! Att hålla dej till en hela tiden, menar jag. Om en morsa till dina ungar dog, tror du inte att det skulle vara viktigt för dej att gå på begravningen? Tror du inte?

Rösten åkte upp i falsett, som om grabben egentligen bara var femton. Han såg så ut också. Ögonen höll på att rinna över. Det tunna skalet av likgiltighet höll på att spricka. Billy T. suckade högljutt och reste sig. Känslan av att vara en skitstövel förlamade honom nästan när han tornade upp sig över pojken. Preben Halvorsrud hukade under honom.

– Så de *hade* alltså problem?

Grabben nickade svagt.

– På vilket sätt då?

Preben snörvlade högljutt och gned snabbt handryggen över ögonen. Så lyfte han hakan och såg Billy T. rätt in i ögonen. Tårarna, som hängde tunga i ögonfransarna och hotade att falla när som helst, glittrade i det gråvita dagsljuset.

– Vad vet man egentligen om sina föräldrar, sa han dämpat. Om sånt, menar jag.

Billy T. rös till. Utan att tänka sig för strök han Preben över håret. Ynglingen stelnade under beröringen men drog sig inte undan.

– Det har du rätt i, sa Billy T. Vi vet egentligen väldigt lite. Jag ska köra dej hem. Till din moster, menar jag. Men innan vi går vill jag gärna veta om…

Billy T. öppnade en skrivbordslåda och halade fram en stor, svart ficklampa. Den låg i en genomskinlig plastpåse.

– Känner du igen den här? Är det din, kanske?

Preben sträckte ut handen mot lampan men hejdade sig.

– Det är Marius. I alla fall har han en sån. Likadan, menar jag.

– Okej, sa Billy T. och la tillbaka ficklampan. Nu går vi.

När de kom ut i duggregnet utanför polishuset på väg till bilen, stannade Preben Halvorsrud.

– Måste du snacka med Thea och Marius också?

Billy T. ryckte lätt på axlarna och tänkte efter ett ögonblick. Sedan klappade han den unge mannen på axeln. Han var magrare än de säckiga kläderna fick honom att verka.

– Nej, sa han till sist. Jag lovar dej att vi inte ska plåga dina syskon.

– Bra, sa Preben Halvorsrud. Thea måste få vara i fred.

Hans leende, det första Billy T. hade sett, fick återigen nittonåringen att verka fem år yngre. Det feta, modeklippta håret föll ner i pannan och Billy T. hoppades att han inte hade lovat något han inte kunde hålla.

18

HANS CHRISTIAN MYKLAND, polismästare vid Oslo Polis-
distrikt, hade haft den tjänsten i exakt två år, två månader, två
veckor och två dagar. De fyra tvåtalen hade lyst emot honom
från kylskåpsdörren samma morgon. De var sirligt tecknade
med tusch på ett A4-ark och fäst med två magneter; en gris
klädd som clown och en miniatyr av det astrologiska uret i Prag.
Polismästare Mykland blev märkbart irriterad, men lät arket
hänga. Han hade aldrig berättat för sina arbetsgivare i justitie-
departementet om det avtal han ingick med familjen när han
sökte jobbet som högste chef för Oslopolisen.

Tre år.

Max.

Sönerna, tolv och femton på den tiden, hade helhjärtat stött
sin mor. Den yngste hade till råga på allt kommit med ett slags
kontrakt som fadern måste skriva under innan han fick lov att
tacka ja. Att han gjorde som pojken ville berodde på att han i ett
slag hade blivit så lik sin äldste bror. Simen var bara tjugo när
han tog livet av sig. Ensam i sommarstugan hade han tillfogat sig
själv elva brutala sår med en rostig gammal slidkniv. Läkaren
hade tittat bort när Mykland bad att få veta hur lång tid det hade
tagit för pojken att dö.

Kort tid efter att Hans Christian Mykland utnämndes till po-
lismästare hittades dåvarande statsministern Birgitte Volter död
i sitt tjänsterum. Skjuten i huvudet. Fallet väckte uppmärksam-
het i hela västvärlden och Hans Christian Mykland bevisade för
sin familj något de misstänkt hela tiden: polismästarjobbet var
ingen nio-till-fem-tillvaro.

Han trivdes.

Visserligen kände han sig emellanåt som Sisyfos. Kriminaliteten i Oslo lät sig inte kuvas. Polisen fick hela tiden fler resurser, men aldrig tillräckligt. Polisdistriktet omorganiserades och effektiviserades, men kriminaliteten var som en elakartad svulst som bara lät sig fördröjas, aldrig egentligen sluta växa.

Det var ändå värt det.

Ännu var Norge ett laglydigt land. Fortfarande kunde medborgarna – till och med i huvudstaden – känna sig ganska trygga. I alla fall om de visste vilka ställen de borde undvika och vid vilka tidpunkter de borde hålla sig hemma.

Hans Christian Mykland höll på att bli populär. Starten hade visserligen varit lite tveksam. Övergången från det brottsfallsorienterade jobb han kom från som chef för kriminalen, till den mer generella och mycket mer utåtriktade ställningen som polismästare hade inte varit lätt. Men han hade lyckats. Sakta men säkert. Nu såg han dagligen bevis på att de anställda inte bara respekterade honom, utan också börjat sätta värde på honom som människa och chef. Polismästaren tackade Gud för detta, varje kväll innan han somnade.

Polismästarjobbet var mer tillfredsställande än han hade drömt om. Han tyckte om sitt arbete. Han älskade kontakten med allmänheten. Han kände sig uppskattad av sina underordnade. Hans Christian Mykland behärskade sitt arbete och hade absolut ingen önskan att sluta. Ändå hade han bara knappt tio månader kvar. Ett löfte var ett löfte, även om han blivit aldrig så mycket tvingad att avlägga det.

Om Hanne Wilhelmsen vetat hur polismästarens morgon hade avlöpt hade hon kanske förstått mannens dåliga humör. Hon kunde inte begripa vad den sura minen och de korta, vresiga svaren kunde komma sig av.

– Varför i all världen kom inte det här fram i fredags?

Polismästare Mykland skrapade sig irriterat över den blåsvarta skäggstubben och stirrade på kommissarien.

– Vi hade helt enkelt inte någon möjlighet att samla…, började Hanne Wilhelmsen.

– Lördag då? Vi kör ju häktningsförhandlingar på lördagar om det är nödvändigt!

Polismästaren skakade på huvudet och log plötsligt.

– Förlåt mej, Hanne, sa han med en helt annan röst. Jag hade en dålig morgon. Familjen uppskattar inte särskilt mycket att jag arbetar på söndagar. Men jag…

Han kliade sig i nacken och drog sedan tankspritt i kragsnibben på uniformsskjortan.

– Tre och ett halvt dygn utan beslut…

Han lät meningen hänga i luften. Hanne Wilhelmsen visste mycket väl att i häktningsförhandlingen i morgon kunde polisjuristen vänta sig grova artilleriet från domarbänken. Rätten måste ge sin välsignelse till att Sigurd Halvorsrud hölls inspärrad. Enligt lagboken skulle det ske inom tjugofyra timmar efter anhållandet. En sak var att det hade gått för lång tid. Värre var att av papperen skulle det tydligt framgå att chefsåklagare Halvorsrud redan på fredagen hade godtagit fjorton dagars häktning. Polisen kunde ha lagt fram saken då.

Men Hanne Wilhelmsen hade hoppats på mer än två veckor. Hon tyckte inte om att jobba med korta frister. Som regel ledde det till att alla stressade i onödan. Stress förstörde arbetet. Folk slarvade. Utredningen blev lidande. Även om Hanne Wilhelmsen i viss mån kunde förstå försvarsadvokaternas evinnerliga tjat om att polisen måste åläggas korta tidsfrister för att få upp effektiviteten och ned häktningstiderna, så kände hon sig aldrig träffad. Var hon utredningsledare såg hon till att häktningstiden användes till det den skulle.

– Vi får stå ut med kritiken, sa hon och vred huvudet från sida till sida. I vilket fall som helst släpper de honom inte igen. Vi har mer än nog.

Polismästaren skakade på huvudet och satt och tittade på henne. En rynka bildades ovanför näsroten. Han tog upp en papperskniv av tenn och satt och fingrade på den kalla metallen.

– Hade jag känt dej bättre skulle jag fan ta mej erbjuda dej en nackmassage, sa han så oväntat att Hanne inte riktigt visste åt vilket håll hon skulle se. Men jag får väl avstå. Hur känner du själv?

– Känner? Jooo… Jag klarar mej fint. Lite stel bara. Ingen fara.

Polismästaren skrattade högt.

– Jag menade inte nacken. Fallet. Vad tror du? Har han gjort det?

Hanne kände hur det dunkade bakom ena tinningen. Hon försökte dölja att hon andades snabbare av förlägenhet och började på sammanfattningen som hon hade kommit för att ge.

– Vi är elva man på fallet. Plus tekniker, naturligtvis. Tills vidare har vittnesförhör med grannar och sånt inte lett någon vart. Alla är chockade och skakade och så vidare. Ingen kan tänka sej någon som kunde ha intresse av att se fru Halvorsrud död. Dörrknackningen har inte gett oss ett dugg. Ingen har sett något. Ingen har hört något. Allt som allt har vi tjugusex förhör, bland annat ett med Halvorsruds äldste son. Vi fick inte ut något särskilt av det heller. Annat än att han nog har förstått att allt inte var alldeles rosenskimrande mellan föräldrarna.

Hon tystnade. Cecilie. Hanne hade glömt att ringa. Hon sneglade på armbandsuret och svor tyst.

– Det vi *har*, är faktiskt ganska mycket. Mannens fingeravtryck på vapnet. Inga andras, faktiskt, inte ens avtryck från någon klåfingrig unge. Ingen ska komma och säga att det där svärdet har hängt på väggen i åratal utan att något av barnen har varit på det.

94

– Vilket kan betyda att svärdet blev avtorkat innan Halvorsrud tog i det, sa polismästaren och viftade åt Hanne att fortsätta.

– Självklart. Men det förblir spekulationer. Hans fingeravtryck fanns för övrigt också på ficklampan som av allt att döma användes för att slå hustrun medvetslös. Hans, och inga andras. Han nekar bestämt till att ha sett lampan överhuvudtaget och än mindre att ha tagit i den. Patologerna hävdar att hon bragts om livet mellan tio och elva på kvällen. Telefonsamtalet från chefsåklagaren kom inte förrän tio över tolv. Midnatt, alltså.

Hanne Wilhelmsen bläddrade i papperen som hon hade i knäet; mer av distraktion än av egentligt behov.

– Halvorsrud satt alltså med sin döda fru i en till två timmar innan han ringde. Kläderna var översköljda med blod. Som om inte det var tillräckligt...

Hon slog ihop den gröna mappen och sköt fram den på det stora skrivbordet framför polismästaren.

– Vi hittade hundratusen kronor i använda sedlar gömda i hans källare. Tillsammans med disketter som handlar om fall som han jobbade med på ekoroteln. Han blånekar till att ha någon som helst kännedom om det hela.

– Men, avbröt polismästaren och sträckte sig efter mappen hon hade erbjudit honom. Igår fick jag veta att förhöret med Halvorsrud inte blev avslutat. Han svimmade, sas det. Och blev inlagd på sjukhus.

– Helt tillfälligt, sa Hanne Wilhelmsen torrt. Frisk som en nötkärna idag. Envis som en åsna också. Vi gav tillstånd till ytterligare ett dygn på sjukhus, men mannen vägrade. Han ville tillbaks till häktet. ”Som alla andra”, som han sa. Jag har suttit i förhör med honom i flera timmar nu på eftermiddagen.

Hon reste sig och blev stående medan hon betraktade den storslagna utsikten från polishusets sjunde våning. Den blytunga eftermiddagen stretade mot kväll. Gråsvarta moln drev snabbt österut. Oslofjorden gick vit och en trött Danmarksfärja bogserade sig tungt mot sin fasta plats vid Vippetangen.

– En gång i tiden tyckte jag om den här stan.

Hanne visste inte om hon hade sagt det eller bara tänkt tanken. En gång hade hon känt sig hemma här. Oslo var Hanne Wilhelmsens stad. Visserligen flyttade hon till huvudstaden först som nittonåring, men det var då livet hade börjat. Barndomen var ett delvis utsuddat minne av något som egentligen inte hade varit obehagligt, men absolut betydelselöst. Hanne Wilhelmsens tillvaro hade tagit fart först med Cecilie och den lilla lägenheten på Jens Bjelkes gate. Efter två år hade de flyttat från de trettio kvadratmetrarna med dass i trapphuset och den fräna stanken av döda råttor i väggarna. Tre lägenheter hade därefter kommit och gått. Större och finare för var gång; som det skulle vara.

Hanne kände ett sug i mellangärdet. Hon längtade tillbaka till Jens Bjelkes gate. Till begynnelsen, så som allting en gång hade varit.

– Nu bor jag här, tänkte Hanne Wilhelmsen och insåg med ens att polishuset på Grønlandsleiret 44 var det enda ställe i hela världen där hon kände sig riktigt hemma.

– Hur tar han det hela, hörde hon polismästaren säga och vände sig mot honom igen.

– Lite konstigt, svarade hon kort.

Hon satte sig igen och bad om en kopp kaffe. Polismästaren gick själv ut i förrummet och kom tillbaka med två vita koppar och ett askfat. Hanne Wilhelmsen tog emot koppen men lät askfatet stå oanvänt, trots att hon hade ett tiopaket i fickan.

– Fram till idag har han varit upp och ned. Växlande. I ena ögonblicket frånvarande och närmast chockskadad. I nästa stram och klar. Skiftningarna har varit så plötsliga att… Att jag har trott på dem. Men idag…

Hon kände med fingrarna på konturen av cigarrettpaketet i byxfickan. Så kapitulerade hon.

– Idag skulle man tro att han hade bestämt sej för att föra sin egen talan. Faktiskt.

Hon smakade på cigarrettröken och undrade plötsligt varför polismästaren hade uniform en söndag på jobbet. Å andra sidan: när hon tänkte efter kunde hon inte erinra sig att hon någonsin sett honom civilklädd.

– Han var precis så som vi alltid har känt honom. Korrekt. Envis. Tämligen arrogant. Och logisk också, för den delen. Varför skulle han bli sittande vid liket, ta på svärdet, bli nedstänkt av hustruns blod om han verkligen hade dödat henne. Och så vidare. Dessutom: varför hade han inte hellre arrangerat en olycka om det var så att han ville bli av med henne. Han ställde i stort sett alla de frågor en duktig representant för åklagarmyndigheten skulle ha gjort i ett sådant fall. För att inte säga en försvarsadvokat. När det gällde pengarna och disketterna, var han stenhård. Hade ingen aning om dem, sa han, medan han spände blicken i mej. Blinkade inte ens. Till råga på allt sa han att han inte hade varit inne i den stökiga skrubben på minst två år.

– Fingeravtrycken på pengarna då?

Polismästarens stol behövde smörjas. Hans monotona gungande åtföljdes av ett torrt gnisslande ljud.

– Vet inte än. Får resultatet i kväll eller i morgon.

– Och barnen då? Blev grabben tillfrågad om pengarna?

– Jag tror inte det. Vi har väl bestämt oss för att hålla på just det kortet. Tidningarna har lyckligtvis inte fått veta det.

– Än så länge.

Polismästaren hade börjat peta naglarna med papperskniven. Händerna var stora och såg mer ut att tillhöra en kroppsarbetare än en som ägnade sig åt att skyffla papper och sitta i långa möten.

– Han var som en ny man idag, sa Hanne och fimpade den halvrökta cigarretten. Eller snarare samma gamla. Han vek inte en tum. I fredags verkade det som om han tvekade lite med Ståle Salvesen-historien. Ett tag tänkte jag att han hade ljugit och förstod att det hela var över när han fick veta att Salvesen av allt att döma är död. Men idag...

– Tvärsäker, mumlade Mykland.

– Fullständigt.

– Du då?

– Väldigt...

Hanne Wilhelmsen tvekade. Hon strök sig över ärret i pannan och fäste blicken på askfatet. Cigarretten gav fortfarande ifrån sig lite rök och hon fimpade den igen med äcklad min.

– Mycket osäker.

Polismästaren la ifrån sig papperskniven och knäppte händerna över magen. Gnisslet från stolen ökade.

– Kommer du ihåg fallet med barnhemspojken, sa Hanne lågt. Du var väl krimchef då. Var det nittiotre?

– Nittiofyra, sa polismästaren.

Fallet med den mördade barnhemsföreståndaren hade påverkat honom mer än de flesta andra fall. Kanske särskilt för att det kulminerade med att en tjänstebil körde över och dödade en tolvårig pojke som var på rymmen. Chauffören hade varit knäckt och sa upp sig tre månader senare. Nerverna.

– Jag har aldrig känt mej helt säker på det, sa Hanne.

– Maren... Kvalseid? Kvalvik? Hon erkände.

– Kalsvik. Maren Kalsvik. Ja, hon erkände. Och fick fjorton års fängelse. Det plågade mej länge efteråt. Plågar mej fortfarande. Jag är inte alls säker på att hon gjorde det.

– Låt oss inte ödsla bekymmer på sånt, Hanne, sa polismästaren trött. Hon erkände, och så vitt jag vet har hon aldrig tagit tillbaka det. Det finns tillräckligt med folk i norska fängelser som sitter och bedyrar sin oskuld år efter år. Ett par av dem har till råga på allt visat sej ha rätt.

Han gnuggade näsroten och röjde en svag irritation innan han tog en klunk kaffe.

– Men statsminister Volter då!

Det hade kommit något påstridigt över Hanne Wilhelmsen och hon låtsades inte lägga märke till polismästarens misstrogna ansiktsuttryck.

– Om hennes man inte hade kommit till oss med de där urgamla breven hade vi lyckats få den där nynazistiska uppkomlingen dömd för mordet.

– Vart vill du komma, frågade Mykland.

– Vill?

Hon slog ut med händerna, delvis uppgivet och delvis förargat.

– Jag vill egentligen ingenting. Jag tycker bara att det blir värre och värre att tänka på att vi kan ta fel. Att oskyldiga döms för att vi bestämmer oss alldeles för tidigt. Att vi... Att i alla fall några av oss kan stirra sej blinda på indicier för att det då och då faktiskt *inträffar* påfallande och märkliga tillfälligheter. Ibland *är* tillfälligheterna tillfälliga.

– Du börjar bli gammal, Hanne.

Nu var hans leende vänligt, nästan kamratligt.

– Den ungdomliga ivern har lagt sej. Det är bra. Din förmåga till eftertanke och tveksamhet har blivit större. Det är också bra. Det gör dej till en ännu bättre polis. Om möjligt.

Nu var minen nästan flörtig.

– Du är den bästa vi har, Hanne. Gå inte och bli blödig. Vi har försvarsadvokater till sådana anfäktelser.

– Anfäktelser, upprepade hon långsamt. Är det så vi kallar det?

Det blev tyst. Till och med det enerverande ljudet av osmord kontorsstol upphörde.

– Poängen är väl att jag tror honom. Jag har en känsla av att Halvorsrud kanske talar sanning.

Polismästaren nickade. Kinderna var ännu mörkare nu, som

om skägget hade växt medan de satt där. Det knackade på dörren. Polismästare Mykland gläfste ett svar.

Karl Sommarøy kom in i rummet.

– Jag tror det här intresserar dej, sa han och log så brett han kunde med sin babymun.

Hanne Wilhelmsen tog emot arket som han räckte henne. Blicken for över den korta texten. Sedan såg hon upp och lät blicken vila på polismästaren ett ögonblick innan hon sa:

– Halvorsrud har lämnat fingeravtryck på påsen med pengar.

Så reste hon sig och gick tillbaka till sitt eget tjänsterum för att förbereda dokumenten till morgondagens häktningsförhandling.

– Polisinspektör Skar kan i alla fall se ljusare på morgondagen efter det här, sa hon torrt till Karl Sommarøy innan hon stängde dörren.

Klockan hade blivit sju på söndagskvällen och hon skulle knappast vara hemma före elva. Det var egentligen ingen vits med att ringa Cecilie. Hon väntade henne säkert inte förrän i natt. Antagligen inte.

Hanne tände sin sjunde cigarrett den dagen och kände sig eländig.

19

– Jävla bitch!

Stenarna var hala av alger. Måsarna skrattade retsamt där de planlöst seglade i vindkasten. Grabben spottade snus och torkade svart slem med jackärmen.

Han hade knappt kunnat tro det när Terese hade ringt dagen efter festen. En sak var att hon gärna ville hångla då; det fanns knappt några andra kvar än han. Men sedan hade hon ringt. Dagen därpå. Han hade inte fattat ett skit.

Det gjorde han inte nu heller. Han hade varit tänd på Terese länge. Alla var det. Så blev det han. I tre veckor hade hon gett grabben en idiotisk tro på att världen var rosa, skär och violett. Men han var bara sjutton år. Inte hade han pengar och inte körde han bil.

Terese satt i Anders Skogs bil igår. Den nya folkvagnsbubblan.

– Om jag lyckas hoppa till den där stenen utan att ramla på näsan så fattar hon att den där fjantiga tränaren är en idiot.

Pojken ropade mot vinden och tårarna blandade sig med vågstänket till en seg ansiktsmask.

Han föll och slog sig rejält.

Ett kort ögonblick trodde han att det röda som guppade i tångruskorna mellan stenen och stranden var blod från hans ben. Sedan såg han vad det verkligen var.

– Idiot kan du vara själv, mumlade han för sig själv medan han drog upp den vattentyngda skidanoraken på land.

Det låg något i bröstfickan. Blixtlåset var kärvt att få upp, men mödan gav honom i alla fall något att tänka på.

– Å fan… Över trettonhundra spänn!

Sedlarna var dyblöta. Men hela och äkta, så vitt han kunde se. Ståle Salvesen, stod det under det nästan utplånade fotot på körkortet.

Det fanns inte en käft ute i det här vädret. Bara han. Två femhundralappar, tre hundralappar och en femtiolapp gick raka vägen ner i hans ficka. Han la sig på magen och stoppade in anoraken i hålrummet som vattnet hade använt tusentals år på att gräva ut under berghällen. Sedan la han tre stora stenar ovanpå. Han stoppade tillbaka körkortet i plånboken, kikade ner på det trasiga byxbenet med blodspår och grönt slam, rätade på ryggen, spände bröstkorgen och kastade gubben Ståles plånbok långt ut till havs.

– Fuck you, Terese, vrålade pojken i klivet mellan stenen ute i vattnet och fasta land.

20

– Hon fick sin vilja fram, sa Billy T. och försåg sig av lasagnen. Men det hade väl varit värre om du hade bråkat lite mer. Killen blev i alla fall häktad i tre veckor. Om han inte hade varit chefs-åklagare hade han fått åtta. Eller hur?

Han skickade den eldfasta formen till Karen Borg.

– Hon är ganska duktig, sa Karen lugnt. Är hon alldeles ny?

– Hon har varit hos oss i tre månader nu. Sjyst tjej, Annmari Skar. Började med polisskolan och har tagit juristexamen på sidan om. Det blir bra polisjurister av sånt.

Tone-Marit Steen skakade på huvudet och tog sig på magen när Karen höll fram fatet. Hennes ansikte förvreds i en grimas.

– När är det dags egentligen?

Håkon Sand la mer ved i den öppna spisen av natursten och svor lågt när han brände sig på eldskärmen.

– Om en vecka, stönade Tone-Marit och hennes ansikte blev plötsligt rött och fuktigt. Men jag tror att hon kanske kommer tidigare.

– Han, sa Billy T. så tvärt att han sprutade tomatsås över den vita duken. Fan. Förlåt. Grabben kommer när han är redo. Tro inte ett ögonblick på vad läkarna säger.

– Oj, sa Tone-Marit.

En pöl spred sig snabbt mellan hennes ben. Den röda mamma-klänningen blev mörk av väta.

– Oops, sa Karen.

– Doktor, vrålade Billy T. Sjukhuset! Håkon!

– Vad ska *jag* göra, skrek Håkon som hade en vedklabb i ena handen och en glödraka i den andra. Över den med tiden tämli-

103

gen omfångsrika magen hade han ett grönt förkläde med "Kock Sand" i barnsliga filtbokstäver på bröstlappen. På huvudet hade han en gammaldags kockmössa som gjorde att han påminde om en knubbig ljusstake.

– Hon kommer, stönade Tone-Marit.

– Han får vänta, för helvete, vrålade Billy T. och störtade ut i tamburen efter ytterkläder och bilnycklar.

– Karen. Hon kommer.

Tone-Marit hade lagt sig på golvet. Hon särade på låren och lät Karen klippa av henne strumpbyxor och trosor.

– Jävlar, sa Håkon.

– Helvete också, pep Billy T.

– Koka vatten, kom Håkon på.

– Till vad då, gnällde Billy T.

– Hämta något slags linne, bad Karen. Och ja, koka vatten. Inte så mycket, det tar sån tid. Lägg kycklingsaxen i vattnet.

– Kycklingsaxen, mumlade Håkon, tacksam för att äntligen vara på hemmaplan. Linne.

– Ring sjukhuset, Billy T.

Karen Borg reste sig från golvet och puffade på den storväxte mannen som tafatt stod och skramlade med bilnycklarna,

– Få hit en ambulans. Vi hinner fortfarande, tror jag.

– Neeej, väste Tone-Marit mellan sammanbitna tänder. Hör ni inte? Hon kommer. *Nu!*

– Du har ju redan fyra ungar, skällde Håkon på Billy T. som hade blivit påfallande blek. Nu får du ta dej samman!

Det ingen av dem visste var att Billy T. aldrig hade varit närvarande vid något av sina barns födelse. Den yngste, Truls, visste han inte ens om förrän pojken var tre månader gammal. Han var – i likhet med sina tre bröder, Nicolay, Alexander och Peter – ett resultat av korta förhållanden som var över långt innan nio månader hade gått. Billy T. hade helt enkelt inte fått besked om nedkomsterna förrän allt var över. För honom var en nyfödd baby ett väldoftande knyte i vita kläder lindad i flanellfilt.

– Huvudet är på väg, sa han dämpat och kände att blodet långsamt återvände till hjärnan.

– Sätt dej här då, sa Karen irriterat och sprang ut i köket för att själv ringa.

Billy T. knäböjde bredvid Tone-Marit och höll hennes hand.

– Det är en flicka, Billy T., stönade hon med korta andetag. Säg att det inte gör något att det är en flicka.

Han lutade sig fram och la munnen intill hennes öra.

– Jag har önskat mej en dotter i hela mitt liv, viskade han. Men säg inte det till nån. Det passar liksom inte mej.

Hon började le ett ansträngt leende men det försvann i en våldsam värk. Barnets huvud var helt ute nu och Billy T. flyttade sig så han varsamt kunde lägga sina händer om det. Beröringen fick hans hud att rysa och han tittade upp. Håkon Sand hade flyttat sig närmare. Han hade fortfarande vedklabben och glödrakan i händerna.

– Ska du slå ihjäl ungen, sa Billy T. rasande. Lägg ifrån dej de där grejerna och *koka den jävla saxen!*

– De kommer så fort de kan, sa Karen när hon kom in med en huvudkudde och två stora vita lakan. Jag har satt på vattnet. Här!

Hon la kudden under Tone-Marits huvud och la henne bättre till rätta.

– Shit, sa Håkon Sand.

Hans femårige son stod i dörren.

– Billit, sa han lycklig. Kan du lägga mej en gång till?

– Kom här, unge man, sa Håkon och försökte skärma av pojken från det som hände på golvet framför spisen. Du får nöja dej med pappa i kväll.

– Låt grabben komma, log Billy T. och innan någon av föräld-

rarna hann ingripa satt Hans Wilhelm på knä och tittade storögt
på babyn som nu var halvvägs ute.

– Det här är min flicka, sa Billy T. Det är Tone-Marits och
min baby.

Ungen var född.

Billy T. hade blivit far till en stor och frisk flicka. Tone-Marit
grät och skrattade och försökte få se den nyföddas ansikte som
var inbäddat i ett stort lakan och hade ett segelgarn kring navel-
stumpen. Karen satt med Hans Wilhelm i knät; han sög häftigt
på tummen och ville ta på babyn. Håkon stirrade tafatt på det
han hade i händerna och la det äntligen ifrån sig

Eftersom ingen annan än Tone-Marit hade sett Billy T. gråta,
bad han milt om ursäkt och låste in sig på toa.

Han stannade där tills ambulanspersonalen ringde på dör-
ren.

21

KLOCKAN VAR NIO på måndag kväll och lägenheten var ren och prydlig. Eftersom Billy T. hade åtagit sig häktningsförhandlingen tillsammans med polisinspektör Annmari Skar, hade Hanne Wilhelmsen gått hem från kontoret redan vid tvåtiden. Det stod blommor i en keramikvas på matbordet och en ostsufflé höll på att falla ihop i ugnen.

Cecilie hade inte kommit hem ännu. Hanne kände en lätt oro, men slog den ifrån sig. Cecilie hoppades kunna lämna in sin doktorsavhandling till hösten och Hanne hade vant sig vid att det kunde bli sena kvällar. Egentligen passade det henne utmärkt.

Plötsligt stod hon där. Hanne måste ha slumrat till mitt i nionyheterna. Cecilie stod i rummet, blek och trött med ytterkläderna på.

– Jag är sjuk, sa hon.

– Är du sjuk?

Hanne reste sig långsamt.

– Men lägg dej här då.

Hanne pekade på soffan.

– Men du vill väl ha lite mat?

– Jag är riktigt sjuk, Hanne. Allvarligt.

Hanne Wilhelmsen blinkade och försökte svälja en skräck som hotade att ta andan ur henne.

– Allvarligt? Hur allvarligt då?

– Cancer. Jag har cancer. Jag ska opereras på onsdag. I morgon. I övermorgon, menar jag. Onsdag.

Hon stod fortfarande orörlig utan att visa tecken på att vare sig ta av sig den tjocka vinterkappan eller sätta sig. Hanne ville gå bort till henne, ville lägga armarna om Cecilie och leende säga att allt naturligtvis bara var struntprat; ingen var sjuk, lägg dig ner så ska du få mat. Men Hanne höll på att falla omkull. Hon måste stå alldeles, alldeles stilla, annars skulle hon ramla framlänges.

– Var ska du opereras, viskade hon.

– På Ullevål.

– Jag menar, var i kroppen? Huvudet? Magen?

– Du har inte velat lyssna på mej.

Det fanns inte en ton av förebråelse i hennes röst. Cecilie sa bara som det var. Som de bägge visste att det hade varit; länge.

– Förlåt mej.

Orden var meningslösa och Hanne ville ta tillbaks dem. I stället upprepade hon, fortfarande utan att röra annat än läpparna:

– Förlåt mej, Cecilie. Förlåt mej.

Sedan lyfte hon händerna mot ansiktet och föll i en gråt så främmande att det skrämde dem båda. Kroppen skakade våldsamt och hon sjönk ned på knä.

Cecilie blev stående och såg på henne. Hon ville röra vid den bedjande, tiggande gestalten. Ett ögonblick försökte hon lyfta handen; Hanne var så nära att hon kunde ha strukit henne över håret – en sorts välsignelse. Men armen var för tung. I stället vände hon sig om, gick tillbaka till tamburen, vrängde av sig kappan och lät den ligga på golvet.

– Cecilie, hörde hon Hanne snyfta.

Det gick inte att svara. Inte nu och kanske aldrig. Rutinmässigt gick hon ut i köket och stängde av spisen innan hon gick och la sig. När Hanne kom efter, någon gång långt in på natten, drog sig Cecilie så långt bort på sin sida av dubbelsängen att hon nästan föll ner på golvet.

– Bara hon tar på mej, tänkte hon. Bara hon kryper intill min rygg.

När det så smått började ljusna till dag, hade Hanne Wilhelmsen och Cecilie Vibe legat och lyssnat till varandras andetag en hel natt. Men de hade inte så mycket som rört vid varandra.

22

TRÖTTHETEN HADE LAGT SIG som taggtråd kring huvudet. Det stack och värkte och Hanne Wilhelmsen kände det som om hon aldrig skulle få sova igen. Hon tog sig för tinningen och måste ha vacklat till eftersom Karl Sommarøy tog tag i henne.

– Hoppsan, sa han. Mår du inte bra?

– Trött, bara.

Hon log svagt och lyfte handen för att lugna kollegan.

– Lite yr. Det är över nu.

Lägenheten såg ut som ett skal kring ett liv som knappt hade existerat. Soffan var beige och gammal, men inte utsliten. Soffbordet var tomt, bara ett tunt lager damm avslöjade att tiden gick också här inne. Väggarna var kala och vita. Inga tavlor, inga bokhyllor. Inte ens en gammal tidning låg någonstans. Till och med trafikbruset lät fjärran och overkligt genom de stängda fönstren, som om någon lagt på en halvhjärtad ljudkuliss.

– Jag tror att hela den här Ståle Salvesen-grejen bara är ett förbannat svammel, mumlade Karl Sommarøy som stod mitt på golvet med plasthandskar på händerna och inte visste vad han skulle göra. Halvorsrud har bevisligen ljugit om så mycket. Om skilsmässan. Om sedelpaketen. Han ljuger antagligen om det här också. Dessutom är ju snubben död. Antagligen.

Hanne svarade inte. I stället gick hon in i sovrummet.

Ståle Salvesen hade uppenbarligen inte förväntat sig särskilt många dambesök. Sängen var bara sjuttio centimeter bred. Sängkläderna verkade rena. En mörkblå pyjamas, prydligt hopvikt, syntes när hon lyfte på täcket. Det fanns inget nattduksbord och inte heller några böcker eller tidskrifter. Ståle Salvesen hade inte ens en väckarklocka. Men så hade han kanske inte haft så mycket att vakna till under de senaste åren.

Väggarna var gula. Inte heller här hängde någon utsmyckning. Långsamt öppnade hon de tre byrålådorna i tur och ordning. Den översta innehöll fyra hoprullade par strumpor, alla svarta. Nästa var tom. Den tredje var fylld till randen med kalsonger och vita undertröjor.

– Finns det andra lådor i lägenheten, frågade hon halvhögt.

– Bara ute i köket, hörde hon Sommarøy säga inne i vardagsrummet. Två är fulla med bestick och köksredskap, resten är tomma.

– Hur många lådor har du hemma, frågade Hanne lite frånvarande.

– Va?

Sommarøy lutade sig mot dörrkarmen.

– Lådor, sa Hanne Wilhelmsen. Hur många har du?

– Tja, fem i sovrummet. Sex i bokhyllan i vardagsrummet. Några till i en skänk som min fru har ärvt, jag minns inte hur många. Och så har ungarna en massa. Ja, i badrummet är det ju två också. Det är väl det hela.

– Hur många av dem är tomma?

– Tomma? Ingen.

Sommarøy skrattade. Skrattet passade den lilla underkäken; högt och gällt som hos ett barn som låtsades att något var roligt fast det inte hade fattat vitsen.

– Min fru klagar jämt, la han till.

– Just det, mumlade Hanne och öppnade klädskåpet.

Det hade dubbeldörrar. Ena sidan var delad i hyllor och den andra var öppen med en klädstång. Skåpet var halvfullt med ordentligt upphängda kläder med en svag doft av tobak. Hon drog två kostymer åt sidan för att se om något dolde sig där bakom. Hon hittade ingenting.

– Ser du inte vad det här är, sa hon och sköt honom åt sidan för att gå tillbaka till tamburen där en naken glödlampa kastade ett blåvitt ljus över en ensam vinterrock på en krok vid ytterdörren.

– Vad det är? Det här är en lägenhet där det inte kan ha varit så himla festligt att bo…

– Det fattas något här.

Nu stod hon ute i köket. Inredningen var från femtiotalet, med sneda skjutdörrar och fettbelagt hyllpapper fäst med återanvända häftstift. Köksbänkarna var slitna och fulla av märken och hack, men det luktade svagt av rengöringsmedel och disktrasan som hängde över kranarna var kritvit och doftade klor. Hanne öppnade skåp efter skåp.

– Vad letar du egentligen efter?

Liksom alla andra på avdelningen hade Karl Sommarøy vant sig vid att Hanne Wilhelmsen deltog mycket mer aktivt i utredningen än vad som var vanligt för kommissarier. Det gick rykten om att hon till råga på allt hade gjort ett avtal med polismästaren. Hon skulle visst ha hotat med att sluta när det knotades som värst i de nedre leden. Karl Sommarøy hörde till dem som tyckte att Hannes arbetsmetoder var helt okej. Men på senaste tiden hade hon blivit mer och mer konstig och ibland irriterande fåmäld.

– Jag letar efter det som inte är här, svarade hon och lutade sig över en tom låda. Titta här.

Hon drog med högra pekfingret runt de avrundade kanterna på lådans innersida. När hon lyfte fingret mot honom såg han damm och småskräp på fingertoppen.

– Och…, sa han och rynkade ögonbrynen.

– Det har funnits något här. Den här lägenheten är för tom för att vara sann. Ståle Salvesen bodde här i tre år.

– En utslagen typ, mumlade Sommarøy.

– Nej. En bankrutt storhet. En man som uppenbarligen var intelligent och som dessutom en gång hade en energi som förde honom långt. Han har inte levt fyra år i ett vakuum. Han måste haft intressen. Någonting. Något att slå ihjäl tiden med. Poängen är att han har bemödat sig om att avlägsna alla spår av att ha levt ett liv. Den här lägenheten ser helt enkelt ut som ett tredjeklasshotell. Identitetslöst.

– Men, protesterade Sommarøy. Det är ganska vanligt att självmordskandidater städar upp efter sej. Först, menar jag. Innan de…

– Städar, ja. Men det här stället är ju nästintill aseptiskt..

Karl Sommarøy teg.

– Desinficerat, förklarade Hanne. Steriliserat.

– Det finns mat i kylskåpet, mumlade Sommarøy lite sårad.

Hanne Wilhelmsen öppnade det. En stank av gammal mat slog emot henne och hon rynkade på näsan.

– Varför har ingen tagit bort det här, sa hon irriterat.

– Vem skulle ha gjort det, svarade han retligt.

Hanne Wilhelmsen log blekt.

– Inte du i alla fall. Vi får ta det med oss, vi. Och du har rätt. Det är märkligt att han inte tömde kylskåpet innan han kilade vidare.

Hon blev stående ett ögonblick och stirrade på mjölkkartongen, en möglig ost som inte var inslagen, en för länge sedan utgången yoghurt, ett visset salladshuvud och två tomater som börjat rinna. Plötsligt for ett drag över hennes ansikte, ett drag Karl Sommarøy inte kunde tyda.

– Naturligtvis, sa hon lågt.

– Vadå naturligtvis?

– Ingenting. Jag är inte säker. Låt oss ta en titt på badrummet.

Det var minimalt. Strängt taget kunde man sitta på toa och duscha och borsta tänderna samtidigt. Linoleummattan på golvet hade släppt kring avloppet och inte ens den skarpa lukten av rengöringsmedel kunde dölja dunsten av mögel från betongen under golvbeläggningen. Handfatet var sprucket. Skåpet bredvid spegeln hängde på trekvart och var tomt. Bara en ensam tandborste i ett mjölkglas röjde att någon faktiskt hade bott där.

– Vi går, sa Hanne Wilhelmsen till slut.

Telefonen stod i tamburen på ett litet vingligt bord. Hanne Wilhelmsen tryckte på återuppringningsknappen innan hon lyfte luren till örat.

– Välkommen till nummerupplysningen, hörde hon efter tre signaler.

Hon la på luren utan att säga något.

– Nummerupplysningen, sa hon dämpat. Det sista han gjorde var att ringa nummerupplysningen. Ta reda på om det går att spåra samtalet. Om vi kan få veta vad han frågade efter. Vilket nummer han ville ha.

– Ett nummer han alltså inte ringde, sa Karl Sommarøy otåligt.

– I alla fall inte härifrån, svarade Hanne.

Hon fick syn på en liten bunt papper som hade trillat ner på golvet när hon lyfte på luren. Den måste ha legat klämd mellan bordet och väggen. Hon böjde sig ner och tog upp den. Fyra, fem räkningar var hopsatta med ett stort gem. Hon halade fram en plastpåse ur fickan och la kvittobunten i den.

Bredvid telefonen låg ett litet blankt block. En kulspetspenna låg snett över det; det verkade nästan arrangerat. Hanne tog bort pennan och tog blocket med sig till vardagsrummet. Hon höll upp det översta arket mot ljuset. Ett svagt avtryck syntes när hon höll papperet i en bestämd vinkel.

– 01.09.99, läste hon långsamt. Första september nittionio?

– Första september, upprepade Karl Sommarøy intresserat. Vad fan är det som händer då?

– Det skulle jag vilja veta, sa Hanne. Nu går vi.

Hon vek prydligt ihop papperet, la det i en ny plastpåse och stoppade alltihop i fickan. Huvudvärken hade blivit riktigt plågsam, men hon kände sig inte längre lika trött.

23

– En flicka!

Billy T. smällde igen dörren med ett brak och innan Hanne hade hunnit titta upp hade han lyft henne från stolen.

– En vacker svarthårig flicka som liknar mej på pricken!

Han knep ihop ögonen och gav henne en smällkyss innan han satte ner henne igen. Sedan halade han fram två stora cigarrer och bjöd henne den ena.

– Hon föddes hos Karen och Håkon, hojtade han och sög kraftigt på cigarren för att få ordentlig glöd innan han satte sig. Jag var barnmorska, Hanne! Det var…

Röken vällde ut ur hans mun med ett belåtet väsande.

– Det var fan ta mej det mest fantastiska jag någonsin har varit med om. Någonsin. Men…

Han glodde på Hanne.

– Gratulerar, sa hon tonlöst. Så fint. Med en flicka, menar jag.

– Vad i all världen är det med dej?

Han fimpade cigarren med våldsamma rörelser och böjde sig fram mot henne.

– Är du…

Plötsligt lutade han sig tillbaka.

– Du har pratat med Cecilie, sa han långsamt.

– Jag pratar med Cecilie varje dag, sa hon avvisande. Hur mår Tone-Marit?

– Det är inte säkert än, Hanne.

– Säkert? Mår hon inte bra?

– Jag snackar inte om Tone-Marit. Jag menar Cecilie. Cancern.

Hanne Wilhelmsen fumlade med cigarren.

– Så du visste det, sa hon med skarp röst. Så bra då. Att du och Cecilie kan ha hemligheter tillsammans, menar jag. Så trevligt. Kanske du kunde börja dela några hemligheter med mej också. Till exempel var du kommer ifrån. Det är fem timmar sedan du skulle ha varit här.

Cigarren bröts. Hon tog en del i var hand och klämde till. Det knastrade torrt av tobaksblad.

– Hanne Wilhelmsen!

Billy T. himlade med ögonen och försökte ta hennes ena hand. Hon drog den häftigt och demonstrativt till sig. Tobaksflagor for åt alla håll.

– Hanne, sa han igen och försökte fånga hennes blick. Det här vill jag gärna prata med dej om. Snälla du!

Om hon hade återgäldat hans blick skulle hon ha sett något hon aldrig förr hade sett hos honom: en förtvivlan som gränsade till raseri. Ögonen hade blivit grå och munnen stod halvöppen och uppgiven som om han inte visste om han skulle tala eller tiga.

– Snälla du, upprepade han innerligt.

Hanne borstade av händerna mot varandra.

– Jag förstår att du har goda skäl att komma för sent. Glöm det. Men jag vill gärna att du…

Hon räckte fram ett pappersark och såg ut genom fönstret.

– Jag vill ha en översikt över alla groteska mord under de senaste tio åren. I hela Norge. Då menar jag lemlästning, avskurna kroppsdelar… Sånt. Jag vill ha detaljer, gärningsmän, motiv, fallets utgång och så vidare. A.S.A.P. Vilket betyder as soon as possible. Omedelbart!

Det blev fullständigt tyst i flera sekunder. Så reste sig Billy T. tvärt. Och slog båda knytnävarna i bordsskivan. Askfatet hoppade och for i golvet.

– Det gick sönder, sa Hanne torrt. Jag räknar med att du skaffar mej ett nytt.

Billy T. reste sig i hela sin längd. Vita halvmånar framträdde kring hans näsborrar. Kinderna var rödflammiga och ögonen fylldes med tårar.

– Du är patetisk, fräste han. Du är fanimej *patetisk*, Hanne Wilhelmsen.

– Just nu kan jag tyvärr inte ägna mycket tid åt vad du anser om undertecknad, svarade hon och strök bort håret från pannan. Jag är speciellt intresserad av halshuggningar. Om de finns, alltså. Gå gärna längre tillbaks i tiden. Dessutom kan du be Karl att syna Ståle Salvesen i sömmarna. Jag vill veta allt som finns att veta om den mannen. Och då menar jag mer än vad ni har lyckats hosta upp i de här…

Hon knackade på de två bladen med sparsamma uppgifter från folkregistret.

– De här *patetiska* papperen. Och en sak till…

Hon såg honom i ögonen. Han skakade av ilska och hon kände en stöt av tillfredsställelse när hon märkte att hans ögon höll på att rinna över.

– Från och med nu föreslår jag att vi håller våra privatliv för oss själva. I varje fall under kontorstid.

Hon antydde ett leende och gjorde en gest med handen att han kunde gå.

– Dismissed, sa hon när han inte gjorde något tecken till att lyda.

– Du behöver fanimej hjälp, fräste han till slut och gick mot dörren.

– Roligt med dottern, sa Hanne. Jag menar det verkligen. Hälsa Tone-Marit och säg det.

Dånet från den igenslängda dörren sjöng i hennes öron.

Det var tisdag eftermiddag den nionde mars och Hanne Wilhelmsen svor en tyst ed. Hon skulle lösa gåtan med chefsåklagare Halvorsrud halshuggna fru inom tre veckor. Max fyra.

24

FLICKEBARNET hade varit både villigt och billigt. Det hela hade varit snabbt överstökat. Evald Bromo stod på kajkanten och stirrade intensivt på det svarta vattnet

Han var inte tillräckligt modig.

Suget hade varit för stort. Margaret trodde att han var på kurs. Han hade gått gata upp och gata ned i ett dygn och trots att han i det längsta försökte undvika Ströget hamnade han där till slut. Sedan blev det kajerna. En smal strimma ljus syntes i öster och Evald Bromo hade börjat förlora tidsuppfattningen. Han vände sig om och lyfte blicken. Rådhuset tornade upp sig över honom; en mörkgrå kontur mot en svart, stjärnlös himmel. Mest av allt hade han lust att hoppa i baklänges. Han försökte tvinga fram det mod som skulle få honom att ta de nödvändiga stegen bakåt, ut över kajkanten och ned i fjorden.

Han klarade det inte.

Det var fem månader och tjugotvå dagar kvar till den första september och han lyckades inte ens hålla sig borta från små-flickor.

25

HON UNDRADE VARFÖR sjukhus alltid luktade sjukhus. Det kanske var som med sopor. Oavsett vad man la i en soppåse, kött eller grönsaker, blöjor eller fisk, gammal ost eller tomma mjölkkartonger; efter några timmar luktade allt likadant.

Hanne Wilhelmsen hade sjukanmält sig. När hon la på luren efter att ha meddelat Beate i receptionen, svalde hon något som liknade skam. Hon hade inte sagt ett ord om Cecilie.

Cecilie hade protesterat, det var inte nödvändigt att Hanne var där. Det fanns i alla fall ingenting hon kunde göra. Det var bortkastad tid. Hanne hade suttit på hennes sängkant igår kväll; sköterskan hade ganska bryskt försökt hindra henne från att gå in i rummet där Cecilie låg och nästan gick i ton med de vita sängkläderna.

– Var bara här när jag vaknar, hade hon bett och strukit Hanne lätt över handryggen. Det blir inte förrän långt fram på eftermiddagen. Kom då, va?

Men hon log när Hanne kom klockan sju på onsdag morgon. Ansiktet fick något av en nästan glömd glädje över sig; det ena ögat kisade mer än det andra på grund av att leendet var en smula snett.

– Du kom, var allt hon hann säga innan en vaktmästare hämtade henne för att göra henne klar för operationen. Du kom i alla fall.

Hanne Wilhelmsen slöt ögonen mot ett kaos av tankar som redan hade gjort henne utmattad trots att klockan inte var mer än tio. I en halvtimme hade hon försökt läsa en kriminalroman, men den var orealistisk och tråkig. Sedan försökte hon koncentrera sig på mordet på Doris Flo Halvorsrud. Det enda hon lyckades med var att för sin inre syn se den huvudlösa kvinnan omgiven av ett stort svart mörker.

Hon måste ha somnat trots den obekväma sittställningen, ty hon ryckte till.

– Så det är här du sitter.

Polismästare Hans Christian Mykland var klädd i rödrutig flanellskjorta och blå byxor som måste vara från någon gång på sjuttiotalet. De hade sydda pressveck. Över låret, där tyget stramade när han satte sig i stolen bredvid henne, var det tätt med slitna noppor. Hon kände nästan inte igen honom

– Jag går inte alltid i uniform, log han. Tyckte liksom inte att jag kunde gå hit utan att byta om.

Hanne Wilhelmsen stirrade på hans skor utan att säga något. De var bruna och måste ha köpts samtidigt som byxorna. Hon kände sig yr och kunde inte begripa hur han hade listat ut var hon befann sig.

– När räknar de med att det hela är klart, sa han och såg sig omkring. Finns det någon kaffeautomat i närheten?

Hanne satt tyst. Polismästaren la handen på hennes lår. Hanne Wilhelmsen, som hade en inbyggd motvilja mot att bli berörd av människor som hon inte kände väl, skakade nästan omärkligt på huvudet åt tryggheten som kom från hans hand. Den värmde och hon fick allra mest lust att somna igen.

– Här, sa han och bjöd henne en halstablett. Helst skulle du väl vilja ha en cigarrett, men du får nöja dej med den här. Har de sagt något om när de är färdiga?

– Vid tvåtiden, mumlade Hanne och gned sig i ansiktet, fortfarande osäker på varför polismästaren var där. Ungefär, om allt går som planerat.

– Hur mår du?

Han tog till sig handen igen och vred sig i stolen för att få ögonkontakt. Hon vägrade och gömde ansiktet i händerna.

– Okej, sa hon in i handflatorna; det lät som om hon talade med sordin.

Polismästaren brummade, ett dämpat skratt som ekade svagt mellan betongväggarna.

– Har du någonsin sagt att du *inte* mår bra, sa han. Har du någonsin svarat… Till exempel: "Nej, nu har jag det faktiskt förfärligt".

Hanne svarade inte, men hon tog i alla fall bort händerna och framtvingade ett slags leende. De blev sittande tysta en lång stund.

– Min pojke dog, sa Hans Christian Mykland plötsligt. Min äldste son. Han dog för fyra år sedan. Jag trodde jag skulle dö själv. Faktiskt. Bokstavligen. Jag sov inte. Jag åt inte. När jag tänker tillbaka på månaderna efter Simens död, tror jag faktiskt inte att jag *kände* så mycket heller. Jag använde större delen av tiden till att koncentrera mej på…

Han småskrattade igen och Hanne såg till slut på honom.

– Jag fokuserade på min hud, sa han.

– Hund, sa Hanne och hostade lätt.

– Nej. *Huden.* Jag gick omkring och försökte känna efter var gränserna för mej själv gick. Få *tag* i det, menar jag. Det var ganska fascinerande. Jag kunde ligga hela natten och känna efter, flik för flik, millimeter för millimeter. Jag utgår ifrån att jag hade ett slags behov av att…

Hanne Wilhelmsen rös till och han tystnade.

– Konstigt att du säger det, sa hon. Jag vet vad du menar.

En vaktmästare parkerade en säng alldeles framför dem. En gammal kvinna låg och sov i allt det vita. En kanyl var tejpad på den magra handen med stora tydliga ådror. Saltlösning från en genomskinlig plastpåse droppade ner i kvinnans arm. När sängen blev stående lyfte hon lite på ögonlocken. Hanne tyckte sig för ett ögonblick ana ett leende som var avsett för henne.

Hon var så vacker.

Hanne Wilhelmsen kunde inte ta blicken ifrån henne. Kvinnans hår var glänsande vitt och tillbakastruket från det smala ansiktet. Kindbenen var höga och i det nästan omärkliga ögonblicket när hon kanske log eller i varje fall öppnade ögonen kunde Hanne se att de var mer ljusblå än hos någon annan hon sett. Huden som stramade över benstommen verkade så mjuk att Hanne fick lust att resa sig för att stryka henne över kinden.

Hon gjorde det.

Kvinnan öppnade ögonen, ordentligt den här gången. Så lyfte hon den fria handen och la den försiktigt över Hannes. Vaktmästaren kom tillbaka.

– Och så var det vi två, sa han, mest för sig själv.

Hanne blev stående och såg efter sängen tills den försvann runt ett hörn tjugo meter längre ner i korridoren.

– Hur visste du att jag var här, frågade hon halvhögt utan att sätta sig. Varför är du här?

– Sätt dej, bad Mykland.

Hon lydde inte.

– Sätt dej, upprepade han, mer eftertryckligt.

Han var hennes överordnade. Hon satte sig, fortfarande utan att se på honom.

– Du kan ta sjukledigt, sa han. Det är härmed beviljat. Så länge du vill. Du…

Han tvekade. Hanne fullbordade meningen åt honom.

– Förtjänar det, sa hon ilsket. Jag *förtjänar* det. Har du en aning om hur trött jag är på att alltid få höra att jag *förtjänar* att ta ledigt? Är inte det en fin omskrivning av att *ni* förtjänar att ta ledigt från mej?

– Nu är du paranoid, Hanne.

Rösten lät uppgiven när han fortsatte:

– Kan du inte helt enkelt finna dej i att folk tycker att du är duktig? Och därmed basta? Och att folk i Kammaren…

– Distriktet, avbröt hon syrligt.

– ... att folk tycker att det är helt i sin ordning att du tar några dagar ledigt i den här situationen?

Hanne drog häftigt in luft, som om hon tänkte säga någonting. Så höll hon andan och skakade på huvudet.

– Du har ett rejält kommunikationsproblem, sa han lugnt. Du ska veta att du är den första kollegan som jag överhuvudtaget nämner min sons död för. Du ger mej ingen som helst respons. Jag kan leva med det. Kan du?

– Jag är ledsen, mumlade Hanne. Jag är verkligen ledsen. Men jag vill helst vara i fred.

– Nej.

Han la handen på hennes lår igen. Nu kände hon bara vämjelse vid beröringen och stelnade till.

– Det vill du inte, fortsatte Mykland. Du vill helst av allt att någon ska prata med dej. Lyssna på dej. *Få dej att prata.* Det är det jag försöker. Jag lyckas inte särskilt bra.

Sjukhuslukten blev plötsligt överväldigande. Hanne Wilhelmsen spände kroppen ytterligare; det värkte i låret som hon spände så mycket hon kunde för att få mannen att ta bort handen. En våg av illamående sköljde genom henne och hon svalde hårt.

– Jag vill jobba, sa hon genom sammanbitna tänder. Allt jag vill är att få vara i fred och sköta mitt jobb. Jag har...

Hon reste sig plötsligt och ställde sig framför honom och räknade medan hon fräste:

– Knivdråp. Krogslagsmål. Rasistiska överfall. Och dessutom ett fall med en halshuggen dam som jag inte ser någon lösning på. Har du en *aning* om hur mycket vi har att göra på avdelningen? Har du en aning om vad som är bäst för just Hanne Wilhelmsen just nu?

När hon sa sitt namn knackade hon sig på bröstbenet så det gjorde ont.

– Nej, det har du inte. Jag, däremot, jag vet att det enda jag kan göra så som situationen nu är, det är att *göra mitt jobb*! Fixa jobbet, fattar du?

Det skallade mellan väggarna. Två pakistanier, som satt tio meter längre in i korridoren, vände sig nyfiket mot dem. En manlig sjukskötare slog av på takten och såg ut som om han tänkte fråga om han kunde vara till hjälp. När han såg Hanne Wilhelmsens blick vände han bort sin och satte upp farten igen.

– Tror du på Gud, Hanne?

– Hah!

Hon slog sig på pannan med en hånfull och överdriven gest.

– Det var därför du kom. En liten missionsresa till Ullevål för att rädda Hanne Wilhelmsens förtappade själ. Nej. Jag tror inte på Gud. Och för att citera en större berömdhet än jag: han tror inte särskilt mycket på mej heller.

I brist på något bättre att göra, började hon gå. Polismästaren reste sig långsamt och gick efter.

– Du tar fel, sa han halvhögt bakom hennes rygg. Jag var bara intresserad.

Hon ökade farten, men visste inte riktigt vart hon skulle. När hon kom till slutet av korridoren, vände hon på klacken och försökte gå tillbaka. Polismästaren hejdade henne.

– Jag ska inte plåga dej längre. Jag kom bara för att prata. För att visa att jag bryr mej. Jag inbillar mej – kanske felaktigt…

Ett förläget leende spred sig över hans ansikte.

– … att jag vet lite om hur du har det. Men du känner inte mej. Det här var ett försök att rätta till det. Och för vad det kan vara värt: jag är idel öra om du ändrar dej. I alla fall bör du prata med Billy T.

Hanne Wilhelmsen gjorde ett nytt försök att passera honom. Det lyckades inte.

– Den mannen tycker så mycket om dej som det är möjligt

för människor som inte ens är släkt, sa Mykland. Det borde du märka. Och uppskatta. Kanske till och med utnyttja. Nu går jag.

Hans hand rörde lätt vid hennes axel när han lät henne gå. Han stod och såg efter henne en stund.

– Billy T., mumlade Hanne Wilhelmsen föraktfullt och rotade rasande i väskan efter den dåliga deckaren.

När hon såg upp var polismästaren borta. De två pakistanierna hade fått sällskap av ett litet barn. Det höll på att klättra på två tomma sängar som stod längs motsatta väggen. Hanne Wilhelmsen kunde inte riktigt tolka sin känsla när hon upptäckte att polismästaren faktiskt inte hade följt efter henne. Mest av allt liknade den besvikelse.

26

AFTENPOSTENS CHEFREDAKTÖR tillhörde dem som villkorslöst gladde sig åt teknologins många möjligheter. Redan 1984 hade hon skaffat sig sin första pc, en så kallad bärbar dator av märket Toshiba. Den var snarare möjlig att förflytta än bärbar och hade kostat mer än sextiotusen kronor. Så snart det fanns något som hette Internet hade hon kopplat upp sig. Hon var så tidigt ute att det knappt fanns någon att sända e-mail till.

Nu fick hon över hundra elektroniska brev om dagen. Upprepade gånger hade hon försökt få sina förbindelser – och inte minst sina anställda – att märka posten efter angelägenhet. Flagga eller utropstecken, sak samma, men arbetsdagen skulle bli åtskilligt mycket lättare med lite mer disciplin när det gällde att tydliggöra vad brevet gällde.

Närmast i distraktion satt hon och gick igenom förmiddagens post. Hon hade just upptäckt att det gått en maska på vänster strumpa. I tredje skrivbordslådan, där hon brukade ha fler i reserv, var det tomt. Hon drog distré i kjolkanten och bläddrade sig igenom listan utan att göra mer än att skumma det mesta. Ett meddelande fick henne att hejda sig. I filen stod det "Viktigt". Brevet var kort:

"Du borde ta reda på hur det är med Evald Bromo. Han har varit ganska nere på sista tiden. Som chefredaktör borde du fråga om det är något som bekymrar honom."

Hon läste meddelandet två gånger. Sedan ryckte hon på axlarna och stängde fönstret för inkommande post innan hon såg på klockan. Hon var tio minuter försenad till ett möte.

På väg ut från sitt rum vred hon på sig för att kolla strumpan.

Nagellacket hade inte lyckats hejda maskan. Nu löpte det breda spåret ända ner i de högklackade svarta skorna, och hon svalde en svordom.

Såvitt hon visste var det inget fel på Evald Bromo.

27

– IKEA, sa Billy T. hånfullt och såg sig omkring. Det här är något annat än Aker Brygge!

Han satte sig försiktigt i gäststolen, som om han inte var riktigt säker på att den skulle klara hans vikt. Sedan tog han fram en halvliters plastflaska Coca-Cola ur fickan på den omfångsrika jackan.

– Men mysigt, sa han sörplande och räckte flaskan mot Karen Borg. Vill du ha?

– Nej tack.

Hon svängde fram och tillbaka i den breda kontorsstolen och smuttade på en kopp te. Sedan hon sagt tack för sig till en välrenommerad advokatfirma – specialiserad på affärsjuridik, med fashionabel adress och flotta möbler – för att starta eget, utan annan hjälp än en sekreterare från Manpower, hade hon inte rört kaffe. Det var något symboliskt över det hela. På Aker Brygge var det cappuccino. Här, i ett ljust personligt rum med gröna växter och ett sammelsurium av uppdrag, skulle det vara te.

– Trist med Cecilie, sa hon och skakade långsamt på huvudet. Så förfärligt. Jag önskar att jag hade vetat om det tidigare.

– Det hade inte hjälpt, sa Billy T. och gäspade. Hanne går inte att snacka med. Hon visste det förresten inte själv förrän i måndags. Jag snackade med Cecilie i telefon igår. Hon ska opereras…

Han tog fram ett fickur i silver och kisade mot urtavlan.

– Nu.

Det blev tyst. Billy T. la märke till en svag doft av vanilj, och lutade sig fram mot koppen som Karen Borg höll mellan händerna. Så log han lite och såg ut genom fönstret. En man stod i en fönsterhiss och svepte en smutsig trasa över rutan. Han vinkade muntert åt Billy T. med fönsterskrapan och tappade trasan i farten. Han var lika glad och halade fram en ny trasa från en hink med vatten som borde ha bytts för tre våningar sedan.

– Hur allvarligt är det egentligen, sa Karen efter en stund och ställde ifrån sig koppen.

– Det ska visa sig idag, såvitt jag förstod. Men ring inte Hanne. Hon borde spärras in. Hon är livsfarlig nu för tiden. Hon kommer att bita örat av dej.

Fönsterputsaren var färdig och vinkade glatt farväl när han hissades upp till nästa våning. Hans arbete hade knappast varit värt besväret; ränder av smuts låg som ett fängelsegaller utanpå glaset.

– Bullpåse, sa Billy T. plötsligt och la en mapp på Karen Borgs skrivbord.

– Va?

– Pengarna låg i en brödpåse från Bagare Hansen. Fem avtryck. Två är oidentifierade. De tre andra tillhör Halvorsrud. Så det var inte särskilt smart av snubben att förneka all kännedom om pengarna.

– Att han har haft fingrarna i en bullpåse bevisar knappast något, sa Karen Borg torrt. Hittade ni avtryck på pengarna?

– Ja. Många olika. Inga identifierade. Men det var använda sedlar allihop, så det är i och för sig inte så konstigt.

Han gned knogarna hårt och länge mot hårbotten. En sky av torr hud stod som en gloria kring honom i motljuset utifrån.

– Det är inte min sak att ge råd till din klient, sa han och tog fram Cola-flaskan igen. Men hade det inte varit en idé att uttala sig lite mer trovärdigt? Allt, absolut *allt*, talar för att han slog ihjäl frun. Kunde han inte sagt något om tillfällig sinnesförvirring, att det slog slint för honom när hon pratade om skilsmässa eller något i den stilen? Då får han tio år i buren och kommer ut efter sex. Nåt sånt. Och hinner vara med om dotterns bröllop, kanske.

– Men han har alltså inte gjort det, sa Karen Borg och tackade återigen nej till ljummen Coca-Cola. Så enkelt är det. Som han ser det. Och det är det jag måste förhålla mej till. Det är förresten en sak som jag inte vet om ni har tänkt på.

Billy T. spärrade upp ögonen i en chockerad grimas, som om blotta antydan att något i det här fallet inte noga hade värderats och undersökts av polisen vore otänkbar.

– Låt oss nu säga att Ståle Salvesen *tog* livet av sej förra måndan. Tänk om Halvorsrud faktiskt tog fel. Han trodde… Han *tror* att Salvesen är mördaren. Egentligen var det en annan. En som liknar honom. Antingen av en märklig och ödesdiger tillfällighet, eller för att…

– Eller för att mördaren *ville* se ut som Salvesen, tillfogade Billy T. och tömde flaskan. Självklart har vi tänkt på nåt sånt. Det gör vi förresten fortfarande. But *why?*

– Du umgås för mycket med Hanne, sa Karen torrt. Dessutom är det ni som ska hitta motivet. Jag slipper. Lyckligtvis.

– Hur går det förresten med ungarna, frågade Billy T. Det var inte precis kul att håva in grabben till förhör när morsan är död och farsan skakar galler, God knows hur länge.

– Pojkarna klarar sej, sa Karen och rynkade ögonbrynen som om det var något som oroade henne. Det är värre med Thea. Enligt min bror, som är gammal vän med familjen, är hon alldeles otröstlig. Det konstiga är att hon verkar mycket mer upprörd över att pappan är i fängelse än över att mamman är död. Hon har slutat att äta. Vägrar att gå i skolan. Säger i stort sett ingenting. Gråter och har sej och vill till pappa. Vill ha hem pappa. Nämner knappt mamman.

– Det är omöjligt att förutspå folks reaktioner i såna situationer, gäspade Billy T. Särskilt ungars. Jag måste gå. Jag ska se till att den där mappen blir kompletterad efter hand.

När han la handen på dörrvredet sa Karen halvhögt och till synes mest för sig själv:

– Kanske Håkon...

Billy T. vände sig om och stirrade på henne en lång stund.

– Ja, sa han till slut. Kanske Håkon är den som kan snacka med Hanne. Det är i alla fall inte jag.

– Vad är det egentligen vi ser hos henne? sa Karen Borg, fortfarande ut i luften. Varför tycker vi så mycket om Hanne? Hon är konstig... och sur. Ofta, i alla fall. Tillknäppt och sluten. Vi står på tå för henne allihop. Varför?

Billy T. strök med handen över dörrhandtaget.

– För att hon inte alltid är sån. Kanske vi... När hon plötsligt öppnar sej och... Jag vet inte. Jag vet bara att hon är min bästa vän.

– Du beundrar henne. Gränslöst. Det gör vi alla. Hennes skicklighet. Hennes envisa intellekt. Men... Varför är vi så *sårbara* för hennes skull? Varför...

– Jag gillar henne. Det gör du också. Det finns inte förklaringar på allt här i världen.

Hans röst blev plötsligt avvisande och kort, som ett eko av Hanne själv. Så lyfte han fingret till pannan och gick sin väg.

28

KLOCKAN VAR fem i halv ett onsdag den tionde mars 1999. Karianne Holbeck hade redan lagt en sjutimmars arbetsdag bakom sig och försökte massera sig själv i nacken. När hon böjde armen kände hon att hon måste ha gått upp ännu mer i vikt. Det märkte hon dessutom på jeansen som stramade så hårt att hon inte längre kunde sitta med översta gylfknappen knäppt. Det gjorde henne vansinnigt irriterad. Den fjärde januari hade hon optimistiskt och beslutsamt köpt halvårskort på gymmet. Hittills hade hon varit där en gång.

Telefonen ringde igen.

– Holbeck, gläfste hon i luren.

– Goddag, jag heter…

Kriminalinspektör Karianne Holbeck uppfattade inte namnet. Överhuvudtaget inte. Det enda hon förstod var att det måste röra sig om en utlänning.

– Vad gäller det, sa hon ointresserat medan hon letade fram foldern från träningslokalen för att försöka ta reda på hur länge de hade öppet på kvällen.

– Jag ringer om denna åklagare, sa rösten. Han som de skriver om i tidningar. Han som heter Halvorsrood.

– Halvorsrud, mumlade Holbeck och såg på klockan. Han är chefsåklagare.

– Jag är från Tyrkia, förstår du.

Mannen fortsatte oförtrutet.

– Jag har grönsakeraffär på Grünerløkka.

Gymmet hade öppet till åtta. Då hade hon i alla fall chansen att få sig ett pass i kväll.

– Du förstå, insisterade rösten i telefonen. I fjol jag blev anmält till polis. Bara strunt, du vet, men de sa att jag inte ordentligt betalt skatt. Räkenskaper inte ordentligt, sa de också. Så fick jag telefon från Halvorsrood. Han kunde hjälpa mej, sa han. Han ville möta mej en kväll. Han ville prata om vad skulle kosta att få… Att få ordning i eländet, sa han. Jag förstod inte riktig. Min fru, hon sa nej.

Karianne Holbecks intresse hade ökat dramatiskt. Hon letade förtvivlat efter en penna, utan att hitta någon.

– *Sa* han att det var han som ringde? *Presenterade* han sej som Sigurd Halvorsrud?

– Ja, det var det han sa. Han sa inte vad han var, inte åklagare och så, men jag skrivde namnet på papper. Jag har papper här.

Karianne Holbeck harklade sig och drog irriterat ut låda efter låda för att hitta något att skriva med. Utan framgång.

– Jag vet inte om detta är för polisen, men jag tänkte att…

– Kan du komma hit, avbröt Holbeck. Jag vill gärna prata med dej på tumanhand.

Hon kastade en blick på en Musse Pigg-klocka, som hotade att falla ner från skrivbordet.

– Klockan två?

– Nej, jag är väldig, väldig busy nu. Måndag jag kan komma. Klockan tio måndag, för exempel. Jag kan komma och fråga efter…

– Holbeck, sa Karianne övertydligt, som om hon talade till en lomhörd. Ka-ri-an-ne Hol-beck. Men vänta lite…

Hon la ifrån sig luren och rusade ut i förrummet för att hitta något att skriva med.

– Hallå, sa hon andfådd i luren när hon kom tillbaka. Är du där?

Det var han inte. Allt hon hörde var en enerverande monoton upptagetsignal. Med pekfingret slog hon desperat på knappen till linjen. Fortfarande lika dött.

– Jävla utlänning, fräste hon och slängde på luren.

Sedan höll hon sig för munnen och hoppades vid Gud att ingen hade hört henne genom den öppna dörren till korridoren.

Det enda hon nu kunde hoppas på var att mannen faktiskt skulle dyka upp på måndag. Vilket var långt ifrån säkert. Karianne Holbeck hade för länge sedan erfarit att utlänningar var allt igenom opålitliga. Hon var på intet sätt rasist. Alla människor var likvärdiga. Problemet var bara att iranier, pakistanier och nordafrikaner, vietnameser och latinamerikaner inte gick att lita på. Måndag eller tisdag, klockan ett eller fem; det var omöjligt att säga om karln överhuvudtaget skulle ta kontakt.

Karianne Holbeck kom inte ens ihåg vad för sorts butik mannen hade. Hon tyckte sig ha hört att platsen var Grünerløkka. Säker var hon inte. Men turk var han. Som om det hjälpte.

– Så går det när arbetsdagen börjar klockan halv sex, mumlade hon förargat och insåg att hon hade gjort en tabbe av sällsynt slag.

EIVIND TORSVIK kom plötsligt att tänka på att han inte hade använt rösten på två veckor. Det var nästan så att han hade glömt bort hur den lät. Han la sig på soffan och försökte koncentrera sig på att minnas vad den hade för klang. Han visste att den lät yngre än han var. Stämman var klar och melodisk, med en underton av något främmande som felaktigt kunde tyda på att han egentligen inte var norsk. En lärare i folkskolan hade en gång kommit på honom när han hade brutit sig in i gymnastiksalen för att övernatta. Eivind sjöng gamla Eaglessånger för att inte vara rädd. Läraren hade varit som fallen från skyarna och Eivind misstänkte att han hade stått länge och lyssnat innan han omsider hade kommit fram ur skuggorna. Mannen hade sagt något om att Eivind var mycket musikalisk. Egentligen hade han väl menat att vara vänlig. Ändå hade pojken bara rest sig och sprungit därifrån. Nu, när han tänkte tillbaka och försökte komma på vart han hade tagit vägen, kunde han inte komma ihåg det. Sedan dess hade han inte sjungit en ton.

Det var behagligt att ligga så.

Han dåsade till i ett märkligt tillstånd mellan sömn och vaka. Naturligtvis kunde han helt enkelt säga något. Men det var för lättvindigt. Prickarna som dansade bakom ögonlocken samlade sig långsamt till ett rött fokus. Där. Så var den. Han sa långsamt och tydligt:

– Nu dras snaran åt. Snart har vi dem.

Rösten var precis som han mindes den. Klar och en aning barnslig; den passade så bra till öknamnet han hade fått i fängelset.

– Jag är Ängeln, sa Eivind Torsvik belåtet och somnade.

– Jisses, sa Håkon Sand. Är du här?

Han tänkte se på klockan, men hejdade sig. Den var nära midnatt. Han kunde inte begripa vad polismästare Hans Christian Mykland gjorde utanför det låga tegelhuset på Lille Tøyen där Hanne och Cecilie bodde. Och särskilt inte den här tiden på dygnet.

– Du ser ut att må bra, sa polismästaren muntert och slog åklagare Håkon Sand på skuldran. Du har det bra där borta på Hambros plass?

Håkon mumlade undvikande. Han kunde verkligen inte fatta varför polismästaren var här. Han stack ett finger i örat och kliade sig frenetiskt.

– Tänkte att jag skulle besöka vår väninna, sa Mykland och gjorde ett kast med huvudet mot fönstret på tredje våningen. Jag undrar bara hur hon har det.

Jovialiteten var plötsligt borta. I det blacka ljuset från en gatlykta vid infarten kunde Håkon Sand se ett bekymrat uttryck i polismästarens ansikte som han inte riktigt kunde tolka. Mannen verkade äldre än Håkon trodde han var. Det kunde vara det grågula halvmörkret eller också den slitna ljusbruna parkasen som för ett ögonblick kom honom att likna en till åren kommen Marve Fleksnes.

– Känner ni varann, slank det ur honom. Jag menar... Känner du Hanne privat liksom?

Polismästaren log och skakade nästan omärkligt på huvudet.

– Det skulle vara att överdriva. Jag bryr mej bara. Hon har det inte så lätt nu för tiden. Men...

Han slog ut med armarna och log brett.

– När du är här är Hanne i goda händer. Jag sticker. Godnatt.

Håkon mumlade ett slags adjö och blev stående medan han såg polismästaren småjogga de tjugo, trettio metrarna bort till en gammal citrongul SAAB. Bilen protesterade högljutt, men efter två skarpa smällar från avgasröret rullade den motvilligt uppför backen med en svans av kolsvart rök efter sig. Håkon suckade tungt och ringde på porttelefonen.

Ingen svarade.

Han ringde en gång till, precis så länge att det var snudd på oförskämt. Så släppte han knappen, tog tre steg tillbaka och kikade upp på köksfönstret på tredje våningen. Bakom gardinen var taklampan tänd. För övrigt var huset fullständigt mörkt, bortsett från att någon glömt att släcka i källaren. Ett rektangulärt fönster kastade ett blåkallt ljus på hans fötter.

Hon var hemma. Håkon var säker på det. Han hade ringt sjukhuset. En vänlig sjuksyster hade bekräftat att Hanne Wilhelmsen hade lämnat en sovande Cecilie Vibe vid elvatiden.

– Fan också, Hanne.

Han tryckte argsint på dörrklockan; den här gången bortom all vanlig hyfs. Han höll kvar fingret under vad som tycktes en evighet och skulle just ge upp när låset plötsligt surrade. Han ryckte i porten. Den var öppen.

Han hade svårt att förstå sin egen rädsla. Hjärtat hamrade på ett sätt som han inte hade känt sedan han förde sitt första mål i Högsta Domstolen. När han öppnade händerna såg han svetten glänsa i livslinjerna. Håkon Sand visste inte vad han var rädd för.

Hanne Wilhelmsen var en gammal och god vän. Han kunde inte begripa varför han kände sig vettskrämd när han närmade sig dörren med skylten i mässing: HW & CV.

Det blev inte bättre när hon öppnade.

Ansiktet var förgråtet till det oigenkännliga. Ögonen var två smala streck i allt det svullna och underläppen darrade så intensivt att Håkon inte kunde koncentrera sig på något annat. Han stirrade på en droppe saliv som dallrade i ett djupt ärr mitt i Hannes läppar; nu släppte den taget och rann nedför hakgropen. Hennes kinder var rödflammiga och det var som om hela gestalten hade krympt. Händerna hängde livlösa ned längs låren och axlarna var försvunna i den stora collegetröjan.

Han kom inte på något att säga. I stället satte han sig ned i trappan. Betongunderlaget var iskallt genom byxbaken. Han gned händerna mot varandra och klarade inte längre att se på Hanne.

– Kom in, sa hon till slut, med en röst han aldrig hade hört förr.

Han reste sig tungt och andfått och blev stående kvar i tamburen utan att ta av sig jackan, fastän Hanne försvann in i rummet.

Lägenheten luktade Cecilie. En doft av Boss Woman fyllde luften. Han sniffade ut i vädret. Lukten var påträngande. Besynnerlig också, tills han fick syn på en nästan tom flaska på hallbordet. Tveksamt gick han mot vardagsrummet. Där var doften ännu starkare.

– Du har tömt flaskan, sa han och bet sig i läppen.

Hanne svarade inte. Hon satt rätt upp och ned i en fåtölj, utan att luta sig mot stolsryggen. Händerna låg i knät, öppna, som om hon väntade på en gåva. Hon stirrade så intensivt på något att Håkon måste se efter vad det var. En tom vit vägg.

Han vrängde slutligen av sig sin tjocka jacka. Den blev liggande kring hans fötter. Sedan gick han långsamt bort och satte sig i soffan. I distraktion tog han en apelsin från ett fruktfat och blev sittande medan han rullade den runt från hand till hand.

– Hur gick det, lyckades han till slut säga.

– Game over, sa Hanne tonlöst. Metastaser i levern. Ingenting att göra.

Apelsinen sprack. Ljummen saft rann över Håkons händer

och droppade i stora fläckar ner på byxlåren. Han la den miss-
handlade frukten ifrån sig. Så höll han hjälplöst de kladdiga
händerna över knäna och började gråta.

Hanne flyttade till slut blicken.

Hon såg på honom. När han rätade på ryggen för att hämta
andan vände han ansiktet mot henne.

– Du får gå, sa Hanne. Jag vill att du ska gå.

Han försökte demonstrativt att skratta. Han kippade efter
andan medan snor och tårar rann.

– Jag gråter, snörvlade han och torkade sig i ansiktet med är-
men. Jag gråter för Cecilie. Men mest av allt gråter jag för dej. Du
måste ha det jävligare än jag kan föreställa mej. Du har blivit en
sån idiot, Hanne, och jag begriper inte…

Resten försvann i en hostattack.

– Du få se till att komma hem till din familj nu, sa Hanne och
strök med höger hand håret från pannan med en stel och lång-
sam rörelse. Det är sent.

Ett ögonblick såg han misstroget på henne. Sedan reste han
sig resolut. Han slog knät i bordskanten och svor så det osade.

– Visst, skrek han i falsett. Visst. Jag ska gå hem nu, va. Sitt
där. Bara vägra att prata med mej. Gör vad *fan du vill!* Men jag
går inte. Jag stannar.

I brist på annat att göra drog han tröjärmarna upp och ned.
Han snyftade som ett förvuxet barn och fick svidande saft i ögo-
nen när han försökte torka tårarna.

– *För helvete, Hanne!* Vad har det tagit åt dej?

Sedan hade han svårt att förklara vad som hände. Han för-
stod det inte alls då, allt hände så överraskande att han fick pro-
blem när han de närmaste dagarna skulle redogöra för hur han
egentligen hade uppträtt. Det hela var så ologiskt, så oväntat och
så lite likt Hanne Wilhelmsen att han rätt som det var började
tro att han hade drömt. Bara när han senare strök över det

ömma bröstbenet, insåg han att hon faktiskt hade angripit honom.

Hon reste sig från stolen, gick emot honom och gav honom en hård örfil. Därefter slog hon honom med knytnäven i bröstet. Sedan sjönk hon ned på knä medan hon hamrade på hans ben, innan hon blev liggande med huvudet mellan knäna och händerna knäppta bakom nacken.

– Hanne, viskade han och satte sig på huk. Hanne. Låt mej hjälpa dej lite.

Viljelöst lät hon honom dra sig upp. Han måste hålla armarna om henne. Hennes huvud föll ned mot hans axel. Han kände en intensiv doft av Cecilie och förstod plötsligt att hon måste ha hällt flaskan över sig.

Håkon visste inte hur länge de hade stått där. Allt han kunde göra var att hålla henne. Hon blev långsamt tyngre. Så småningom insåg han att hon helt enkelt hade somnat. Försiktigt lät han den ena armen glida runt hennes midja och som en sömngångare gick hon med honom till sovrummet. Där la hon sig på magen med alla kläderna på. Själv blev han stående och lyssnade till hennes andetag medan han försökte andas i samma takt. Så la han sig tyst bredvid henne, stoppade om dem var sitt täcke och blundade.

– Jag är rädd för mej själv.

Håkon Sand rycktes ur sömnen och kände en våg av rädsla innan han kom ihåg var han befann sig. Hanne låg i samma ställning som tidigare, på magen med armarna längs kroppen och bortvänt ansikte. Täcket låg på golvet bredvid henne.

– Jag känner mej fångad i det som en gång var jag själv. I allt jag har gjort. I allt som jag ångrar.

Håkon hostade lätt, stödde sig på vänster arm och la ansiktet i handen. Högra handen la han över hennes korsrygg. Han strök henne försiktigt i cirklar.

– Det är precis som om jag vill bort från mej själv. Det är som om jag försöker springa ifrån…

Hon suckade och drog efter andan.

– Springa ifrån min skugga. Det går inte. Jag vill stryka över allt och börja på nytt. Nu är det för sent. Det har varit för sent i många år.

Hon snörvlade lite och la sig på sidan med ryggen mot honom. Han visste inte om det var för att undvika hans hand. Han sa fortfarande ingenting. Rummet var tjockt av använd luft och i strimman från ljuset under dörren kunde han se dammet sväva. Långt borta hörde han en motorcykel dubbelväxla. Så blev det tyst igen och han klippte med ögonen. Plötsligt fortsatte Hanne:

– När jag är ensam tänker jag bara på allt som gått sönder. Vänskap. Kärlek. Livet. Allt.

– Men, började Håkon svagt.

– Säg inget, sa hon tyst. Säg ingenting, är du snäll. Var bara här.

Nu kröp hon ihop i fosterställning och han kunde inte låta bli att stryka henne över håret.

– Du har rätt, viskade hon. Jag är en idiot. En… En förstörare. En som förstör. Det enda jag kan här i livet är att vara polis. Det hjälper ju nu. Väldigt mycket. Cecilie är säkert glad över det.

Försiktigt lutade han sig över henne och tog upp täcket från golvet. Sedan smög han tätt intill hennes hopkrupna kropp. Han kände hennes ryggrad mot magen och det slog honom hur mager hon hade blivit. Han tryckte henne intill sig och viskade meningslösa ord in i hennes hår. Hennes hand la sig om hans och först när greppet släppte, förstod han att hon åter hade somnat. Han märkte knappt att hon andades.

I EN DRYG HALVTIMME hade hon legat och stirrat i taket. Hon räknade sekunder för att ta reda på hur länge hon kunde låta bli att blinka. Reflexerna vann över viljan; som alltid. Hon vände sig försiktigt i sängen. Håkons tunna lugg var svettig och låg klistrad mot pannan. Han sov tungt och obekvämt, fullt påklädd. Täcket låg som en korv över hans höfter och Hanne la märke till att han inte ens tagit av sig joggingskorna. Munnen var öppen och han snarkade. Antagligen var det vad hon hade vaknat av. Hon hade inte kommit ihåg någonting. Den första vakna sekunden hade varit som alla andra morgnar; tomt – varken bra eller dåligt. Så vällde gårdagen över henne. Hon fick svårt att andas. Förtvivlat försökte hon hålla ögonen öppna i det oändliga. Inte heller det lyckades hon med.

Hon såg på klockan.

Halv sju.

Hon ville inte duscha. Det var som om den fräna lukten av svett och gammal parfym som inte var hennes egen – men som skar henne i hjärtat varje gång hon drog andan – var ett passande straff. Hon tvekade ett ögonblick innan hon bestämde sig för att inte skriva någon lapp. I stället la hon reservnycklarna väl synliga på tamburbordet. Klädd i det hon hade haft på sig i ett dygn och till råga på allt sovit i, småjoggade hon det knappa kvarteret till Grønlandsleiret 44.

Polishuset stod där, oföränderligt, kutryggigt och grått.

När hon drog passerkortet genom läsaren och fick metalldörren mot väst att öppna sig, kändes det som att kravla ombord i en skröplig livbåt. När hon genom korridorerna kom ut i den gigantiska vestibulen som sträckte sig sju våningar upp, gick hon ut på golvet i stället för att gå till hissen. Det stora, öppna rummet var folktomt, med undantag för en mörkhyad äldre man i blågul joggingdress som tvättade golvet bakom skranken i husets sydöstra hörn. Han nickade och log i riktning mot Hanne utan att få något gensvar.

Polishuset hade ännu inte riktigt tagit dagen till sig. En och annan dörr öppnades och stängdes i de olika våningsplanen och från sambandscentralen vid huvudingången hördes halvkvävda rop genom de skottsäkra glasväggarna. Men ännu härskade ett lugn i huset, ett lugn som Hanne vanligtvis älskade.

Hon kände sig inte ens trött. Däven kanske; stel i kroppen, men hjärnan kändes klar och kall och koncentrerad.

Det låg fyra pappersmappar på hennes bord. Snyggt och prydligt låg de staplade bredvid varandra, varannan grön och varannan rosa. Hon ställde Muminkoppen med svart kaffe ytterst på bordskanten och tände en cigarrett. Det första blosset gjorde henne ordentligt yr. På ett märkligt sätt kändes det behagligt, som ett bedövande rus.

Hon valde den tjockaste mappen först.

Karianne Holbeck hade samlat de viktigaste vittnesförhören i en bunt. Överst i mappen låg en översikt där det framgick vem som var förhörd och huvuddragen i vad de hade sagt. Hanne Wilhelmsen bläddrade sig långsamt igenom bunten. Hon hejdade sig vid protokoll nummer tre.

"Vittnet Sigrid Riis betraktar sig som den dödas bästa väninna. De har känt varandra sedan 14-årsåldern och var vittnen vid varandras bröllop."

Meningen påminde Hanne om att det var knappt tre månader tills hon själv skulle vara bröllopsvittne åt Billy T. Hur mycket det sa om graden av vänskap var hon inte så säker på. Hon fimpade cigarretten. Det slog henne att Cecilie snart skulle vakna efter en nerdrogad natt. Hon strök med tummen och pekfingret över mungiporna och slickade sig om läpparna innan hon läste vidare.

"Vittnet säger att den döda Doris Flo Halvorsrud hade en glad och utåtriktad läggning. Vittnet kan inte föreställa sig att någon kunde vara ute efter att skada den döda. Vittnet menar att hon hade normalt många vänner och en relativt stor bekantskapskrets, särskilt på grund av hennes makes arbete. Hon kunde vara temperamentsfull och emellanåt påstridig i diskussioner, men hade alltid en humoristisk kommentar som räddade situationen om någon skulle känna sig stött över en eller annan tillspetsad formulering.

Vittnet säger att den döda i stort sett var nöjd med sitt äktenskap. Den sista tiden – ungefär det senaste halvåret – hade den döda och vittnet inte lika mycket att göra med varandra som tidigare. Detta berodde huvudsakligen på att vittnet varit bosatt i Köpenhamn i fem månader på grund av en anställning vid Steinerskolan där. De gånger de hade träffats hade vittnet fått ett intryck av att äktenskapet "inte var alldeles toppen". Bland annat frågade den döda vid ett tillfälle vittnet hur hon hade klarat sig ekonomiskt efter skilsmässan (vittnet skildes från sin man för ett och ett halvt år sedan). Ämnet blev inte så grundligt diskuterat och vittnet minns inte särskilt bra vad som blev sagt. Vid ett annat tillfälle blev den döda plötsligt arg och kallade sin man "skenhelig". Detta skedde under en middag som vittnet och den döda åt tillsammans för två månader sedan då vittnet hade sagt något positivt om en intervju med den häktade Halvorsrud. Vittnet la inte så stor vikt vid utbrottet den gången.

Vittnet säger att den döda var en bra mor. Hon hade alltid tid för sina barn och har nog försakat mycket av sin egen karriär på grund av dem. Hon hade ett särskilt bra förhållande till sönerna Marius och Preben. Dottern Thea har alltid varit "en riktigt pappagris". Vittnet säger att det aldrig har varit något särskilt märkligt med det eftersom det inte är ovanligt att duktiga flickor tyr sig spe-ciellt till fadern.

Hanne tittade upp från papperen, tog en klunk av kaffet och tänkte på sin egen far. Hon lyckades knappt återskapa hans an-siktsdrag i minnet. Hanne Wilhelmsen var sladdbarn med två syskon som hon aldrig hade känt släktskap med. Hon hade känt sig utanför från den dagen hon var gammal nog att tänka själv-ständigt. Antagligen även tidigare. När hon var åtta hade hon använt våren till att bygga ett hus i ett träd längst ner i den stora äppelträdgården. Hon hade hittat plank på byggplatser och i grannskapet. Grannen – en över sjuttio år gammal hantverkare som stekte fläsk varje lördag och delade med sig till flickan i de blå snickarbyxorna – hade gett henne spikar och en hjälpande hand då och då. Huset blev stiligt, med äkta fönster som en gång hade suttit i en landsvägsbuss. Hanne hade lagt gamla trasmat-tor på golvet och hängt en bild av Kong Olav på väggen. Känslan av att ha något som bara var hennes – något som de andra i fa-miljen knappt brydde sig om att gå ner och beskåda – hade gett henne en övertygelse om att hon var starkast alldeles ensam. Därefter hade hon mer eller mindre uträtt ur det dammiga, akademiska hemmet där föräldrarna till och med vägrade att in-stallera en teveapparat, därför att "det finns så många bra böck-er, Hanne".

"Vittnet är chockerat över det brutala mordet på sin väninna, men kan inte tro att den häktade har gjort det. Vittnets erfarenhet är att han i stort sett har varit en hänsynsfull äkta man och far, trots att han naturligtvis "har sina sidor", något som vittnet inte tycker sig behöva gå närmare in på. Vittnet känner inte till några andra upplysningar än vad som framgår här och som skulle kunna ha relevans i fallet."

Förhörsprotokollet var regelmässigt signerat på varje ark ne-derst på sidan.

– Ett genomsnittsliv, sa Hanne halvhögt för sig själv och la förhöret åt sidan. Snäll man, rara barn, lite gräl då och då.

Kaffet hade börjat kallna och hon tömde resten av koppen i ett drag. Den beska eftersmaken låg kvar på tungan och hon kunde känna vätskans färd ner till en magsäck, som av smärtan bakom bröstbenet att döma, önskade sig en bättre frukost än cigarretter och svart kaffe.

Hanne borde vara på sjukhuset. Hon skulle gå. Snart.

Bunten från Karl Sommarøy var också prydlig och överskådlig. På pärmen stod det Ståle Salvesen med tusch i lutande, vänsterhänt stil. Överst låg de gamla papperen, registerutdrag från skatteverk och folkregister. Taxeringsuppgifterna sträckte sig tio år tillbaka i tiden och visade att Salvesen så sent som 1990 hade en privat inkomst på mer än åtta miljoner kronor. Sedan följde en knapphändig och ointressant lista på nuvarande inventarier och tillgångar. Därefter fanns kopior från klipptjänst inklistrade; gamla artiklar från den tiden allting började gå Ståle Salvesen emot. Hanne skummade igenom dem utan att hitta något mer än det hon redan visste. Det slog henne att reportagen var mer omfattande, större och mycket mer dramatiska än den senare händelsen skulle ge upphov till.

– What else is new, suckade hon.

Ett foto från 1989 fångade hennes intresse.

Ståle Salvesen var inte direkt snygg, men bilden visade en man med stark blick och hurtfriskt, snett leende. Ögonen såg direkt på fotografen och Hanne rös till när hon erfor hur levande ansiktet verkade. Salvesen hade en tunn bakåtstruken lugg och hög panna och man kunde ana skuggan av en klyfta i den breda hakan. Fotografiet var skuret i brösthöjd, men gav ändå intryck av diskret och dyr klädsel. Kavajen var mörk, och till och med på en svart-vit tidningsbild kunde man se att skjortan var kritvit mot den randiga slipsen.

Sedan följde rapporten:

"När det gäller Ståle Salvesens finansiella bakgrund, hänvisas till bilagda tidningsurklipp och taxeringsutskrifter. Det är uppenbart att han haft stora inkomster, men att han – efter att tvingats lämna Aurora Data på grund av utredningen av honom och företaget – gjorde stora förluster. Jag antar att man skulle behöva lägga ner åtskilligt arbete på att ta reda på vart pengarna egentligen tog vägen. Detta får anstå i avvaktan på närmare besked. Faktum är att han idag inte äger någonting av speciellt värde. Lägenheten är hyrd. Bilen, en Honda Civic 1984 års modell, har knappt skrotvärde.

Salvesen har uppenbarligen levt ett mycket tillbakadraget liv de senaste åren. Han skildes från sin fru 1994, efter att de varit separerade i ett år. Det har inte gått att få tala med henne än. Hon emigrerade till Australien 1995, men undersökningar hos den norska ambassaden i Canberra tyder på att hon möjligen inte längre uppehåller sig där. Jag fortsätter försöken att få tag i henne. Hon kan ha bytt namn och det finns saker som tyder på att hon har fått australiensiskt medborgarskap. Sonen, Frede Parr (han har tagit sin amerikanska hustrus efternamn!!!) bor i Houston, Texas, där han arbetar som datakonsult i ett oljebolag. Jag pratade med honom i telefon måndagen 8 mars kl. 1730 norsk tid. Han verkade irriterad över att bli störd, och anmärkningsvärt lite berörd av sin fars eventuella självmord. Han påstod sig inte ha talat med fadern på mycket länge och antydde 1993 utan att kunna säga det säkert. Han hade inte heller hört från sin mor på ett par år. Här var han mer säker på tidpunkten, eftersom det var han som ringde henne den 23 mars 1997 för att berätta om sin andre sons födelse. Vid den tidpunkten bodde fru Salvesen i Alice, Australien. Frede Parr har tappat bort telefonnumret och vet inte om hans mor fortfarande kallar sig Salvesen.

På min fråga om fadern kunde tänkas begå självmord svarade han tämligen ordagrant: "Det konstiga är att han inte gjorde det

*för flera år sedan. Han levde ett förspillt liv. Han var en förspilld
människa".*

Övriga undersökningar tyder på att Salvesen överhuvudtaget
inte hade någon umgängeskrets, med ett undantag (se nedan). Ing-
en av grannarna på samma våningsplan kände honom, trots att
han flyttade in 1995. På socialbyrån upplyser de att han knappt sa
ett ord de få gånger han var där angående sjukpensionen. Man har
gjort en slags socialutredning på Salvesen i förbindelse med pension-
en och där framgår det att han alltid var ensam. Han hade ingen
hobby som någon kände till och det finns heller ingenting som ty-
der på att han missbrukade alkohol eller andra berusningsmedel.

Huset på Vogts gate har en portvakt. Ole Monrad Karlsen är
över sjuttio år gammal och har haft kvar sin anställning därför att
ingen har haft hjärta att kasta ut honom ur tjänstebostaden. Två
av grannarna säger att de har sett Salvesen på väg ut eller in i port-
vaktens bostad flera gånger. Jag pratade med Karlsen tisdag 9 mars
1999 kl. 1800.

Portvakten Karlsen var mycket avvisande, närmast argsint. Han
ville inte prata med mig. Han slängde igen dörren när jag sa att jag
var från polisen, och det var först efter att ha diskuterat genom
stängd dörr i tio minuter som han gick med på ett kort samtal. Det
kom ingenting ut av det. Likväl vill jag påstå att det finns anledning
att tro att Karlsen och Salvesen var ett slags vänner. Så vitt jag kun-
de bedöma fick han tårar i ögonen och en svag darrning i mungipan
när jag berättade att Salvesen av allt att döma är död. Han blev
också tyst då, efter att oupphörligen ha skällt ut mig i flera minuter."

Hanne lutade sig tillbaka i stolen och blundade.

Det låg något i det här.

Det fanns ett mönster, eller kanske hellre en tråd. Den var
tunn och svår att få syn på. Ljuden utanför hennes dörr hade bli-
vit starkare eftersom klockan närmade sig nio. Det störde henne;
hon förlorade överblicken.

– Australien, viskade hon. Texas. Vogts gate. En pappagris. En skenhelig chefsåklagare.

Huvudvärken kom våldsamt och plötsligt. Hon tog sig om tinningarna; öronsuset var intensivt och hon stönade:

– Ullevål.

Det bankade på dörren. Hanne svarade inte. Det bankade en gång till. När dörren gick upp hade Hanne redan fått på sig jackan.

– Jag har inte tid, sa hon snabbt till Karianne Holbeck och smet förbi henne. Jag är tillbaka om ett par, tre timmar.

– Men vänta, sa Karianne. Jag har något...

Hanne hörde inte på. Hon småsprang mot hissen och allt som hängde kvar i luften efter henne var en lukt av svett och sur parfym. Karianne Holbeck rynkade på näsan. Hanne Wilhelmsen som annars brukade lukta så gott.

32

PORTVAKTEN OLE MONRAD ʾKARLSEN var upprörd.
Han hade aldrig tyckt om polisen. Lika lite som han tyckte om
myndigheter av något slag. När han tjugotre år gammal, 1947,
kom tillbaka till Norge efter att ha varit till sjöss sedan han var
femton blev han inkallad att göra värnplikten. Det kunde inte
vara rätt, tyckte han; han blev torpederad både fyrtiotre och i ja-
nuari fyrtiofem och ansåg att han gott och väl hade gjort sin
plikt för fäderneslandet. De militära myndigheterna ansåg något
annat. Ole Monrad Karlsen måste dra i fält och gick miste om ett
bra jobb i land som rederiet hade fixat.

Polisen påstod att Ståle var död.

Trots att Ole Monrad Karlsen hade problem med att fatta att
hans enda vän inte längre levde, insåg han logiken i det hela. Det
var så mycket som föll på plats. När han nu satt vid köksbordet
och drack starkt kaffe med en droppe Eau de Vie i torkade han
en tår och bad en stilla bön för Ståle Salvesen.

Han hade varit en god människa.

Ståle hade lyssnat på honom. Ståle hade fått Ole Monrad
Karlsen att berätta om kriget. Det hade han aldrig gjort förr. Inte
för någon, inte ens Klara, som Karlsen hade gift sig med 1952
och delat säng med tills hon en vintermorgon 1979 inte gick att
väcka. De hade aldrig välsignats med barn, men Klara hade gett
honom en lugn känsla av tillfredsställelse som inte skulle förstö-
ras av onödigt prat om katastroferna han hade genomlevt för så
många år sedan.

Men kriget hade smugit sig på honom. Det var som om kraf-
terna att hålla allt ifrån sig hade tagit slut, och allt oftare vaknade

han tvärt mitt i natten med hemska drömmar om vatten; iskallt hav och drunknande, skrikande kamrater.

Ståle hade lyssnat. Ståle hade stuckit till honom en flaska då och då; inte för att Karlsen drack, men ett stänk i kaffet hade han alltid satt värde på. Ståle hade fått sitt liv ödelagt av överheten, på samma sätt som Karlsen själv gick miste om ett bra jobb i land bara för att de förbannade byråkraterna inte kunde förstå hur det var att vara till sjöss under kriget.

Karlsen var belåten med att han inte hade släppt in polisen i lägenheten. Han hade ingenting där att göra. Ole Monrad Karlsen hade inte gjort något olagligt i hela sitt liv och bestämde själv över sig och sitt. Om en stund skulle han gå ner i källaren och kolla att allt var okej. Så mycket var han skyldig sin gode vän Ståle Salvesen.

Han torkade ännu en tår med baksidan av en väderbiten hand och hällde ytterligare en rejäl skvätt sprit i koppen.

– Frid vare med dej, viskade han och skålade mot den tomma stolen på andra sidan köksbordet. Jag hoppas du har det bra där du är. Jajamensan.

EN SNIFFARE masade sig fram på Akersgate. Knäna var förstörda efter femton års missbruk och han hade lagt sig till med en hasande, släpande gång. Evald Bromo kände stanken av thinner innan han fick syn på mannen och vände bort ansiktet i ett plötsligt illamående.

– Tie spänn, snörvlade mannen och sträckte fram en mager smutsig hand. Bara tie spänn!

Evald Bromo ville inte stanna. Men av erfarenhet visste han att det bästa sättet att bli av med karln var att betala. Han saktade in stegen och grävde med högerhanden i byxfickan efter småpengar. Han fick fram en tjugokrona och stirrade på den ett ögonblick innan han ruskade lite på huvudet och räckte fram den till den illaluktande mannen. Gåvan kom antagligen överraskande. Mannen tappade myntet och blev obeslutsamt stående och svajade från sida till sida, som om han inte riktigt begrep vart slanten hade tagit vägen. Evald Bromo böjde sig förargat ned för att hjälpa till. Kanske gav han intryck av att vilja ta tillbaka den välvilliga donationen; i vilket fall blev det fart på sniffaren. Männens huvuden slog ihop och Evald Bromo föll. Sniffaren ojade sig och skulle till varje pris hjälpa till att få Bromo på fötter igen. Bromo ville helst klara sig själv. Det slutade med att bägge männen blev liggande i en sprattlande hög alldeles utanför Aftenpostens huvudingång.

Aftenpostens chefredaktör rundade hörnet vid apoteket Kronan och tog sig oaktsamt över Akersgate mellan tre bilar som väntade på grönt. När hon passerade Dagbladets huvudentré såg hon att det var Evald Bromo som låg på trottoaren med den besvärligaste av alla tiggarna i området över sig. Hon blev genast övertygad om att journalisten hade blivit överfallen. Rasande använde hon paraplyet som tillhygge mot sniffarens rygg innan hon stormade in i receptionen till sin egen tidning och befallde att någon omedelbart måste ringa polisen. Därefter sprang hon ut igen.

Evald Bromo var ensam och stod lutad mot en stolpe och borstade smuts och sand av kläderna. Han mumlade något obegripligt som med svårighet kunde tolkas som annat än ett avvisande när chefredaktören insisterade på att han måste till läkare.

– Det var inget överfall, lyckades han så småningom få fram. Det var bara en olyckshändelse. Jag är oskadd. Tack.

Chefredaktören kisade misstänksamt på honom. Med ens kom hon ihåg den underliga, anonyma e-mailen.

– Är allt som det ska, Evald?

Hon la handen på hans underarm och han stirrade som förhäxad på de långa, rödlackerade naglarna, som delvis försvann i den grova tweedärmen. Han ville slita sig loss, men svalde och framtvingade ett leende och ett lugnande:

– Allt är okej. Verkligen.

– På alla sätt? Det är ingenting som bekymrar dej nu för tiden?

– Nej, sa han och hörde själv att det kom allt för bryskt. Jag har det alldeles utmärkt.

– Ja, ja, log chefredaktören uppmuntrande. Vi har en tidning att göra, Evald. Vi hörs.

Hon försvann in i huset, högrest och rank. Tillfredsställelsen låg som en mjuk värmedyna mot bröstet. Hon satte en ära i att ta medarbetarnas välbefinnande på allvar. Ingen skulle säga att hon inte hade gjort sitt när det gällde Evald Bromo. Hon la inte ens märke till om han följde efter henne in i det stora tidningshuset. Men så träffade hon ju också finansministern på väg till hissen.

34

KLOCKAN VAR nästan halv fem när Hanne Wilhelmsen kom tillbaka från sjukhuset. Det hade tagit henne en kvart framför spegeln att få ansiktet så pass presentabelt att det röda kring ögonen kunde tas för symptom på en häftig vårförkylning. Hon la en lätt brunkräm över kinderna för att dölja de värsta fläckarna och drog ett djuprött stift över läpparna. Hon *måste* snart klippa sig. När hon skulle få tid och ork var omöjligt att säga.

– Det var långa två, tre timmar, sa Karianne Holbeck till hälften förebrående, till hälften nyfiket och mätte Hanne med blicken.

Nio spanare med spaningsledaren Jan Sørlie på släp strömmade ut ur det trånga samlingsrummet. En sur lukt av instängda människor stod omkring dem och slog som en vägg mot Hanne när hon gick in för att hämta en Cola i kylskåpet.

– Jag är ledsen, mumlade Hanne till sin chef när de passerade varandra. Viktigt uppdrag av mer privat karaktär.

Han sa ingenting men gav henne en blick som sa att Billy T. – eller kanske den fördömt påträngande polismästaren – hade pratat bredvid munnen. Sørlies blick var fylld av en hjälplös medkänsla och Hanne slog ner blicken och stängde utan anledning dörren bakom sig.

Billy T. slet upp den igen.

– Nu har jag dej.

Han log svagt och satte sig på stolen vid bordsändan. Hanne använde en evighet på att leta reda på Coca-Colan som hon ställt där för tre dagar sedan. Till slut lönade det sig inte att leta längre. Hon hade hittat den för länge sedan.

– Vill du ha en sammanfattning, frågade Billy T. när Hanne

slutligen rätade på sig och stängde kylskåpsdörren. Vi börjar få en bild av saker och ting nu.

Han lät pekfingret teckna ett osynligt mönster på bordsskivan, som om han menade det rent bokstavligt.

– Eller vill du hellre ha ett snack, fortsatte han lågmält. Eller en kram.

Han la handflatorna på bordet och granskade baksidorna på sina händer medan han tuggade på underläppen. När Hanne fortfarande inte sa något utan bara tafatt blev stående med flaskan i handen och blicken fäst en halvmeter ovanför Billy T:s huvud, fortsatte han:

– Vi kunde till exempel ta en promenad igen. Luften här inne måste vara livsfarlig för tänderna. Den verkar starkt frätande.

Han försökte sig på ett leende.

– En promenad skulle vara fint, sa hon överraskande raskt. Jag kan tänka mej att titta närmare på Staure bro. Hur lång tid tar det att komma dit?

– Vet inte, sa Billy T. och reste sig. Men jag har all världens tid. Halvtimme, kanske? Kom!

Han räckte ut handen när hon rundade bordet och gick förbi honom. Hon tog den inte. Utanför dörren stod Karianne Holbeck och väntade.

– Jag har något jag måste…

– Det får vänta, avbröt Hanne. Kan vi ta det i morgon?

– Nej, jag är rädd för att jag har gjort en tabbe och…

Hanne såg på klockan. Sedan suckade hon djupt och kände samtidigt att hon stank värre än någonsin. Med armarna skamset klämda mot kroppen i hopp om att stänga lite av lukten inne, tecknade hon åt Karianne att följa efter.

– Vi ses om en halvtimme, sa hon till Billy T.

Trots att temperaturen utomhus hade krupit ner till sju grader, ställde Hanne upp sitt fönster på vid gavel. Sedan bjöd hon

Karianne på en chokladbanan från emaljskålen hon hade fått av Cecilie i tjuguårspresent.

– Vad gäller det, frågade hon och lutade sig tillbaka i stolen så långt det var möjligt.

Karianne Holbeck berättade om samtalet med mannen som hon inte visste namnet på, men som hon trodde var turk och hade butik på Grünerløkka. Hon slog generat ner blicken när hon summerade den potentiellt katastrofala blamagen: mannen kunde ha upplysningar om att Halvorsrud var korrupt, men Karianne Holbeck hade glömt att ta mannens namn och adress. Dessvärre. Beklagar så mycket.

Hanne Wilhelmsen sa ingenting på en lång stund. Det började bli riktigt kallt i rummet och motvilligt stängde hon fönstret och satte sig igen. Så bjöd hon på ytterligare en chokladbanan. Karianne tog emot den men satt och tummade på den tills chokladen smälte och hon uppenbart generad måste slicka fingrarna rena.

– Du ska ha en eloge för att du talar om det, började Hanne med en röst som var monoton och främmande, som om hon pressade fram en mening hon lärt utantill. Antagligen gör det ingenting. Han kommer ju på måndag. Är du säker på att *han* uppfattade *ditt* namn?

– Ganska säker, sa Karianne lättat. Men gudarna vet om han kommer. Han lät inte särskilt pålitlig.

– Jaså, sa Hanne och höjde nästan omärkligt på ögonbrynen. Vad menar du med det? Kan man höra på folk om de är pålitliga eller ej?

– Tja, sa Karianne och vred sig i stolen.

Hanne la märke till att kollegan hade ett särskilt sätt att kasta håret över axeln på. Rörelsen var tilltalande feminin, men samtidigt på gränsen till att verka småflicksaktigt nonchalant.

– Jag vet inte riktigt, fortsatte Karianne. Min erfarenhet är att folk från de trakterna inte har samma uppfattning som vi om vad som är ett avtal. Klockan betyder inte samma sak för dem, liksom.

Hanne gav sjutton i att hon luktade uteliggare. Hon flätade fingrarna bakom nacken, stack ut armbågarna som vingar i luften och granskade kollegan genom den långa luggen. Så spetsade hon läpparna, smackade lite och sa:

– Och vilka är då "vi"?

– Va?

– Vilka är "oss"? Vi som förstår principerna med ett klockslag?

– Neej.

– Och vad är "de trakterna"? Turkiet? Ostasien? Tredje världen?

– Jag menade inte så, sa Karianne och gned sig över en röd fläck på kinden som växte oroväckande snabbt. Jag menade bara...

Det kom ingen fortsättning. Hanne Wilhelmsen väntade.

– Det var dumt sagt, sa Karianne och kastade med håret. Förlåt. Det var inte illa ment.

Hanne släppte taget bakom nacken och lutade sig framåt. Hon plockade upp en penna och började rita cirklar och trianglar på kallelsen till ett fackföreningsmöte. Hon tog god tid på sig. Cirklarna var stora och små och de gick in i trianglarna i en mängd små fält som hon fyllde med blå och röd tusch.

– Det tror jag inte heller, sa Hanne så plötsligt att Karianne bokstavligen hoppade till i stolen. Jag tror inte att du *menar* något ont med det du säger. Emellertid tycker jag...

Hon trummade en snabb virvel med de två filtpennorna mot bordet.

– Du borde tänka över vad du står för. Vad du bär på för fördomar. Har du lagt märke till honom som städar nere i vestibulen varje morgon? Han som alltid går klädd i en svenskfärgad träningsoverall?

Karianne skakade lamt på huvudet. Nu hade rodnaden spritt sig i ett bälte över näsryggen; hon påminde om en mänsklig och ganska hjälplös tvättbjörn.

– Nähä. Du borde ta dej tid någon gång. Kom tidigt och prata med karln. Han är från Eritrea. Han är veterinär. Hans norska är inte något vidare heller. Men efter fyra år i etiopiskt fängelse är inte nerverna så bra.

– Jag har sagt förlåt, sa Karianne Holbeck, nu nästan trotsigt.

– Vi satsar på att vår vän från Grünerløkka kommer. Jag tror faktiskt att jag vill tala med honom själv. Ringde han växeln eller sambandscentralen?

– Va?

– 112, sa Hanne och gnuggade sig i ögonen utan att tänka på den nylagda maskaran. Om han ringde nödnumret är samtalet bandat. Om inte får vi satsa på att han vet vad ett avtal är. Kolla det, är du snäll. Och säg till mej när han kommer.

Karianne Holbeck nickade och reste sig.

– Här, ta en choklad till!

Hanne räckte skålen mot sin kollega och Karianne tackade inte ens nej. I stället smällde hon igen dörren bakom sig; ganska onödigt och ganska hårt.

35

DE ÅKTE I Hanne Wilhelmsens privata bil. Den sju år gamla BMW:n var vit med en röd stänkskärm. Cecilie hade krockat i höstas; fyra dagar efter att Hanne hade sagt upp försäkringen.

– Kan vi inte vara överens om att inte prata om Cecilie, sa Hanne lugnt och satte på vindrutetorkarna på lägsta intervallen. Det skulle vara bra om du kunde acceptera att jag inte vill… Inte än, i alla fall. Besök henne själv i stället. Hon skulle bli glad.

Billy T. kämpade för att få sätet längre bakåt. Handtaget i stolens framkant var motsträvigt. Plötsligt satt han med hela mojängen i handen.

– Shit…

Han glodde från handtaget till Hanne och tillbaka. Hon kastade en snabb blick på förödelsen, ryckte på axlarna och pekade med tummen på baksätet. Billy T. slängde metallgrejen över skuldran och spände fast säkerhetsbältet.

Det hade blivit sent på eftermiddagen och de matta resterna av dagsljus uppslukades av regnvåt asfalt. Vägen hade smalnat och det fanns inte längre någon gatubelysning. Hanne saktade farten när hon kände tendenser till vattenplaning i en kurva.

De körde under tystnad. Billy T. lät blicken vandra över det blågrå landskapet. Åkrarna var vårplöjda och en mättad lukt av gödsel kittlade näsborrarna och fick honom att tänka på sina söner. Han hade planerat en bondgårdsferie med dem i år. Pojkarna och Billy T., Tone-Marit och den nya dottern; alla skulle de till Vestlandet till kusinens småbruk. Två veckor. Först efter att det hela var avgjort och klart, kom Billy T. att tänka på att semester hos släkten med fyra vilda styvbarn kanske inte helt motsvarade

Tone-Marits dröm om en romantisk bröllopsresa. Men hon log bara när han ångerfull frågade om hon hellre ville göra något annat. Hon tyckte att det skulle bli roligt, hävdade hon. Han trodde henne.

Tanken på den nyfödda babyn fick honom att le.

En räv pilade över vägen.

Hanne tvärbromsade men släppte pedalen precis i tid för att inte tappa kontrollen över bilen. Sedan saktade hon in lite till. Med femtio kilometer i timmen rundade de kurvan där kultur-landskapet plötsligt öppnade sig mot havet. Staure bro stod i vackert spann mellan fastlandet och halvön åttahundra meter fjordbredd längre ut.

De parkerade på en grusad plan en minuts gångväg från bro-huvudet. Hanne tittade snabbt igenom papperen hon hade klämt ner mellan stolsätet och mittkonsolen. Det var här de hade hittat Ståle Salvesens gamla Honda. Nu var platsen tom. En soptunna hade vält i blåsten. En grävling eller kanske en kring-strövande hund hade släpat omkring innehållet och till och med i den friska doften av salt och hav kunde hon ana en stank av förruttnelse.

– Konstigt att de inte städar bort sånt, sa hon tankspritt och låste bilen.

– Trettiofem minuter, ropade Billy T., som hade gått i förväg och hans röst försvann nästan i det starka bruset från havet mot de stora strandstenarna.

– Va, ropade hon tillbaka.

– Det tog oss trettiofem minuter från Kammarn, förklarade han när hon hunnit ikapp honom. Fantastiskt att något sånt kan finnas så nära Oslo.

Staure bro var ganska smal. Två bilar kunde lätt passera va-randra i bredd, men det måste bli trångt om utrymmet om den ena var en långtradare. På södra sidan – mot havet – löpte ett

långt korridorliknande utrymme för fotgängare, skilt från kör-
banan. Antagligen hade det byggts på i efterhand. Hanne börja-
de småspringa upp på bron. Det var brant och hon stannade
andfådd efter ett par hundra meter. Billy T. kom släntrande efter.

– Vad tittar vi efter, sa han och motstod frestelsen att stryka
bort hennes hår från ansiktet; vinden in över fjorden var stark
och han kände en svag rörelse i själva brospannet under sig.

– Ingenting och allting, sa hon och fortsatte uppåt.

De var på högsta punkten.

Billy T. trivdes inte.

– Fy fan, mumlade han och vågade knappt titta ut över räck-
et. Jag skulle haft det bra jävligt om jag skulle hoppa ut här…

Hanne nickade. Hon lutade sig ut så långt det var möjligt.
Vattnet var inte annat än gråvita virvlar i ett svart ingenting där
nere. Om hon inte i förväg hade vetat att det var tjugo meter
ned, hade det varit omöjligt att bedöma. Det fanns ingenting att
jämföra med, ingenting som kunde skapa ett realistiskt intryck
av storlek och avstånd.

– Håll i mej, sa Hanne och började klättra över räcket.

– Är du spritt språngande, människa!

Billy T. grep tag om Hannes överarmar och försökte dra in
henne igen.

– Aj, skrek Hanne. Det gör ont! Håll mej om axlarna, men
inte så hårt!

Billy T. lossade motvilligt greppet och tog ett nytt tag i jackans
rymliga axelparti. Han kände pulsen banka mot trumhinnorna
och hade svårt att andas. Hanne hängde i räcket utan att han
kunde se vad hon letade efter med fötterna.

– Vart fan ska du, fräste han och kände adrenalinet strömma
genom lemmarna när han för ett ögonblick trodde att han tap-
pade taget.

– Jag ska, stönade Hanne och böjde sig så långt ner att han

måste släppa henne för att inte förorsaka en katastrof. Jag ska ta reda på om det finns en väg tillbaka till fasta land…

Resten försvann. Hanne försvann. Billy T:s höjdskräck övermannades av en ännu större rädsla: Hanne hade ramlat i sjön. Hon var totalt försvunnen. Förtvivlat lutade han sig över räcket och försökte förgäves få syn på något annat än de grå skumvirvlarna långt, långt där nere.

– Hanne! *Hanne!*

Han skrek hennes namn gång på gång medan han förtvivlat letade i alla fickor efter mobiltelefonen.

– *Helvete också!*

Den låg kvar i bilen.

– Det går, hörde han någon säga.

Hannes huvud stack upp över räcket. Hon la händerna på den järnsmidda överkanten och vältrade sig över. Så log hon och såg honom rakt in i ögonen.

– Det kan gå, upprepade hon. Konstruktionen under den här bron är sådan att du kan klättra över räcket och göra intryck av att du kastar dej i sjön. Sedan kan du följa en gång här under hela vägen in till land. Det är svårt, tror jag, men långt ifrån omöjligt.

– Bitch, väste Billy T.

– Jag sa ju att jag skulle, började Hanne.

– Du *vet* ju att jag inte är särkilt förtjust i höjder, sa han rasande och trängde sig förbi henne.

Den breda ryggtavlan guppade framför henne hela vägen ned till landbacken igen. Billy T. sa inte ett ord och lät henne inte komma upp vid sidan av honom den korta vägen från bron till bilen. Varje gång hon försökte ökade han farten. Men det var hon som hade bilnycklarna.

– Förlåt, sa hon och la handen på hans arm där han stod som ett purket barn och väntade på att hon skulle låsa upp.

Den uppriktiga tonen i hennes röst gjorde uppenbarligen intryck. Han fick fram ett leende och ryckte lätt på axlarna.

– Du skrämde mej, upplyste han kort och i onödan.

– Förlåt, sa hon igen och skakade på huvudet. Du lovade mej en sammanfattning. Vad säger du om vi...

Hanne såg sig omkring. Det hade slutat att regna och även om luften var rå och sjön gick vit så fanns det en friskhet i landskapet som tilltalade henne och fick henne att vilja stanna. På läsidan av Staure bro, rakt norrut från brofästet de just hade lämnat, buktade sig en grov sandstrand in i ett skogsbryn.

– Vad säger du om vi...

Hanne hejdade sig ett ögonblick och fortsatte:

– Tror du inte vi kan tända en brasa och... stanna ett tag?

– Går inte. Det är för rått. Vi hittar ingen torr ved.

Billy T. huttrade och tog i bildörren igen. Hanne gick runt bilen och öppnade bagageluckan. När hon smällde igen den stod hon med en svart, femliters bensindunk i handen.

– Se här, sa hon och höll dunken på rak arm. Nu kan vi elda vad vi vill.

Billy T. gjorde en missnöjd grimas, men lufsade efter henne ner mot stranden. Där blev han stående med händerna djupt i fickorna och såg på medan Hanne gick hit och dit. Hon böjde sig ner då och då och plockade upp en avbruten gren här och en bit drivved där. Efter hand samlade hon allt i en grop omgiven av halvstora stenar; platsen var tydligen använd till samma ändamål tidigare. Till slut hällde hon ett par liter bensin över det hela.

– Ska du spränga stället i luften, va?

Billy T. tog ett steg tillbaka.

Bålet blossade upp ordentligt när Hanne kastade fyra tändstickor mellan träbitarna. Sur, svart rök bolmade upp mot det låga molntäcket. Hanne fick rök i ansiktet och hostade medan tårarna rann.

– Det gick väl bra, mumlade hon halvhögt och beredde plats åt Billy T. på en timmerstock som låg lämpligt till bara två meter från den flammande brasan.

Det var betydligt varmare här inne i viken än uppe på parkeringsplatsen. Men en sidovind blåste mot brasan och fick röken att driva bort från de båda poliserna.

– Få höra, sa Hanne Wilhelmsen och torkade sot från ansiktet.

– Det viktigaste var väl disketterna, sa Billy T. De som låg i medicinskåpet i källaren. Det visade sej ju att de innehöll upplysningar om nedlagda fall.

– Av Halvorsrud själv, frågade Hanne tonlöst.

– Ja.

– Har de granskats närmare?

– Någorlunda.

Billy T. vickade på rumpan för att sitta bättre.

– Två av dem är ganska uppenbara nedläggningar. I brist på bevis. Vilket naturligtvis inte betyder att skurkarna…

– … inte är skyldiga, sa de i kör.

– Just det, sa Billy T. Men alltså fria. De två andra däremot…

– … är mer tvivelaktiga, sa Hanne.

Billy T. nickade.

– Vi har fått en annan av ekorotelkillarna att gå igenom fallen. En tjej, förresten. För det första tvivlar hon på nedläggningen i bägge fallen. Det är i och för sej inte något uppseendeväckande. Vi vet ju hur det är. Viktigare är att Halvorsrud hade ett ordentligt gräl med de andra där borta om ett av dem. Han använde all sin auktoritet för att …

– … få fallet nedlagt, avslutade Hanne Wilhelmsen.

– Det där är ganska irriterande, sa Billy T. retligt och kastade en kvist på bålet.

– Förlåt?

– Du tar orden ur munnen på mej.

– Förlåt.

Hon reste sig för att hälla mer bensin på brasan. Han hejdade henne, tog ifrån henne dunken och ställde den bakom stocken de satt på.

– Idag må jag säga att du är självutplånande. Hur ofta säger du "förlåt" nu för tiden?

Inte tillräckligt ofta, tänkte Hanne utan att svara.

– Erik Henriksen har talat med de fyra tidigare häktade i diskettfallen. Alla blånekar till att överhuvudtaget ha haft något med Halvorsrud att göra. Vi kollar lite kring var och en av dem. Letar efter stora summor som tagits ut från konton och som inte kan redogöras för. Typ sånt. Vi kollar naturligtvis också familjen Halvorsruds ekonomi. Hittills ingenting att tala om. Men vi letar vidare. Dessutom är det ju historien med den här kanske-turken som Karianne pratade med. Det låter inte bra för Halvorsrud, det.

– Och så dum har alltså en uppåtsträvande jurist varit att han *presenterar* sej när han ska låta sej mutas?

– Det är en poäng, nickade Billy T. En bra poäng.

Vinden ändrade plötsligt riktning. Röken sved i ögonen. Billy T. reste sig och försökte vifta bort den. Hanne skrattade kort och hostade och vinden vände på nytt.

– Pc:n *var* fruns, sa Billy T. och satte sig igen. Det är i alla fall klart. Jag fick mostern att fråga barnen. Ingen av dem kunde förklara varför den inte innehöll något. Mamman satt jämt och ständigt och skrev, påstod ungarna.

– Varför frågade du inte själv?

– Jag har liksom lovat den äldste att inte besvära hans syskon. Thea är visst alldeles ifrån sej, stackars tjej. Och ficklampan *var* Marius. Mostern kollade det också. Han hävdar att han förlorade den för ett tag sedan. Kände igen den på en skåra i batterilocket.

Elden hade börjat dö ut. När Hanne kastade på en ny bit drivved, fräste de sista lågorna ilsket för att sedan drunkna i rök.

– Jag har tänkt på ytterdörren, sa hon och slog åkarbrasa. Hur kunde den här påstådda Ståle Salvesen – eller någon som hade klätt ut sej till honom – överhuvudtaget komma in i Halvorsruds hus? Det fanns såvitt jag vet inga tecken på inbrott. Samtidigt bedyrar Sigurd Halvorsrud att dörren alltid var låst på kvällarna.

– Han är ju också jävligt dum, mumlade Billy T. Det hade ju stämt mycket bättre med hans historia om han hade hävdat att dörren var öppen.

– De har barn, sa Hanne. Ska vi gå?

– Vad då barn?

Billy T. satt kvar och såg på Hanne som småhoppade i den allt mer snåla vinden.

– Ungar tappar nycklar i ett enda kör. Kom.

Utan att vänta började hon springa mot bilen.

– Egentligen fattar jag inte varför vi tvekar, sa Billy T. när han dunsade ner i det trasiga passagerarsätet. Fallet verkar helt klart. Det är väl sällan vi har en så stark indiciekedja som i det här fallet. Halvorsrud är gärningsmannen. Uppenbarligen.

– Så varför tvekar vi, sa Hanne lugnt och satt med händerna i knät och lekte med bilnyckeln. Varför hänger vi upp oss på den här Ståle Salvesen?

– Du, rättade Billy T. Du hänger upp dej på Ståle Salvesen. Jag måste erkänna att jag tvivlade på Halvorsruds skuld ett tag. Men nu tenderar jag att...

– Det hela är alldeles för clean cut, avbröt Hanne och stack nyckeln i tändningslåset. Ser du inte det? Saken är absurd, men samtidigt uppenbar. Det är otänkbart att Halvorsrud kan ha huggit huvudet av frun, men samtidigt tyder allt vi har på att han har gjort det. Ser du inte vad det börjar likna?

Billy T. kämpade med bältet och svarade inte.

– En set-up, viskade Hanne Wilhelmsen. En *perfekt* set-up.

– Eller ett jävligt klumpigt mord som ska likna en set-up, sa Billy T. torrt och letade efter P2 på radion.

– Tills jag får se liket av Ståle Salvesen med mina egna ögon håller jag möjligheten öppen för att Halvorsrud faktiskt talar sanning, sa Hanne.

Hon kastade en sista blick på Staure bro innan hon svängde ut från parkeringsplatsen och började köra tillbaka. De körde i tjugo minuter utan att säga någonting alls. När de passerade Høvik kyrka på E18, sa Hanne:

– Det *var* nånting i Salvesens lägenhet. Jag såg nåt som oroar mej. Jag kan bara för mitt liv inte komma på vad det är.

Hon kliade sig på näsan och kisade mot bensinmätaren. Bensinen borde räcka hem.

– Om det var viktigt kommer det tillbaka. Du har trots allt mycket att tänka på nu för tiden.

Billy T. log och såg på Hanne. Han fick lust att lägga handen på hennes lår, så som han under andra omständigheter definitivt skulle ha gjort. Om allt hade varit som förr.

Men ingenting var som förr. På den här utflykten hade Hanne visserligen visat något av sitt gamla jag. Hon hade varit fysiskt nära honom flera gånger, och tonen dem emellan hade haft något av den gamla förtroligheten han var så beroende av och var så rädd att förlora. Ändå var något annorlunda. Hanne var alltid koncentrerad. Alltid engagerad i sina fall. Alltid reflekterande, rannsakande i förhållande till vad andra hade för mening. Men nu hade det kommit en styrka i hennes engagemang som gränsade till fanatism. Manövern uppe på Staure bro hade varit våghalsig och helt onödig. De kunde ha prövat Hannes teori utan att riskera livet. Han hade dessutom lagt märke till att hon hade börjat tala långsammare än förr och att hon ofta tycktes prata mer för sig själv än till andra.

– Det är där ni tar fel allihop, sa Hanne Wilhelmsen plötsligt när de körde av motorvägen i Bjørvika.

– Va?

Billy T. hade glömt vad han sagt några minuter tidigare.

– Ni tror att jag har så mycket annat att tänka på, sa Hanne. Faktum är att det här fallet är *det enda* jag tänker på. Jag tänker överhuvudtaget inte på annat. I alla fall inte när jag är på jobbet. Hälsa Tone-Marit så mycket.

Hon stannade utanför polishusets huvudentré. Billy T. dröjde med att gå ut ur bilen. Så lossade han bilbältet och öppnade dörren.

– Bara en sak, Hanne, sa han långsamt. Du luktar alldeles för jävligt. Åk hem och duscha. Pjuhh, så du stinker!

När han slog igen dörren höll passerkortet på att ramla ner från vindrutan och Hanne fick sus i öronen för resten av kvällen.

36

DET VAR FREDAG eftermiddag den 12 mars och ett tungt molntäcke över den svenska huvudstaden gjorde det svårt att se särskilt långt. Lars Erik Larsson halade fram en plastpåse ur den slitna portföljen. Han slätade ut den så gott han kunde och la den på en träbänk. Det var lite folk på Skansen idag. Larsson hade just gått genom det nya björnberget utan att se skymten av någon björn. Kanske låg de fortfarande i dvala.

Egentligen hade han tänkt sig längre ut på Djurgården, Stockholms fagra trädgård. Kanske ända ut till östra udden av den vackra ön, till Blockhusudden där han kunde ta bussen tillbaka till centrum om han inte orkade gå längre. Men det var regn i luften. När han passerade Nordiska Museet hade de gråsvarta molnen över Södermalm fått honom att ändra sig. I stället hade han betalt sina sextio kronor i entré och gått en dryg promenad runt Skansen.

Han satte sig belåtet ned och drog fram en prydligt inpackad smörgås med ost och paprika. Kaffet i termosen var kokhett och ångan kändes skön mot ansiktet. Han stirrade tankfullt ut över Djurgårdsbrunnsviken. Han kunde med knapp nöd skymta Kaknästornet vars topp strävade med att hålla molntäcket uppe.

Lars Erik Larsson var en förnöjsam man. Visserligen levde han ett lugnt liv och han hade inte haft några kvinnor sedan hans fru lämnade honom 1985. Men han var snart sextiofem och hade nog med jobbet och sina två barnbarn. När han skulle avgå med pension om inte allt för lång tid, skulle han flytta ut till det lilla torpet i Östhammar, odla sina trädgårdsväxter och ta emot en handfull gamla goda vänner då och då.

Han åt färdigt i lugn och ro. Bara ett utländskt par – om han inte tog fel var de amerikaner – störde honom när de passerade med tre halvvuxna barn och ett förfärligt pladdrande. När han var färdig torkade han sig kring munnen med en medhavd servett. Sedan tog han fram dagens Expressen.

Lars Erik Larsson jobbade på SE-banken i Gamla Stan. Karriärmässigt hade han stått på stället marsch i tjugo år, men det besvärade honom inte nämnvärt. Han var en man utan andra ambitioner än att göra sitt jobb och få sin välförtjänta lön. Han levde enkelt i en tvårummare på Söder. Torpet, som låg fjorton mil norr om Stockholm, fem minuters väg från havet, hade han ärvt. Bilen var tio år gammal och slutbetald. Lars Erik Larsson behövde inte mer än han hade. Dessutom hade han genom jobbet sett så mycket pengar komma och gå, sett hur pekuniär lycka slog över i tragedi, att han aldrig hade längtat efter rikedom.

En norsk kvinna var halshuggen, möjligtvis av sin man. Hans blick for över sidan. Artikeln berättade om en "statsadvokat" som hade dräpt sin fru med ett samurajsvärd. Senare i artikeln omtalades mannen som åklagare, vilket gjorde saken tydligare för honom. Typiskt Expressen. Varför i hela världen skulle de skriva om en sådan sak? Det hade hänt i Norge någonstans och kunde knappast intressera människor utanför landets gränser. Det var väl det pikanta mordvapnet som hade fått kvällstidningen att ta upp saken.

Sigurd Halvorsrud.

Lars Erik Larsson såg upp från tidningen. Över Östermalm hade det börjat regna och han packade ihop sina saker. Det var något bekant över det namnet.

Sigurd Halvorsrud.

Plötsligt kom han på det. Det måste vara flera månader sedan, men händelsen var så speciell att han fortfarande kom ihåg den. En man hade kommit in på banken med tvåhundratusen svenska kronor i kontanter i en resväska. Han hade öppnat ett konto och satt in alla pengarna under namnet Sigurd Halvorsrud. Mannen hade talat norska.

Tvåhundratusen kronor i kontanter var en sällsynthet, till och med nuförtiden. Kanske särskilt nuförtiden. Pengar idag var i stort sett siffror på en dataskärm.

Han började gå mot bergbanan.

Han såg på klockan.

Kanske borde han tala om det. För vem? Expressen? Kom inte på fråga. Polisen?

Han tänkte på att Lena, barnbarnet på nio år, skulle komma för att vara hos honom hela helgen. De skulle ha det trevligt och i morgon skulle de gå på Operan. Han var så glad att den lilla hade börjat intressera sig för riktig musik.

Det var bäst att inte lägga sig i. Han stoppade tidningen i en papperskorg innan han lämnade Skansen och bestämde sig för att promenera hem, trots de hotande regnmolnen. Det skulle nog ta en dryg timme, men han hade ju paraply.

37

SJUKHUSET SLOG sig liksom aldrig helt till ro. Fastän en rask sjuksyster för länge sedan gått nattronden och alla onödiga lampor var släckta, var de gamla husen på Ullevål fortfarande fulla av avlägsna ljud och rörelser som kunde anas ända in i rummet där Hanne Wilhelmsen satt tyst i en stol och försökte läsa.

Cecilie gnydde och försökte vända sig i sömnen.

Hanne la försiktigt handen på hennes arm för att hindra henne att röra sig.

Den storbystade sköterskan stod i dörren igen. Hanne spratt till, hon hade inte hört någon komma.

– Är du säker på att jag inte ska rulla in en säng till dej, viskade kvinnan. Du måste ju få lite sömn.

Hanne Wilhelmsen skakade på huvudet.

Sköterskan gick ända fram till stolen där Hanne satt. Hon la försiktigt handen på hennes axel.

– Det kommer kanske att bli många och långa nätter för dej här. Jag tycker verkligen du borde få dej lite sömn. Det är absolut inga problem att hämta en säng.

Hanne svarade fortfarande inte men skakade åter på huvudet.

– Har du sjukskrivit dej, viskade sköterskan. Doktor Flåbakk kan säkert hjälpa dej med det, åtminstone tills vidare.

Hanne skrattade lite, lågt och uppgivet.

– Det går nog inte, sa hon och försökte låta bli att gäspa. Jag har alldeles för mycket att göra på jobbet.

– Vad jobbar du med, frågade sköterskan vänligt och lågmält, fortfarande med handen på Hannes axel. Nej, låt mej gissa!

Hon ruskade på huvudet och granskade Hanne.

– Jurist, sa hon till slut. Du är nog advokat eller något sånt.

Hanne log och gnuggade sig i vänster öga med pekfinger-knogen.

– Close enough. Polisen. Jag är kriminalkommissarie.

– Så intressant!

Kvinnan såg faktiskt ut som om hon menade det. Hon klappade Hannes överarm ett par gånger. Sedan kollade hon slangar och droppställning innan hon tassade mot dörren.

– Säg till om du ändrar dej om sängen, viskade hon. Du kan bara dra i sladden här så kommer jag bums. Godnatt.

– Godnatt, mumlade Hanne.

Hon hörde steg komma och gå i korridoren. Några små-springande, andra hasande som om ingenting var bråttom. Då och då hördes dämpade rop mellan vaktmästarna och långt bor-ta hördes ett svagt eko från en polissiren.

– Hanne, viskade Cecilie och försökte röra huvudet från sida till sida.

– Jag är här, svarade hon och böjde sig fram. Här.

– Jag är så glad för det.

Hanne grep den smala handen och försökte undvika kanylen.

– Hur mår du?

– Får duga, stönade Cecilie. Kan du resa mej upp lite? Jag vill gärna sitta.

Hanne tvekade ett ögonblick och såg hjälplöst på larmsnod-den som skulle återkalla den snälla sköterskan. Själv var hon rädd för att röra någonting annat än Cecilies hand.

– Hjälp mej då, sa Cecilie och kavade för att komma högre med huvudet.

Hanne tog de två extra kuddarna som låg vid fotänden och baxade in dem bakom Cecilies rygg. Sedan tände hon lampan på nattduksbordet, och riktade ljuset mot den grå rappade väggen för att dämpa det starka skenet.

– Hur mår *du*, sa Cecilie och såg på henne.

Hanne var inte säker på om det fanns något i hennes ögon som var alldeles nytt, eller om det var rester av något som en gång funnits där.

– Jag mår väldigt dåligt, sa hon.

– Det ser jag. Kom hit.

– Jag är här, Cecilie.

– Kom hit. Kom närmare.

Hanne lyfte stolen under sig och flyttade sig ett par decimeter. Cecilie lyfte handen en aning.

– Ändå närmare. Jag vill se dej ordentligt.

De hade ansiktena bara tre decimeter från varandra. Hanne kände lukten av sjuk andedräkt som ett drag runt näsborrarna. Hon la handflatan intill Cecilies ansikte.

– Vad gör vi nu, viskade hon.

– Det får nästan du bestämma, sa Cecilie, i det närmaste ohörbart.

– Vad menar du?

Hanne lät tummen glida sakta över Cecilies kind, om och om igen. Det slog henne hur mjuk hennes hud var; mjuk och en aning fuktig, som om hon hade varit ute och gått i dimma.

– Du får bestämma, sa Cecilie och harklade sig svagt. Du måste bestämma dej. Om jag ska gå igenom det här ensam så vill jag veta det nu.

Hanne svalde. Hon svalde igen.

– Självklart ska du inte vara ensam.

Hon ville så gärna säga något mer. Hon ville säga att hon var ledsen. Hon ville berätta om sin egen sorg över allt som inte längre var som det borde vara, över tanken på att allt var för sent och att hon kanske aldrig någonsin varit beredd att betala priset för det som hon önskat sig mer än någonting annat i livet. Hanne ville krypa upp i sängen hos Cecilie. Hon ville hålla henne så som hon mindes att de en gång hade hållit om varandra. Hon skulle stryka med händerna över Cecilies sjuka kropp och lova att från och med nu och så länge de fick leva tillsammans så skulle allt bli annorlunda. Inte som förr, som för länge sedan, men mycket bättre; riktigare. Sannare. Allt skulle bli sant.

I stället stängde hon munnen. I ljuset från lampskenet på väggen såg hon antydan till ett leende i Cecilies smala ansikte.

– Du har aldrig varit bra på att prata, Hanne. Det har varit det svåraste, tror jag. Det är ofta omöjligt att veta vad du tänker.

Hon skrattade ett torrt, hest litet skratt.

– Jag vet det, sa Hanne. Förlåt.

– Det har du sagt så ofta.

– Jag vet det. Förlåt.

Nu skrattade de bägge två.

– Jag vill i alla fall vara hos dej, sa Hanne och böjde sig ännu närmare. Jag vill vara hos dej hela...

Hon la försiktigt kinden mot Cecilies. Örsnibben kittlade mot läpparna.

– Det handlar inte om dej, sa hon. Det har aldrig handlat om dej.

Hon gömde ansiktet i Cecilies hår och fortsatte:

– Jag har aldrig räckt till. Jag har inte gjort mej förtjänt av dej. Du skulle ha hittat någon som var starkare. En som vågade välja dej, helt och fullt.

– Men det har du väl gjort, sa Cecilie och försökte skjuta henne ifrån sig för att se henne i ögonen.

Hanne ville inte.

– Nej, mumlade hon mot hennes halsgrop. Jag har ridit två hästar i hela mitt liv. Eller tre. Eller fyra, när det passade. Ingen av dem har liksom... passat ihop. Jag har jobbat så hårt med att försvara det. För att tycka att det var rätt. Men på sista tiden...

– Du kväver mej, stönade Cecilie. Jag får inte luft.

Hanne lyfte långsamt på huvudet. Så reste hon sig från stolen och gick bort till fönstret. Dimman hade tjocknat, nu gick det knappt att se bort till parkeringsplatsen där det stod en ensam BMW med en röd stänkskärm.

– I allt jag har gjort och i allt jag har varit så har jag stött mej på det faktum att jag är duktig. *Duktig*.

Hon la höger hand över pannan och masserade sig hårt i ögonen med tummen och pekfingret.

– Men under det senaste… Det senaste halvåret kanske, så har jag börjat tvivla.

– På oss, sa Cecilie, mer för att konstatera faktum än för att fråga.

– Nej!

Hanne tvärvände och slog ut med armarna.

– Inte på oss! Aldrig på oss! På mej!

Hon slog sig för bröstet och dämpade sig halvvägs genom utbrottet.

– Det är mej jag tvivlar på, viskade hon högt. Jag… Jag har blivit så rädd för att göra något fel. Jag ser tillbaka och begraver mej i alla de gånger jag har gjort fel. På alla plan. Mot vänner. Mot dej. Jag har svikit alla. Egentligen har jag alltid svikit alla.

Hon drog häftigt efter andan och vände sig mot fönstret igen. I rutan såg hon sin spegelbild. När hon fortsatte såg hon sig själv in i ögonen.

– Jag har till och med blivit rädd för mina gamla fall. Jag kanske har bidragit till många orättvisor. På nätterna ligger jag och… På natten är jag rädd… jag är till och med rädd att bli stämd. Så långt har det gått. Det är som om alla jag har fått in i fängelse har gaddat ihop sej och… Jag försöker undvika människor som jag har sårat och till och med… folk som jag aldrig kan ha gjort något emot. Det är som om jag… Nå. Det enda sättet för mej att kunna se framåt är att koncentrera mej på nya fall. Hela tiden nya fall.

– Så slipper du förhålla dej till folk.

– Ja. Kanske. Eller…

– Och mej.

Hanne satte sig tvärt. Stolen skrapade mot det nybonade linoleumgolvet. Hon fattade tag om Cecilies hand med bägge sina.

– Men förstår du inte att jag inte *vill* ha det så, sa hon. Det har ju aldrig varit någon annan än du. Aldrig. Det har bara blivit så att när jag ser dej, så ser jag samtidigt min egen… Min egen feghet.

Cecilie försökte nå bort till lampan. Det var för mörkt. Det var som om Hanne blev äldre där hon satt; skuggorna gjorde ansiktsdragen skarpare och ögonen djupare.

– Rör den inte, sa Hanne tyst. Snälla.

– Det har varit *mitt* val också, sa Cecilie.

– Vad då?

– Du. Jag kunde ha varit tuffare. Jag kunde ha protesterat mot de två telefonerna. Mot initialerna på dörren. Mot att du aldrig ville ha mej med på fester på jobbet. Jag kunde ha sagt något.

– Det gjorde du ju också.

Hanne log lite och gned sig i korsryggen.

– Vill du ha en kudde, frågade Cecilie.

– Du har protesterat hela tiden.

– Inte på riktigt. Jag har väl varit för rädd, jag också.

– Du har väl aldrig varit rädd.

Hanne rätade på sig och andades djupt. En halvflaska ljummet mineralvatten höll på att välta när hon försökte rätta till stolen.

– Jag har alltid varit rädd, Hanne. Rädd att förlora dej. Rädd för att ställa så stora krav att du skulle välja bort mej.

Dörren gick upp och en säng stack in fotändan i rummet.

– Nu ska du sova, antingen du vill eller inte, sa sköterskan när

hon visade sig. Du kan inte vara vaken hela natten, förstår du
väl. De där stolarna är hopplösa.

Flinka, vana händer manövrerade den nya sängen på plats
bredvid Ceciliies. Hanne reste sig och blev stående tafatt och in-
klämd vid fönstret.

– Är det bra med dej?

Sköterskan strök Cecilie över huvudet och kollade en gång till
att droppet från påsarna var rätt inställt. Hon nynnade lågt utan
att vänta på svar. Sedan försvann hon.

– Lägg dej.

Cecilie gjorde en gest mot den nybäddade sängen. Hanne sat-
te sig prövande på sängkanten. Utan att ta av sig annat än skor-
na la hon sig försiktigt på täcket.

Jag skulle önska att jag visste hur långt du har kvar, tänkte
Hanne Wilhelmsen. Jag vill så gärna veta hur lång tid vi har på
oss innan du ska dö.

Men hon sa det inte högt och skulle aldrig komma att våga
ställa frågan.

38

EIVIND TORSVIKS fingrar for ursinnigt över tangenterna. Inom loppet av en halvtimme hade han skickat fem e-mail till olika adresser, alla i utlandet.

De förstod inte det här. De kunde inte tillräckligt. De var inte lika duktiga som han och deras tålamod räckte inte till. Men han var fullständigt beroende av dem. Bara genom att samarbeta över gränserna kunde de hoppas att nå målet. Att vinna. Ty det var vad det var: en strid. Ett krig.

Vänta, skrev han. Det är snart nu, men vi måste vänta.

Vänta på närmare order.

Gudarna visste om de skulle lyda.

39

THEA FLO HALVORSRUD var bara sexton år gammal. Eftersom hon hade vägrat någon form av näring på en vecka var hon i ganska dålig kondition. Då och då tog hon en klunk från vattenglaset som ständigt stod fyllt på nattduksbordet. Maten som bars in till henne fyra gånger om dygnet vägrade hon däremot att röra. Hennes döda mors syster, moster Vera, var på gränsen till ett sammanbrott. Två gånger hade hon försökt att skaffa psykiatrisk hjälp till sin systerdotter. Vid första försöket blev hon tillsagd att komma till psykiatriska akutmottagningen. Eftersom flickebarnet vägrade att gå upp ur sängen var rådet inte mycket värt. Andra gången – då rörde hon upp himmel och jord och vägrade lägga på luren förrän hon fått löfte om hjälp – kom en ung läkare med finnar och smala nervösa händer. Thea hade inte bevärdigat honom så mycket som en blick och ännu mindre ett vettigt samtal. Till slut hade läkaren beklagande slagit ut med armarna och sagt något om tvångsintagning. Det kom inte på tal.

Moster Vera hade ringt Karen Borg.

– Jag har ingen aning om vad jag ska göra, sa Theas moster och ledsagade advokat Borg in i gästrummet där sextonåringen låg i ett hav av skära kuddar i en vitmålad, bred enkelsäng.

– Jag pratar nog bäst ensam med henne, sa Karen Borg och gjorde tecken åt den välmenande, upprörda mostern att lämna rummet.

Moster Vera torkade ögonen och gick baklänges ut genom dörren.

Rummet var stort och ljust och rosa. Byrån var gammalrosa, tapeterna småblommiga och till och med gardinkapporna var ljusröda. I fönsterkarmen satt fem chockrosa kramdjur – tre kaniner, en nalle och något som kanske skulle föreställa en flodhäst – och glodde blint ut i rummet. Karen Borg sände en stilla tacksamhetens tanke till Håkon som hade övertalat henne att måla dotterns rum i blått och grönt.

– Hej, sa hon lugnt och satte sig på en stol vid sängen. Jag heter Karen Borg. Jag är din fars advokat.

Upplysningen gjorde inget nämnvärt intryck. Flickan kröp ihop i fosterställning och drog täcket över huvudet.

– Jag ska hälsa så väldigt mycket från din pappa. Jag pratade med honom tidigare idag. Han är bekymrad för dej.

En svag rörelse under täcket kunde tyda på att flickan i alla fall hade hört vad hon sa.

– Finns det något… finns det någonting alls som jag kan göra för dej, Thea?

Responsen uteblev. Nu låg flickan blick stilla, som om hon till råga på allt annat också hade slutat andas.

– Thea, sa Karen Borg. Thea! Sover du? Hör du vad jag säger?

Plötsligt kavade sig flickan häftigt runt i sängen. Ett huvud blev synligt. Blont, fett hår stod åt alla håll.

– Om du är pappas advokat, så borde du få ut honom ur fängelset i stället för att plåga mej!

Sedan kastade hon sig ned på rygg igen och begravde sig på nytt i täcken och kuddar. Karen Borg kunde inte låta bli att le. Det fanns klara likhetstecken mellan den här halvvuxna flickungen och Karens egen knappt två år gamla dotter. Skillnaden var dock uppenbar. Tvååringen log som regel igen efter fem minuter. Sextonåringen Thea hade hungerstrejkat i en vecka. Vilket var oroväckande på gränsen till det farliga.

– Om du tar dej tid att prata med mej, skulle det kanske vara lättare för mej att göra mitt jobb, sa Karen och hoppades i samma ögonblick att hon inte hade lovat för mycket.

En svag doft av kakao sipprade in i rummet. Theas moster Vera hade berättat att hon med jämna mellanrum försökte reta systerdotterns aptit genom att ställa väldoftande mat vid dörr-springan. Karen Borg hade ingen överdriven tro på att kunna fresta dottern till en nyligen halshuggen kvinna med choklad och efterrätter.

– Vill du helst att jag ska gå, sa hon uppgivet och började resa sig.

Någonting gjorde att hon tvekade. Ett lätt drag från det halv-öppna fönstret fick gardinerna att fladdra och den minsta kani-nen viftade lätt med öronen i draget. Under täcket hade rörelser-na åter blivit lugnare. Nu satte sig flickan motvilligt upp med ryggen mot sänggaveln. Ansiktet var ett barns, men ögonen hade sjunkit så djupt in i hålorna att hon mycket väl kunde an-tas vara minst tio år äldre. Den smala munnen darrade och hon fingrade hela tiden på täcket.

– Du tror på pappa, sa hon tyst. Eftersom du är hans advokat tror du att han är oskyldig.

Karen Borg tyckte inte tillfället var det rätta för ett föredrag om advokatetik.

– Ja, sa hon kort. Jag tror på honom.

Flickan log svagt.

– Det gör inte moster Vera.

Karen tyckte sig höra ett ljud utanför dörren. Efter en snabb överläggning lät hon tjuvlyssnaren stå.

– Det gör hon nog. Men hon känner ju inte din pappa så bra som du gör, och det är ganska mycket som tyder på att han fak-tiskt har gjort något. Det får du inte glömma.

Thea mumlade något ohörbart.

– Din pappa måste ställa in sej på att bli sittande i häkte ett bra tag till. Du kan inte låta bli att äta ända tills han kommer ut. Då svälter du ihjäl.

– Då får jag väl göra det, sa Thea med hård röst. Jag rör ingen mat förrän pappa kommer. Så vi kan flytta hem igen.

– Nu är du ganska barnslig.

– Jag är ju ett barn! Enligt lagen är jag barn tills jag fyllt arton. Det är nästan två år till.

Karen Borg skrattade lätt.

– Problemet är att du inte *blir* vuxen om du inte får i dej någon mat.

Flickan svarade inte. Hon fingrade oavbrutet på snibben till täcket. En tråd hade lossnat och hon stoppade den i munnen.

– Som sagt, din pappa är verkligen bekymrad. Efter allt det här, med din mamma och…

– Prata inte om min mamma!

Ansiktet förvreds i en grimas som var svår att tyda.

Karen Borg visste inte vad hon själv skulle tycka var värst. Att mamman var mördad eller att pappan var misstänkt för mordet. Antagligen skulle hon inte vara i stånd att fatta varken det ena eller andra. I alla fall inte i sextonårsåldern. Hon slätade ut kjolen, strök sig över håret och förstod egentligen inte varför hon satt där. Den här flickungen behövde hjälp och inte råd av en jurist.

– Din pappa får i alla fall komma på begravningen på måndag, sa hon efter en stund; flickan hade lugnat sig lite igen. Då får du träffa honom. Det skulle antagligen vara klokt att äta lite nu i helgen så att du kan gå dit.

– Mamma, sa Thea med tunn röst. Pappa. Pappa!

Sedan la hon sig lugnt ner på rygg och drog täcket över huvudet igen. Gråten dämpades av dun och bomull men hördes ändå tillräckligt långt för att moster Vera skulle öppna dörren. Villrådig stannade hon mitt på golvet där hon blev stående och gned händerna mot varandra.

– Vad ska vi göra, sa hon förtvivlat. Vad i all världen ska vi ta oss till?

– Vi ska skaffa en läkare till Thea, sa Karen Borg bestämt. Och det ska vi göra idag.

När hon vände sig om för att gå, såg hon Preben Halvorsrud luta sig mot dörrkarmen. Han stirrade förbi henne och ut genom fönstret. Den lilla kaninen hade ljudlöst fallit till golvet. Det var omöjligt att utläsa någonting alls i den unge mannens blick. Samtidigt var det någonting med hans ögon som fick Karen Borg att rysa och önska sig långt bort.

– Jag har sagt det hela veckan, sa han torrt. Thea måste få hjälp. Dessutom behöver hon pappa. Har du tänkt få hem honom snart? Så Thea slipper bo i den här skära hålan, menar jag.

Nu såg han på henne. Det var som att titta in i en gamlings ögon, malplacerade i en pojkvaskers ofärdiga ansikte.

– Vi får se, sa Karen Borg kort och undvek Prebens blick så gott hon kunde.

40

HUVUDET KÄNDES tomt och lätt.

Hanne Wilhelmsen försökte hålla fast en tanke i taget. Det flimrade för ögonen och allt blandade sig till en hallucinatorisk färgkarta. Hon hällde upp surt kaffe från en pumptermos och drack det mesta i en slurk.

Det hade blivit lördag kväll. Eftersom hon stannat på sjukhuset en bra bit in på förmiddagen räknade hon inte med att komma ifrån polishuset förrän närmare midnatt. I natt skulle hon sova hemma.

Från en skrivbordslåda letade hon fram en liten glasburk med plastlock. Bidrottninggelé från Kina. Pillerna skulle ha en mirakulöst uppiggande effekt. Hon läste på etiketten: "Mot reumatism, viktförlust, håravfall, lunginflammation, sänkt immunförsvar och nedstämdhet." Nedstämdhet stämde i alla fall bra. Hanne hällde ut de bruna pillerna i handen och såg på dem några sekunder. Så la hon tre av dem på tungan och svalde dem med den sista kaffeslatten. Det sved i matstrupen.

Misstroget såg hon på de tre pappersbuntarna framför sig.

Den ena gällde Halvorsrudfallet. Det var inte på något sätt den värsta. Hon hade hållit sig ordentligt à jour hela veckan och kände en viss tillfredsställelse vid tanken på att hon förmodligen kände till fallet bättre än någon annan. Det var de två andra staplarna som verkligen bekymrade henne. De andra fallen. Rånen. Krogslagsmålen. Resten av världen hade inte stått still den senaste veckan.

– Ellen, dellen, började hon och fnissade dumt medan hon slog med pekfingret från bunt till bunt.

Hon fastnade vid Halvorsrudspapperna i alla fall. Billy T:s slarviga handstil på ett omslag var oläslig. Hon öppnade mappen. Rapporten var gudskelov maskinskriven:

"Jag har gjort som du sa och letat efter speciellt groteska mord. Det finns lyckligtvis inte särskilt många sådana. Du kommer att komma ihåg ett par fall; bland annat måste väl far och/eller dotter Håverstads kniv genom Cato Iversens ballar klart kvalificera sig som groteskt.

Det värsta av dem alla är antagligen "homo-mordet" i Frogner-parken för några år sedan. Närmare beskrivning vill du antagligen inte ha, men det ligger en rapport bifogad. Problemet i vårt sammanhang är att mördaren tog livet av sig i fängelset. Han är stendöd. Om han inte har återuppstått från de döda, är det inte han som har halshuggit fru Halvorsrud.

Fyra andra fall har bifogats i kort version. Det mest intressanta är från 1990. En artonåring (det hände faktiskt på hans födelsedag) kidnappade sin egen fosterfar. Han misshandlade honom grovt (bland annat genom att klippa bröstvårtorna i bitar) och skar av hans penis. Mannen dog inte omedelbart av skadorna och var förmodligen vid liv när även testiklarna skars av. Han blödde ihjäl, rimligtvis. Gärningsmannen, Eivind Torsvik, hade blivit sexuellt missbrukad av fosterfadern i åratal. När han så småningom lyckades ge ifrån sig ett nödrop (det var tämligen dramatiskt, han skar av sig öronen och tog med dem till skolan för att visa läraren!!!), tog det onödigt lång tid för saken att komma upp i rätten (typiskt nog). Mannen dömdes till ett och ett halvt års fängelse och blev frisläppt efter knappt ett år. Eivind Torsvik var uppenbarligen inte särskilt nöjd med sin förgripares straff. När han hade dödat honom anmälde han sig själv till polisen och erkände. Lustig kille, jag minns honom väl. Skarpsinnig typ, vänlig kille (inte mot fosterfadern förstås…) kort sagt en ung man som det var svårt att inte tycka om. Under rättegången sa han att han hade väntat med att

döda fosterfadern till artonårsdagen för han ville ta sitt straff som
en vuxen man. Sedan dess har han gjort sig ett namn som författa-
re. Du har kanske läst något av det han har skrivit. "Rött ljus i
Amsterdam" blev en jättesuccé både här och utomlands.

Nå, Eivind Torsvik och de två andra gärningsmännen i det bi-
fogade sammandraget är på fri fot. Men jag tror ändå att du är på
fel spår. Alla de här fallen har någon sorts sexuell anknytning.
Misshandel, provokation, homofobi, våldtäkt. Sådana saker.

Tror du verkligen att Doris Halvorsrud har varit sedlighetsför-
brytare??? Knappast… Om du insisterar ska jag utvidga spaningen
över hela Skandinavien. I Sverige har de haft ett par otäcka fall,
bland annat det berömda "styckmordet" där en prostituerad blev
mördad och styckad. Bortkastad tid, om du frågar mig. Men det
gör du ju inte!

Ha en så bra helg som möjligt så ses vi på måndag. Tidigare, om
du vill. Tone-Marit kommer hem från sjukhuset med den lilla ba-
byn. Men jag kan alltid komma ifrån ett par timmar. Ring i så fall."

Det knackade på dörren.

– Kom in, mumlade Hanne.

Någon bankade en gång till.

– Kom in, då!

En aspirant öppnade dörren. Hanne Wilhelmsen hade sett
honom förr, men visste inte vad han hette.

– Ja?

– Jag ska hälsa från häktet, började aspiranten.

– Tack. Hälsa så mycket tillbaka.

– Det gäller Halvorsrud.

– Ja, sa Hanne igen. Vad är det med honom.

– Han tjatar om att få snacka med dej. Jag visste inte att du
var här så jag har talat in ett meddelande på din telefonsvarare
hemma. Det kan du ju bara glömma när…

– Vad vill han?

Den unge mannen såg tveksam ut, som om han inte var riktigt säker på att det var värt att besvära henne så sent en lördag kväll.

– De säger något om att han vill erkänna, sa han och skakade på huvudet medan han drog sig i örsnibben. Han vill prata med dej, säger han, och det är bråttom. Han säger visst…

Örsnibben blev rödare och rödare.

– Konstigt nog vill han erkänna. Jag trodde han nekade till allt, jag. Det är i alla fall vad jag har hört.

Grabben log osäkert och tänkte gå igen.

– Har du ringt hans advokat, frågade Hanne strängt.

Aspiranten tvärstannade.

– Nej, svarade han. Skulle jag det?

– Ja. Gör det nu. Karen Borg. Holmenveien 12. Ring henne hem.

Hon kände sig med ens anmärkningsvärt vaken. Blodet strömmade varmt till kinderna och hon småsprang ner till häktet. Halvorsrud kunde inte erkänna.

Turen till Staure bro hade styrkt Hanne Wilhelmsen i tron på Sigurd Halvorsruds oskuld. Naturligtvis kunde hon inte förklara varför. Kanske var det brons konstruktion; det var möjligt att arrangera ett självmord genom att klättra tillbaka till land på undersidan av körbanan. Eller det kanske bara var en känsla, en klarhet som hade slagit henne i det öppna landskapet långt borta från allt som hängde över henne inne i stan. Hon visste inte, men hon kände det desto starkare:

Halvorsrud fick inte erkänna.

En gång tidigare hade Hanne Wilhelmsen låtit en människa dömas för mord när hon antagligen var oskyldig. Maren Kalsvik fick fjorton års fängelse. Därför att hon erkände. För att hon *kunde* ha mördat sin chef. För att den enklaste lösningen för dem alla – polisen, pressen, domstolen; alla – var att låta Maren Kalsvik sättas i fängelse. Hanne hade försökt kväva sitt tvivel på

den omfattande och oförbehållsamma bekännelsen som aldrig
senare togs tillbaka. Men hon hade aldrig helt och hållet klarat
av att döva känslan av att ha gjort fel.

Mordet på barnhemsföreståndare Agnes Vestavik 1994 hade
varit för groteskt för att bli liggande olöst. Maren Kalsvik var vil-
lig att sona brottet; kanske på allas vägnar.

Något sådant skulle inte hända igen.

EVALD BROMO hade gått och lagt sig. Klockan var ännu inte elva på lördagskvällen. Han hade sprungit sexton kilometer medan Margaret såg på teve. När han kom hem bjöd hon på räksmörgås och kall öl. Hon sa inte så mycket när hon ställde fram maten. Den senaste veckan hade hon blivit allt tystare. Evald Bromo drack ölet men lät smörgåsen stå. Margaret hade inte ens trugat honom.

Han hade med flit låtit dörren till badrummet stå på glänt. Lampan var forfarande tänd därinne. Sovrummet låg i ett mjukt mörker och från gatan kunde Evald höra stojet från ett gäng ungdomar som inte hade hittat någon fest att gå på. Han blundade och försökte lyssna till teven. Kanske hade Margaret stängt av den. Hon kunde ha gått ut för den delen. Han tyckte inte om att hon tog en promenad så sent på kvällen. Det var inte mer än två veckor sedan en femtioårig kvinna hade blivit våldtagen i parken vid lekplatsen.

Han måste ändra e-mailadress. Han blev galen av det dagliga meddelandet om hur många dagar det var kvar till den första september. Han ville inte mer. Problemet var att hitta på en plausibel förklaring till ändringen. Alla adresserna till Aftenpostens journalister var logiska; hans egen var evald.bromo@aftenposten.no. Han kunde förstås klaga över oönskad post, men samtidigt ville han inte riskera att den dataansvarige ville se exempel.

Han orkade nästan inte jobba. Eftersom han var en hårt arbetande, ansvarskännande journalist, kunde han hålla det gående med ursäkter och bortförklaringar ett tag till. Men inte särskilt länge. Han hade slutat att titta på de förhatliga meddelandena när de kom, men bara vetskapen om att de fanns där innan han raderade dem, var som att bli påmind om datumet för sin egen undergång.

Han kunde säga upp sig.

Då skulle hans adress tas bort.

Han kunde börja på Dagens Næringsliv. Anbudet som han fått därifrån i fjol gällde säkert fortfarande.

Å andra sidan: det skulle bli första september där också.

Evald hörde en dörr slå igen.

När Margaret några minuter senare smög sig in i sovrummet, låtsades han att han sov. Han blev liggande vaken med ryggen mot sin fru ända till fyratiden på söndagsmorgonen. Då gled han in i ett nästan medvetslöst tillstånd. Tre timmar senare vaknade han med flämtande andetag mot påslakanet som klistrade sig till kroppen. Han mindes inte vad han hade drömt.

KAREN BORG viftade i luften med höger pekfinger. Det var effektfullt omlindat med tre blå plåsterlappar med leende Musse Pigg-ansikten på.

– Jag skar mej med brödkniven, sa hon ursäktande och lät bli att ta Sigurd Halvorsruds utsträckta hand.

Chefsåklagaren hade redan suttit på Hanne Wilhelmsens kontor i nästan en halvtimme. Vaktpersonalen hade blivit sura när Hanne ville ta med honom upp till sig i stället för att använda advokatkontoren i häktet.

Halvorsrud och kriminalkommissarien hade knappt växlat ett ord.

– Vad gäller det, sa advokat Borg andfådd och satte sig i den lediga stolen. Egendomlig tidpunkt att bli tillkallad, må jag säga.

Hon såg allt annat än diskret på Radoklockan i svart och guld. Den visade tjugo minuter i tolv.

– Halvorsrud ville prata med mej, sa Hanne Wilhelmsen tonlöst och långsamt. Jag tyckte inte det var rätt att bevilja en sådan förfrågan utan att du var närvarande. Så som saken ligger till, menar jag.

Hon for med blicken mellan advokaten och klienten.

Sigurd Halvorsrud hade genomgått en tydlig förändring de senaste två veckorna. Han hade magrat betänkligt. Han insisterade fortfarande på att gå klädd i kostym, skjorta och slips. Trots att avsikten uppenbarligen var att hålla på en sorts värdighet gav inte klädseln de effekten. Kavajen hängde sorgligt löst över axlarna och hade dessutom blivit smutsig. När mannen stod upp, hotade byxorna att trilla ner. Dessutom hade hans mun fått ett blekt, förorättat drag; en vanmäktig surmulen min som gav hela hans framtoning ett patetiskt intryck. Rynkorna kring ögonen hade blivit djupare och blicken flackade från sida till sida.

– Jag vill bedöma möjligheten att erkänna, sa han.

Sedan harklade han sig och fortsatte med större eftertryck:

– Jag bekänner om polisen kan föreslå alternativ till förvaring i häkte.

Han såg fortfarande inte på någon av dem. Hanne tittade snabbt på Karen. Advokaten verkade förvirrad och stängde munnen med en smäll när hon upptäckte att hon satt och gapade.

– Kanske ni borde prata på tu man hand först, föreslog Hanne och reste sig. Jag kan gå ut så länge.

– Nej, sa chefsåklagaren snabbt. Var snäll och stanna.

Hanne blev stående.

– Det här kan inte vara ett hemligt möte, Halvorsrud. Det vet du mycket väl. Åtminstone måste jag skriva en rapport. Du vet också att jag inte har fullmakt att förhandla om någonting som helst. Vi gör inte sånt. Inte i Norge, och absolut inte i det här fallet. Du har redan sagt så pass mycket att det blir problematiskt att inte använda det emot dej senare. Låt oss inte göra det här ännu värre.

Äntligen tog Halvorsrud ögonkontakt. I en kort glimt påminde hans blick om Cecilies. Det var som om mannen visste att allt var slut. Det fanns ingenting någon kunde göra. I alla fall inte Hanne Wilhelmsen.

– I varje fall inte jag, viskade Hanne.

– Förlåt? sa Halvorsrud.

– Det var inget.

Hon skakade på huvudet och gick mot dörren.

– Snälla, sa Halvorsrud med tunn röst. Gå inte!

Hon stannade och såg på Karen Borg.

Karen ryckte på axlarna och verkade fortfarande vankelmodig.

– Vi kanske kunde växla ett par ord i korridoren, föreslog hon och såg på Hanne.

Hanne Wilhelmsen nickade lätt. Karen Borg följde efter henne ut genom den gula dörren. Hanne blev stående med handen på dörrhandtaget.

– Vad i hela världen ska detta betyda, viskade Karen.

– Han vill ut.

– Jag förstår väl det, sa Karen Borg smått irriterat. Vad sjutton har ni gjort med karln?

– Vi har inte gjort ett jäkla dugg. Annat än att hålla honom inspärrad ett par veckor.

Hanne strök sig över ögonen och fortsatte torrt:

– Det har en tendens att påverka folk. Det är liksom en del av poängen, det.

Två uniformerade poliser kom gående genom den gula sektorn. Hanne Wilhelmsen och Karen Borg teg medan de passerade. Den ena lyfte handen lätt till hälsning. När de var utom hörhåll viskade Karen Borg:

– Jag pratade med honom i förmiddags. Han är förtvivlad över dottern. Hon vill inte äta och inte sover hon. Nu har jag ordnat med läkarhjälp, men du vet hur återhållsamma de är med tvångsbehandling.

– Guskelov, mumlade Hanne knappt hörbart.

– Du skulle ha sett henne, Hanne.

– Det gjorde jag inte, tack och lov.

De såg på varandra. Karen granskade hennes ansikte så ingående att Hanne såg bort efter några få sekunder.

– Dessutom är jag rädd för att han själv börjar bli allvarligt sjuk, sa Karen. Inte för att han klagar, men du ser ju hur han ser ut. Vi vet båda att det kan vara väldigt påfrestande att sitta i häkte, men har du ärligt talat sett någon som tagit *så* illa vid sej?

Hanne släppte dörrhandtaget och la bägge händerna över ansiktet. Hon gnuggade sig ordentligt och snörvlade högljutt och när hon tog bort händerna var kinderna röda.

– Jag kan nämna några, sa hon syrligt.

– Men du fattar väl att det här *erkännandet*...

Karen Borg spottade ut ordet; så bokstavligt att Hanne kände en fin dusch i ansiktet.

– Det är ju bara tjafs!

– Kanske, sa Hanne Wilhelmsen och blinkade. Kanske det.

Karen Borg började gå genom korridoren. Efter fyra steg tvärvände hon och kom tillbaka.

– Vi kan inte låta honom göra det här, sa hon förtvivlat och slog ut med armarna. Du vet precis lika väl som jag hur svårt det är att snacka sej ur ett erkännande efteråt.

– Tja, sa Hanne och stirrade på advokatens fötter. Det finns exempel på sådant också. Så hemska som vi vid polisen är, kan folk snacka sej ur det mesta. Vi använder nästan tortyr, vi. För att få fram falska erkännanden. Det är i alla fall vad ni advokater vill få det till.

Hon log snett och la armarna i kors.

– Jag besökte Cecilie i eftermiddags, sa Karen.

– När jag bad dej komma hit var det för att jag såg alla dina poänger, sa Hanne. Jag är inte heller ute efter att göra saker värre för Halvorsrud.

– Det var fint att träffa henne. Fint och väldigt sorgligt samtidigt. Märkligt.

Karen la handen på Hannes underarm.

– Så bra att saker och ting är bättre mellan er, sa hon lågt. Det har uppenbarligen varit bra för Cecilie.

– Om jag var du, sa Hanne. Så skulle jag tala honom till rätta.

Hon drog sig nästan omärkligt ett steg tillbaka och fortsatte:

– Jag ska se vad jag kan göra med min rapport. Fixa till den lite. Så långt det går. Jag kan säga att han bara var förtvivlad och ville prata. Och så vidare, och så vidare.

Karen Borg tog till sig handen.

– Hur blir det på måndag, frågade hon, tydligt uppgiven. Med begravningen menar jag.

– Jag ska se vad jag kan göra.

Hanne drog sig undan ännu mer och blåste bort håret från ögonen.

– Och inget upprepande av Rashoolfallet, bad Karen Borg. Glöm handfängsel och sånt, är du snäll. Det ser så illa ut på begravningar.

Hanne såg ut att vilja gå tillbaka till sitt rum igen. Karen hejdade henne med en gest med högerhanden. Hanne stirrade koncentrerat på Musse Pigg-plåstren och log lite.

– Kan du sova, frågade Karen.

– Om jag var du, började Hanne och såg sig konspiratoriskt över axeln. Om jag var Halvorsruds advokat så skulle jag begära ny prövning av häktningsfrågan. Begär omprövning! Karln vill ju ha ett alternativ till fängsligt förvar! Gå på det då! Anmälningsplikt. Gärna ett par gånger om dagen. Försök. *Bail the guy out!*

– Bail? Borgen?

– Ja. Vi har ju möjlighet till det i Norge också. Att det aldrig används betyder inte att det inte är lagligt. Kolla paragraf 188, då. Hans dotter är jättesjuk. Mannen har vänner i systemet. Han ser eländig ut. Det sa du ju själv. Visa lite *guts* då och försök!

– Karln vill… Vänner i systemet…

Karen Borg skakade sakta på huvudet. Nu ställde hon sig rakt framför dörren, så bredbent som det var möjligt i en snäv kjol.

– Vad tar det åt dej?

Hon rynkade misstroget pannan.

– Men hör här, sa Hanne lågt och ivrigt med ansiktet bara en decimeter från Karens. När det gäller kravet på skälig grund till misstanke så har vi grepp om Halvorsrud. Men strängt taget ska det mycket till för att mannen ska kunna förstöra bevis nu. Vi har gått igenom varenda millimeter av hans hem. Vi har hört femtioelva vittnen. Vi har beslagtagit allt som är av intresse både hos familjen och på hans kontor. Mycket mer än så, uppriktigt sagt. Fara för fortsatt brottslighet? Knappast.

Hon knackade med pekfingret mot tinningen och fortsatte:

– Ska flickebarnet stryka med innan pappan får hjälpa henne?

Karen Borg svarade inte. Hon iakttog Hannes ögon. De var mörkare blå än hon mindes dem. Den svarta distinkta randen kring iris tycktes ha växt. Det hade kommit något nytt i Hannes ögon. Pupillerna var stora och för ett ögonblick kunde Karen se en vidvinklad spegelbild av sig själv i allt det mörka.

– Men paragraf 172 då, viskade hon och försökte skjuta Hanne längre bort från dörren. Jag vill inte att han ska höra oss.

– Häktning på grund av särskilt allvarligt brott?

Karen nickade. Hanne suckade demonstrativt och vägrade att flytta sig.

– Är du på det klara med vad genomsnittet har kommit upp till nu när det gäller häktningsdygn?

– Sextionånting.

Nu la Karen Borg bägge handflator mot Hannes axlar och gav sig inte förrän det hade blivit ett par meter mellan kommissarien och dörren.

– Sextiosju dygn, preciserade Hanne Wilhelmsen. Folk i Norge sitter bakom lås och bom i sextiosju dygn *utan* dom. I genomsnitt. Det liknar ingenting. Nej…

Hon såg sig återigen över axeln.

– Kör med mentala hälsoskäl. Använd dottern. Försök i alla fall. Var inte så förbannat feg.

Karen lyckades inte längre hindra henne. Hanne trängde sig förbi och öppnade dörren till kontoret. Sigurd Halvorsrud satt så som han hade suttit hela tiden; rak i ryggen med händerna i knät. Det var knappt han tittade upp innan han fortsatte att se på någonting utanför det mörka fönsterglaset.

– Är du beredd att prata om saken nu, frågade han.

– Nej, sa Hanne Wilhelmsen. Jag är beredd att låta dej få ett grundligt samtal med din advokat. Själv har jag tänkt gå hem och sova.

Hon lutade sig över lokaltelefonen och bad att få upp två assistenter från häktet.

– Nu sitter ni här i lugn och ro, sa hon till Halvorsrud. Så kan vi prata med varandra i morgon om du fortfarande har något på hjärtat. Okej?

– Du behandlar mej som ett barn, sa han lugnt, fortfarande utan att se åt hennes håll.

– Nej, sa Hanne Wilhelmsen och knäppte med fingrarna på vänster hand.

Han ryckte till och vände på huvudet.

– Jag behandlar dej som det är min plikt att göra, sa hon. Jag försöker få fram sanningen i det här fallet. Mitt jobb är inte att få dej att erkänna. Min uppgift är att få ett erkännande om det är sant.

– Du tror på mej, sa han tonlöst. Du förstår att jag är oskyldig.

– Det har jag inte sagt, sa Hanne och försökte dämpa hårdheten i sin röst. Det har jag inte alls sagt.

Två uniformerade män stod i dörren. Den ene blåste en tugggummibubbla. Hanne valde att bortse från det.

– Låt advokat Borg sitta här och prata med sin klient så länge hon vill. Ni kan stå utanför. Du borde väl i och för sig se till att komma hem till familjen snart.

Det sista var avsett för Karen.

– Min mamma är på besök, sa Karen lätt. Hon passar ungarna. Håkon är... Håkon är ute i kväll.

Karens leende var flyktigt och omöjligt att tolka. Hanne gäspade långdraget.

– Då hörs vi, sa hon och drog på sig en skinnjacka med fransar och indianska pärlbroderier på oket. Ring mej i morgon om det är något. Jag har mobilen på.

Innan hon stängde dörren bakom sig kunde hon inte hålla sig längre.

– Tuggummi passar *jävligt* dåligt till uniform, sa hon med skärpa till den ene assistenten. Det ser helt enkelt dåligt ut.

Han svalde den rosa klumpen på direkten.

43

DÖRREN VAR OLÅST.

För det första blinkade inte larmet. Med andra ord var säkerhetslåset öppet. När hon kikade in genom springan mellan dörr och karm såg hon att Yalelåset inte heller var låst.

Det kunde inte vara Cecilie. Läkaren hade sagt att hon kunde komma hem tidigast i mitten av nästa vecka. Hanne Wilhelmsen stirrade spänt på dörren och kände att pulsen ökade, som om hon väntade sig att någon plötsligt skulle komma ut ur längenheten.

Blicken dröjde vid dörrskylten. HW & CV.

Hon hade sällan tänkt på hur sårande det var. När hon köpte mässingsplattan hade de intetsägande initialerna verkat som en god idé. Det var lika bra att inte skylta med det faktum att här bodde två tjejer. Kvinnor som kunde våldtas. Cecilie hade hört på Hannes polisiära argument och lugnt påpekat att "Wilhelmsen & Vibe" väl inte heller hade varit att avslöja för mycket. Småsur och butter hade Hanne skruvat dit skylten och sedan hade de inte talat mer om den saken.

Prövande la hon handen på dörrhandtaget.

Hon hörde någon där inne. När hon la örat mot dörren tyckte hon sig känna igen köksljud. Kastruller och vatten som rann. Sedan slog hon upp dörren och stormade in i tamburen.

– Hallå, sa hon högt och hörde själv hur rösten skalv.

Ingen svarade. Det doftade mat; ingefära och koriander.

– Hej, sa Håkon; han stack ut huvudet från köket och log brett. Du är sen.

– Du skrämde livet ur mej, mumlade Hanne och kliade sig hastigt i örat. Du skrämde fan ta mej nästan livet ur mej.

– Jag är ledsen, sa Håkon utan att låta särskilt övertygande. Jag hade ju nycklar. Tänkte att det säkert inte blir så mycket mat för dej nu för tiden. Jag hade ju inte precis planerat nattamat, men så ringde Karen mej på mobilen och sa att du blev sen.

– Det skulle jag blivit ändå, sa Hanne.

Hon visste inte riktigt vad hon kände. Pulsen slog fortfarande hårt och snabbt efter överraskningen och det irriterade henne. Hon var inte lättskrämd. Brukade inte vara det. Dessutom hade hon uppfört sig som en amatör. Om det verkligen hade varit en inbrottstjuv i lägenheten hade hon kunnat bli skadad. Det rätta hade varit att dra sig undan, ringa efter förstärkning och vänta.

Hon var hungrig. Utsvulten.

Inte för att det hade plågat henne nämnvärt; hon kunde knappt minnas när hon senast hade haft någon aptit. Nu däremot kände hon ett surt sug i mellangärdet och kom på att hon inte hade ätit något annat än två torra brödskivor med sjukhusost i morse.

– Vad har du lagat, frågade hon och försökte le.

– Nåt gott.

– Du lagar alltid nåt gott.

Hanne satte sig vid köksbordet. En stram ilning i nacken fick henne att vrida huvudet från sida till sida. Bordet var vackert dukat med silver som Cecilie hade ärvt efter sin farmor och två ljusstakar som Hanne knappt kunde erinra sig. Servetten framför henne var konstfärdigt bruten.

– Den ser ut som en svan, sa hon tyst och gjorde en grimas när hon kände huvudvärken komma. Du är snäll, Håkon.

– Jag är inte snäll, sa han och la ifrån sig sleven. Jag tycker om dej. Det är något helt annat. Nu ska du äta lite och sedan ska jag massera din nacke.

Han pekade på henne med en visp innan han snabbt och vant rörde i såskastrullen.

– Sedan ska du sova. *Utan* väckarklocka. Hur går det med Halvorsrudfallet?

Hanne suckade tungt. En ovan värme spred sig i kroppen. Hon tog av sig jackan och blev sittande tyst och undrade hur hon egentligen mådde. Hon tog vattenkaraffen och hällde upp ett glas. Armen darrade lätt och hon spillde utan att bry sig om att torka upp. Så slog det henne att hon var glad över besöket. Hon var hungrig och skulle få mat. Hon hade huvudvärk och skulle bli masserad. Hon var stupfärdig av trötthet och skulle kanske slippa sova ensam.

– Stannar du här i natt, frågade hon ut i luften.

– Om du vill, sa Håkon lätt. I alla fall kan jag ju stanna tills du har somnat.

De åt under tystnad.

Hanne åt fyra portioner ugnsstekt hälleflundra med ingefärssås utan att säga ett ord. När hon till slut la kniv och gaffel ifrån sig och motvilligt demonterade svanen för att torka sig om munnen, såg hon på Håkon och sa:

– Det är någonting som bekymrar mej med den här Salvesen.

Håkon svarade inte. I stället tog han bort hennes tallrik innan han torkade händerna på en solkig handduk och ställde sig bakom hennes stol.

– Ta av dej skjortan, bad han.

Hans händer kändes brännheta mot de nakna axlarna. Hon rös till och blundade. Hans tummar tryckte mot två ömma punkter under skulderbladen och fick håren i nacken att bokstavligen resa sig. Hon stönade lågt och långdraget.

– Det är någonting med lägenheten, viskade hon i stackato. Något jag såg. Något jag hittade, kanske. Eller inte hittade. Jag kommer bara inte på vad det var.

– Glöm det, sa han lågmält. Glöm det åtminstone i natt.

44

DET VAR SÖNDAG kväll den 18 mars och portvakt Karlsen mådde ganska dåligt. Det hade gått åt lite för mycket av konjaken igår kväll. Karlsen var inte van vid annat än en förstärkt kaffetår lite då och då. Ren sprit blev för mycket. Han var trots allt inte så ung längre. Under kriget, på landpermission i Amerika, kunde det gå ganska vilt till. Men inte nu. Inte mer än en liten skvätt när drömmarna blev för fulla av vargar med tyskhjälmar och sömnen inte ville komma tillbaka.

Portvakt Karlsen sörjde sin vän Ståle Salvesen.

Sanningen att säga så kände han sig lite stött också. Om kamraten hade planer på att lämna denna jordens jämmerdal – vilket Karlsen gott kunde förstå med tanke på den behandling som han utsatts för av de förbannade myndigheterna – så kunde han väl ha gett en signal av något slag. En sorts avskedshälsning. Karlsen förstod ju att mannen inte gärna kunde ha berättat om sina föresatser – då skulle den gamle sjömannen ha gjort sitt bästa för att avråda sin vän. Livet hade ju fortfarande en och annan glädje att erbjuda. De goda kvällarna i det trånga lilla rummet med lågmält samtal och lite negerjazz på grammofonen hade i alla fall värmt Karlsens själ.

Han suckade tungt och såg otåligt på Disprilen som tog sin tid och mer ändå att lösa upp sig i vattenglaset. Så lyfte han blicken och lät den vila på fotografiet av Klara. På ramen satt fortfarande det smala svarta sorgbandet som han hade köpt samma dag hon blev begravd. Tårarna trängde fram när han såg på den ståtliga kvinnan med permanentat hår och den vackra broschen på bröstet. Han hade ärvt den efter sin mor och gett den till Klara i förlovningspresent. Förargat skakade han på huvudet och drack medicinen i en slurk. Den beska smaken fick honom att rysa och han var frestad att ta den sista skvätten i spritflaskan.

Han struntade i det.

Så slog det honom: Ståle Salvesen *hade* gett honom ett tecken. En förvarning; ett slags farväl. Visst hade han det!

Portvakt Karlsen reste sig och satte på en kanna kaffe. Han mådde bättre nu. Ståle hade inga andra än honom. Det fanns bara han, Ole Monrad Karlsen, som Ståle kunde lita på. Det var därför han hade blivit ombedd att göra honom en sista tjänst. Karlsen hade förstås undrat då, när han blev tillfrågad, men nu förstod han allt.

Ståle Salvesen *hade* sagt adjö.

På sitt sätt.

45

MUSTAFA ÖZDEMIR var en man som stod för sitt ord. Redan klockan halv tio hade han anmält sig vid informationsdisken i polishusets rymliga foajé och begärt att få tala med Karianne Holbeck. Det var måndag morgon och han hade ett viktigt avtal. Han hade klätt sig för situationen, i bruna byxor och skor och ljusblå skjorta. Slipsen var gammal och kanske lite för bred, men han höll sig inte med så många sådana. Polisdamen fick hålla till godo; en slips var i alla fall en slips. Kavajen var storrutig och lite för trång. Mustafa Özdemir kände sig ändå väl till mods, han var nyduschad och hade dessutom använt nästan en kvart på att fintrimma den täta, kolsvarta mustaschen.

Karianne Holbeck kände en ilning av lättnad när hon såg honom. Visserligen såg han ut precis som väntat; hon hade aldrig förstått varför alla män från de trakterna hade mustasch. Kanske var det detsamma som med dem från Tröndelag, de måste liksom ha något under näsan. Men den här mannen luktade i alla fall inte svett, och kläderna var välskötta – om än tämligen gammalmodiga.

– Sitt ner, sa hon och pekade på en stol. Fint att du kom.

– Vi hade en avtal, va?

Han verkade stött, som om det hade legat en insinuation om opålitlighet i det hon sa. Det hade det i viss mån också och hon försökte bättra på stämningen genom att erbjuda honom en kopp kaffe.

– Nej, tack så mycket, sa han avvärjande och viftade med höger hand. Om jag dricker kaffe får jag problemer med magen, vet du.

Özdemir gjorde en talande grimas och log därefter brett.

Hanne Wilhelmsen kom in på Karianne Holbecks kontor utan att ha knackat.

– Mustafa, sa hon förvånat och räckte fram handen. Är du här?

– Hanna, strålade han och störtade upp. Hanna!

– Hanne, viskade Karianne och rodnade svagt på mannens vägnar. Hon heter Hanne. Med E.

– Hanna, min vän!

Han ville knappt släppa hennes hand.

– Varför är du här, Hanna? Känner du den här damen?

Han vevade med handen mot Karianne Holbeck som om han fann tanken på en bekantskap mellan de två kvinnorna fullständigt utesluten. Han satte sig till slut igen. Hanne Wilhelmsen blev stående med händerna på höfterna innanför dörren; det fanns ingen tredje stol.

– Jag jobbar här, sa hon och log mot hans dramatiskt uppspärrade ögon. Jag jobbar inom polisen.

– Du har aldrig sagt det till mej, jämrade han sig. Jössenamn. Hanna min är polis.

Han lutade sig över bordet mot Karianne Holbeck, som uppenbarligen kände sig beklämd över vittnets familjära ton mot kommissarien.

– Hanna är min favoritkund, sa han och viftade mot Hanne med ett pekfinger övervuxet av svart hår. Så många går till Sultan i Thorvald Meyers gate.

Han satte upp ett sorgset ansikte och smackade lätt med tungan.

– Alla ska till Sultan, vet du. Men inte Hanna. Hon kommer till Özdemir Import. Alltid, vet du.

– Jag kan hämta en stol, sa Karianne Holbeck och försökte smyga sig förbi Hanne Wilhelmsen.

– Nej, jag kan göra det själv. Ta personalia så länge.

Det tog knappt en minut så var hon tillbaka.

– Jag hör att du fick ett spännande telefonsamtal i höstas, sa hon när hon satte sig. Berätta lite om det.

Karianne Holbeck kände sig överkörd. Hon kände sig förolämpad. En sak var att kommissarien hade kommit in i hennes rum utan att visa det minimum av respekt som det innebar att åtminstone knacka på dörren. Värre var att hon nu tydligen tänkte ta över förhöret. Inte genom att ta ansvaret själv; det verkade helt klart att Hanne Wilhelmsen inte hade för avsikt att skriva en rad av den rapport som av nöden måste bli resultatet av samtalet. I så fall hade hon flyttat förhöret till sitt eget kontor och sin egen dator. Mest av allt ville Karianne Holbeck be kommissarien flyga och fara. I stället letade hon fram en extra kopp, hällde upp och ställde den framför Hanne Wilhelmsen.

Mustafa Özdemir började sin berättelse.

Rösten var lugnare nu. Efter de inledande artighetsfraserna om Hanne Wilhelmsens förträfflighet, hade Karianne Holbeck utan vidare klassificerat honom som en språksvag inställsam turk. Nu var han helt förändrad. De bruna ögonen under ett par jämna, breda ögonbryn höll hela tiden blicken fäst vid de två poliskvinnorna. Historien om skatteproblemen framstod klart, tydligt och trovärdigt. Efter en bokföringskontroll hade Mustafa Özdemir blivit anmäld för bristande räkenskaper och skattesmitning. Själv menade han att det berodde på ett missförstånd. Han hade genast sökt advokathjälp och fem månader senare var saken nedlagd. Problemet var att han hade blivit omnämnd i en artikel i VG. Artikeln handlade om snusk hos de efterhand så populära grönsaksbutiker som drevs av invandrare, och Özdemir Import nämndes med namn. Det hade självklart gått ut över omsättningen. För tillfället såg det ut att gå dåligt med skadeståndskravet som han hade ställt på tidningen.

– Men innan detta, sa han till slut och pillade ut en pastill från en ask för att sedan bjuda de andra. Innan min sak blev nerlagd, den här Sigurd Halvorsrood ringde mej. En kväll, det var faktiskt min fru som tog telefonen. Hon måste leta lite efter mej. Jag var på lagret vet du. Han sa att han kunde fixa alltihop.

– Och han presenterade sej, sa Hanne Wilhelmsen sakta och sneglade på sin kollega. Med hela namnet.

– Ja, ja, insisterade Özdemir och tog fram en hopvikt lapp ur bakfickan. Här ser ni. Jag skrev det namnet.

"Sigord Halvorsrod" stod det på pappret. Hanne höll det mellan tummen och pekfingret och sög smaskande på tabletten.

– Och sedan då, frågade hon och snörvlade lite. Vad hände sedan?

Özdemir ändrade ställning och la höger ben över det vänstra. Sedan satte han fingertopparna mot varandra. Händerna formade ett indiantält. För första gången såg han inte på någon av dem. I stället kisade han på en punkt mitt emellan de två poliskvinnorna och det tog flera sekunder innan han fortsatte.

– Första telefon kom den tionde november, sa han långsamt. Det måste ha varit… Tisdag, stämmer det?

Karianne Holbeck vände sig om och såg på en översiktskalender från förra året som hängde på väggen.

– Mmm, nickade hon. Tisdag tionde november nittioåtta.

– Jag förstod inte så väldigt mycket, vet du.

Han talade betydligt långsammare nu som om han rannsakade sitt eget minne och inte ville säga för mycket.

– Så jag sa lite ja och lite ha och sånt och jag sa jag måste tänka lite. Jag…

Han skakade på huvudet och Hanne kunde svära på att han rodnade under den mörka hyn.

– Jag var ganska förtvivla över den dära saken vet du. Norsk polis och oss utlänningar…

Han ryckte på axlarna och gav Hanne Wilhelmsen en vältalig blick. Hon log svagt tillbaka utan att se på sin kollega.

– Jag förstår, sa hon kort. Så du var inte så frestad, med andra ord.

– Och så var jag inte helt säker på vad den mannen menade egentligen, sa Özdemir och skakade på huvudet. Han var inte... inte helt tydlig. Du fattar?

Hanne Wilhelmsen nickade igen.

– Sa han överhuvudtaget någonting om pengar? Om något som du skulle betala?

– Nej. Inte egentligen. Det var bara så att jag *förstod*, vet du. Nej...

Mustafa Özdemir såg uppgivet från den ena till den andra.

– Det hade varit bättre om jag kunde säga precis vad mannen sa. Men det är så länge sedan, vet du. Jag minns inte precis, men jag förstod efteråt att jag kunde betala honom pengar och min sak skulle vara borta. Bortlagt. Nej, nedlagt, menar jag.

Özdemir kliade sig i nacken.

– Frun min fråga mej vad det var, vet du. Hon tyckte inte om rösten på mannen. Hon skällde väldigt på mej när jag sa att kanske han kunde hjälpa.

– Men gjorde ni något avtal, frågade Karianne Holbeck; det var första gången hon sa något under hela förhöret. Fick du något nummer du kunde ringa?

– Nej, han skulle ringa mej.

– Gjorde han det, frågade Hanne Wilhelmsen.

– Ja, han ringde två dagar efter. På kvällen då också. Han vet nog att vi har öppet länge. Jag och min fru, vet du, vi är nästan alltid i butiken. Dottern min också. Du känner ju Sophia, Hanna. Hon har gått på handelsgymnasium, vet du.

Det kom ett mjukt drag över hans ansikte när han talade om dottern. Hanne visste att Mustafa bara hade ett barn; dottern på tjugo. Varför Sophia var enda barnet visste hon inte, men den unga kvinnan var desto mer älskad och dessvärre ganska överbeskyddad av sina föräldrar. Hanne visste att Sophia ville studera medicin men att pappan hade sagt att hon måste vänta tills hon blev tjugofem. Flickan gick i kvällsgymnasium för att ta den examen som behövdes för att börja studera till läkare. Fadern stod troget utanför Bjørknes privatgymnasium tre gånger i veckan för att följa henne tryggt hem.

– Vad sa han då?

– Inte så väldigt mycket. Detsamma som första gång. Men nu var jag väldigt stark och klar. Inte tal om, sa jag. Han var... Hövlig? Blev inte jättesur eller så. Bara sa ajö. Sedan har jag aldrig hört något. Så...

Han log brett och under mustaschen blev de vita, jämna tänderna synliga.

– Så hade jag ju bra advokat, vet du. Han städa fint upp och allt blev bra.

Hanne Wilhelmsen blundade.

– Jag vill be dej om en stor tjänst, Mustafa. Om du inte vill... Om du tycker att det är motbjudande eller så, ska du bara säga ifrån. Du är inte på något sätt tvungen att säga ja.

Hon öppnade plötsligt ögonen och stirrade på mannen i den storrutiga, trånga kavajen.

– För min Hanna jag kan göra allt!

– Nå, sa Hanne. Detta är inte direkt för mej, utan för polisen. Kan vi få din tillåtelse att be Telenor om en utskrift av alla ingående samtal till dej under den aktuella tiden? Jag är verkligen inte helt säker på om det går, rent tekniskt, men vi behöver i alla fall ditt samtycke.

Mustafa Özdemir tvekade en knapp sekund. Sedan skrattade han till.

– Det är okej, sa han. Jag har ingenting att dölja, vet du.

– Då skriver du ner detta, sa Hanne och vände sig till Karianne medan hon reste sig. Och gör dessutom en fullmakt som vi kan visa Telenor.

Hon räckte fram handen till Mustafa Özdemir, som störtade upp ur stolen och tog den med bägge sina.

– Tack för att du tog kontakt, sa Hanne Wilhelmsen.

– Du får komma snart till mej, svarade han hjärtligt. Ta med dej den vackra väninnan du har så ska du få finfina tomater min fru har odlat i vårt badrum!

– Och tack ska *du* ha, sa Hanne till Karianne Holbeck när hon var på väg ut ur rummet. Du är bussig som tar hand om pappersarbetet!

– Ett ynka tack hjälper i alla fall lite, viskade Karianne ljudlöst och nickade kort när dörren gick igen. Men inte så mycket.

Sedan började hon skriva.

46

FÖRST TRODDE Hanne Wilhelmsen att det var Billy T. hon hade sprungit på. Mannen var kolossal och när han lyfte upp henne från knästående med ena armen, medan han samlade ihop papperen hon hade tappat med den andra, var det med en styrka som hon tyckte sig känna igen. Men när hon lyfte ansiktet såg hon att hon tagit fel.

– Förlåt, sa mannen olyckligt och ville knappt släppa henne.

– Det var mitt fel, försökte Hanne vifta bort honom med. Länge sedan sist.

Han log och la ett visitkort ovanpå papperen som hon hade lyckats samla ihop i en bunt.

"Iver K. Feirand, kriminalkommissarie"

– Gratulerar, sa hon spakt. Det borde jag ha sagt för länge sedan.

– Det är bara två månader sedan.

Iver Feirand var nyutnämnd kommissarie med ansvar för sexuella övergrepp mot barn. Han var en av landets främsta experter. Efter att justitiedepartementet, åklagarmyndigheten och polisen i början på åttiotalet fick upp ögonen för att sexuell misshandel av barn inte bara var ett utländskt fenomen, hade flera utredare fått specialisera sig. Själva ansåg de att de borde varit tre gånger så många, men få var trots allt bättre än ingen. Iver Feirand hade genom åren varit placerad hos Interpol i Lyon, Scotland Yard i London och hade dessutom i nästan ett år deltagit i en avancerad kurs hos FBI. Han delade Hannes fascination över allt vad USA hade att erbjuda.

– Been up to?

Han log och räckte fram händerna för att erbjuda sig att bära. Hanne skakade på huvudet.

– Halvorsrudfallet. Plus tio ton andra saker.

Hon tittade menande på de fem tjocka pärmarna som hon bar på.

– Fy fan, vilket fall, sa han och gjorde henne sällskap genom korridoren. När knäcker ni den mannen?

– Vet inte. Vet inte ens om han har gjort det.

Iver Feirand skrattade högt och hjärtligt.

– Du vet *aldrig* om någon har gjort någonting!

– Det är väl strängt taget så vi bör tänka tills domen har fallit. Tycker du inte?

Han ryckte på axlarna och blev med ens allvarlig.

– Problemet hos oss är väl mer det motsatta, sa han och stack händerna i fickorna. De som vi tar är så skyldiga att det skriker om det. Men vi lyckas alldeles för sällan få dem fällda. Men du…

Han stannade och la handen på hennes axel. Motvilligt saktade hon in stegen och vände sig mot honom.

– Jag hör rykten om att du ska sälja cykeln, sa han tvivlande och kliade sig i tinningen. Är det sant?

– Var har du hört det?

Hanne kunde inte för sitt liv komma på om hon hade nämnt sina planer på att göra sig av med Harleyn för någon annan än Cecilie.

– Gör detsamma. Men är det sant?

– Jag tänker på det.

– Varför?

Hanne suckade och började gå igen.

– Det håller jag för mej själv.

– Är det något fel på den?

– Nej.

– Vad ska du ha för den.

De hade hunnit fram till Hannes kontorsdörr. Iver Feirand ställde sig bredbent i vägen för henne. Bortsett från det kraftiga, blonda håret var han ohyggligt lik Billy T.

– Jag vet inte, sa Hanne uppgivet. Jag har inte ens bestämt mej än.

Det var inte sant. Hon visste att cykeln måste bort. Hon hade försökt att inte tänka på det; än hade hon inte klart för sig varför det var så viktigt att bli av med den.

– Hur många gånger är den lackerad, sa Iver Feirand. Jag menar, den var väl inte rosa när du köpte den?

– Jo, jag specialbeställde den från fabriken.

– Hördu…

Han kliade sig på halsen.

– Om du ska sälja den så måste du säga till. Jag är jävligt intresserad om priset är okej. Kärringen blir förstås sur, men nu är det snart min tur här i livet. Så får jag ta och lackera om den. Ring mej i så fall.

Han hälsade med två fingrar mot pannan och småsprang tillbaka till den blå sektorn. Hanne blev stående några sekunder och såg efter honom. Han liknade inte Billy T. så mycket bakifrån. Iver Feirands rumpa var mycket snyggare.

– Hundratjugotusen, kanske, mumlade hon. Minst.

47

EN GRABB I tolvårsåldern stod ensam inför församlingen. Han var klädd i en vit, fotsid kåpa som var en aning för stor. Händerna låg prydligt knäppta på magen. Kanske hade han blivit strängt tillsagd att stå så, men tummarnas konstanta snurrande kring varandra kunde tyda på att pojken bara var nervös och inte riktigt visste vad han skulle göra av de bleka fingrarna. Blont, storlockigt hår stod som en gloria kring gossebarnets huvud och rösten smög sig ljust och sakralt längs de nakna väggarna i ljus terrakotta.

– Att leva det är att älska, sjöng pojken i två verser och begravningen var över.

Billy T. öppnade ögonen.

Han satt dåligt och fick bråttom att komma ut ur kapellet före resten av församlingen.

Alla var där. Riksåklagaren satt på andra bänk, lång och smärt och uppenbarligen lika obekväm på de hårda bänkarna som Billy T. Åtminstone sex riksberömda advokater hade valt att visa Doris Flo Halvorsrud den sista äran, såvitt Billy T. kunde räkna. Dessutom rymde kapellet en hel skock åklagare, både från ekoroteln, tingsrätten och hovrätten. Alla dröjde med att dra sig ut i mittgången. Alla sträckte på sig och ville bli sedda. Både av Halvorsrud själv, som satt på första bänk och uppenbarligen hade problem med att befria sig från sin dotter, och av varandra.

Bara polisen ville inte synas.

Ytterst på de två bakersta bänkraderna satt sammanlagt fyra polismän i mörka, civila kläder. Ett tränat öga skulle ha kunnat identifiera dem redan när de kom. De verkade inte trivas i sina kostymer; ständiga vridningar på axlarna och upprepade nyp i byxlåren avslöjade att de var vana vid en mer ändamålsenlig klädsel. Dessutom hade de fyra männen haft blicken stelt fästad vid Sigurd Halvorsrud i en och en halv timme. Medan alla andra försökte undvika att stirra – det var svårt, de flesta var vansinnigt nyfikna på hur Halvorsrud såg ut efter två veckor i häkte – satt polismännen med blickarna skamlöst riktade mot begravningens verkliga huvudperson.

– Det här är en märklig demonstration, sa Billy T. torrt till Karen Borg när hon kom bort till honom på grusgången utanför kapellet och hälsade honom med ett mjukt kast med huvudet.

– Demonstration, upprepade hon tonlöst och kikade bort mot trappan där Halvorsrud var föremål för lågmälta, men inte desto mindre djupt kända kondoleanser från en så att säga samlad åklagarmyndighet. Vad menar du med det?

– O.J. Simpson, fortsatte Billy T. Alla vita amerikaner ansåg att han var skyldig. Alla svarta tvärtom.

– Jaha, sa Karen Borg ointresserat.

– Ser du inte det? Polisen anser att Halvorsrud är skyldig. Åklagarmyndigheten kan inte förmå sej till att tro det. Inte fan heller. Inte en av deras egna. Jurister mot poliser. Samma gamla historia.

Han drog sig i örsnibben, där det vanliga upp och nedvända korset med anledning av dagen hade bytts mot en liten diamant.

– Ganska provocerande, fortsatte han. Å andra sidan är det nästan rörande att se att också ni jurister kan vara sams någon gång. I stort sett är ni ju i luven på varandra.

Han mätte Karen Borg från topp till tå, som om han först nu hade fått syn på henne, och visslade svagt. Hon var klädd i en grafitgrå dräkt av enkelt snitt med en svart kraglös blus under. Kappan bar hon över armen; en glipa i molntäcket hade plötsligt släppt fram solen när människorna började strömma ut ur kapellet.

– Så fin du är, sa han och strök henne över jackärmen.

– Detsamma, svarade hon och log lite. Bra att du har vett att ta bort det där hemska djävulskorset vid såna här tillfällen.

– Det är inte ett kors, suckade Billy T. uppgivet. Det är en stiliserad Tors hammare. Jag är så *trött* på…

Han tystnade. Riksåklagaren passerade dem med en långsam nickning och aningen av ett reserverat leende mot Karen Borg. På var sida om sig hade han två mörkklädda män. De kunde tas för livvakter på sättet som de höll sig ett steg bakom sin chef; taktfast och utan att vila på stegen. Men eftersom den ene var gravt överviktig och den andre knappt en och sjuttio lång, var det troligare att riksåklagaren själv måste ta itu med saken om något oförutsett och hotande skulle inträffa.

– O.J. Simpson var skyldig, sa Karen Borg.

– Va?

– Han hade mördat sin förra fru och hennes älskare. Uppenbarligen.

Hon började dra sig mot parkeringsplatsen. Billy T. följde efter med småhasande steg över gruset.

– Det må jag säga!

Han småskrattade.

– Mannen blev alltså frikänd om jag törs påminna damen om ett så ovidkommande faktum.

Karen Borg vände sig tvärt.

– Har ni kommit på något namn?

Billy T. skakade på huvudet och kisade mot det oroliga molntäcket som återigen hade lagt sig över solen.

– Nej. Ungen kommer att förbli namnlös om vi inte skärper oss. Tone-Marit är för såna där moderna namn. Julie, Amalie, Matilde. Såna namn. Jag vill ha nåt gammalt hederligt. Ragnhild eller Ingeborg. Nåt i den stilen.

– Hur tror du O.J. Simpson har det nu?

Karen öppnade framdörren till den gamla blå Audin.

– Jävligt, av allt att döma, sa Billy T.

– Just det. För att alla egentligen *vet* att han har gjort det. Det är annorlunda med Halvorsrud. När åklagarmyndigheten…

Karen Borg nickade bort mot alla de mörkklädda männen som satte sig i bilarna på den fullpackade parkeringsplatsen. De dämpade smällarna från bildörrar som slogs igen runt omkring dem, lät som en orytmisk, ofullbordad sorgmarsch.

– När dessa människor uppenbarligen tror på Halvorsruds oskuld, handlar det inte om sociala motsättningar. Det svarta Amerika trodde inte på O.J. Simpsons oskuld. Det svarta, *fattiga* Amerika gjorde det. Eller hellre: de gav fan i om han var skyldig. Deras poäng var att mannen var höjd över skuld eller oskuld. Han blev ett offer för vit makt. De kunde inte döma honom. Det skulle vara att döma sej själva. Så kom inte här och dra meningslösa jämförelser. Halvorsrud *är* oskyldig. Han har helt enkelt inte gjort det som ni beskyller honom för.

– Jisses, det var det värsta, sa Billy T. och strök sig över hjässan.

Karen Borg hade stått så länge med bildörren öppen och dessutom höjt rösten så pass mycket att folk hade börjat titta på dem. Nu satte hon sig och stängde dörren. Billy T. knackade på rutan med knogarna. Han kunde se att hon suckade uppgivet innan hon vevade ner rutan till hälften.

– Du tar fel, sa han och stödde armarna mot biltaket. Din något lättvindiga analys av O.J.-fallet är säkert helt okej. Men när du inte ser att fallen har likhetstecken så har du stirrat dej blind på ditt eget uppdrag som försvarare.

Karen Borg började rulla upp vindrutan igen med ilskna rörelser.

– Vänta, gläfste Billy T. och tog tag om fönsterkanten. Ser du inte att det handlar om just identifikation! Om Halvorsrud är skyldig är det ett nederlag för hela åklagarmyndigheten. Det är därför de är här. De vill visa att de håller ihop, att de inte kan tro att en av deras egna, från deras eget skrå, med samma bakgrund, samma utbildning, god ekonomi, kärring och ungar och villa... Det blir för häftigt. Halvorsruds eventuella skuld kommer att drabba var och en av de andra. De frågar sej själva: skulle jag ha kunnat göra det där? Svaret är självfallet nej, och så begår de det farligaste misstaget för oss som ska hantera lagen och skilja sant från osant; de identifierar sej med skurken.

Han slog handflatan i biltaket.

– Ser du inte det, Karen?

Hon såg på honom, länge.

– Jag trodde ett tag att du brydde dej lite om hans förklaring, sa hon till slut. Jag lät mej väl luras. Det gjorde Halvorsrud också. Jag vill minnas en tirad om att du var hans enda vän och en hel del annat åt det hållet. Dumt av oss bägge, förstås. Att tro på sånt, menar jag.

Hon vred om tändningsnyckeln.

Billy T. ruskade på huvudet och tog ett steg ifrån bilen. Karen kämpade med att försöka hitta ettans växel, och motorn gav ifrån sig ett skärande ljud innan den dog. Hon gjorde ett nytt försök att starta men misslyckades igen. Bilen hoppade två meter framåt och motorn stannade.

– Ska jag ta över, mimade Billy T. med ansiktet bara en decimeter från rutan.

Hon såg inte ens på honom. Vid tredje försöket fick hon fart på bilen och rullade långsamt ut mot vägen utan att ens ha frågat om han behövde skjuts.

Billy T. vände sig om och gick till den nedre parkeringen som egentligen var reserverad för handikappade. Polisbilen stod och väntade. Halvorsrud satt redan ordenligt på plats i baksätet. Från trappan till kapellet kunde Billy T. höra Thea Halvorsrud gråta bittert medan hon förgäves försökte tröstas av två handfallna bröder och en närmast hysterisk moster.

219

48

NÄR HAN BLUNDADE var det inte sin hustrus kista han såg.
Men det var den han försökte minnas. Han hade inte velat ha den
brun. Ingen hade frågat honom, men av någon anledning hade
han på förhand varit säker på att den skulle vara vit. Skinande vit,
med en enkel krans av röda rosor på locket. När han fick syn på
det bruna träet överlastat med mångfärgade blomster som allde-
les skymde kransen från honom och barnen, fylldes han av ett ra-
seri som han inte visste vad han skulle göra med. Vid begrav-
ningens slut tycktes kistan framstå som svart och han önskade att
han kunde minnas alltsammans annorlunda.

Det var dotterns ansikte han såg.

Han öppnade ögonen.

Det var så ljust här inne. Han höll på att bli tokig av det star-
ka, blåvita ljuset som inte sa honom något om vilken tid på dygn-
et det var. Han önskade sig ett fönster. Bara en liten springa.
Något som det var omöjligt att rymma genom, men som i alla
fall gav honom en vink om dygnets växlingar. De hade tagit ifrån
honom klockan. Han förstod inte varför. Hur det kunde vara
möjligt att skada sig med ett vanligt läderarmband övergick
Halvorsruds förstånd.

Återigen lät han ögonlocken långsamt slutas.

Han såg Theas ansikte. Han såg de stora förgråtna ögonen.
Han såg hennes mun som ljudlöst formade ord han inte ville se.
Han kände hennes hand i sin, mot låret; hela hennes kropp som
tryckte sig så tätt intill honom att han knappt kunde sitta kvar.
Han såg hennes armar som sträcktes emot honom när han be-
slutsamt fördes bort till den väntande polisbilen. Han kände

hennes blick i ryggen; två strålar som brände sig genom kavajen och gjorde det svårt att hålla sig upprätt.

Chefsåklagare Halvorsrud satt i häktet på polishusets bakgård på tredje veckan. Cellen var knappast ägnad att hysa någon längre än ett dygn. De hade erbjudit honom att flytta till ett bättre ställe. Ett fängelse utanför stan; de hade föreslagit flera anstalter som han visste var mycket modernare än detta. Men han ville inte. Han litade inte på dem. Allt de gjorde för övrigt verkade fientligt. Efter hand hade han vant sig vid det här rummet. Han ville stanna i polishuset och de hade låtit honom få det.

Med ens satte han sig upp. Kväljningarna kom nedifrån. Helt nedifrån fötterna. De sköljde genom kroppen i tvära kast och det hjälpte inte att streta emot. Spyan kom så plötsligt att han inte hann vända sig bort från den hårda britsen han låg på. Den vita skjortan blev översprutad med rester av frukostens två brödskivor.

Han kom inte ihåg vad han hade fått för pålägg. Det måste ha varit makrill i tomatsås. Det smakade inte så. Det smakade bittersött av järn.

Sigurd Halvorsrud fortsatte att spy blod i nästan en kvart innan han kravlade sig bort till dörren för att ropa på hjälp.

49

HANNE WILHELMSEN satt med telefonkatalogens Gula Sidor uppslagna framför sig. Det var som om hennes händer av sig själva hade lyft fram den tjocka volymen som låg under ett gammalt exemplar av Verdens Gang ytterst på skrivbordskanten. Hon kunde svära på att det inte var hon själv som hade letat fram yrkeskategorin "psykologer". Hon behövde verkligen ingen psykolog. Hon kände alldeles för många sådana.

Katalogen slog igen med en dov smäll när Billy T. stack in huvudet genom den halvöppna dörren.

– Klockan är snart halv sex, sa han. Du ska följa med mej.

Han sträckte fram handen som om han försökte få med sig ett motsträvigt barn.

– Kom, kom, lockade han med fingrarna och flinade brett.

– Vart ska vi, frågade hon och reste sig till hälften medan hon kvävde en gäspning.

Cecilie skulle komma ut från sjukhuset dagen därpå. Hanne var inte säker på om hon gladde sig. Naturligtvis längtade hon efter henne. De få nätter hon hade valt att sova hemma, i stället för på sjukhuset i hopp om att få något mer ut av natten än ett par timmars halvslummer, hade hon gråtit sig till sömns av en saknad så stor att den bara överträffades av den hjälplösa längtan hon kände när hon satt vid Cecilies sida. Hanne ville ha hem Cecilie. Samtidigt kändes det tryggare att ha henne på sjukhuset. Sveket med att vara på jobbet hela dagen kändes inte lika stort som det säkert skulle göra när hon visste att Cecilie var ensam.

– Förresten. Jag kan inte. Jag har saker att ordna hemma i kväll. Hur var begravningen?

– Ganska okej. Men du ska komma med mej.

– Jag kan inte. Jag måste städa.

Hon försökte få håret att ligga med en sorts sidbena som hon hade konstruerat för att hon aldrig hann ta sig till en frisör. Luggen var motvillig och hon spottade lite på fingrarna och drog handen genom håret.

– Vad gäller det egentligen?

– Du får se. Om du inte kommer med så bär jag bort dej med våld. På sätt och vis är det här en kidnappning.

Hanne Wilhelmsen resignerade och följde efter honom utan att ta den utsträckta handen.

50

SJÖN GICK VIT, till och med här inne. Han stod på den sten-
lagda terrassen och kisade mot vinden och Østerøya medan
hans händer kramade om räcket av smidesjärn. Natholmen gav
inte särskilt mycket lä när blåsten var sydlig och han slog bort
tanken att ta båten ut på fjorden för att fiska. En timme tidigare
hade han varit i den stora kiosken på Solløkka och handlat det
nödvändigaste för de närmaste dagarna. Förutseende nog hade
han köpt två paket djupfryst torsk.

Det hela var fantastiskt och ett oväntat framsteg,

Varken mer eller mindre.

När namnet kom upp på skärmen hade han börjat darra. Det
var som att plötsligt vinna på lotto, inbillade han sig. Som att bli
frisk från en obotligt, dödlig sjukdom, helt överraskande och
oförklarligt. Som att hitta en kär familjemedlem som man kan-
ske i åratal trott vara död. En varm våg slog från underlivet till
mellangärdet och tillbaka och han hade bokstavligen flämtat.

I tre år hade han jobbat med det här.

I april 1996 hade han tagit ersättningen Oslo Kommun hade
dömts att betala honom för en förlorad och förstörd barndom,
plussat på med pengarna som strömmade in efter att "Rött ljus i
Amsterdam" kom ut i allt flera länder, och köpt sommarhuset.
För tjugo år sedan hade han tillbringat en sommar här; det enda
ljusa minnet han hade från tiden innan han åkte in i fängelse.
Hans köttsliga faster hade för länge sedan sålt stället. Eivind
Torsvik hade traskat upp till den nye ägaren och erbjudit man-
nen en och en halv gång så mycket som egendomen var värd.
Mannen fick två timmar att bestämma sig på. Åsynen av fem

miljoner i en resväska blev för mycket. Tre veckor senare flyttade Eivind Torsvik in, med två hundra kilo elektronisk utrustning, en segelsäck med kläder och en gammal soffa. Allteftersom tiden gick och arbetet framskred hade han tagit sig råd till nya möbler och en Accuphase hi-fi-anläggning. Stugan vid Hamburgkilen en dryg mil från Sandefjord centrum hade blivit Eivind Torsviks första riktiga hem. Han hade skapat det hela själv. Han trivdes bra ensam och visste att det alltid skulle förbli så.

Namnet hade bränt sig in i hans medvetande.

Eivind Torsvik satte sig på träbänken under fönstret till vardagsrummet. Vindstyrkan måste närma sig styv kuling. Han lyssnade till dånet från havet och håret som piskade hans kinder. Han sneglade upp på två tärnor som inte lyckades bekämpa de våldsamma vindkasten där de kanade bakåt i luften med hesa, gälla skrik. Han drog in den salta luften djupt ner i lungorna och kände sig fri.

Nu var allt bara en fråga om tid.

51

BARNET VAR VERKLIGEN ovanligt vackert. Huvudet var välformat med ett avlångt bakhuvud som redan nu avslöjade att flickan inte skulle komma att likna sin far särskilt mycket. Håret låg svart, mjukt och anmärkningsvärt tjockt över pannan och spretade i något som kunde likna lockar över öronen. Hanne Wilhelmsen hade aldrig sett ett norskättat barn med så långa ögonfrasar. De böjde sig över stora, en aning sneda ögon som blev klotrunda när barnet blinkade mot ljuset. Irisen var av obestämd färg och skulle antagligen bli brun med tiden. Läpparna var röda med skarpa konturer mot den vita hyn. Sugblåsan på överläppen darrade reflexmässigt när Hanne strök med lillfingret över babyns haka.

– Hon *är* verkligen så man skulle kunna äta upp henne, viskade hon. Hon liknar inte dej ett dugg.

– Guskelov, viskade Billy T. tillbaka. Jag bara springer omkring och säger sånt för att man väntar sej det av mej. Jag blev själaglad när jag såg att hon överhuvudtaget inte har fått några släktdrag från min sida.

– Bortsett från längden, sa Hanne och skrattade lågt medan hon drog i babyns fötter under det rosa täcket. Hon måste ju vara mycket längre än vad som är normalt?

– Lång och slank, sa Billy T. Sextio centimeter vid födseln! Och bara tretusensjuhundra gram.

Hanne la barnet bättre till rätta i armbågsvecket. Det rapade lite och höll på att somna. En smal rännil mjölkblandad saliv rann från mungipan. Hanne andades djupt genom näsan och kände den söta doften av barnets andedräkt som ett slag i mellangärdet. Hon blinkade snabbt för att tvinga tårarna tillbaka.

– Ni skulle själva ha skaffat er ett barn, sa Billy T. och la armen om Hannes axlar. Det skulle ni ha gjort för länge sen.

– Ska jag hålla upp henne mot axeln när hon rapar, mumlade Hanne.

– Nej då. Hon sover gott nu och andas fint. Varför gjorde ni inte det?

Hanne såg sig omkring i Billy T:s lägenhet. Det var bara två år sedan hon bodde här i över en månad, när Cecilie och hon själv var i USA ett år och mordet på statsminister Birgitte Volter hade lockat tillbaks Hanne till Norge till något som egentligen skulle vara en sorts semester. Allt hade blivit annorlunda. Efter att Tone-Marit flyttade in hade det kommit grafik på väggarna och böcker i hyllorna. Den kolossala musikanläggningen hade förvisats in i ett skåp, bara högtalarna ruvade fortfarande under taket på var sin sida om dörren ut till tamburen. Det stack till i Hanne när hon för första gången la märke till att gardinerna, som hon hade sytt på den tiden och hängt upp åt honom, var utbytta.

– Allt är så annorlunda, viskade hon till barnet.

Billy T. reste sig och lyfte försiktigt babyn från Hannes famn.

– Nu ska du ta en kvällsslur inne hos mamma, mumlade han och tassade in i sovrummet.

När han strax därpå kom tillbaka satte han sig inte i stolen mitt emot Hanne. I stället damp han ned bredvid henne i soffan, där han hade suttit medan barnet var vaket, när det var logiskt att han satt där, när han måste sitta just så för att de bägge skulle kunna gemensamt beskåda och beundra den nyfödda. Han la återigen armen kring hennes axlar – löst, medan fingertopparna lätt och jämnt strök henne på överarmen.

– Jag tycker inte att det här är så jävla lätt, sa han så lågt att hon för ett ögonblick inte var säker på att hon hört rätt.

– Vadå?

– Det här...

227

Med den lediga handen gjorde han ett vagt svep över rummet.

– Lägenheten. Den är liksom inte min längre. Tone-Marit...

Han viskade nu, knappt hörbart, som om han var rädd för att Tone-Marit hade vaknat trots att han just hade konstaterat att hon sov djupt.

– Jag vill ju ha henne här, sa han sakta. Jag älskar... Jag älskar det hon gör med mej. Mycket av det, i alla fall. Och ungen är fin. Jag är vansinnigt glad för den ungen. Jag har varit lycklig för varenda unge jag har dragit på mej.

Hanne skrattade dämpat.

– Dragit på dej, upprepade hon. Det låter som om du har fem sjukdomar.

Billy T. la fötterna på bordet och sjönk ännu tätare intill henne i den djupa soffan. Hon kände hans haka vid örat och märkte samtidigt att hon slappnade av. Hon kunde inte minnas när hon senast hade känt sig så.

– Men jag klättrar på väggarna ibland, fortsatte han. Jag känner det som om jag inte kan få luft här inne. Det ligger babysaker överallt. Det luktar tjej i badrummet. Tone-Marit är snäll och tålmodig och tjatar inte som andra tjejer. Om dasslock och tandkräm och sånt. Det är precis som om jag gör... Jag gör grabbsaker bara för att reta henne.

Han satte sig upp och vände sig mot henne. Hans ansikte var bara en decimeter från hennes. Hon såg honom in i de isblå ögonen, men klarade det inte länge och sänkte blicken till hans mun. Den verkade så stor på det här avståndet, det var bara munnen hon såg; de torra, spruckna läpparna under en jättelik mustasch som kom och försvann oftare än någon kunde hålla reda på; nu var den gigantisk, och hon granskade de styva hårstråna ett efter ett och kände att hon inte lyckades tänka klart.

– Och till sommaren ska vi *gifta* oss, sa han mellan samman-

bitna tänder. Jag kan ju för fan inte gifta mej så länge jag inte...
När jag känner det så här redan när ungen bara är... Fan också!

– Jag måste gå, sa hon stelt och knäppte händerna i knät.

– Gå?

Han drog snabbt armen till sig och försökte förgäves dölja en besviken min.

– Måste du gå? Nu?

– Jag sa ju att jag har mycket att göra. Cecilie. Hon kommer hem i morgon. Jag måste städa.

Hanne reste sig och gick mot ytterdörren.

– Du svarade inte på varför ni aldrig skaffade barn, hörde hon honom säga bakom sin rygg.

Långsamt, som om hon inte riktigt hade bestämt sig för att svara, vände hon sig och såg åt hans håll. Han satt fortfarande i soffan och rev sig som besatt i skäggstubben.

– Det vet jag inte, ljög hon. Men nu kan vi ju alla vara glada att det aldrig hände.

Inte förrän hon kom ner på gatan upptäckte hon att hon hade lämnat kvar mobiltelefonen och en påse med matvaror hos Billy T. Hon hejdade en taxi och var hemma innan tevenyheterna hade börjat. Det fanns säkert något ätbart i kylen.

52

– Jag tycker att du har blivit så mager, klagade Margaret Kleiven. Du har ju alltid varit en smärt karl, men nu är du rent ut sagt *mager!*

Evald Bromo hade börjat förakta sin fru. Han hade aldrig älskat henne, men på sitt sätt hade han alltid känt något positivt för den taniga varelsen; ett slags kärleksfullt beroende som gränsade till tacksamhet. Nu äcklade hon honom. Dagar som denna, när hon hade skyndat sig hem från jobbet för att städa till helgen och tog emot honom med ett utslitet förkläde om magen och röda händer av allt skurande, tålde han knappt den torra beröringen av hennes läppar mot kinden när han hängde av sig rocken.

– Du måste sluta med det där springandet. Det är inte sunt. Det har förresten kommit ett paket till dej.

– Paket, upprepade han tonlöst.

En dunst av tvättmedel och stekt sej slog emot honom när han gick ut i köket. Han satte sig tungt på en pinnstol och la armbågarna på bordet.

– Trött, sa han.

– Mat?

– Ja tack.

Hon tog tallriken framför honom och gick bort till spisen. Han stirrade slött på henne och försökte uppamma en aptit som han inte hade känt på tre veckor. Ju mer han sprang desto mindre åt han. Nu hade han slutat ta bussen till jobbet. Han sprang. Fram och tillbaka. Men hungrig var han aldrig.

– Här. Ät.

Hon ställde tallriken framför honom. Stekt sej med lök och

potatis och en sladdrig gurksallad som hade stått för länge, Han petade i fisken med gaffeln och förstod inte hur han skulle få det i sig.

– Här, sa Margaret igen. Det här kom med posten. Packa upp det då!

Han la ifrån sig gaffeln. Paketet var inte stort, omkring femton gånger femton centimeter och ganska platt. Namn och adress var skrivna med neutrala versaler. Ingen avsändare.

Han tog paketet och vände på det. Ingen avsändaradress där heller. Så kände han en våldsam stöt i mellangärdet, en explosion av adrenalin som spred sig till alla lemmar och fick honom att lägga paketet i knät för att inte tappa det.

– Bara en pulsmätare, sa han kort.

– Pulsmätare?

Hon log och började äta.

– Öppna det då!

– Nej.

Han tvingade i sig tre skivor gurka. De växte i munnen och han fick problem med att andas.

– Vad är det med dej, sa hon retligt. Kan du inte öppna det så jag får se vad du har köpt?

– Nej, säger jag ju. Det är bara något till joggningen, och den har väl du aldrig intresserat dej för.

Den stekta löken smakade gummi och grillkryddor.

– Men ärligt talat, Evald. Kan jag inte få se på den där… Den där pulsmätaren då!

Hon reste sig och lutade sig ner mot hans knä. När hon skulle ta paketet grep han henne blixtsnabbt om handleden och klämde till.

– *Hör du inte att jag säger nej!*

Så hade han aldrig skrikit till henne. Aldrig så våldsamt. Aldrig hade han gjort henne fysiskt illa heller. Nu klämde han hen-

231

nes underarm allt vad han kunde och släppte inte förrän tårarna började rinna nerför hennes kinder, som var blanka av stekos.

– Förlåt mej, sa han uppgivet. Jag är bara så trött nuförtiden. Det *är* bara en pulsmätare. Det är fullständigt ointressant för dej.

Hon svarade inte. I stället tog hon tallriken med sig in i rummet och satte sig vid det fina matsalsbordet där det inte hade suttit gäster på många, många år.

Evald Bromo lät maten stå, tog paketet med sig och försvann utan ett ord om vart han skulle.

53

DET VAR FREDAG 23 mars och Sigurd Halvorsrud skulle till ny häktningsförhandling. Han hade suttit i häkte i precis tre veckor efter en dom som gav polisen fyra veckors frist. Att fallet nu skulle upp innan fristen löpt ut var ovanligt; om inte direkt uppseendeväckande. Visserligen hände det rätt som det var att polisen släppte sina fångar innan de var tvungna. Det låg sällan någon dramatik i det. Tvärtom var det deras plikt att göra det om rättens och lagens villkor för häktning inte längre förelåg. Men polisen ville inte släppa chefsåklagare Halvorsrud.

På intet sätt; polisjurist Annmari Skar hade redan börjat arbeta på en begäran om förlängd häktning i fallet, som hon väntade sig skulle upp i rätten veckan därpå. När hon på torsdag eftermiddag fick papperen från advokat Borg där det framgick att den häktade begärde att bli släppt och att saken skulle behandlas fredag förmiddag, svalde hon en kraftig svordom och tackade samtidigt gudarna för att hon redan hade satt sig grundligt in i fallet.

– En vecka kvar till ordinarie förhandling, mumlade hon till Billy T. när de gick uppför trappan framför Oslo Tinghus och sicksackade mellan ett brudfölje som trotsade det lilla plakatet med uppmaning om att inte kasta risgryn av hänsyn till småfåglarna. Och så kunde de inte vänta. *En vecka!*

Av en eller annan anledning, som ingen annan än tingsrättens administration kunde förstå, så hade förhandlingen förlagts till rättssal 130. Annmari Skar och Billy T. lät sig slussas genom de dubbla, nästan fyra meter höga trädörrarna innan de genom en gigantisk svängdörr kom in i Tinghusets imponerande foajé. De blev omedelbart dränkta i ett intensivt blixtljus. Billy T. måste rädda den småväxta polisjuristen från att falla omkull när en överdrivet ivrig reporter från en mindre tevestation hade fått för sig att han skulle vara fräckast och duktigast och bokstavligen kröp mellan benen på den storvuxne polismannen för att få upp mikrofonen i ansiktet på Annmari Skar. De två poliserna trängde sig fram till glasväggen på hallens vänstra sida. De nådde dörren till den rätta salen utan fler missöden, men med en svans av journalister på släp.

– Hundratrettio, suckade Annmari Skar. Där inne finns det knappt plats att andas. Hur ska alla dessa...

Hon såg sig uppgivet om över axeln.

– Lyckta dörrar, sa Billy T. lugnande. Vi får lyckta dörrar och lugn och ro.

– Tror du, ja, sa Annmari Skar beskt. Det får vi bara om advokat Borg kräver det. Vi har inte...

– Sjsjsj, avbröt Billy T. Vänta med det där.

Han sköt undan en påstridig ung tjej. Hon var i tjugoårsåldern med långt, blont hår, tuggummi och bandspelare.

– Ni blir fan ta mej yngre och yngre, ni kriminalreportrar, sa han härsket och högt. Fräckare och fräckare, också. Det hänger väl ihop.

Han använde armbågarna mot en yngling från TV2, och måste till slut använda baken som sköld för att Annmari Skar överhuvudtaget skulle kunna komma in i rättssalen. Karen Borg var redan på plats. Hon hälsade avmätt och Billy T. antog att hon hade kommit upp från källaren tillsammans med sin klient.

Karen Borg hade knappt uttalat sig offentligt om fallet. Trots de massiva läckagen från polisen själva – Billy T. hade för länge sedan gett upp att spekulera i vem det var som umgicks så förtroligt med pressen – så hade hon knipit käft. Imponerande nog. Nu hade hon valt att helt undvika pressen.

Polisen *fick* igenom sin begäran om lyckta dörrar.

Annmari Skar visste att det inte var hennes förtjänst. Plikt-skyldigast hade hon framfört sina fraser om hur pressbevakning skulle vara "till skada för utredningen". Utan särskild inlevelse. Visserligen var hon övertygad om Halvorsruds skuld, och hon hade mer än en gång rantat runt i polishusets korridorer i fåfäng jakt på de många poliskällor som pressen tydligen hade mer än fri tillgång till. Men när fallet i varenda bloddrypande detalj re-dan hade brett ut sig på tidningssida efter tidningssida, skulle det vara svårt att hitta något nytt som kunde förstöras. När hon ändå begärde lyckta dörrar var det lika mycket av hänsyn till sig själv. Hon tålde inte journalister. De var påträngande och servila på samma gång, allvetande och bottenlöst okunniga, fräcka och förbannat smarta. Annmari Skar förstod sig inte på journalister och föraktade dem innerligt.

Trots att Karen Borg – till Annmari Skars stora lättnad – stödde polisens begäran av hänsyn till privatlivets helgd, var det nog inte heller det som orsakade att dörrarna stängdes. Journa-listerna hade sig själva att skylla. Under behandlingen av själva begäran om lyckta dörrar, som självfallet var öppen för allmän-heten, slogs de om sittplatserna som en flock måsar om en bort-glömd påse räkor. Rådmannen Birger Bugge, en undersätsig, grinig karl som snart skulle avgå med pension och som med ti-den hade insett att han aldrig skulle bli hovrättsråd, delade inte polisjurist Skars förakt för journalister. Han *hatade* dem, och det så intensivt att han hade slutat att läsa andra tidningar än Herald Tribune, som han köpte i Narvesenkiosken på centralstationen varje eftermiddag på väg hem till middagen hos hustrun i Ski.

– Oslo häktningsdomstol ska idag behandla mål 99-02376 F/42, började han när tumultet så småningom hade lagt sig, journalisterna hade jagats ut av en ilsken vaktmästare och lugnet hade återinträtt i rådman Birger Bugges lilla kungarike. Försva-rare är advokat Karen Borg, åklagare polisjurist Annmari Skar och domare är jag, rådman Birger Bugge. Jag känner inte till några omständigheter som skulle göra mej jävig. Har någon några invändningar?

Billy T. var nära att skaka på huvudet tillsammans med juristerna Skar och Borg. Det var sällan han träffade människor som han uppfattade som skräckinjagande, men rådman Bugges stora bulldogshuvud kunde skrämma vem som helst. Med sitt kraftiga underbett, sina våldsamma dubbelhakor och små ögon under grå ögonbryn som vinklades upp i två horn vid tinningarna, behövde han aldrig säga mycket för att sätta sig i respekt.

– Brmfr, sa rådman Bugge därefter och gjorde en gest mot vittnesbåset.

Karen Borg spratt till.

– Herr ordförande, jag tillåter mej att anhålla att min klient av hälsoskäl får sitta här.

Hon la mjukt vänster hand på Halvorsruds axel, som för att understryka att mannen behövde omsorg.

– Brmfr, upprepade rådman Bugge och advokat Borg valde att uppfatta det som samtycke. Ni är alltså Sigurd Harald Halvorsrud. Född?

Billy T. bläddrade i papperen medan personalia genomgicks. Sedan lutade han sig tillbaka och sneglade på Annmari Skar. Hon var mer stilig än egentligen vacker. Kroppen var kortväxt och ganska kraftig men hade en kvinnlighet som gjorde att han sett på henne i smyg mer än en gång. Ansiktet var starkt och öppet, med stora bruna ögon och mörkbrunt hår, som hade börjat få grå strimmor trots att hon ännu hade flera år kvar till fyrtio. Billy T. kände ett plötsligt sug i mellangärdet och fick lust att lägga handen på hennes rygg där hon satt och trummade på skranket med en blyertspenna till rådman Bugges stora irritation.

– Vill polisjuristen genast sluta med det där oljudet, sa han vresigt.

Annmari Skar stelnade och rodnade svagt.

Och jag får fan ta mej skärpa mej, tänkte Billy T. och tog till sig handen som hade kommit halvvägs mot polisjuristens rygg.

Någon tog i dörren. Hanne Wilhelmsen kom långsamt in i den nästan kvadratiska rättssalen medan hon lågmält pratade med vaktmästaren om tillstånd. Han kände henne väl och lät henne passera innan han stängde dörren ordentligt bakom henne. Billy T. kunde i en kort skymt konstatera att journalisterna inte hade gett upp.

– Ursäkta, sa hon högt till domarbänken. Jag har viktig information till åklagaren.

– Brmfr, sa rådman Bugge igen. Låt det gå fort.

Hanne Wilhelmsen öppnade de låga svängdörrarna av trä som skilde åhörarbänkarna från den övriga lokalen. Hon passerade vittnesbåset utan att kasta en blick på advokat Borg och Halvorsrud, och böjde sig över skranket med händerna mot bordsskivan.

– Jag har fått en vittnesinkallelse från Karen Borg, viskade hon till Annmari Skar. Den låg på mitt bord när jag kom tillbaka från… För en halvtimme sedan.

– *Vittnesinkallelse*, fräste Billy T. som hade lutat sig mot de två och hört vad Hanne sa. Man brukar väl inte kalla *vittnen* till häktningsförhandling!

– Hysj!

Annmari Skar la handen på hans överarm.

– Att det inte är vanligt betyder inte att det inte är tillåtet. Jag fick veta det själv för några minuter sedan.

Hon höll handen framför munnen som om hon var rädd för att säga vad hon tänkte.

– Vet du nåt om varför du har kallats, viskade hon till slut, så lågt att Billy T. knappast hörde.

Hanne Wilhelmsen svarade inte men hennes blick flyttades

från polisjuristens ansikte till den omfångsrika dokumenthögen framför henne.

– Har du överhuvudtaget pratat med Karen Borg om det här i förväg, fortsatte Annmari Skar hetsigt; nu glömde hon att dämpa rösten.

– Inte direkt, viskade Hanne snabbt. Jag har inte pratat med henne om att vittna. Det har jag faktiskt inte.

– Men varför...

– Och där tycker jag att vi sätter streck, grymtades det grinigt från domarbänken. Jag antar att alla polisens livsnödvändigheter nu är avklarade så vi kan fortsätta.

Hanne Wilhelmsen lämnade rättssalen. När hon gick upp för trappan till Tinghusets andra våning för att hämta en kopp kaffe i kantinen, kom hon på att hon borde ha skickat någon annan med meddelandet. Eftersom hon med all sannolikhet skulle vittna – det var upp till rådman Bugge om han faktiskt ville höra henne – var det strängt taget så att hon inte skulle ha varit inne under förhandlingen. För det första var hon inte jurist. För det andra hade hon inte förstått någonting av vad som försiggick.

Det hade inte Billy T. heller där han satt.

Det susade i hans öron av raseri.

Hanne Wilhelmsen måste ha vetat något. När Karen Borg ville kalla henne som vittne var det uppenbarligen därför att advokaten ansåg att Hanne hade någonting att berätta som var till Halvorsruds fördel. Intill nu hade Hannes tvivel på chefsåklagarens skuld varit professionellt betingat. I varje fall som Billy T. såg det. Han hade för fan själv tvivlat; inte var *han* ovan vid känslan av osäkerhet. Den skulle finnas där, det var så det skulle vara. Polisen skulle alltid hålla alla möjligheter öppna. Skyldig eller inte skyldig. Det var vad de skulle ta reda på. Polisen skulle vara neutral. Men om Karen Borgs tro på att Hannes vittnesmål kunde gynna Halvorsrud var baserad på något som Hanne själv hade gett henne, då närmade sig kriminalkommissariens uppförande ett regelrätt svek.

Han lät blicken svepa runt i rummet. I var sitt hörn i salen, alldeles framför det höfthöga skranket mot åhörarbänkarna, satt två aspiranter och var uttråkade. Den ena, en kvinna med snaggat, blekt hår och alltför stark makeup, såg ut att tuppa av.

Halvorsrud, däremot, såg ut som om han inte hade sovit på flera veckor.

Karen Borg måste ha skaffat honom en ny kostym. Den satt bättre än den gamla mörka hade gjort på begravningen i måndags. Skjortan var kritvit och nystruken. Det skulle inte förvåna Billy T. om Karen själv hade tagit till strykjärnet under morgontimmarna. Diamanten i slipsen var borta; en sådan sak kunde lätt provocera en sur och retlig domare.

Den fläckfria klädseln stod i bjärt kontrast till huvudet som stack upp ovanför den hårt knutna slipsen. Halsen hade fått kalkonaktiga valkar av den snabba viktförlusten. Nedre delen av ansiktet var slappt och gråblekt med djupa fåror på var sida om den ursprungligen kraftiga hakan. Över ögonen hade det lagt sig ett blodsprängt parti, som en mask som hade målats på i all hast. Läpparna rörde sig knappt när han talade. Orden blev suddiga, rösten oklar. Då och då tryckte han en näsduk mot munnen.

Förhöret med Halvorsrud började.

Rådman Bugge kom inte själv med särskilt många frågor. I stället viftade han över ordet till de två parterna med irriterade handrörelser. Ibland kunde det verka som om han inte ens följde särskilt mycket med i det som sades. Billy T. visste att det intrycket var bedrägligt; det fanns knappast en skarpare domare i hela ämbetet än Birger Bugge. Att han inte hade stigit i graderna berodde helt och hållet på hans svåra personlighet och ovänliga sätt.

Till slut hade Halvorsrud sagt sitt. Ingenting oväntat hade

framkommit. Han stod bergfast vid sin oskuld. Han var bekymrad för dottern. Han hade blödande magsår. Ingenting som polisen inte redan visste.

– Jag tillåter mej att be att få lägga fram läkarintyg för far och dotter, sa advokat Borg frågande.

Rådman Bugge nickade en aning, suckade tungt och sträckte ut en stor näve efter dokumenten som räcktes honom. Han for blixtsnabbt med blicken över papperen innan han gav dem vidare till protokollföraren, som satt tillknäppt och tyst vid hans högra sida.

– Dessutom ber jag att få kalla kriminalkommissarie Hanne Wilhelmsen som vittne, tillfogade Karen Borg och blev stående framför sin stol. Det är av...

– Tämligen oregelmässigt, brummade rådman Bugge. Vad ska ...

– Ordförande, avbröt Annmari Skar och upptäckte för sent att det var just det hon hade gjort.

– Kunde fru åklagare vara så vänlig att inte avbryta rätten, fräste rådman Bugge.

Annmari Skar dunsade ner i stolen igen.

– Vad ska den här Wilhelmsen vittna om, fortsatte rådmannen, vänd mot Karen Borg som hade slagit ner blicken, generad på polisjuristens vägnar.

– Hon är ledare för utredningsgruppen, ärade domare, och jag tänkte att hon kunde belysa...

– Belysa, sa rådman Bugge torrt. Vi har ju en åklagare här som per definition ska *belysa* fallet så som polisen uppfattar det. Är det inte så, åklagaren?

Annmari Skar reste sig tvekande.

– Jo, herr ordförande, i högsta grad. Dessutom är det så att...

Hon tvekade lite och fann det tryggast att vänta på tillåtelse att fortsätta. Den kom i form av en kraftig nick som fick rådmannens hakor att dallra i vågor.

– Som jag ser det har advokat Borg inte rättsligt stöd att inkalla kommissarie Wilhelmsen som vittne enligt gällande regel. I den mån Wilhelmsen kan framlägga förklaring inför rätten bör förklaringen antingen bestå av en redogörelse för utredningen eller av utredningens fortskridande. Jag kan på intet sätt se att dessa förhållanden inte kan tillvaratas genom min egen redogörelse, med eventuell hjälp av min bisittare.

Hon pekade på Billy T.

– För övrigt vill jag säga att jag reagerar starkt på det sätt som advokat Borg hanterar det här, herr ordförande. Om hon menar att det är nödvändigt för saken att höra kommissarien kunde hon bara ha frågat mej. Att inkalla ett vittne är ytterst irreguljärt och liknar otillbörligt taktikspel. Jag har för övrigt inte hunnit konferera med kommissarie Wilhelmsen i förväg för...

– Konferera, upprepade rådman Bugge. Och vad skulle det vara nödvändigt för er att konferera med er egen kollega om? Det hon vet, vet väl också ni, polisjurist Skar?

Annmari Skar blev villrådigt stående. Hon bläddrade planlöst i papperen framför sig innan hon beslöt att hon inte hade mer att säga och satte sig ner utan ett ord.

– Rätten ser inte riktigt poängen i den där förklaringen, sa rådman Bugge långsamt. Men sett i ljuset av de allvarliga anklagelser som den häktade står inför så vill jag tillåta ett kort förhör. Är kommissarie Wilhelmsen omedelbart tillgänglig?

– Jag antar att hon står utanför och väntar, sa Karen Borg och harklade sig nervöst.

Vaktmästaren öppnade dörren på glänt. Några sekunder senare stod Hanne Wilhelmsen i vittnesbåset och avgav sina personalia. Hon försökte fånga Billy T:s blick, men kollegan granskade sina egna nävar och vände sig nästan omärkligt bort från Hanne genom att skjuta upp högra axeln mot henne i en iskall gest.

– Jag ska gå rakt på sak, Hanne Wilhelmsen.

Karen Borg rättade till dräktslagen. Hon undvek omsorgsfullt att se åt kommissariens håll. Karen Borg visste vad hon gjorde. Hon blandade korten noggrant och antagligen otillbörligt. De hade så många gånger pratat om det; Håkon och hon själv, Hanne och Cecilie och Billy T. Den täta vänskapen mellan juridiska motparter innebar stora utmaningar. Att Håkon och hon själv inte kunde ha rättsmål mot varandra var ganska uppenbart. Förhållandet med Hanne och Billy T. var mer oklart. Om inte juridiskt, så åtminstone moraliskt. Efter långa diskussioner hade de kommit fram till att de alla skulle hålla tungan rätt i mun och se hur långt det räckte. Eftersom de flesta av Karens uppdrag bestod av brottmål, skulle hon bli väsentligt lidande om hon aldrig kunde befatta sig med ett Hanne Wilhelmsen-fall.

Det hade gått bra. Hittills. Genom att inkalla Hanne hade Karen Borg dragit växlar på ett förtroende som hon fått som vän. Inte som advokat. Likväl var lojaliteten mot klienten alltid det viktigaste för Karen Borg. Alltid.

Hanne Wilhelmsen trodde på Halvorsruds oskuld. Hon hade uttryckt tvivel när det gällde värdet av en fortsatt häktning. Hon hade till råga på allt uppmanat Karen Borg att försöka sig på en begäran om ett frigivande. Karen Borg kunde inte låta något sådant ligga. I alla fall inte när hennes klient höll på att gå under.

– Tror du verkligen att det fortfarande föreligger fara för undanskaffande av bevis i det här fallet?

Jag *hatar* dej för det här, ville Hanne Wilhelmsen ropa.

I stället hostade hon lätt i en hårt knuten näve och svarade:

– Polisen är av den uppfattningen, ja. Jag vill bara hänvisa till vad jag antar att polisjurist Skar redan har anfört.

– Jag frågar inte om det, Wilhelmsen. Jag frågar vad du anser. Du är ansvarig för det här fallet och bör ha en självständig uppfattning huruvida häktningsvillkoren är uppfyllda.

Någonting hade hänt med rådman Bugge. Det slappa, bitska ansiktet hade plötsligt skärpts. Det glimmade i de små ögonen där han satt halvt framåtlutad och skakade på huvudet. Man kunde ana ett ondskefullt leende över de blöta läpparna.

– Jag jobbar inom polisen, sa Hanne Wilhelmsen snabbt och skarpt. Vi är av den uppfattningen att fortsatt häktning är av behovet påkallad.

Karen Borg suckade demonstrativt och såg på domaren efter hjälp.

– Herr ordförande, klagade hon. Kan jag få hjälp med att få vittnet att svara på mina frågor?

– Jag kan inte se annat än att kommissarien svarar ordentligt, sa rådman Bugge surt. Det är möjligen advokat Borgs frågor som det är något fel med. Fortsätt.

– Herr ordförande, sa Annmari Skar uppgivet. Advokat Borg förhör kommissarien om värderingar som det åligger mej som polisjurist att svara på. Det här går helt enkelt inte an!

Det blev tyst. Bara det svaga suset från ventilationsanläggningen blandade sig med ljudet av pappersark som vändes på bordet framför advokat Borg.

– Är du medveten om att Halvorsrud har fått blödande magsår, frågade hon till slut.

– Ja.

Åter tystnad.

– Är du medveten om att hans dotter är inlagd på psykiatrisk klinik till följd av faderns häktning?

– Herr ordförande!

Annmari Skar slog ut med armarna och himlade med ögonen. Rådman Bugge stack en blyertspenna i munnen och tuggade intensivt men sa ingenting.

Hanne bytte tyngdpunkt från vänster till höger ben och la armarna i kors.

– Jag vet att dottern är sjuk. Orsaken känner jag inte till. Du har berättat att hon saknar sin far, men jag har inte själv talat med någon läkare. Jag antar att det inte har varit helt lätt för en sextonåring att tackla att mamman är mördad, heller.

– Men om jag säger att det finns ett läkarutlåtande som knyter Theas allvarliga tillstånd direkt till det faktum att pappan sitter i häkte, hur vill du då värdera behovet att hålla honom kvar i häkte?

– Det är lyckligtvis inte min sak att avgöra. Det är rättens uppgift.

– Men om jag frågar dej om din personliga uppfattning?

Hanne Wilhelmsen kände äntligen att Billy T. hade vänt sig mot henne och hon anade ett leende under den röda mustaschen. Hon kunde se honom lägga handen på Annmari Skars arm; han visste att Hanne klarade sig själv nu.

– Det är knappast av intresse för rätten, sa Hanne långsamt och tittade på rådman Bugge. Jag antar att jag är här som kriminalkommissarie. Inte som privatperson.

Karen Borg suckade demonstrativt och slog ut med vänsterhanden i en uppgiven gest.

– Jag ger mej, mumlade hon. Tack.

Synden straffar sig själv, tänkte Hanne och var på väg att vända sig om för att lämna vittnesbåset.

Hon blev hejdad av Annmari Skar.

– Jag har själv ett par frågor till kommissarien, sa hon vänd till domaren. Det tar inte lång tid.

När han nickade, verkade det som om polisjuristen tvekade.

Hon suckade, vippade med pennan mellan fingrarna ett par sekunder, halade fram ett ark från pappersbunten, granskade det noga och sa till slut:

– Förra lördagen, kommissarie Wilhelmsen... Stämmer det att den häktade då var på väg att avlägga en bekännelse?

Hanne blev varm. De hade enats om att låta det vara. Halvorsruds önskan att köpslå sig till en frigivning var ett förtvivlat försök att få träffa dottern. Annmari Skar hade avlagt ett löfte. Än så länge skulle händelsen vara glömd. Rapporten som Hanne hade ansett sig tvungen att skriva, var vag och intetsägande och inte ens journalförd än.

– Jag vill inte uttrycka det så starkt, svarade hon lågmält.

– Så starkt?

– Jag vill absolut inte kalla det en bekännelse.

– Men är det inte så...

Annmari Skar böjde sig fram och viftade med papperet som om det skulle innehålla ett uppriktigt erkännande av skuld.

– ... att den häktade bad att få tala med dej sent på lördag kväll med avsikt att erkänna? Att du faktiskt träffade honom och advokat Borg på ditt kontor?

Billy T. hade suttit orolig på sin stol. Nu tog han en kulspetspenna och skrev ett meddelande på anteckningsblocket. Han sköt fram det till polisjuristen. Hon läste det snabbt, vände sig halvt om mot honom och viskade:

– Det var Karen Borg som började.

Sedan viftade hon med rapporten igen och fortsatte:

– Hade han kanske ljugit? Ville han inte erkänna?

Hanne Wilhelmsen svalde. Det sved i halsen och susade i öronen. Återigen fick hon den där förlamande känslan av fångenskap. Hon var bunden. Hon hade inte kontroll. Det stack i fingertopparna och hon kom på sig med att stå och se på dem utan att svara. I en glimt såg hon sin gamle far, den fjärran mansgestalten som när Hanne var liten underhöll sina äldsta barn med utdrag ur Norsk Juristtidning efter middagen och sedan aldrig hade förlåtit Hanne att hon inte läste juridik. Hon såg hans ögon bakom den lätta ångan från kaffekoppen; blå och hårda och bräddfyllda av besvikelse över flickan som satt med fötterna i soffan och inte ville lyssna. Hanne studerade sina fingrar och tänkte att hon snart var fyrtio år och knappt hade ägnat en minut av de tjugo senaste till att tänka på de tjugo första.

– Han var förtvivlad, sa hon till slut och rätade på sig. Han ville undersöka möjligheten till alternativ till häktning. Han erkände inte på något sätt. Han sonderade terrängen, kan man väl säga. Så som jag uppfattade det så la han bara fram en hypotes. Om han erkände, skulle han då släppas fri. Någonting sånt.

NU FÅR DET VARA NOG!

Lappen med stora bokstäver daskades i bordet framför Annmari Skar. Billy T. tog henne om underarmen och klämde till.

Det fungerade.

– Tack, sa hon och log stramt mot domaren.

Hanne Wilhelmsen plockade med sig jackan från en rad hängare av smidesjärn och lämnade salen. När hon hörde dörren smälla igen bakom sig visste hon inte vem hon föraktade mest; Karen Borg, Annmari Skar eller jurister i största allmänhet.

Billy T. var lika upprörd.

Han hade trott att det var Hanne som svek. Och så var det Karen. I gott sällskap med en polisjurist som han för en timme sedan plötsligt hade blivit kåt på. Han rös till och mådde illa.

Advokater var fåfänga. Han hade alltid vetat det. Vanligtvis skrattade han åt dem, dessa mantelklädda, struntviktiga och allvetande riddare av Fru Justitias hov. De kunde aldrig behärska sig. Så snart de kände vittringen av något som kunde likna ett nederlag, högg de till. Inte tappa ansiktet. Kosta vad det kosta ville. Ge igen. På dem bara. Visa vad du går för.

Och nu hade det gått ut över Hanne.

Billy T. kunde inte med den bästa vilja i världen se vad som var vunnet med Hannes vittnesmål. Inte för någon av parterna. Ingenting vunnet, men heller ingenting förlorat. För någon.

Undantaget Hanne. Hon hade haft det jävligt.

Han knäppte händerna, mest för att ha någonstans att göra av dem. När Annmari Skar hade bett honom vara bisittare som hjälp med den stora pappershögen, hade han självklart sagt ja.

– Aldrig mer, fräste han lågt.

Proceduren innehöll inte mycket nytt och ingenting som kunde överraska någon.

– Rätten finner att Sigurd Harald Halvorsrud på sannolika skäl misstänks för överträdelse av strafflagens paragraf 233, andra stycket, så som framgår av häktningsdomen.

Rådman Bugge dikterade långsamt och protokollförarens fingrar slog taktfast på tangenterna. Domaren följde med på en skärm som var nedfälld i bordsskivan framför honom och fortsatte:

– Rätten hänvisar till polisens rapport 2-2 till 2-9, där det framgår att den häktade greps i sin bostad där hans hustru Doris Flo Halvorsrud hade avrättats genom att huvudet skilts från kroppen, eller med ett slag mot den dödas bakhuvud. Det hänvisas särskilt till att den häktades fingeravtryck fanns på svärdet som antas ha använts vid gärningen. Vidare lägger rätten någon – men inte avgörande – vikt vid att den häktade inte tillkallade polisen omedelbart efter att gärningen var begången. Rätten finner också anledning att uppmärksamma det faktum att den häktades och den dödas gemensamma tre barn var bortresta vid tidpunkten för mordet, en frånvaro som troligen, och i varje fall beträffande två av barnen, ska ha initierats av den häktade.

Annmari Skar lutade sig omärkligt tillbaka i stolen. Billy T. hörde en svag suck. Hon hade vunnit. Han kikade bort på Halvorsrud, som hade suttit orörlig ända sedan han själv blev förhörd.

– Rätten vill dock understryka att den inte finner misstanken mot den häktade särskilt stark, fortsatte rådman Bugge. Speciellt lägger rätten vikt vid att polisen inte har kunnat framlägga ett godtagbart motiv. Det hänvisas till polisrapporterna...

Han hejdade sig ett ögonblick och bläddrade i papperen.

– ... 7-1 till 7-7, där det framkommer en rad lösa fakta som hävdas underbygga en teori om att den häktade ska ha låtit sig betalas för olaga handlingar i sin tjänst som chefsåklagare. Rätten vill påpeka att dessa fakta är såpass lite sammanhängande att de knappast kan anses vara av vikt. Särskilt påpekar rätten att polisen för närvarande inte har funnit något oregelmässigt i den häktades ekonomi, bortsett från de hundra tusen kronor som påträffades i ett medicinskåp i den häktades och den dödas gemensamma källare. Den häktade förnekar all kännedom om pengarna och det har heller inte påträffats några fingeravtryck på desamma. Att fingeravtryck fanns på påsen pengarna påträffades i kan bero på tillfälligheter och beaktas inte av rätten.

Annmari Skar började vippa med foten. Hon kastade en blick på Billy T. och två smala rynkor syntes i hennes panna.

– Rätten pekar vidare på att intet oregelmässigt har upptäckts hos de fyra personer som omtalas på de disketter som påträffades tillsammans med det ovan nämnda penningbeloppet. Rätten är förvånad över att polisen inte har genomfört en mer omfattande undersökning på denna punkt. Rätten har fått förelagt bara... Nej, stryk det sista.

Rådman Bugge stack pekfingret i örat och kliade sig häftigt. Protokollföraren lydde och domaren fortsatte:

– Rätten kan bara se att det föreligger ett förhör med var och en av dem som enligt polisens teori ska ha betalt den häktade för att få sina fall nedlagda. Alla de involverade förnekar någon som helst befattning med den häktade utöver vad som följer naturligt i sådana fall. Polisen har än så länge inte gett rätten anledning att tvivla på vittnenas utsagor. Vidare finner inte rätten grund till att fästa avgörande vikt vid det turkiskfödda vittnets förklaring om att ha blivit uppringd av den häktade förra hösten med ett erbjudande att få en rättssak nedlagd. Rätten tvivlar inte på vittnets trovärdighet men kan inte se att en välutbildad jurist och erfaren åklagare skulle ha uppgivit sitt eget namn vid ett sådant erbjudande. Rätten kan inte bortse ifrån att det är andra, som har önskat misskreditera den häktade, som står bakom telefonuppringningen. När det gäller polisens påståenden om att den dödas dator skulle vara...

Han letade efter det rätta ordet och smackade högljutt.

– ... manipulerad av den häktade, så betraktar rätten detta som rena spekulationer.

Rådman Bugge hostade våldsamt och grep en plastmugg med vatten. Han tömde den i ett drag, hostade igen och fortsatte medan han koncentrerat följde med orden som kom upp på skärmen sekunden efter att han yttrat dem.

– Rätten beaktar att inte heller polisen bortser från att den häktade kan tala sanning om att en Ståle Salvesen ska ha begått mordet på den häktades hustru. Rätten är tillfreds med att detta påstående granskas närmare, särskilt med hänsyn till att Ståle Salvesens lik inte har påträffats.

Billy T. la märke till att Halvorsrud la handen över ögonen. Axlarna skakade lite, som om han grät. Karen Borg verkade spänd och gjorde hela tiden några kaninaktiga ryckningar med näsan, som fick Billy T. att dra på smilbanden trots rättens krassa kritik av polisens arbete.

– Han finner i alla fall sannolika skäl till misstanke, viskade Annmari Skar. Tack och lov.

– Vänta med tacksägelserna, mumlade Billy T.

– Rätten finner under stark tveksamhet att det föreligger fara för undanröjande av bevis om den häktade skulle friges, fortsatte rådman Bugge med hes, monoton stämma. Särskild vikt lägges vid den utredning som ännu kvarstår när det gäller korruptionsmisstanken. När det gäller de tekniska omständigheterna kring själva mordet, antar rätten att alla bevis är säkrade mot påverkan eller manipulation.

– Yes, formade Annmari Skar med läpparna innan hon la munnen mot Billy T:s öra och viskade:

– Där satt den!

Billy T. drog sig undan.

– Villkoren för fortsatt förvaring i häkte efter strafflagens paragraf 171 har således uppfyllts. Emellertid…

För första gången såg domaren upp från skärmen. Han lät blicken fara från Karen Borg till Annmari Skar, innan han lät den vila på Halvorsrud, som fortfarande skärmade för ansiktet med höger hand.

– Stryk "emellertid", sa rådman Bugge. Skriv: Den häktade har subsidiärt begärt omvandling enligt rättegångsbalken paragraf 184, femte delen, gentemot paragraf 174. Rätten vill anmärka följande: Det är påvisat att den häktades dotter, Thea Flo Halvorsrud, född 83 02 10, är allvarligt sjuk. I läkarutlåtandet signerat överläkaren i psykiatri, professor med. doktor Øystein Glück vid Ullevål Sjukhus 99 03 22, framgår det att Thea inte tagit emot föda på närmare tre veckor. Hon har innevarande vecka haft psykotiska utbrott och är nu under tvångsbehandling. Sjukdomen antas ha utlösts av traumat kring hennes mors död och faderns häktning. Professor Glück understryker att det bästa för barnet utan tvivel…

– Stryk under "utan tvivel".

Han svalde och smackade och fortsatte:

– … skulle vara att bli återförenad med sin far. I motsatt fall är det allvarlig fara för flickan psykiska och fysiska hälsa.

Halvorsrud hade lyft huvudet. Nu stirrade han på domaren med halvöppen mun. Händerna hade han lagt utbredda på bordet framför sig. Billy T. kunde se att vänster lillfinger darrade mot underlaget.

– Den häktade har anfört att hans eget fysiska tillstånd kräver frigivning mot anmälningsplikt eller annan form för straffalternativ. Rätten kan inte finna att den häktades magsår, som i varje fall delvis kan skyllas på häktningen, försätter den häktade i en annan situation än alla andra som måste stå ut med isolering i häkte. Rätten grundar detta på att den häktade får nödvändig medicinsk behandling under häktningstiden. Emellertid är hänsynen till den häktades dotter så pass tungt vägande, att detta sammantaget med sakens övriga omständigheter påkallar frigivning. Efter detta ser rätten ingen anledning att gå närmare in på polisens subsidiära hänvisning till rättegångsbalkens paragraf 172.

– Va?

Annmari Skar drog höger hand genom håret och knep sig om hakan med den vänstra. Hon stirrade ett ögonblick på Billy T. innan hon stängde munnen med en smäll.

Rådman Bugge reagerade på utropet med ett flin och fortsatte medan han började samla ihop pappersbunten framför sig:

– Alternativt frihetsstraff enligt rättegångsbalkens paragraf 188 anses härefter tillräcklig. Slutsats: Sigurd Harald Halvorsrud friges mot daglig anmälningsplikt till närmaste polismyndighet. Vidare ombedes polisen att beslagta den häktades pass. Polisjurist Skar?

Rådman Bugge log mot åklagaren. Leendet var lika absurt som hela personen; ett fuktigt drag vid mungiporna som blottade hörntänderna och fick de små ögonen att alldeles försvinna under valkarna i pannan.

– Polisen överklagar, sa Annmari Skar högt. Vi begär dessutom uppskov med verkställandet.

Domarens leende försvann. I stället blev han sittande som fastfrusen med händerna fulla av papper och blicken stelt fästad vid polisjuristen.

– Vet ni, sa han plötsligt när pausen började bli för lång. Det tror jag faktiskt inte att jag har lust att ge er. Om ni hade hört på när jag dikterade domen, skulle ni ha uppfattat att det står mycket illa till med den häktades dotter. Överklagandet blir nog behandlat av tingsrätten kommande måndag. Jag ser helst att unga fröken Halvorsrud får tillbringa helgen tillsammans med sin far. Kommer det förresten en stödskrivelse?

– Jag...

Annmari Skar var en duktig åklagare. I motsats till de flesta andra poliser som med åren börjat läsa juridik, hade hon en strålande ämbetsexamen. Hon var grundlig och skarp. Aldrig tidigare hade hon blivit nekad uppskov. Hon hade inte ens hört talas om att det kunde ske. Uppskov med verkställande av dom var ren rutin: om polisen inte fick stöd i sin begäran om omhäktning blev den häktade sittande till dess tingsrätten sagt sitt.

Men just där och då; denna fredagseftermiddag i slutet av mars när klockan var på väg att närma sig halv tre, kunde Annmari Skar inte för sitt liv minnas vilken bestämmelse hon kunde stödja sig på. Kunde hon överklaga beslutet om uppskov?

Hon bläddrade frenetiskt i lagboken. Händerna skakade och det tunna papperet rämnade när hon kom till rättegångsbalken. Hon kände något trycka mot halsen och andades tungt. Fingrarna for upp och ned över sidorna, men bokstäverna var små och ville henne ont; hon hittade ingenting.

– Förhandlingen är avslutad.

Domarklubban slog i bordet och rådman Bugge haltade ut genom bakdörren.

– Han gjorde det, hörde Billy T. Halvorsrud säga. Han lät mej gå.

Chefsåklagaren tittade vantroget på sin försvarare.

– Just det, sa Karen Borg lugnt. Du kan gå hem nu. Du och Thea tillsammans.

DEL 2

1

NORGE VAR I KRIG för första gången sedan våren 1945. NATO hade gjort allvar av sina hotelser; Slobodan Milosevics serbiska styrkor skulle drivas ut ur Kosovo med makt. Den etniska rensningen, som intill dess hade kostat flera tusen kosovoalbaner livet och gjort en kvarts miljon av dem hemlösa, skulle stoppas. Och Norge var involverat i angreppet.

Det kunde man inte tro. Det var natten till söndagen den 28 mars 1999 och Evald Bromo kunde inte se några tecken på ovanlig oro någonstans. Han vandrade genom Oslos gator med ett litet paket, ungefär femton gånger femton centimeter stort, i en påse under armen.

Folk som knuffades lite framför ingången till Stortorgets Gjæstgiveri var allt som kunde påminna om våld. Gatorna var fulla av folk som uppenbarligen gav sjutton i kriget. Alla hade nog med sig och sitt och var mest upptagna med att försöka komma in någonstans innan serveringen upphörde.

Han hade ännu inte öppnat paketet.

Det kunde vara något helt oskyldigt.

Samtidigt var han säker på sin sak: paketet var från Pokerfejs. E-mailterroristen. Hur han förstod det visste han inte. Det var något med den neutrala skriften. Något med det gråbruna, identitetslösa papperet. Något med sättet som frimärket var klistrat i hörnet – vinkelrätt med exakt samma avstånd till överkanten på paketet som till sidan – avslöjade att den som gjort i ordning försändelsen hade bemödat sig. Ändå fanns det ingen avsändaradress.

Det måste vara Pokerfejs.

Så länge han inte öppnade det kunde han hoppas att paketet

innehöll något helt oskyldigt. Kanske var det reklam. Det neutrala emballaget var kanske bara till för att lura honom att öppna det i stället för att kasta hela grejen i soporna, där all annan färgrik reklam hamnade, oöppnad och oläst.

En pirattaxi med två mörkhyade ungdomar körde långsamt förbi honom i Grensen. Han ökade farten för att visa att han inte var intresserad. En ung kvinna mätte honom med blicken när han tappade paketet och blixtsnabbt böjde sig ner för att ta upp det. Han undvek hennes blick men drog jackan tätare omkring sig och tittade i marken när han småjoggade vidare.

Det var för mycket liv och rörelse på Aftenposten för att vara natten till söndag. Det var naturligtvis på grund av Kosovo-krisen. Folk överallt. Tidigare på dagen hade han gjort ett reportage om krigets inverkan på världens börser. Artikeln var slarvig och lättvindig och redaktionschefen hade skakat så smått på huvudet när han konstaterat att den inte gick att använda.

Jävla krig.

Evald Bromo lämnade redaktionen tio minuter efter att han hade kommit. Planen var att öppna paketet i lugn och ro på kontoret. Det fanns inte lugn och ro någonstans.

Jävla krig.

Han kunde hitta ett kafé. En pub, där han kunde sätta sig i ett stilla hörn och vara för sig själv.

Det fanns inga lugna och stilla pubar. Inte klockan två en lördagsnatt.

På måfå gick han uppför Akersgata.

Blekgrönt ljus strömmade ut från regeringsbyggnadens sjunde och översta våning. Justitieministern och statsministern var tydligen på jobbet.

Jävla, förbannade krig.

Evald Bromo sneddade till höger efter nedfarten till Ibsentunneln. När han passerade Deichman, orkade han inte längre.

Han kände att pulsen slog oroväckande snabbt, trots att han inte hade sprungit. Tvärtemot, han hade gått alltmer långsamt sedan han lämnade tidningen. Utan att egentligen bestämma sig satte han sig på stentrappan. Kylan kröp upp efter ryggen och han huttrade. Så rev han upp paketet.

Det innehöll en cd.

Musik?

Evald Bromo kände en enorm lättnad. Det var som ett rus; allt kändes varmt och ljust, och han andades med lätthet. Någon hade skickat honom en cd. Fodralet var visserligen alldeles vitt, men när han öppnade det såg han en cd-skiva. Precis som han väntat sig.

Och ett hopvikt pappersark.

Han höll det i handen några sekunder innan han långsamt öppnade arket. Det var fullt av pyttesmå bokstäver. Han blinkade hårt för att kunna läsa vad som stod på de tättskrivna raderna.

När han hade läst det långa brevet två gånger, vek han långsamt ihop det. Han fumlade lite med att få brevet på plats i det trånga fodralet, men det gick. I över en halvtimme blev han sittande på trappan till Oslos gamla huvudbibliotek. Han satt ensam. Han fick vara i fred. Inte ens fyra grabbar i tjugoårsåldern ägnade honom mer än en snabb blick och en uppkäftig kommentar när de skrålande vinglade förbi. Evald Bromo blundade. Brevets innehåll var så överraskande, så sensationellt och så katastrofalt att det på många sätt kändes som en lättnad.

Han reste sig långsamt, stoppade cd:n djupt ner i innerfickan på skinnjackan, drog djupt efter andan och kände att han hade löpt linan ut. Ett märkligt, tomt lugn kom över honom. Han visste vad han måste göra. Han skulle samla sig lite, ett par dagar kanske, sedan skulle han prata med Kai.

Kai skulle kunna hjälpa honom.

Kai hade hjälpt honom förr, och Kai visste hur Evald skulle hantera de upplysningar han nu hade fått.

2

– Dörrskylten är fin, sa Cecilie och log.

Hanne ryckte förläget på axlarna.

– Det ser lite dumt ut med det bleka träet omkring, sa hon. Den gamla var lite större än den nya. Jag borde ha tagit mått innan jag beställde.

"Cecilie Vibe & Hanne Wilhelmsen" stod det på mässingsskylten som nu satt ditskruvad på ytterdörren. Hanne var rädd att Cecilie inte hade lagt märke till den. Hon hade inte sagt något sedan de kom hem från sjukhuset. Det var fyra dagar sedan nu.

– Vad tänker du på, frågade Cecilie.

De hade promenerat en liten runda i grannskapet på morgonkvisten. Cecilie blev trött och sa inte så mycket. Men hon lutade sig mot Hanne medan de gick och tog emot hennes hand när de efter tjugo minuter kom tillbaka och skulle uppför de tunga trapporna. Nu låg hon på soffan med ett täcke över benen och en kopp te mellan händerna. Hanne satt i stolen mitt emot och fingrade på ett äpple.

– Dörrskyltar, sa Hanne.

– Den var fin. Stilig, liksom. Snygg stil.

– Inte vår. Den vi hade hemma. Hos mamma och pappa.

– Jaha.

Cecilie försökte ställa koppen ifrån sig på soffbordet. Handen darrade och hon spillde allt på täcket. Hanne hasade ut i köket efter hushållspapper. När hon kom tillbaka blev hon stående med papperet i handen och kisade mot solljuset som strilade in genom de nedfällda markiserna på terrassen.

– Jag var inte med. Mamma och pappa och mina två syskon

hade sina namn på skylten. Pappa överst. Sedan mamma. Inger och Kaare nederst, i mindre stil. Jag var överhuvudtaget inte med.

– Men… du bodde väl där?

– Jag kom ju på sladden. Skylten var liksom redan där. När jag kom, menar jag. De fanns inte plats för något nytt namn. Sedan var det väl ingen som tänkte på att man kunde göra en ny. Det konstiga är…

Hon la sig på knä och torkade upp teet med hårda raska tag.

– Jag har faktiskt aldrig tänkt på det. Jag kan inte minnas att det gjorde mej något. Då, menar jag. Det slog mej först nu, när jag köpte vår egen nya, att egentligen… Det var lite konstigt.

Hon stönade lite när hon reste sig och blev stående med det våta papperet i handen. Det droppade te på hennes jeans, men det tycktes hon inte märka.

– Varför gjorde det mej ingenting, sa hon sakta. Kan du förklara för mej varför jag inte brydde mej om att jag aldrig fick stå på vår dörrskylt?

– Sätt dej.

Cecilie klappade sig på låret och drog sig närmare soffryggen. Hanne stirrade på hushållspapperet, la det ifrån sig på fruktfatet mitt på bordet och satte sig på det smala utrymmet vid Cecilies höfter.

– Du har bara glömt det, sa Cecilie. Du har glömt att det sårade dej.

Hon la höger hand över Hannes. Cecilies hud var torr och varm och Hanne flätade sina fingrar i hennes.

– Jag tror inte det, sa hon och skakade på huvudet. Jag tror faktiskt inte att det gjorde särskilt ont. Precis som… När jag började på polisskolan blev mamma och pappa så besvikna. Det gjorde mej ingenting det heller. Fast…

Cecilie smålog.

– När dina föräldrar är professorer i juridik och zoologi så är det kanske inte så konstigt att de tyckte det var betänkligt att deras dotter skulle leka tjuv och polis resten av livet. Men de kom ju över det.

– Inte helt och hållet. I början var det kanske lite spännande. Jag hade alltid de roligaste historierna att berätta vid familjemiddagarna. På sätt och vis var jag släktens verklighetsnära alibi. Men nu... På sista tiden...

– Du går ju inte på familjemiddagar längre. Överhuvudtaget. När träffade du dem senast egentligen?

Hanne drog till sig händerna.

– Vi snackar inte mer om det, sa hon och tänkte resa sig.

Cecilie höll henne kvar.

– Det gör mej ingenting längre, viskade hon. Det spelar ingen roll att jag aldrig har träffat dem. Det är dej jag vill ha. Dej jag valde. Inte dem.

– Vi skiter i det, sa Hanne.

– Karen ringde igår, sa Cecilie och sträckte sig efter den tomma tekoppen.

– Satmara, sa Hanne. Jag ska aldrig snacka med den apan mer.

Hon gick ut i köket och kom tillbaka med en skål flingor med mjölk.

– Vill du ha?

– Nej. Vi blev bjudna till stugan i Ula i påsk. Från fredag till måndag. Jag tackade ja.

Majsflingor och sylt sprutade ur Hannes mun över bordet.

– *Ja?* Sa du ja? När du vet hur rasande jag är på Karen?

Hon ställde ifrån sig skålen med en smäll och daskade skeden mot knät när hon fortsatte:

– För det första vill jag inte vara tillsammans med Karen i påsk. Kanske aldrig. För det andra är det alldeles för ansträngande för dej att åka till Ula. Gnälliga ungar och en massa bråk. Det blir det inte tal om.

Cecilie teg. Hon rättade till täcket som höll på att glida av henne. Hon sjönk tillbaka mot kuddarna som om hon plötsligt hade blivit mycket svag. Ansiktshuden var nästan genomskinlig och Hanne kunde se pulsen slå i de fina blodkärlen vid tinningarna.

– Jag menade inte så, sa Hanne och sköt ifrån sig den halvätna flingskålen. Det var inte meningen att bli förbannad.

– Jag vill väldigt gärna åka, sa Cecilie med handen över ögonen mot det starka ljuset från fönstret. Och du måste följa med. Det blir inte för ansträngande. Jag kan väl inte bara sitta här och vila resten av… Snälla du. Följ med.

Hanne gick bort till verandadörren och drog för gardinerna.

– Bättre?

– Mycket bättre. Följer du med?

– Jag ska tänka på saken.

Mer ville hon inte lova.

3

STÅLE SALVESEN skulle knappast bli igenkänd av någon om de så hade känt honom aldrig så väl i levande livet. Ansiktsdragen hade försvunnit i en gråblå, uppsvullen mask. Hela flak av hud och underhudsfett hade börjat lossna och näsan höll på att försvinna.

Han hade legat på trettiotvå meters djup i flera veckor. Han satt fortfarande fast i en kvarglömd krok på styrhytten till den gamla fiskebåten som gick ner med man och allt en vinternatt 1952.

Ståle Salvesens stövlar var köpta på en loppmarknad för fyra år sedan. De hade varit nog så bra för sitt ändmål; rejäla, gröna sjöstövlar. Han hade använt dem ofta; när vädret inte var för kallt eller varmt gav de gamla slitna stövlar ett gott skydd mot slask och annan väta.

Nu var stövelskaftet på vänster fot på väg att rämna.

Kroken på styrhyttsväggen åt sig de sista millimetrarna genom gummit när ett kraftigt strömdrag grep tag i det delvis upplösta liket.

Ståle Salvesens kropp flöt långsamt upp mot ytan.

4

SIGURD HALVORSRUD fann sig inte till rätta. Han hade känt det så snart han gick in i huset; han måste bort. Inte nu, inte i den närmaste framtiden, men snart. Om han slapp fri. Om han inte blev dömd.

Hela huset påminde om Doris. Möblerna, tapeterna, gardinerna; till och med antikviteterna de hade köpt tillsammans, på auktioner, i smala bakgator i främmande land och snobbiga butiker i Frogner, alla saker, stora som små, bar Doris omisskännliga signatur. Han stod inte ut med det. Det låg en anklagelse i väggarna, ett hot i allt omkring honom. Han satt i en länstol och såg ut över Oslofjorden och kände något som liknade längtan tillbaka till den gulmålade cellen i häktet. Där fanns ju bara han själv. Han var alldeles ensam där. Här fanns Doris överallt.

– Pappa, hördes det bakom honom och han vände på huvudet.

– Ja, min flicka.

– Kan jag sova i din säng i natt också?

Thea var barbent under en gigantisk T-tröja. Där hon stod i dörröppningen och kliade sig på benet med ena foten, osminkad och med utslaget hår, verkade hon yngre än hon var. Det var en lättnad att se. Igår, när de återförenades och hon knappt hade släppt honom med blicken på flera timmar, hade hennes ögon tyckts urgamla. Idag vid frukostbordet hade hon lett. Inte stort och absolut inte varmt, men det vaga draget över munnen hade ändå varit ett tecken på att saker och ting gick bättre. Sigurd Halvorsrud hade blivit vettskrämd av samtalet han hade haft med doktor Glück innan han fick träffa Thea. Hon var verkligen sjuk, värre än han hade föreställt sig. Pojkarna hade gått med på att vara kvar hos moster Vera ett par dagar till. Tills Thea hade lugnat ner sig. Tills de såg hur det gick med henne.

– Klart att du kan, sa han mjukt. Jag kommer om en liten stund. Har du tagit dina piller?

– Mmm. Natt då.

Han reste sig och gick ut på golvet medan han bredde ut armarna. Dottern smög sig intill honom. Hon begravde ansiktet i hans stora ylletröja; det var kyligt i rummet. Han hade vädrat hela tiden sedan de kom hem.

– Sov nu, sa han och kysste henne på huvudet. Jag kommer snart.

– Ska du till jobbet i morgon?

– Nej. Vi stannar hemma bägge två. Så kan vi ha det lugnt och skönt tillsammans.

Hon visste förstås inte att han var suspenderad. Själv skulle hon antagligen gå miste om resten av terminen. Det hade hon inte heller någon aning om.

– God natt, då.

Han kysste henne igen.

När Sigurd Halvorsrud en halvtimme senare smög sig upp på övervåningen och försiktigt öppnade dörren till sitt eget sovrum, kunde han höra de jämna, tunga andetagen från en sextonåring som sov djupt. Det var medicinerna som slog ut henne. Efter samtalet med doktor Glück hade han tvivlat på om hon överhuvudtaget skulle hem, men psykiatern hade varit säker på sin sak: det allra bästa för Thea var att komma hem. Tillsammans med pappa.

Han stängde tyst dörren.

Sedan gick han ner till bottenvåningen, letade fram en gammal oljerock från farstun, drog en yllemössa över huvudet, höll hårt om nyckelknippan så den inte skulle rassla och öppnade ytterdörren.

Ljuset från lyktorna av smidesjärn på uppfarten gjorde att man kunde se in i mörkret vid garaget och långt in under de tjocka ekarna på gränsen till granntomten. Det var Doris som ville ha det så. Hon tyckte inte om mörkret. Sigurd Halvorsrud blev stående i flera minuter. Allt han kunde se var en mörkstrimmig katt som spankulerade över gårdsplanen medan den såg högdraget på honom med lysande ögon. Långt bort i fjärran hörde han bruset från staden men ingen människa syntes till. Han stängde dörren bakom sig, låste och gick ner till vägen. Det stod två bilar parkerade trettio meter ner i den svaga sluttningen, men han kände igen båda. Det var Pettersen som byggde om garaget och måste ha bilarna stående ute.

Så vände han sig om, satte sig i sin egen Opel Omega, vred om tändningsnyckeln och rullade långsamt ut från uppfarten.

Han skulle inte tillbaka till fängelset.

Han skulle se till att aldrig bli dömd.

Bara hundra meter ned på vägen stannade han. En polisbil stod parkerad på infarten till Ruud. Det kunde vara en tillfällighet. Han kunde inte se någon i bilen. Ändå sänkte han farten, stannade, vände och körde tillbaka till sitt eget garage. Han låste bilen, stängde garageportarna och gick in till sig.

Han kunde vänta lite till.

5

ÄNTLIGEN HADE MAN upprättat någonting som med lite god vilja kunde kallas spaningscentral. Bristen på utrymme i polishuset var besvärande och tills vidare hade Hanne Wilhelmsen ansett att de kunde klara sig utan. Men nu stod de med en frigiven häktad, underliga spår i konstiga riktningar och var uppenbarligen längre ifrån ett gripande än de hade varit sedan Doris Flo Halvorsrud blev avrättad. Häktningsdomaren hade sagt sitt. Halvorsrud var tills vidare en fri man.

Polismästaren var nyrakad och hade en oklädsam toapappersbit fastklistrad med blod på hakan.

– Tränade lite på lunchen, sa han ursäktande. Rakade mej efteråt. Det gick lite fort.

Hanne Wilhelmsen satte sig längst bort vid bordet i det långa, fönsterlösa rummet. Bakom sig hade hon ett tomt blädderblock. Hon lekte med två filtpennor medan hon väntade på att alla skulle sätta sig.

– Tidningarna frossade nu i helgen, sa Erik Henriksen högt. Spott och spe överallt. VG och Dagbladet har satt sej mellan två stolar. För det första har vi nu en av de med tiden så många "polisskandalerna"...

– ... och dessutom är det en skandal att chefsåklagaren släpptes, fullföljde Karianne Holbeck meningen och drack Coca-Cola ur en plastmugg. De borde ju bestämma sej. Antingen är det vi som har gjort ett för dåligt jobb, eller så är det skillnad på folk och fä.

– Blaskorna gormar hur som helst, sa Karl Sommarøy och gäspade.

Chefen för avdelningen kom sist. Den djupa fåran i hans

panna tycktes ha blivit permanent. Han såg på Hanne och la händerna på bordet framför sig.

– Vi är nu allt som allt tolv utredare, började hon. Meningen med det här mötet är att summera var vi står, samt att fördela uppdrag för de närmaste dagarna. Jag hade…

Hon plockade på det oklädsamma spännet som hon varit tvungen att ta till för att överhuvudtaget kunna se. Billy T. skrockade ogenerat.

– Läcker liten sak, det där!

Hanne låtsades inte höra och fortsatte:

– Som jag ser det finns det mycket att lära av häktningsför-handlingens utslag.

Ett missnöjt mummel böljade genom rummet. Hanne höjde rösten.

– Rådman Bugge pekade på en rad svagheter i utredningen hitintills. Vi måste koncentrera oss på tre huvudlinjer.

Hon reste sig, tog hatten av den blå filtpennan och började skriva på blädderblocket.

– A: Korruptionsspåret. Vad har vi där, Erik?

Erik Henriksen lutade sig fram och granskade en fläck på bordet.

– Ekorotelns datafolk har hjälpt oss att gå igenom Halvors-ruds pc på kontoret. Ingenting där av intresse. De har varit jäv-ligt noggranna, letat efter raderade dokument och så. Ingenting.

Han lyfte blicken.

– Dessutom har jag kallat de fyra som finns omtalade på dis-ketterna till nya förhör. Men jag tror uppriktigt sagt inte…

Han kliade sig häftigt i det röda håret.

– Det ser fan ta mej inte särskilt ljust ut. Jag ledde de förra förhören och antingen så är alla fyra förbannat bra skådespelare eller så talar de faktiskt sanning. Dessutom visade det sej att samtalet till din vän… turken… Det kom från en telefonkiosk på Olav Ryes Plass. Bägge samtalen, förresten. Vem det än var, har med andra ord bara stått ett stenkast från Özdemir Import när han ringde. Jag börjar tro att hela den här muthistorien…

– Vi försöker att inte tro någonting som helst än, avbröt Hanne. Du och Petter och Karianne fortsätter att gräva.

– Det är inte så jävla lätt, mumlade Erik så lågt att bara Karianne Holbeck, som satt bredvid honom, hörde det.

Hon log och lyfte uppgivet på ögonbrynen utan att se på kriminalkommissarien längre upp vid bordsändan.

Hanne suckade demonstrativt

– Har pengarna från medicinskåpet spårats till någon? Vet vi någonting alls om dem?

– Nej, svarade Erik buttert. Inte annat än att beloppet består av enbart använda sedlar och att ingen är nyare än 1993. Gamla och välanvända, alltså. Med femtioelvatusen oväsentliga fingeravtryck.

– B: Ståle Salvesen, sa Hanne Wilhelmsen och skrev vidare på blocket. Något nytt?

Karl Sommarøy harklade sig.

– Alldeles tomt. Jag har haft ett nytt samtal med sonen utan att få ut mer än vid det första samtalet. Han var bara ännu surare. Vidare har jag kollat med televerket om det var möjligt att få veta vilket nummer han hade bett om när han ringde sitt sista samtal till nummerupplysningen. Det finns en chans om han bett om "koppla-vidare-funktionen". Annars inte. Det är för övrigt ett jävla jobb att sätta igång en sån efterforskning och vi behöver i vilket fall ett domstolsbeslut. Är det så viktigt?

– Och liket har självfallet inte dykt upp, sa Hanne utan att svara.

– Nej.

Det blev tyst. Polismästaren plockade bort pappersbiten från hakan, rullade ihop den till en liten kula och stoppade den i fickan. Avdelningschefen hade ögonen klistrade vid Hanne, som stod stilla med blicken i fjärran, som om hon i grund och botten tyckte att det hela var ointressant. Karl Sommarøy bjöd de omkringsittande på halstabletter.

– C, sa Hanne plötsligt. Linje C är dunkel. Motivet för att ta livet av Doris Halvorsrud kan finnas i en helt annan riktning än de linjer vi har arbetat efter hittills.

– Vad sägs om en kombination, sa avdelningschefen lugnt.

Alla stirrade nedöver bordet. Chefens mörkbruna ögon under tjocka, svarta ögonbryn var fortfarande fästade på Hanne.

– Kombination, sa Hanne eftertänksamt och satte hatten på pennan.

– Ja. Låt oss förutsätta att Halvorsrud *inte* tog livet av sin fru. Än så länge känner vi inte till någon som skulle ha motiv att skada honom. Bortsett från Salvesen. Kanske.

– Det fallet hade han för nästan *tio år* sedan, sa Billy T. och skakade på huvudet. Alla som jobbar inom polis och åklagarmyndighet får så kallade fiender. Slödder och banditer som hatar oss intensivt för att vi sätter dem bakom lås och bom. De hämnas nästan aldrig. Och i varje fall inte tio år senare!

– Det är sant, sa chefen tålmodigt. Men om vi kan vara överens om att de här olika korruptionsspåren…

Han reste sig och gick bakom ryggen på de fem spanarna som satt på Billy T:s sida av bordet. Han räckte ut handen mot Hanne och fick en penna. Sedan vände han blad på blocket och började skriva.

1) Samtalet till Özdemir, skrev han och fortsatte:

2) Pengar i ett medicinskåp i källaren.

3) Disketter med detaljerade, men ändå inte särskilt polismässiga dokument om fyra nedlagda fall.

Han vände sig mot de andra.

– Varav åtminstone två var högst tvivelaktiga nedläggningar, men ändå…

Rynkan mellan ögonen blev djupare innan han vände sig om igen.

4) En oförklarlig ny hårddisk på hustruns pc, skrev han vidare.

Han fumlade med tuschpennan och blev blå på tummen.

– Vad är detta, sa han och riktade en utmanande blick mot Hanne, som hade stått med korslagda armar och uttryckslös min medan avdelningschefen hade talat.

– Fullständigt amatörmässigt, sa hon lugnt. Det luktar set-up på långt håll.

Hon drog efter andan och började peka på punkterna på blocket.

– Samtalet: helt otänkbart att det kom från Halvorsrud. Pengarna i källaren?

Hon tvekade medan fingret vilade på den andra punkten.

– Halvorsrud är smart. När han ringde oss måste han ha vetat att vi skulle vända upp och ned på huset. Disketterna...

Hon höll andan igen och strök sig över kinden.

– Dem begriper jag ingenting av, Doris pc behöver strängt taget inte betyda någonting alls.

– Men skilsmässopapperen då, frågade Karianne och rodnade, vilket Hanne hade förstått att hon gjorde titt som tätt. Varför sa han ingenting om dem?

Hanne nickade sakta.

– Du har en poäng där. Men är det inte så de är allihop? Har vi inte alla varit tvungna att jobba en massa i onödan för att vittnen och misstänkta finner för gott att småljuga om saker som de tycker är obehagliga?

Karianne lyfte på ena axeln och såg ner.

– Men, började Billy T. Vad menade du egentligen med att säga att det kunde vara tal om en kombination?

Chefen för kriminalavdelningen plockade upp en tändsticka från en ask i den trånga jeansfickan och stoppade den i munnen.

– Att Ståle Salvesen inte är död. Att det är han som har planerat det hela. Och att det finns andra faktorer som vi inte känner till. Med andra ord…

Han bläddrade tillbaka Hannes ursprungliga lista.

– A och B och inte minst C, sa han. Dunkelt. Det finns saker som vi inte känner till.

– Uppenbarligen, sa Billy T. Men man kan ju dra den här tesen ännu längre…

Han flinade lite och drog sig i mustaschen.

– Om det nu är *meningen* att det här ska se ut som om det var uppgjort? Om det sitter en mördare någonstans och blir gul och blå av ilska över att polisen inte har upptäckt det än? Han måste ju garva åt att Halvorsrud äntligen släpptes!

– Och poängen var? sa Hanne torrt. Om mördaren inte är Ståle Salvesen eller Sigurd Halvorsrud, så måste ju vitsen vara att en av dem får skulden?

– Nåväl, sa chefen och spottade träflisor. Jag måste dessvärre gå till ett annat möte.

Stolsben skrapade mot linoleum när det gjordes plats så att avdelningschefen kunde gå. När han var framme vid dörren vände han sig om och glodde intensivt på blocket. Sedan bröt han av tändstickan som han hade tuggat på, spottade ut halva delen på golvet och sa långsamt:

– För Halvorsruds skull får vi hoppas att Ståle Salvesens lik aldrig dyker upp. För chefsåklagarens skull får vi hoppas att det helt enkelt inte finns något lik. Själv vet jag inte vad jag hoppas på. God middag.

Det var måndagen den 29 mars 1999 och klockan närmade sig tre. Hanne Wilhelmsen kom plötsligt att tänka på ett löfte hon hade avlagt till sig själv för tre veckor sedan. Det här fallet skulle ha varit löst.

Idag.

6

EVALD BROMO hade hört talas om kebabråttorna i buskaget vid Spikersuppa, men aldrig egentligen sett dem. Nu stod han på trottoaren framför Nationaltheatret och såg de stora bestarna slåss om helgens matrester som fulla nattsuddare hade kastat in bland buskarna. De grå gnagarna var stora som halvvuxna katter och Evald rös till. Efterhand blev taxistationen på Roald Amundsens gate full med bilar som spärrade utsikten. Han såg på klockan.

Kai var sen.

Dessutom borde Evald besöka sin mor. Han brukade sticka upp till sjukhemmet så gott som varje dag. Nu var det tisdag eftermiddag och han hade inte varit hos henne sedan i fredags.

Evald Bromo mådde bättre nu än han kunde minnas.

Lugnet som sänkt sig över honom när han satt på trappan till Deichmanske bibliotek natten till söndag hade stannat kvar. Fastän han fortfarande vacklade i sitt beslut lyckades han med jämna mellanrum vända tillbaka till det. Det hjälpte. Visserligen innebar beslutet en katastrof. Allt skulle vara slut. Men det var bättre än att vänta. De senaste veckorna hade nästan tagit livet av honom. Det var ännu fem månader kvar till första september. Det var för lång tid. Han visste det nu; efter sömnlösa nätter och improduktiva dagar av ångest skulle allt vara bättre än att fortsätta så.

Och hur han än vände och vred på det; han var i färd med att göra det enda rätta. Evald Bromo vände sig ett ögonblick mot rådhuset och kände en doft av kaffe från kajerna. Han andades djupt och försökte minnas om han någonsin varit stolt över sig själv. Glad, kanske, han hade varit glad när han fick jobb på Dagbladet och ännu lyckligare när Aftenposten närmast värvade honom. Anbudet från Dagens Næringsliv hade smickrat honom och när han vaknade dagen efter det misslyckade bröllopet, med Margaret i rosa nattlinne sovande vid sin sida, hade han känt en sorts tillfredsställelse över sitt eget val. Stolt, däremot, kunde han inte påminna sig ha varit sedan puberteten kom och lusten på småflickor la sig över honom som en tyngd som han aldrig hade lyckats kasta av sig. När han hade fullföljt sina maratonlopp och kommit bland de tio, femton bästa på nationell nivå, hade han aldrig varit mer än nöjd. Aldrig stolt.

Nu visste han hur det kändes.

Det gjorde honom yr och fick honom att gå tillbaka i minnet, till den tiden när han var ett litet barn och inte behövde skämmas över någonting.

Beslutet var fattat och han klamrade sig fast vid det. Samtidigt visste han att han var för svag. Han skulle inte våga göra det här utan hjälp. Han behövde någon. Någon som kunde förstå utan att fördöma.

Kai kunde hjälpa honom. Kai hade hjälpt honom förr; den enda gången som Evald Bromo riskerade att bli upptäckt. Det var för sju år sedan. Evald Bromo klarade sig, tack vare Kai. Först hade han inte förstått varför Kai skulle bry sig. Allt eftersom åren gått hade han fått en sorts vag aning, men låtit det vara. I stället hade han visat sin tacksamhet, jämt och ständigt. Gåvor och pengar till att börja med, små uppmärksamheter för att hålla lojaliteten vid liv. Så småningom väntjänster, aldrig något stort, men så pass ofta att det nu kunde diskuteras vem som egentligen stod i skuld till vem.

Evald Bromo hälsade lätt med handen när Kais vita Ford Escort blinkade två gånger med helljuset och svängde in till kanten. Kai lutade sig över och öppnade passagerardörren.

– Hej, sa han milt när Evald satte sig. Länge sen sist.

Evald nickade och spände fast säkerhetsbältet.

– Vart ska vi, frågade Evald när de närmade sig Storo och Ringveien.

– Maridalen, tänkte jag. Någonstans däruppe där vi kan vara i fred.

– Nej, sa Evald osäkert. Varför inte Sognsvann?

– Som du vill, log Kai och tog till vänster i rondellen.

När de körde in på den gigantiska parkeringsplatsen vid Sognsvann hade Evald Bromo berättat sin historia. Om e-mailen, om det som skulle hända den första september. Om paketet med en cd och ett tättskrivet brev. Om beslutet han hade fattat och varför han behövde hjälp.

Kai parkerade längst in på parkeringen, där joggare och vandrare sällan passerade. De stod i skydd av en avskyltad skåpvagn och Kai satte på radion. Evald stängde av den igen.

– Pokerfejs, sa Kai och strök höger pekfinger i cirklar över byxlåret. Är du säker på att du inte förknippar något med det namnet?

– Bergis, sa Evald. Jag spelar inte ens poker.

Kai fingrade på rattmuffen. Den var sliten; läderremmarna som skulle hålla den på plats hade lossnat.

– Var har du gjort av cd:n?

– Här, sa Evald Bromo och halade fram fodralet ur innerfickan.

Kai studerade det länge innan han öppnade det. Han tog ut cd:n och höll den mellan tummen och pekfingret. Den var blank som en spegel på ena sidan, mattare av spåren på den andra. Han såg på färgspelet på den inspelade sidan medan han långsamt vred den från sida till sida.

– Har du lyssnat?

Han la tillbaka skivan i fodralet.

– Nej. Jag vet ju vad den innehåller. Det står där.

Evald pekade på brevet som hade glidit ner mellan Kais lår. Mannen på förarsätet tog upp det, vecklade ut arket och läste det snabbt.

– Det må jag säga, sa han kort och gav det hela tillbaka till mannen vid sin sida. Jag tror du har rätt. Du gör det rätta och jag ska naturligtvis hjälpa dej så gott jag kan. Jag ska tänka över det här och sedan tar jag kontakt på...

Han kliade sig i pannan och rättade därefter till sin passerbricka som hade lossnat från fästet bakom spegeln på framrutan.

– Jag ringer dej på måndag.

– Måndag är annandag påsk, sa Evald och stoppade tillbaka cd:n i fickan. I morgon då?

– Jag kan inte, sa Kai. Jag åker på påsklov med hela familjen i morgon bitti. Tisdag då. Tisdag i nästa vecka. Då ringer jag dej.

En gammal man kom lunkande ut ur skogen bara tio meter framför dem. Han kämpade sig förbi en rotvälta och försvann nerför bäckfåran utan att se på de två i bilen.

– Du borde gömma de där grejerna, sa Kai. Göm plattan någonstans där ingen kan hitta den. Inte din fru. Ingen. Inte hemma, inte på jobbet. Gärna ute. Långt bort. Låt den ligga där tills vi träffas. Ta den med då.

Evald nickade frånvarande och tog sig för bröstfickan där cd:n låg.

– Bara en sak till, sa Kai och vred om tändningsnyckeln. Vet du om att Sigurd Halvorsrud har släppts från häktet?

Han vände på huvudet och såg på Evald innan han la in backen och långsamt körde ut från den trånga platsen mellan skåpvagnen och skogen.

– Ja, sa Evald Bromo.

– Det förändrar ingenting?

– Nej. Jag kommer inte att ändra mej.

– Bra, sa Kai. Du gör det enda rätta.

Han log och klappade kamraten lätt och lugnande på låret.

– Bra, upprepade han.

7

NATTEN TILL skärtorsdag påsken 1999 gjorde Sigurd Halvorsrud ett nytt försök att osedd lämna sitt hem. Han hade knappt varit utanför dörren sedan han kom ut från häktet, bortsett från den dagliga turen till polishuset för att uppfylla sin anmälningsplikt. Bägge pojkarna hade flyttat hem igen. De tog hand om de nödvändiga inköpen. Bara på kvällen vågade sig Halvorsrud ut på en kort promenad, vanligtvis i sällskap med dottern. Thea var bättre. Hon sov gott på natten och i förmiddags hade hon lyckats koncentrera sig på en bok i flera timmar. Halvorsrud uppskattade de här kvällsstunderna med Thea. Far och dotter växlade knappt ett ord, men då och då tog hon hans hand. När han råkade gå lite för fort, ryckte hon honom i jackärmen för att få honom att gå kvar bredvid sig. Då la han armen om hennes axlar och hon log försiktigt och gick ännu långsammare.

I kväll hade hon inte varit med.

Hon hade lagt sig tidigt, och han hade tagit sin kvällspromenad väldigt sent. Klockan var nästan kvart över tolv när han torkade smuts och grus från skorna och stängde dörren bakom sig efter att ha varit ute och gått en dryg halvtimme. Det var tyst i huset. Bara den tunga farfarsklockan i tamburen tickade trött; takten blandade sig med hans egen puls mot trumhinnorna och fick honom att hålla andan ett ögonblick innan han vrängde av sig jackan och smög sig in i rummet.

Isbjörnsfällen var borttagen för länge sedan.

Parketten var ljusare där fällen hade legat. Den hade lämnat efter sig ett mönster i parketten; en klumpig fläck med armar, ben och huvud. I det svaga skenet från golvlampan vid soffan påminde avtrycket om en död människa. Halvorsrud drog ner ljusstyrkan och vände sig bort. Han satte sig i en länstol vid fönstret och blev sittande utan att riktigt veta om han hade slumrat till, innan han klockan halv två förvissade sig om att alla barnen sov.

Sedan gick han ut.

Han hade inte sett några poliser tidigare på natten. Han hade varit extra uppmärksam och haft ögonen med sig. Påsklovet hade börjat och personalbristen gjorde sig kanske gällande även hos polisen. I varje fall var gatan fullständigt folktom. Pettersens garage var fortfarande inte färdigt och hans bilar stod parkerade på gatan. För övrigt fanns ingen bil i närheten. Sigurd Halvorsrud satte sig bakom ratten och började köra mot Oslos centrum.

Han trodde sig vara osedd, men tog fel.

8

CECILIE VAR betydligt bättre. I bilen på E18 hade hon sjungit högt till en cd med gamla Cat Stevens-låtar och för övrigt pratat oavbrutet. De hade stannat vid den konstiga, nya rondellen alldeles söder om Holmestrand för att fylla bensin och Cecilie hade köpt mjukglass och ätit utan att må illa. När Hanne svängde in bilen på den guppiga sista biten till Karen Borgs stuga – byggd på ruinerna efter en våldsam brand i början på 90-talet som nästan kostat Karen livet – kunde Cecilie knappt vänta.

– Jag ser fram emot det, sa hon högt. Det ska bli så fint att få möta våren vid havet!

Hon skrattade så som Hanne hade glömt att hon kunde skratta. Hanne svalde den sista resten av motvilja och kände sig lycklig över att ha sagt ja till att åka. Hon var fortfarande förbannad på Karen, men hon bestämde sig för att strunta i det när hon såg henne häftigt vinka från terrassen. Hanne körde in under en gammal tall och parkerade.

– Silie, Siiilie, ropade Hans Wilhelm och rusade mot Cecilie när hon kom ut ur bilen, innan han tvärstannade två meter bort och stack fram en smutsig hand.

– Du är väldigt sjuk Silie. Du tål inte så mycket. Pappa har en stor hemlighet.

Han bockade. Cecilie skrattade och rufsade honom i håret. Hanne lyfte upp Liv, som kom tultande efter sin bror med något som liknade ett kattlik under armen.

– Kissen, sa tvååringen stolt och höll upp det slappa kramdjuret mot Hanne. Hanne gosa Kissen.

Hanne gosade med Kissen. Håkon kom ner till parkeringsplatsen och hjälpte till med väskorna. Hans Wilhelm glömde alla förmaningar och hängde efter Cecilie och tjatade om en hemlighet som han inte kunde berätta, men som var stor och röd och tjusig. Himlen såg lovande ut med lätta moln och temperaturen hade stigit såpass mycket att det var möjligt att sitta vid sydväggen med kaffe och våfflor. Karen hade vid första ögonkastet uppfattat Hannes erbjudande om vapenstillestånd. På Skagerack gick sjön vit och vinden drog mot nordost framåt eftermiddagen.

– När ska du visa den, sa Karen till slut och nickade åt Håkon över glaset med mineralvatten.

Håkon Sand reste sig raskt, slog ut med armarna och vrålade mot havet.

– NU!

– Nu, nu, ropade Hans Wilhelm och stormade in genom verandadörren.

De kunde höra hans fötter trumma nedför trappan till bottenvåningen och ytterdörren där nere braka igen efter honom.

– Kom, sa Håkon till Hanne. Jag ska visa dej något.

– Jag stannar här, log Cecilie och drog pläden tätare omkring sig när Hanne gav henne en frågande blick. Jag har det jättefint.

I garaget stod en motorcykel.

En Yamaha Diversion 900 kubik, knallröd med halvkåpa.

Såvitt Hanne visste hade Håkon suttit på en motorcykel bara en gång i sitt liv. Det var som passagerare på en cykel hon själv hade stulit och kört för att de måste hinna fram till stugan som stod här tidigare, och som skulle brinna ner till grunden samma kväll. Åkturen hade varit livsfarlig, våt och iskall och Håkon hade senare svurit på att ingenting skulle få upp honom på en tvåhjuling med motor igen.

– Den är inte din, sa hon tvivlande och tittade på Håkon.

– Joooo, skrek Hans Wilhelm och klättrade blixtsnabbt upp på sadeln.

– Ooops, sa Hanne och lyfte ner honom igen. Vi måste sätta upp den på stora stödet först. Låt den aldrig stå på sidostödet, Håkon. Den kan välta.

Med vana rörelser lämpade hon upp motorcykeln på tvåbenstödet framför bakhjulet. Sedan satte hon ned Hans Wilhelm på sadeln och trädde på honom hjälmen som hängde på styret.

– Så där, sa hon och bankade på hjälmen. Nu är du fin.

– Cykeln, då, sa Håkon och kliade sig på magen. Vad tycker du om den?

Hanne svarade inte. Hon gick runt den illröda maskinen två gånger, klappade på bensintanken, satte sig på huk och studerade motorn och strök lätt över skinnsadeln bakom grabben som brummade och vrålade och tydligen deltog i en viktig tävling.

– Fin färg, nickade hon och satte händerna i sidorna. Röd. Fint.

Håkon rynkade på näsan.

– Men har du skaffat dej…, fortsatte Hanne. Har du verkligen tagit körkort för tung cykel?

– Japp. För fyra veckor sedan. Och så köpte jag den här i förra veckan.

Han log brett i semesterskägget. Överläppen var full av snus; nu rann det svart mellan framtänderna.

– Och det här törs du, sa Hanne frånvarande.

Håkon tog hjälmen från Hans Wilhelm, lyfte pojken från cykeln och klappade honom lätt i stjärten.

– Stick upp till mamma och säg att jag gett dej lov att ta en Cola.

Grabben pilade ut ur garaget.

– Det var bara nåt jag måste, sa Håkon långsamt. Kalla det gärna en machogrej. Kalla det fyrtioårskris, om du vill. Kalla det vad fan som helst, men det var nåt med att jag inte tordes. Jag ville det. Våga det. Först och främst var det viktigt att ta körkort. Sedan blev det viktigt att köpa cykeln.

Hanne lyfte benet och satte sig gränsle över motorcykeln.

– Den måste vara jävligt lättkörd, sa hon torrt och hoppade lite i sadeln. Låg tyngdpunkt och barnslig sittställning.

– Prova den då.

Håkon kände sig stött. Sårad, kanske. Han ville gå. Det här hade han glatt sig åt. När han hade köpt egen cykel hade han gjort det på grund av andra. För att omgivningen skulle beundra honom. För att Hans Wilhelm skulle ha något att skryta om. För att Karen skulle skaka på huvudet och himla med ögonen och kalla honom mansgris. För att kollegerna skulle se långt efter honom när han susade hem i mångfärgad skinndräkt och röd hjälm. Och för att Hanne skulle bli imponerad. Alldeles i början, före de första vingliga varven på körskolans cykel runt parkeringsplatsen vid Munchmuseet, hade han inbillat sig att det här var något han gjorde för egen del. Men han var rädd. Han var skiträdd varje gång han satte sig på det bullrande, skrämmande monstret. Han hade aldrig full kontroll och varenda åktur var en svettig och ansträngande upplevelse som det tog en halvtimme att hämta sig efter. Det hade tagit tid för Håkon Sand att erkänna det för sig själv och han trodde aldrig att han skulle erkänna det för någon annan: han hade slösat bort hundratusen kronor för att göra intryck. Men Hanne tyckte inte om cykeln. Håkon hade sett fram emot det här ögonblicket i en vecka och så tyckte hon inte om hans motorcykel.

– Fin för att vara japan, sa hon försonande. Väldigt bra cykel för en som inte kan meka. Trygg och bra och lättkörd.

– Ta en provtur, upprepade han. Här. Du kan låna min overall. Har du fått ut din egen till våren, förresten?

Hon tog tveksamt emot skinnplagget, höll det framför sig och skakade på huvudet.

– Den är alldeles för stor för mej, sa hon. Och nej. Harleyn står på verkstad. Väntar på nytt avgasrör. Dessutom har jag inte haft en minut till övers. För det tredje…

Hon höll overallen intill kroppen och såg ned över sig själv.

– Dessutom ska den säljas.

– Säljas? Varför det? Du är ju som fastväxt vid den där Harleyn hela sommarhalvåret!

– Just det, sa hon kort. Dags att bli vuxen.

Håkon spottade snus på betonggolvet och hon skyndade sig att säga:

– Jag menar inte att du är barnslig, alltså. För att vara uppriktig så tycker jag att det är imponerande att du har fixat det. Jag kommer ihåg hur vettskrämd du var när…

Hon skrattade högt och krängde av sig joggingskorna.

– Du nästan svimmade av skräck när vi stal den där cykeln för att hinna hit den där kvällen. Men sen stormade du i gengäld in i en övertänd stuga för att rädda Karen. Du är modig när det gäller viktiga saker du, Håkon. Du är inte som alla andra män. Du är inte en sån där show-off-typ. Du är snäll och trofast och klok. Karen vet inte vilken tur hon har haft.

Hon strök honom sakta över skäggstubben. Handen la sig över hans kind och hon sträckte sig på tå och snuddade med läpparna vid hans panna.

– Jag menar det, sa hon och såg honom in i ögonen innan hon började dra på sig det alltför stora plagget. Jag har aldrig tackat dej för att du kom den kvällen. Och söndagen därpå. Jag kommer väl inte att göra det heller. Du är snäll, Håkon. Riktigt och äkta snäll. Och så har du blivit alldeles för jävligt tjock sen du fick ungar.

Hon drog i det gröna och grå skinnet som hängde kring magen och drog igen blixtlåset.

– Titta på mej då! Ett flerfärgat monster! Varför köpte du inte svart overall?

Håkon satte sig på en gammal sågbock. Trots att garaget var nymålat i samma rödfärg som stugan, syntes det att det undgått branden för nästan sju år sedan, femtio meter från stugan som det låg. Där inne luktade det bensin och olja, instängt och fuktigt. Någon hade för många år sedan försökt att göra ett system för förvaring av trädgårdsredskap, verktyg och cyklar på väggen. Nu var spikarna böjda och silhuetterna som var målade på fiberplattorna för att se till att sakerna kom på rätt plats, var nästan borta. Innerst mot kortväggen stod en urgammal hammock, låghalt och med revor i tyget.

– Jag har gjort det här för att imponera, mumlade han. Bara för att imponera.

Hanne hejdade sig. Sedan satte hon sig bredvid honom på sågbocken med hjälmen i knät.

– Vad menar du, frågade hon och strök håret ur pannan.

– Jag ville bara göra intryck. Det var därför jag tog körkortet. Och köpte den förbannade cykeln.

Han sparkade i riktning mot motorcykeln utan att säga något mer.

– Det är frestande att skratta, sa Hanne.

– Säkert.

– Jag skrattar inte.

– Skratta du bara. Jag förtjänar det.

Hennes skratt ekade mellan väggarna och Håkon gned sig över ansiktet.

– Jag är fan ta mej vettskrämd varje gång jag kör, sa han sammanbitet. Du skulle ha sett mej när jag körde hit ned. Det tog mej fyra timmar från Oslo. Jag skyllde på trafiken. Egentligen satt jag på varenda vägkrog och försökte samla mod till att fortsätta. Nu vet jag inte alls hur jag ska ta mej ur det här.

Han reste sig. Hans Wilhelm hade kommit tillbaka och stod och sög på en halvliters Coca Cola-flaska genom sugrör.

– Ska du prova, sa han och sörplade.

– Ja. Jag tror minsann att jag tar mej en tur. Det blir årets första.

– Kan jag få sitta på?

– Tyvärr. Du får nog vänta ett par, tre år.

Hanne snörde på sig joggingskorna igen. Så drog hon hjälmen över huvudet och lyfte visiret innan hon vred om startnyckeln.

– Jag blir inte borta så länge. En timme eller så. När blir det middag?

– Sent, sa Håkon och klappade på pakethållaren. Vi väntar till ungarna har lagt sej. Ta dej en rejäl åktur.

När han såg hur hon accelererade ut ur garaget och svängde i det lösa gruset på gårdsplanen utanför, insåg han att han aldrig skulle lyckas behärska sin nya Yamaha Diversion.

– Jag ville åka med, sa Hans Wilhelm trumpet. Jag får *aldrig* åka med.

– Kom så spelar vi Nintendo, tröstade hans pappa.

Långt borta kunde de bägge höra det bortdöende ljudet av en tung motorcykel. Det hade börjat bli kyligare och det låg regn i luften.

Det var bäst att stänga garagedörren.

9

OLE MONRAD KARLSEN öppnade dörren en smula utan att ta av säkerhetskedjan.

Här hade han suttit i lugn och ro en långfredag och läst måndagsutgåvan av Østlands-Posten, den enda tidning portvakt Karlsen höll sig med. Huvudstadstidningarna var bara fulla av mord och horeri. I Østlands-Posten, som han hade prenumererat på ända sedan han gifte sig och det visade sig att Klara inte ville flytta till Larvik, kunde han följa med i stort som smått från hemtrakterna. Visserligen var han bara barnet när han mönstrade på före kriget och flyttade från föräldrarna i det lilla huset i Torstrand, på Reipmakergata alldeles vid Frem stadion, men han hade alltid längtat hem. Hela tiden. Efter att Klara dog hade han funderat på att flytta söderut. Systern hade erbjudit honom att flytta in hos henne. Hon hade själv just blivit änka och ville gärna ha sällskap. Hon hade tjatat i månader. Fortfarande hände det ibland att hon frågade; i breven som kom varje månad eller i de sporadiska telefonsamtalen. Portvakt Karlsens svåger hade varit ingenjör i kommunen och systern satt ensam kvar i en stor villa på Greveveien. Det blev trist, måste han ju förstå. Visst hade tanken på att flytta varit frestande, men så var det det här portvaktsjobbet. Och lägenheten. Det var som om Klara fortfarande fanns i väggarna; det här var Klaras och hans lägenhet. Här skulle han stanna tills han måste bäras ut med fötterna först.

Och så hade det ringt på dörren. Flera gånger.

Ole Monrad Karlsen blev väldigt irriterad över att bli störd, men tofflade motvilligt mot dörren.

— Va ere fråga om, sa han bryskt med ena ögat till dörrspringan.

Mannen utanför var ganska lång, klädd i grå rock och hörde i alla fall inte hemma på Vogts gate 14.

– Ere från polisen igen, frågade Karlsen bitskt. Jag har inte nå mer å säga om Ståle. E han dö så e han. Kan inte jag göra mycke åt.

– Jag kommer inte från polisen, sa mannen. Jag har bara ett par frågor om något som hände här i natt.

Karlsen stelnade till där han stod och sköt igen dörren så glipan bara var på en halv decimeter.

– Vafförnå? grymtade han.

– Jag gick hem så där vid tvåtiden i natt. Jag bor alldeles nerför gatan här, förstår du. Hade vart på fest uppe i... Det skulle inte vara möjligt att få komma in?

Den främmande mannen tog ett steg mot dörren. Ole Monrad Karlsen reagerade inte.

– Jo, sa mannen och strök ett magert finger över underläppen. Jag promenerade alltså förbi huset här. Då såg jag något som kunde likna...

Han la handflatan mot dörrkarmen och höll ansiktet tätt emot Karlsens.

– Det hade verkligen varit mycket bättre om jag kunde få komma in, sa han. I alla fall om du kunde öppna dörren. Det är lite pinsamt att stå här och konversera utan att se dej ordentligt.

Portvakt Karlsen var i stort beråd. Kanske han borde ha ringt polisen i natt i alla fall. Vem visste vad den här typen kunde hitta på om han inte tog sig tid att prata med honom.

– Vänta, sa han surt och stängde dörren för att lyfta av metallkedjan.

Sedan öppnade han igen, lite mer den här gången, men han släppte ändå inte taget om dörrvredet.

– Det var bättre, sa mannen milt.

Han påminde om någon. Karlsen tyckte sig ha sett honom förr. Om han bodde i närheten, som han sa, kunde det ju stämma.

– Det såg ut som om en man försökte bryta sig in genom porten här nere, fortsatte främlingen och pekade bortåt trapphuset. Jag ringde polisen från min mobiltelefon. Men jag hade inte tid att vänta. Anledningen till att jag besvärar dej nu är bara att jag vill veta om de dök upp nån gång. Polisen, alltså. Kom de?

Karlsen släppte ofrivilligt dörren och strök sig över den ömma axeln. Han borde själv ha ringt polisen. Inbrottstjuven i källaren igår natt hade kommit som ett jehu. Karlsen hade vaknat av ljud som inte hörde hemma i huset. Med en järnraka i handen hade han närmat sig källardörren som stod och slog lite på glänt. Innan Karlsen visste ordet av kom karln springande som om fan själv var efter honom. Han hade stött Karlsen i vänstra sidan och nästan slagit omkull honom. När inkräktaren försvann och ingenting saknades i källaren tyckte Karlsen inte det var någon idé att ringa efter polisen.

– Med myndigheterna är det inget annat än krångel, mumlade han och tittade i marken.

– Så de kom alltså?

Mannen såg ut som om han tvivlade.

– Nej.

– Men det har varit inbrott? Hade jag rätt?

– Bara i källaren. Inget att bry sej om. Jag jagade ut'en själv. Vem är du förresten?

Mannen gick långsamt baklänges.

– Då ber jag om ursäkt för att jag störde. God fortsättning på påsken.

Han hälsade med handen mot pannan och vände ryggen till. Några sekunder senare var han borta. Karlsen låste sin dörr med två lås och säkerhetskedja och gick tillbaks till sin tidning. Det slog honom igen att han hade sett den märkliga figuren förr. Han kunde bara inte minnas var. Så slog han det ur tankarna och suckade tungt.

Han skulle ha tackat ja när systern bjöd honom att fira påsk hemma hos henne. Det kunde ha varit trevligt att hälsa på i gamla trakter nu på våren. Det hade blivit så trist efter att Ståle försvann. Kanske bokskogen redan hade slagit ut. Fast det brukade inte hända förrän omkring sjuttonde maj. Han bestämde sig för att resa dit när den tiden kom.

– Det ska jag minsann göra, sa Karlsen och hällde upp en liten brandy.

Det var ju trots allt påsk, så han slog i lite extra efter att ha tänkt efter.

10

KVINNAN I SÄNGEN kunde knappast väga mer än fyrtio kilo. Hennes händer var magra och Evald Bromo kände en skarp irritation över att naglarna hade blivit för långa igen. Han strök över den nariga handen och småpratade med den sovande modern.

Hon hade i alla fall enskilt rum.

När hon omsider hade fått plats på ett sjukhem, var hon redan borta för yttervärlden. Hon kände aldrig igen honom, men hade i alla fall styrka nog att förväxla honom med andra. I ena stunden hade hon uppfört sig insmickrande och flörtigt och kallat honom Peter, förmodligen en kärlek från riktigt gamla dagar. I nästa ögonblick hade hon skällt ut honom och ilsket attackerat honom med stickningen. Då var han sin egen far. De senaste två åren hade hon knappt sagt ett ord. Hon sov för det mesta, och Evald visste egentligen inte om det betydde något att han kom på besök. Han stannade aldrig länge, men kände sig ändå orolig om det hade gått mer än ett par dagar sedan han var där.

Fastän biträdena var slarviga med moderns kroppshygien – hon luktade fränt av gammal kvinna och naglarna fick alltid växa för långa – så var det fint i rummet. Evald hade själv valt de saker som skulle med från lägenheten i Gamlebyen. Ett allmogeskåp, som modern hade köpt för pengar hon vann på en delad vinst i Penninglotteriet, tog största utrymmet. Stolen han satt i var så gammal att han inte kunde minnas när den inte fanns. Den var omklädd flera gånger och under sitsen hade han spikat in sina initialer en dag när han var sjuk och ensam hemma medan modern var på jobbet. I hörnet vid fönstret stod en liten

289

rosmålad kista. Den var snarare som ett stort skrin, med moderns förnamn sirligt skrivet i blått på locket.

Evald gick bort och satte sig på huk vid kistan. Han strök med handen över det slitna locket; pekfingret följde bokstäverna i moderns namn. Han dröjde vid a:et i Olga och lät fingret glida tillbaka samma väg. Sedan stack han nyckeln i låset; den svarta handsmidda nyckeln som låg i den allra minsta lådan i skåpet, under en ask med fyra silverskedar.

Låset var trögt, men när han tog i lät sig vredet övertalas inne i den enkla mekanismen. Evald öppnade locket.

Han hade aldrig sett vad modern förvarade i sin kista. Det hade varit lika otänkbart att öppna den som att läsa andras brev. Till och med nu, när hans mor låg på andra året utan annat liv än vad ett envist hjärta prackade på henne, gav det honom en känsla av obehag att rota i moderns saker. Han kom på sig med att snegla över axeln, som om han väntat sig att den gamla plötsligt skulle resa sig i sängen och domdera över sonens självsvåldiga intrång i något som han absolut inte hade med att göra.

Överst låg Evald Bromos betygsböcker från småskolan. Han öppnade dem inte utan la dem i fönsterkarmen. Under låg en skär liten ask med slitet lock och snöre omkring. Han lossade knuten och öppnade asken.

Han visste inte ens att hans mor hade den kvar. När han fick sin första lön den sommar han fyllde tretton och hade gått med morgontidningar i regn och rusk i två månader, hade han använt alla pengarna på en kamé. Evald fingrade på broschen och blundade. En svag doft av lavendel och svett dök upp ur minnet. Modern hade för många år sedan öppnat presenten och stirrat på smycket medan hon blinkade några gånger innan hon kramade honom.

Här låg hårlockar från det Evald var två år och gamla vykort. Här fanns sedlar från Kina och han undrade var hon hade fått dem ifrån. En bred vigselring i guld med oläslig inskription var hopbunden med rött sidenband tillsammans med en nyckel. Evald bläddrade snabbt igenom en sparbanksbok, fullklistrad med märken som visade att modern hade satt in tio kronor varje fredag. I Evalds namn. Han hade aldrig sett röken av pengarna. Hon ansåg väl att han inte behövde dem.

I över en timme letade Evald igenom sin mammas liv. Till slut tog han fram ett modernt cd-fodral ur jackan som han hade hängt på kroken borta vid dörren. Så la han det nederst i kistan innan han la moderns alla ägodelar på plats; i samma ordning som han funnit dem. Sedan låste han det stora skrinet.

När han skulle lägga tillbaks nyckeln under silverskedarna i allmogeskåpets allra minsta låda, tvekade han. Han borde kanske ta den med sig. Så skakade han på huvudet, öppnade den största lådan och stack in den svarta nyckeln mellan moderns dygdiga och omfångsrika trosor. De kom i alla fall inte till användning. På sjukhemmet hade de sina egna kokäkta underkläder.

Evald Bromo kysste sin mammas hand adjö och kände plötsligt att hon var den enda han någonsin hade älskat.

11

LARS ERIK LARSSON var mycket tveksam. Han höll på att måla de sista penseldragen på den lilla stugan i Östhammar och blev irriterad över att det verkade som om färgen inte skulle räcka. Planen var att allt skulle bli klart nu i påsk. Då började ju sommarsäsongen; varenda påsk var han ensam här uppe för att få hus och tomt i ordning efter vintern.

Och han var tveksam.

Efter att ha läst om den norske chefsåklagaren och känt igen namnet från en insättning som hade gjorts i hans egen bank, hade han lusläst tidningarna varje dag. Allt eftersom tiden gick och det inte hade stått något mer hade han lugnat sig. Men så kom Expressen med en ny artikel förra helgen. "Norsk polisskandal" var rubriken. Mannen var visst frigiven igen. Fortfarande misstänkt, men en fri man än så länge.

Han borde kanske tala om det.

I alla fall för chefen.

Polisen hade han ingen lust att prata med. Men om han gick till chefen skulle det väl bli ett jäkla liv i alla fall.

Han skakade på den stora färghinken och svor lågt över att sydväggen inte skulle bli klar. Å andra sidan fanns det tillräckligt att göra. Rosenrabatten såg inte så bra ut efter vinterns och rådjurens härjningar.

Han visste inte riktigt vad han skulle göra.

12

HANNE WILHELMSEN ville inte gärna medge det, men hon gillade Håkons motorcykel. Den var annorlunda att köra än Harleyn; lättare och mer följsam. Det var behagligt att sitta framåtlutad och den korta gaffeln gjorde kurvorna roligare att forcera.

Hon hade redan passerat Sandefjord centrum och var på väg österut på riksväg 303. När hon passerade Gokstadhaugen tänkte hon ett ögonblick på att stanna. Hon saktade farten, men den långa raksträckan blev för frestande. Cykeln accelererade kraftigt innan den stegrade sig. Efter tjugo meter på bakhjulet lät hon framhjulet slå i asfalten. Det här var en 60-sträcka och hon hade åtminstone kört i 90 på rakan.

Skylten som pekade åt höger efter nästan kurva fick henne att minnas en sommar för nästan trettio år sedan. Föräldrarna hade närmast tvångsinskrivit Hanne i KFUK:s scoutkår. Gråt och klagan hade varit fullständigt lönlöst; en hel vinter hade hon varit tvungen att traska iväg på träffar och utflykter med småflickor som hon inte tyckt om och som bad till en Gud som hon aldrig haft något förhållande till. Hon hade aldrig förstått varför föräldrarna, som annars inte brydde sig särskilt mycket om vad sladdbarnet hade för sig, hade varit så måna om det där med scouterna. Mamman hade lagt ansiktet i bekymrade veck och sagt något om social träning, men själv hade Hanne redan på den tiden en misstanke om att det hela var ett sätt att få henne ur vägen. Det enda positiva med Hannes tio månader långa karriär i KFUK, var sommarlägret på Knattholmen, där det också hade varit pojkar. Hon mindes en ändlös sommar med bad i sol och regn och brutala fotbollsmatcher. Hanne hade dessutom varit byggmästare för ett monumentalt hus på tjugo kvadratmeter i öns största ek.

Hon svängde av.

Hon ville se om byggnadsverket fortfarande fanns kvar.

Våren slog emot henne och hon öppnade visiret för att få vinden i ansiktet. Det doftade gödsel och förruttnelse, gröda och åkerjord. Det låg duggregn i luften, men ännu inte så mycket att det blev obehagligt att köra.

Efter tio minuter slutade den slingrande landsvägen i en parkeringsplats. En skylt önskade välkommen till Natholmen där sommarlägret Knattholmen låg. Hanne lät försiktigt cykeln rulla mot den smala vägen som ledde ned till en bro över till ön. Ett staket stod skevt och bräckligt med en rad brevlådor smockfulla med vinterns reklam som hade hopat sig i stugägarnas frånvaro. Bara tre av brevlådorna verkade tomma; de tillhörde uppenbarligen fastboende. Hanne stannade ett ögonblick när hon såg att ett rött ljus varslade om att en bil var på väg från andra hållet.

Hannes blick föll på en av de tomma brevlådorna.

EIVIND TORSVIK

Namnet verkade bekant. Hon satte bägge fötterna i marken och rätade på ryggen. Så mindes hon. Billy T:s rapport om den öronlösa pojken som alla hade svikit. Författaren. Mördaren.

När en urgammal lastbil kom uppför backen slet Hanne av sig hjälmen och gjorde ett tecken till chauffören. Han stannade och rullade ner vindrutan.

– Hittar du här, frågade Hanne.

– Jag bor där ute, sa mannen och småskrattade när han pekade bakåt med tummen. Och det har jag gjort i trettio år. Så hittar... Jo, det kan man nog säga att jag gör.

– Eivind Torsvik, sa Hanne och pekade på brevlådan. Vet du var han bor?

Mannen skrattade igen, ett hest, rosslande skratt, och knäppte ut en blöt fimp genom fönstret.

– Torsvik, ja. Lustig typ. Mördare, vet du. Visste du det?

Hanne nickade, en smula otålig.

– Men han gör inte en fluga förnär, förstår du. Jag träffar'n då och då när han är ute och fiskar lite. Ler och hälsar och är trevlig. Pratar inte så mycket, men för övrigt är han okej. Bor precis här nedanför. Ta till höger nedanför backen, före bron, och följ vägen rakt fram. Sista stugan du kommer till. Vit. Längst ut.

– Tack, sa Hanne och hängde hjälmen på styret. Ha en fin dag!

Chauffören lättade på kepsen och körde vidare.

Hon hade väl egentligen inte tänkt prata med Eivind Torsvik. Strängt taget hade hon överhuvudtaget inte tänkt. Ändå körde hon försiktigt nerför backen, följde den gamle mannens anvisningar, skumpade på en dåligt anlagd sommarväg längs stranden och fick till slut syn på ett vitt hus femton, tjugo meter från vägens slut. En röd-vit-blå vimpel hängde våt och sladdrig med fransig ända på en flaggstång några meter från den sydliga gaveln. Stugan låg fantastiskt till, på en klippa bara några meter från havet och med fri utsikt mot söder.

Hanne parkerade cykeln, drog ned blixtlåset halvvägs i overallen och gick tveksamt upp mot huset på en stenlagd gång.

Ytterdörren var stängd och det fanns inga andra tecken på liv än måsarna som skrek ovanför hustaket. Vimpellinan slog lätt och monotont mot flaggstången i den svaga vinden. Hanne gick fram till dörren. Hon såg ingen ringklocka så hon knackade på.

Hon hörde ingenting. Hon knackade igen.

När hon skulle vända sig om för att gå – det närmade sig kväll och hon hade redan varit borta för länge från Cecilie och vad hade hon nu här att göra – så gick dörren upp.

Mannen som såg på henne liknade mer en pojke. Han var spenslig och skägglös och klädd i T-tröja, jeans och ett par grova sandaler. Håret var tunt och storlockigt och trots att Hanne på sätt och vis var förberedd kunde hon inte låta bli att stirra på stället där höger öra egentligen skulle ha funnits. Eivind Torsvik höll ett par glasögon i händerna och Hanne kom på sig med att undra hur han fick dem att sitta kvar.

– Hej, sa han försiktigt. Hej på dej.

– Goddag, sa Hanne och kände sig idiotisk medan hon fumlade med blixtlåset och desperat försökte komma på något att säga. Hej på dej.

Plötsligt sträckte Eivind Torsvik handflatan i vädret.

– Det drar ihop sej till regn, sa han med ett snett leende. Vill du komma in?

Hanne tyckte det var konstigt att han utan vidare bjöd in henne, men följde ändå efter honom. När hon väl var innanför dörren förstod hon hur Eivind Torsvik kunde bo här hela året. Hallen övergick i ett stort blåmålat kök och Hanne kunde se flera dörrar som förmodligen ledde in till sovrum. Eivind Torsvik gjorde tecken åt henne att följa med nedför två trappsteg där han hade inrett en omfångsrik arbetsplats framför ett panoramafönster mot söder. I den andra delen av det rektangulära rummet fanns en soffgrupp och en stor stereoanläggning.

– Sätt dej, sa Eivind Torsvik och visade med handflatan mot en länstol. Kan jag bjuda på något?

– Nej tack, mumlade Hanne som hade börjat svettas under skinndräkten; rummet var ovanligt varmt. Eller... Lite vatten, kanske.

Eivind Torsvik kom tillbaka med en halvliter Farris och ett glas med isbitar. Han öppnade flaskan, gav henne glaset och hällde i. Det brusade över och Hanne blev våt på handen.

– Förlåt, sa han milt. Men det är ju bara vatten.

De blev sittande i var sin stol utan att se på varandra. Hanne tyckte att mannens beteende var ytterst märkligt, tills det slog henne att Eivind Torsvik måste ha ännu större problem med att förstå henne. Ännu hade hon inte sagt ett jota om varför hon var där.

– Jag jobbar hos polisen, sa hon till slut och drack en klunk mineralvatten.

Han sa ingenting, men hon kunde se ett bekymrat drag eller kanske snarare förvånad nyfikenhet i det barnsliga ansiktet.

– Det gäller visserligen inte dej, alltså.

Hon drack lite till och undrade om det skulle vara för fräckt att ta av sig overallen.

– Jag var ute och körde en tur när jag såg ditt namn på brevlådan där uppe och så tänkte jag…

Hon kände ett pinsamt och opassande skratt tränga sig upp någonstans från mellangärdet. Hon dolde ansiktet i glaset igen. Vad gjorde hon här? Varför hade hon följt något, som inte ens var en begriplig ingivelse, utan bara ett löjligt utslag av slumrande nyfikenhet som inte lät sig tyglas, när hon fick syn på namnet på brevlådan? Visserligen var hon inte riktigt sig själv nu för tiden, men när hon tidigare hade sökt upp folk mer eller mindre på ett ögonblicks impuls, var det i alla fall för att de hade en avlägsen, om än inte direkt, förbindelse med fallet hon arbetade med. Eivind Torsviks namn hade dykt upp i ett dokument och försvunnit igen. Det fanns inte den ringaste anledning att tro att mannen hade den blekaste aning om omständigheterna kring mordet på Doris Flo Halvorsrud. Hanne skrattade högt och fick Farris i näsan.

– Ursäkta, sa hon och kippade efter andan medan hon torkade sig med baksidan av handen, Du måste ju tro att jag är heltokig.

– Nej, sa Eivind Torsvik allvarligt. Lite konstig, kanske, men absolut inte heltokig. Vem är du egentligen?

– Förlåt, sa Hanne och hostade. Jag heter Hanne Wilhelmsen. Jag är kriminalkommissarie vid Oslopolisen. Just nu jobbar jag med ett fall där en kvinna blev halshuggen. Vi har trott att det var hennes man...

– Sigurd Halvorsrud, nickade Eivind Torsvik. Jag har läst om fallet på nätet.

Han kastade en blick bort mot dataanläggningen i andra änden av rummet. Sedan log han brett och knäppte händerna på magen. Fingrarna var långa och finlemmade och Hanne kom på sig med att undra över att den här mannen faktiskt hade begått ett bestialiskt mord.

– Du har naturligtvis fått en lista sammanställd, nickade han lugnt. En lista över särskilt spektakulära mord under de senaste... ska vi säga tio åren? Femton?

Hanne vred överkroppen ur overallen och tummade på den ena ärmen utan att se på den unge mannen.

– Och där dök naturligtvis jag upp.

Han sträckte ut benen framför sig och lät högra foten balansera på den vänstra.

– Misstänkte ni mej någon gång? Eller är jag kanske fortfarande misstänkt?

Hans mun hade fått ett hånfullt drag, ett retsamt halvt leende som fick Hanne att räta på sig i stolen.

– Naturligtvis inte, sa hon urskuldande. Vi misstänker inte någon enbart på grund av vad de har gjort tidigare.

Hans skratt var trevligt. Det började lågt för att sedan klucka sig upp över en tonstege som fick det hela att låta som en improviserad sång.

–Men det är ju just det ni gör, sa han och låtsades vara förebrående som om han kände sig förnärmad över en grov lögn. Det tycker jag också är helt naturligt. Varför skulle annars polisen bråka så mycket med Datainspektionen och regeringen om de här DNA-registerna? Får jag säga min mening har det gått för långt med privatlivets helgd.

Plötsligt glimtade det till av något som liknade engagemang hos den unge mannen. Tills nu hade han varit påfallande lugn, med hänsyn till Hannes uppförande.

– Du vet naturligtvis vilken typ av kriminalitet som har den största återfallsprocenten, sa han. Stöld och sedlighet. Tjuvarna är det väl strängt taget inte så farligt med. Sexualförbrytarna däremot… De fortsätter sina skadegörelser så gott som obehindrade av en impotent lagstiftning.

Han satte plötsligt fötterna i golvet framför sig och såg Hanne Wilhelmsen intensivt in i ögonen och fortsatte:

– Naturligtvis har ni koll på återfallsförbrytarna. Det skulle ju bara fattas.

Han skrattade igen.

– Men du har väl knappast kommit hit ensam för att gripa mej. Jag räknas väl fortfarande som farlig.

Han granskade kvinnan som påstod att hon var från polisen. Någonting sa honom att hon inte ljög. Om han bortsåg från den stora skinnoverallen och det ovårdade håret hade kvinnan ett tilltalande yttre. Ansiktet var nästintill vackert; osminkat och karaktärsfast. Eivind Torsvik trivdes sällan med andra människor. Det var ingen tillfällighet att han höll till här ute. Trots att sommaren kom med många sommargäster och andra turister så fick han i stort sett vara i fred. Tomten var tillräckligt stor för det. Men denna underliga kvinna i obestämbar ålder – hon kunde vara vad som helst mellan trettio och fyrtiofem – gav honom en känsla av välbehag som förvånade honom. När det knackade på dörren hade han först bestämt sig för att inte öppna. Men någonting hade ändå fått honom att gå till dörren och så snart han fick syn på henne visste han att han skulle be henne komma in. Han förstod inte varför. Det hade knappt varit andra innanför stugväggarna än han själv sedan han flyttade in. Men det fanns något hos kvinnan; ett drag av ensamhet över de mörkblå ögonen som skapade en sorts samhörighet som han inte kunde förklara.

– Vad håller du på med här ute, sa Hanne plötsligt. Skriver du bara?

– Bara, upprepade han. Om du tror att det bara är bara att vara författare så tar du fel.

– Jag menade inte så, sa hon snabbt. Men du har så väldigt mycket utrustning där borta så jag trodde att du kanske höll på med något mer. Än skrivandet, menar jag.

– Det mesta är alldeles onödigt, sa han lätt. Pc, skärm och tangentbord är allt jag behöver. Dessutom har jag scanner, två extra maskiner, cd-brännare... Jag har för mycket utrustning. Jag gillar det.

– Internetkoppling också, då.

– Visst. Jag surfar i timtal. Telefonräkningarna kan bli tämligen skyhöga.

Hanne Wilhelmsen höll plötsligt andan. Hon skakade på huvudet och fäste blicken på en bronsfigur i fönsterkarmen mot väster; Sankt Görans kamp mot draken. Det ormliknande odjuret slingrade sig om hästens ben och Sankt Göran hade lansen höjd till hugg.

– Telefonräkningarna, upprepade hon långsamt med låg röst, som om hon var rädd att tappa greppet om en tankekedja. Har du två linjer? Nummer, menar jag? Ett till telefonen och ett till pc:n?

– Nej, svarade Eivind Torsvik och kisade förvånat. ISDN. Ett nummer. Två linjer. Varför det?

– När någon får två räkningar från televerket, sa hon ut i luften. Men bara har en telefon... Hur förklarar du det?

Han ryckte lite på axlarna.

– Med att de fick Internetkoppling innan ISDN blev tillgängligt?

– Eller…

Hon reste sig brådstörtat.

– Nu har jag stört dej helt oanmäld och alldeles för länge, sa hon. Jag får se till att ta mej hem.

– Ska du till Oslo, frågade han och kikade ut genom fönstret. Nu regnar det verkligen.

– Bara till Ula. Det tar knappt tjugo minuter dit.

Han följde henne ut på den stenlagda terrassen alldeles framför stugdörren. Vinden hade ökat betydligt. En utombordare låg och slog mot en brygga tjugo meter bort.

– Jag har visst inte spänt förtöjningen riktigt, sa han för sig själv. Du ska ha det bra.

Hanne svarade inte men räckte honom handen.

När hon långsamt körde den dåliga vägen bort undrade hon varför Ståle Salvesen hade betalat Telenor för två telefonlinjer.

Hon hade gått igenom hans lägenhet mycket grundligt.

Han hade bara haft en telefon.

13

EVALD BROMO var inte säker på om det fortfarande var påsk-
afton. Han hade sprungit i två timmar och kom att tänka på att
klockan måste vara över tolv. Han sprang lättare i kväll än på
länge, det var som om han förväntansfullt sprang *mot* något,
och inte bara sprang ifrån ett öde som det var omöjligt att skaka
av sig. Joggingskorna mötte asfalten med taktfasta svischljud
och han kände sig stark.

När han kom hem skulle han duscha länge. Sedan skulle han
äta den mat som Margaret med all säkerhet hade gjort i ordning
åt honom. Hade han riktig tur låg hon redan och sov.

En sista backe låg framför honom. Han ökade farten och
kände blodsmaken sprida sig i gommen. Fortare och fortare
sprang han; det var bara fyrtio meter kvar, trettio, tjugo, tio. Han
var tvungen att korsa vägbanan, längst upp skulle han ta avtags-
vägen till vänster och han vann någon meter genom att skära
hörnet under en gammal blodbok.

Slaget som träffade honom i huvudet var så hårt att han
knappt registrerade att han blev instoppad i baksätet på en bil.
Där fick han våldsamma kräkningar.

Allt blev svart.

14

MARGARET KLEIVEN hade sovit djupt. Före påsk hade hon gått till doktorn; det hade blivit dåligt med sömn de senaste veckorna. Evald var så förändrad. Tvär. Irriterad. Visserligen kände hon igen de dragen i makens personlighet från förr, men utbrotten kom sällan och varade aldrig länge. Nu var han tyst och butter och blev rasande för det minsta. Hans löpning hade hon aldrig förstått sig på, men det var ju bra att han ville hålla sig i form. Men på sista tiden hade träningen tagit överhand. Han var ute i timtal åt gången och kom hem alldeles utmattad. Margaret hade mer än en gång hört de karaktäristiska ljuden av någon som kräks bakom den låsta badrumsdörren. Läkaren hade gett henne något att sova på och bara vetskapen om att pillren låg i skåpet visade sig vara tillräcklig. Hon var inte van vid mediciner och ville vänta i det längsta innan hon tog dem.

I går kväll hade han varit mildare till sinnes. De hade sett lite på teve och Evald hade då och då sett bort mot henne när han trodde att hon inte märkte det. Det gjorde henne lugnare och när han föreslog en omgång backgammon hade hon med ett leende sagt ja. Vid halv elvatiden eller där omkring hade han gått ut för att springa. Hon tyckte inte om det, det var alldeles för sent, men han hade vant sig vid dessa långa turer före läggdags och insisterade på att hon bara skulle gå och lägga sig. Margaret hade ställt fram två smörgåsar på en tallrik i köket. Det skulle inte vara hennes fel att han nästan inte åt något nu för tiden.

Hon lyfte armarna över huvudet och gäspade. Solljuset trängde igenom de mörka gardinerna och hon kom plötsligt på att det var påskdagen.

303

Hon skulle koka ägg till frukost.

Evald hade redan gått upp.

Margaret Kleiven steg upp och gick ut i badrummet.

Det luktade inte tvål och rakvatten. Spegeln var inte immig. Hon lät fingrarna glida över duschförhänget. Det var torrt. Hon tog Evalds stora gula badhandduk och kramade den mellan fingrarna. Den var torr, den också.

Det här var konstigt. Om han hade duschat efter nattens joggingrunda, skulle fuktigheten finnas kvar här inne. Klockan var bara åtta. Margaret gick tillbaka till sovrummet.

Hon stirrade på sängen. Lustigt nog hade hon inte lagt märke till att Evalds sida fortfarande var bäddad. En plötslig rädsla snörde ihop strupen och hon sprang nedför trapporna och blev stående framför köksdörren, rädd för att gå in. Så tog hon sig samman och öppnade långsamt dörren.

Två smörgåsar, en med rostbiff och en med ost och paprika, låg fortfarande på en tallrik på det ovala köksbordet. Plastfolien över dem var inte rörd.

Margaret tvärvände och gick ut i tamburen.

Tre par joggingskor stod på skohyllan. Det fjärde paret fattades. De nya. De Evald köpte för en knapp månad sedan. Under loppet av ett år hade han slitit ut fem par, men brukade behålla de gamla ett tag. De var bra att använda när det regnade för mycket.

– Evald, sa hon lågt och upprepade med högre röst: *Evald!*

Fem minuter senare hade Margaret Kleiven konstaterat att Evald inte fanns någonstans i huset och att kläderna han hade haft på sig kvällen innan också var borta.

Han hade helt enkelt inte kommit hem.

Hon tappade telefonluren när hon försökte lyfta den. Så satte hon sig i trappan och tvingade sig att lugna ner sig tillräckligt för att slå numret till Aftenposten.

Evald var inte där. Inte på sitt rum. Inte någonstans.

Margaret Kleiven började gråta. Hon fingrade på vigselringen, som hade blivit för stor på sista tiden, och kände att rädslan var på väg att övermanna henne.

Evald kunde vara hos en vän.

Margaret kunde inte komma på någon som Evald skulle vilja besöka tidigt på påskdagsmorgonen.

Evald kunde ha kommit hem i natt, låtit bli att äta, sovit bredvid henne, bäddat sängen, tagit på sig träningskläderna från igår och gett sig iväg på en ny joggingrunda.

Hon andades djupt in och ut.

Så måste det ligga till.

Det var inte så. Det kände hon på sig. Något var förfärligt fel.

Om Evald inte var tillbaka före tio skulle hon ringa polisen. Margaret Kleiven blev sittande i trappan med telefonen i knät och stirrade på väggklockan mitt emot sig. Solskenet hade krupit in över golvet i vardagsrummet och redan börjat klättra uppför väggen. Evalds gamla pokaler i bokhyllan gav ifrån sig skarpa reflexer som fick henne att kisa med ögonen.

Det såg ut att bli en ovanligt vacker dag.

15

DE TVÅ POLISERNA, som med bestämda steg gick uppför infarten till familjen Halvorsruds hus, bar solglasögon. Den ena, en kvinna på omkring tjugofem år, mumlade någonting om att det var jurist man skulle ha varit. Familjen Halvorsruds villa såg storslagen ut i vårvädret. Det glimmade i de glaserade holländska takteglen. Trädgården inte var iordninggjord för säsongen men tomten var stor och garaget dubbelt.

Den äldste av de två, en man med svart hår och kraftig mustasch, ringde på dörrklockan. Han tog av sig glasögonen och gjorde en otålig gest åt kollegan att göra detsamma.

Efter två nya långa signaler öppnades omsider dörren.

Halvorsrud stod i blå- och vitrandig morgonrock och kisade på dem.

– Vad gäller det, sa han sömndrucket innan han plötsligt såg på armbandsklockan. Oj. Jag är ledsen.

– Du har anmälningsplikt varje dag klockan tolv, sa kvinnan och försökte titta över Halvorsruds axel.

En flicka i tonåren kom tassande nedför trappan klädd i en alltför stor T-tröja.

– Jag vet det, sa Halvorsrud uppgivet. Naturligtvis vet jag det. Jag har helt enkelt försovit mej. Jag kan inte göra annat än be om ursäkt.

Den uniformerade mannen tog ur bröstfickan fram ett papper som han vecklade upp och höll framför Sigurd Halvorsrud.

– Pappa?

Flickans röst lät ängslig och Halvorsrud vände sig om mot henne.

– Det är okej, min flicka, sa han. Vi har bara försovit oss.

Så vände han sig igen och läste snabbt igenom papperet han hade fått.

– Har du något att skriva med, mumlade han och la arket mot tamburväggen.

– Här.

Halvorsrud tog kulspetspennan som mannen räckte honom och krafsade ner en underskrift.

– Så, sa han och knöt skärpet lite stramare om morgonrocken. Förlåt mej än en gång.

– Bara det inte upprepas, sa polismannen och log. Ha en bra dag.

Halvorsrud blev stående och såg efter dem, med armen om dotterns axlar. När de två poliserna satte sig i polisbilen som stod parkerad alldeles vid infarten sa den yngsta av dem när hon satte på sig solglasögonen:

– Hade det varit upp till mej så hade vi burat in honom igen. Det är inte vem som helst som får en sån behandling.

– Lawyers rule the world, svarade den andre och la det signerade papperet i handskfacket.

16

PORTVAKT OLE MONRAD KARLSEN på Vogts gate 14 hade haft en eländig natt. I huset bredvid hade ett gäng ungdomar gjort sitt bästa för att hålla hela området vaket till långt fram på morgonkvisten. Karlsen hade inte varit den enda som blivit irriterad; vid fyratiden hade polisen dykt upp, uppenbarligen efter att någon klagat. Ljudnivån hade dämpats betydligt under en halvtimme och Karlsen hade varit på vippen att somna igen när det åter brakade löst.

Den första söndagen i månaden var det dags att byta glödlampor i trappa, källare och vind. För Ole Monrad Karlsen spelade det ingen roll att det var påskdagen. Han hade sina rutiner och det skulle mer till än en helgdag eller en sömnlös natt för att hindra honom från att utföra sina plikter. Han småsvor när han upptäckte att hela fyra glödlampor i uppgång A var trasiga. Huset var stort, med tjugofyra lägenheter och två uppgångar.

Egentligen hade han tänkt gå bort till uppgång B innan han tog källaren. Men när han kom lufsande nerför trappan från andra våningen med fyra trasiga och sex nya glödlampor i en plastpåse, la han märke till att källardörren stod på glänt. Det var inte första gången. På sista tiden hade han skrivit tre stränga anslag med påminnelse om att port och källardörr skulle vara låsta.

ALLTID, stod det med rött nederst på plakatet.

Portvakt Karlsen blev rasande. Efter den förra objudna gästen, skurken som hade gett honom en värkande axel som fortfarande gjorde ont på nätterna, hade han konstaterat att inget lås var uppbrutet. Med andra ord hade tjuven tagit sig in för att någon slarvat med rutinerna. Lyckligtvis hade ingenting blivit stulet. Karlsen hade överraskat honom i grevens tid.

Nu hade någon haft sönder dörren.

Den stod och slog i det svaga draget. Träverket kring låset var splittrat och lyste vitt mot den gamla blå färgen.

– Det var då som...

Karlsen tog det hela som en personlig förolämpning. Det här var hans hus. Han hade ansvar för att allt var i sin ordning, att folk skötte sin trappstädning när de skulle, att trottoaren blev spolad och att rörmokaren kom när det behövdes. Han hade ansvar för att allt fungerade. I ett hus som det här, där en tredjedel av de boende var socialfall och där omsättningen på hyresgäster var så stor att Karlsen ibland var tveksam om vem som egentligen hörde hemma här, var det nödvändigt att det sköttes med fast hand.

Någon hade brutit sig in i *hans* källare.

Rasande klampade han nerför trappan.

När han kom ända ner höll han på att snubbla på något. Han satte handen mot väggen för att stödja sig och lyckades hålla sig på benen. Så tittade han ned.

Där låg ett huvud.

Lite längre in i källargången låg kroppen som uppenbarligen hörde till. Armarna låg längs sidorna och benen låg i kors, som om det huvudlösa liket bara hade tagit sig en liten tupplur.

Karlsen kände blodet strömma från hjärnan och svalde hårt.

Karlsen hade varit med om värre saker än det här. Han hade sett fäktande kamrater drunkna i iskall sjö; en gång halade han sin bäste vän ur det oljebrinnande havet och upp i livbåten, bara för att upptäcka att vännen inte längre hade någon underkropp.

Ole Monrad Karlsen la handen över ögonen, svalde igen, och tänkte att den här gången måste han i alla fall ringa polisen.

17

– Svara inte, mumlade Cecilie.

Lätta sommarmoln drev sakta över dem. Konturlösa och genomskinliga fick de himlen att blekna och solen att verka vit. Hanne och Cecilie låg på rygg och höll varandra i handen. Det var redan långt fram på förmiddagen och de kände värmen från berghällen genom kläderna. Vinden hade mojnat. Tärnorna skrek och Hanne hoppades en kort stund att det var dem hon hörde när mobiltelefonen ringde.

– Måste, sa hon uppgivet och satte sig upp. Wilhelmsen?

Någon pratade länge i andra änden. Hanne Wilhelmsen sa inte ett ord innan hon avslutade med att säga att hon skulle ringa tillbaka om tio minuter. Så stängde hon av telefonen och satt och såg ut över havet. En Colin Archer-skuta tuffade inåt hamnen och vid horisonten var ett tankfartyg på väg västerut.

– Vem var det, sa Cecilie lågt utan att öppna ögonen.

Hanne svarade inte. Hon tog Cecilies hand och tryckte den. Cecilie satte sig upp.

– Tack för att du ville följa med hit, viskade hon och plockade en torr strandaster från en spricka i berget. Jag har haft det så fint. Måste du åka?

Hon lutade sig mot Hanne och kittlade henne under näsan med blomman. Hanne log matt och gned sig i ansiktet.

– Det har varit ett mord, sa hon lugnt. En halshuggning till.

Cecilie la armen om henne och kände hennes hår mot kinden.

– Och Halvorsrud är ute, sa hon sakta. Har det här något med honom att göra?

Hanne ryckte lite på axlarna.

– Who knows, sa hon uppgivet. Men det verkar märkligt med två halshuggningar på en månad. Jag har ingen aning…

Hon tystnade och gömde ansiktet i händerna. Cecilie reste sig långsamt och satte sig på knä bakom henne. Hon la armarna om Hanne och vaggade henne sakta från sida till sida.

– Det är påskdagen, viskade hon med läpparna mot Hannes öra. De klarar sig väl utan dej till i morgon. Va?

Tre ungar i tolvårsåldern stod plötsligt på en knalle bara tio meter ifrån dem. Flickorna viskade lite och den ena fnissade våldsamt med handen för munnen. Så var de borta, lika plötsligt som de hade dykt upp.

– Jag måste dra, sa Hanne och reste sig stelt. Men om du vill stanna så kan jag försöka få tid att hämta dej i morgon kväll. Du får i vilket fall inte lov att åka med Håkon och Karen. Det blir för jobbigt med ungarna.

Cecilie tog hennes hand och började gå med osäkra steg mot stigen bakom berget.

– Aldrig i livet att du kommer att få tid att hämta mej, sa hon bestämt. Jag åker in med dej nu.

18

DET VAR MÅNDAG den femte april klockan åtta på kvällen. Hanne Wilhelmsen hade i all hast varit hemma och bytt kläder på morgonen och konstaterat att den välbekanta huvudvärken var på väg. Hon spärrade upp ögonen och försökte fokusera på papperen som Billy T. hade lämnat för en timme sedan. Hon var tacksam för att han aldrig protesterade mot förhållningsordern om daglig, skriftlig sammanfattning. De flesta spanare tyckte att de officiella dokumenten borde vara nog, utan att de också skulle behöva ta sig tid till att skriva privata brev till kommissarien. Men Hanne Wilhelmsen insisterade på regeln, trots mer eller mindre högljudda protester. De dagliga sammanfattningarna av all information som låg i mappar och pärmar som hela tiden växte, hjälpte henne att få en överblick. Erfarenheten tydde på att spanarna tog sig större friheter när de visste att det de skrev inte skulle journalföras och luftade därför personliga tankar och förmodanden. Hanne Wilhelmsen ville ha det så, och så fick hon det.

Hon svalde två Panodil med ljummet kaffe och läste medan hon masserade hårbotten med fingertopparna.

"Den döde är Evald Bromo, journalist på Aftenpostens ekonomiska redaktion. Han var 46 år, gift med Margaret Kleiven, barnlös. Aldrig tidigare straffad.

Evald Bromo hade i likhet med Doris Flo Halvorsrud skador efter ett kraftigt slag mot bakhuvudet. Om han dog av detta, eller om han blev halshuggen medan han fortfarande var i livet, blir klarlagt inom de närmaste dagarna. Han påträffades av portvakten Ole Monrad Karlsen i fastigheten Vogts gate 14. Karlsen är tills vidare inte misstänkt. Han är tvär och besvärlig, men Sommarøy anser att mannen inte har med saken att göra.

Vogts gate 14 är ett hyreshus med 24 lägenheter, varav de flesta är kommunala bostäder för socialt belastat klientel. Själva fastigheten är emellertid privatägd, vilket förklarar varför Karlsen fortfarande är portvakt långt efter pensionsåldern. Ståle Salvesen hyrde av kommunen.

Det är klarlagt att Evald Bromo lämnade sitt hem vid halv elvatiden lördag kväll för att jogga. Han ska ha varit vältränad för sin ålder och enligt hans fru var det ingenting ovanligt med en sådan träningsrunda.

Frun hade lagt sig alldeles efter att mannen gick ut. När hon vaknade nästa morgon vid åttatiden visade bostaden tecken på att Evald Bromo aldrig hade kommit hem. Preliminärt är tidpunkten för mordet fastslagen till mellan tolv och två på söndagsmorgonen, så detta kan stämma. Hustrun väntade ett par timmar innan hon anmälde mannens försvinnande till polisen. Hon ville inte ställa till med något om det bara var så att mannen hade gett sig iväg på en ny joggingrunda. Karianne, som har pratat med frun, säger att hon verkar fullständigt knäckt och uppriktigt förvirrad över det som har hänt. Jag har bett om ett nytt förhör i morgon. Söndag eftermiddag var det knappast möjligt att få något förnuftigt ur henne.

Vapnet som användes för att halshugga Bromo har inte påträffats. Antagligen har gärningsmannen använt ett svärd av något slag. Det måste ha varit relativt tungt och mycket vasst; huggytan är ren och rättsmedicinarna säger att det knappast har behövts mer än två eller tre hugg för att skilja huvudet från kroppen.

Det är klarlagt att dörren till källaren är uppbruten, men att porten förmodligen har varit öppen. Så vitt vi vet hände det relativt ofta att hyresgästerna satte upp patentlåset. Porttelefonen var periodvis ur funktion och många ville slippa gå ned för att öppna för gäster.

Bromo blev med all sannolikhet halshuggen på den plats där han påträffades. Han måste i varje fall varit medvetslös (om inte död) när det hände. Hittills har vi inte funnit några spår efter strid. Under naglarna hade han ingenting annat än vanlig smuts och kroppen hade inga andra skador än efter slaget mot bakhuvudet och själva halshuggningen.

Tills vidare håller vi det öppet om Bromo har gått ner i källaren för egen maskin eller om han blev buren. Om det senare är fallet handlar det med all sannolikhet om en manlig, stark gärningsman (ev. gärningsmän). Varken trappan eller liket bär spår av att Bromo släpats ned i källaren (död el. medvetslös). Det innebär att han antingen har gått själv eller blivit buren. Eftersom det inte fanns några spår efter strid tycks det senare mest troligt. Det ska för övrigt tillfogas att Bromo var en smärt man, han var 182 cm lång och vägde bara 68 kilo.

Polisen hade faktiskt en utryckning till området klockan tre natten till söndag. Det hade kommit klagomål på oväsen från en fest i huset mitt emot brottsplatsen. Patrullen har inte sett eller hört något misstänkt vid eller i Vogts Gate 14.

Det mest anmärkningsvärda med det här fallet är naturligtvis att liket påträffades i källaren till det hus där Ståle Salvesen bodde. Även om mordet utförts på annat sätt än halshuggning hade en sådan tillfällighet varit egendomlig. När det till råga på allt är fråga om en avrättning av samma slag som Doris F.H. utsattes för, talar väl allt för att det finns ett eller annat samband mellan morden.

Erik H. och Karl undersöker nu om det kan finnas några beröringspunkter mellan Evald Bromo och Ståle Salvesen. Bromos fru har aldrig hört Salvesens namn, så det kan i varje fall inte vara tal om något närmare förhållande. Än så länge vet vi inte annat än att Bromo en gång i tiden bevakade utredningen av fallet Aurora Data och Salvesen. Med andra ord är det sannolikt att de två i alla fall har pratat med varandra för många år sedan.

Vi undersöker naturligtvis också om det finns någon anknytning mellan Sigurd Halvorsrud och Bromo. Hittills tyder ingenting på det. Eftersom bägge arbetar med ekonomisk brottslighet är det i alla fall högst sannolikt att de kände till varandra. Vi tar in Halvorsrud till förhör i morgon. Jag tar det själv.

Tills idag har det gjorts sex vittnesförhör. (Folk har varit svåra att få tag i p.g.a. påsken). Tre av dem är med Bromos närmaste kolleger, som alla hävdar att de kände Bromo ganska väl. Han beskrivs genomgående som en relativt lugn och skygg man, som sällan utövade något särskilt socialt umgänge med andra. De vet inte mycket om hans bekantskapskrets, men hävdar att han i stort sett höll sig hemma hos frun när han inte var ute och sprang. Han ska ha varit en mycket duktig långdistanslöpare. Ett av vittnena beskriver Bromos förhållande till löpningen som "fanatisk". Inget av vittnena kan komma på någon som skulle vara ute efter Bromo, även om alla understryker att de som journalister då och då kan få ett relativt ansträngt förhållande till människor de skriver om.

För att uttrycka det så: Ståle Salvesen är en "död joker".

Det kanske är på tiden att vi sätter i gång ett organiserat sökande efter honom. Kanske vi skulle ha gjort det tidigare. Strömförhållandena vid Staure bro är sådana att ett lik mycket väl kan pressas ned och eventuellt fastna på botten. Personligen tror jag inte att vi hittar något. I maggropen känner jag på mig att Ståle Salvesen lever någonstans i bästa välmåga.

Hanne Wilhelmsen försökte känna efter i maggropen. Den sa henne ingenting annat än att hon inte hade ätit på ett halvt dygn.

– Nu jävlar, Hanne!

Karl Sommarøy slängde upp den halvöppna dörren och dängde ett papper med två förstorade fingeravtryck i bordet framför henne. Sedan ställde han sig bredvid henne med vänster arm runt hennes axel och höger pekfinger daskande mot papperet.

– Vad tror du det där är?

Han skrattade sitt småflickskratt och slog hela handen i bordet.

– Fingeravtryck uppenbarligen, suckade Hanne.

Hon svalde en gäspning och funderade på att tillrättavisa kollegan. Även om dörren stod på glänt borde han ha knackat.

– Jag ser ju det, sa hon i stället.

– Men vem tror du de tillhör?

Karl Sommarøy var andfådd av upphetsning och fortsatte utan att vänta på Hannes gissningar:

– De fanns vid Bromos lik. Ett på en dörr till ett källarkontor två meter längre in i gången. Och ett på väggen vid trappan.

Huvudvärken hade blivit värre. Någonting pulserade bakom höger öga; det var som om en spik hade fastnat där inne och ville ut. Hanne stack knogen i ögat och tryckte till.

– Och vem tillhör de då, sa hon uppgivet och försökte få honom att släppa taget om hennes axlar. Jag är lite för trött för att leka.

– Det är Sigurd Halvorsruds, sa Karl och skrattade igen högt, gällt och skärande. Sigurd Halvorsrud har varit i Ståle Salvesens källare där Evald Bromos lik påträffades. Jag undrar *jävligt* mycket hur han har tänkt sej att förklara det!

Hanne Wilhelmsen lät fingret följa de fina linjerna i de förstorade avtrycken framför sig. De böjde sig om varandra i bågar som på en gammal orienteringskarta. Terrängen var unik; av alla nästan fem miljarder människor i hela världen var det bara Sigurd Halvorsrud som kunde ha satt dessa märken i källaren där Evald Bromo låg mördad. Det kunde den suspenderade chefsåklagaren helt enkelt inte förneka.

19

DET VAR KAV LUGNT i yttre Oslofjorden. Ett par sjömil syd om Færder fyr låg en havskappseglare med två man ombord. Petter Weider och Jonas Broch var båda tjugofem år och läste juridik när de inte seglade. Vilket innebar att de läste minimalt. Under påsken, som de borde ha tillbringat över böckerna eftersom sluttentorna var om bara en knapp månad, hade de seglat till Köpenhamn efter marijuana. Det var inte tal om några tunga grejer – bara ett halvkilo var, uteslutande för eget bruk. Lite till vänner också, kanske. För att bjuda, i så fall.

Seglingen tillbaka tog längre tid än väntat. Mitt i Skagerack hade vinden mojnat ordentligt. När de två juridikstuderandena på morgonkvisten den sjätte april fick syn på Færder fyr låg havet ovanligt lugnt för årstiden. Solen sken på himlen i öster och de kunde stuva undan de tjocka livräddningsjackorna och sitta i sittbrunnen i bara ylletröjorna.

Det var en perfekt dag för en rejäl joint. Ingen vits med att gå för motor när de strängt taget inte hade annat än en instängd läsesal som väntade i land.

Gräset de hade köpt genom en gammal bekant på universitetet i Köpenhamn höll vad reklamen lovade. Petter och Jonas hade redan glömt att de hade kört i tentan två gånger i rad och att Lånekassan skulle ställa till ett sant helvete om de inte klarade sig den här gången. Ljudet av loja slag av segel som letade efter vind blandade sig med småskvalpet runt båten och fick killarna att se ljust på tillvaron. Om examen gick åt skogen den här gången också kunde de segla jorden runt. I ett par år kanske. Till Zanzibar i varje fall, där Jonas var på jullov förra året. Och helt säkert till Maldiverna, där de kunde segla omkring bland öarna och kanske tjäna pengar på turister som var trötta på att knalla runt på samma lilla ö.

– Det ligger en gubbe i vattnet, sa Petter slött. Styrbord sida.

Jonas fnissade.

– Vad håller han på med, viskade han teatraliskt.

– Han är död.

– Alldeles?

– Rätt så.

– Hade vi mer öl?

Petter stack handen i en kylväska och halade upp en halv-litersflaska Tuborg. Han kastade den till Jonas och öppnade sedan en till sig själv.

– Gubben är kvar, mumlade Petter.

– Äh, sluta.

Jonas rätade lite på sig och säkrade rorkulten.

– Var är han?

– Där!

– Fy fan! *Helvete också,* Petter! Han är ju *dö,* ju!

– Det var ju det jag sa, mumlade Petter sårat.

Jonas la sig över relingen och slog saltvatten i ansiktet. Han gned sig hårt över tinningarna och skakade kraftigt på huvudet.

– Vi måste hala in honom. Ge mej båtshaken!

Tillsammans lyckades de två hugga tag i likets kläder. De drog den blytunga kroppen mot sig. Mannen – av någon anledning förstod de genast att det var en man – låg med ansiktet nedåt.

– Vänd på'n, sa Petter misstroget.

– Det kan du göra.

– Fan heller. Menar du att vi ska ta'n ombord?

Jonas försökte gripa tag under magen på liket. Greppet fick en luftbubbla i kläderna att spricka.

– *Helvete också!* Det *stinker!* Släpp! Släpp då för faan!

Petter skrek och slängde sig mot båtens babordssida. Han slog ryggen mot kylväskan och for ut i en ström av svordomar.

– Vi kan ju inte släppa, fräste Jonas och spydde över liket. Vi måste ju kalla på polis, din idiot!

Petter kom på fötter och gned sig på den ömma ryggen medan han gjorde grimaser över den groteska stanken som hade brett ut sig över hela båten.

– Kan vi inte bara släpa'n i land? Om vi släpper ut lite lina så slipper vi den förbannade lukten.

– Dumskalle! Hela snubben håller ju på att lösas upp. Om vi släpper ut så mycket som tio meter finns det inget kvar av honom. Ge mej lite lina och sluta att fjanta dej. Hjälp mej då, för helvete!

En kvart senare hade Petter Weider och Jonas Broch säkrat sitt likfynd genom att binda det vid relingen. De hade tillkallat polisen via VHF:en. Det skulle inte ta lång tid förrän de kom.

– Faan!

De kom på det i samma sekund. I luckan i fören låg det ett drygt kilo marijuana. Även om det inte var sannolikt att polisen skulle finkamma de båda hjälpsamma killarnas båt, kunde de inte ta chansen. De skulle ju bägge bli brottmålsjurister så småningom, stjärnadvokater med feta bankkonton. Petter var nära till gråten när Jonas resolut tömde två plastpåsar med tobaksliknande narkotika i sjön.

Han hade inte tänkt på att havet låg så lugnt.

Cannabisen ville inte sjunka. Den klistrade sig i stället mot skrovet, insugen av de svaga virvlar segelbåten gjorde genom vattnet på sin långsamma färd mot land.

Så gick det till, att när polisen till slut övertog ansvaret för liket, som de ett dygn senare skulle identifiera som Ståle Salvesen, så var den döde, halvt upplöste mannen rikligt kryddad med narkotika.

20

– Sigurd Halvorsrud, sa Billy T. långsamt och drog sig i örsnibben medan han lekte med ett upp och nedvänt kors i guld.
Sigurd Harald Halvorsrud.

Han la snabbt armarna i kors och högg blicken i mannen som satt stel som en pinne på andra sidan bordet. Bredvid honom satt Karen Borg, för ovanlighetens skull klädd i byxor. Hon fingrade på portföljen som hon hade tagit upp i knät för tio minuter sedan, men inte öppnat. Nästan omärkligt sköt hon stolen någon centimeter bort från sin klient, som om hon för länge sedan hade förlorat tron på Sigurd Halvorsruds oskuld och hade svårt att distansera sig.

– Vad hade du i den där källaren att göra, Halvorsrud?

Billy T. lutade sig plötsligt över bordet.

– Min klient har ännu inte medgivit att han har varit där, tillrättavisade Karen Borg. Jag föreslår att vi börjar där.

Billy T. log och bet i mustaschen.

– Hittills har din klient inte sagt så mycket som halv sju, sa han hårt. Och det har han ju full rätt till. Men när det gäller det här förhöret så gör vi det som jag bestämmer.

Han öppnade en halvlitersflaska Cola och drack hälften i ett drag. Sedan slog han flaskan i bordet och gnuggade händerna.

– Jag börjar från början, sa han muntert. Vad gjorde du i källaren till Vogts gate fjorton natten till i söndags?

Under de tre veckor som Halvorsrud hade suttit i häkte, innan rådman Bugge egenmäktigt hade skickat hem honom till dottern, hade mannen knappt varit ur sin formella klädsel. Varenda dag hade han klätt sig i sina vanliga arbetskläder; kostym och skjorta med slips. Nu satt han i ett par slitna jeans med byx-hängslen utanpå en brun och grön flanellskjorta, öppen i halsen där några gråa, sträva hårstrån stack upp. Billy T. hade läst rapporten från gripandet. Mannen hade insisterat på att få byta. Det fick han inte och kände sig uppenbarligen besvärad i de grova kläderna, som om det var för intimt att visa sig så offentligt. Halvorsrud höll händerna över skrevet och harklade sig oavbrutet som om han hade något i halsen.

– Jag, började han. Jag… Jag…

Han kom aldrig längre. I stället lutade han sig mot Karen Borg och viskade någonting kort. Hon rätade på ryggen och satte till slut ifrån sig portföljen på golvet igen.

– Min klient väljer att utnyttja sin rätt att slippa uttala sej, sa hon högt.

Billy T. kastade en sned blick på Erik Henriksen, som satt på den yttersta stolen i förhörsrummet och ännu inte hade sagt ett ord.

– Hör du, Erik? Vår vän här finner det bäst att inte uttala sej.

– Det är okej, nickade den andre. Då går det så mycket lättare med häktningen. Han uttalar sej nog senare. "Sker det nu så sker det inte sedan, sker det inte sedan så sker det nu och sker det inte nu så sker det i alla fall en annan gång".

Han gäspade och sträckte armarna över huvudet.

– Hamlet, fortsatte han lojt. Femte akten. Jag ska ge Annmari besked. Och så skickar jag in ett par man som kan få chefsåklagaren på plats i en cell.

Karen Borg följde efter sin klient när Halvorsrud fördes bort. Billy T. la en tung näve på hennes axel och viskade:

– Jenny.

Karen vände sig tvärt.

– Va?

– Lilltjejen ska heta Jenny. Lagom modernt och lagom gammeldags. Typisk kompromiss. Fint va?

321

Karen Borg såg i golvet och började gå genom korridoren. Billy T. travade efter.

– Tycker du inte om det?

– Jodå, svarade hon utan att le. Jenny är helt okej.

– Billy T.!

En aspirant kom springande mot dem. Han stack andfådd en gul meddelandelapp i Billy T:s hand.

– Från Hanne Wilhelmsen, flåsade han. Hon bad dej dessutom ringa henne på mobilen. Så snart som möjligt.

Billy T. läste meddelandet. Så vek han ihop den lilla lappen och stoppade den i klockfickan.

– Också en tid att åka till Vestfold på, sa han surt. Vad fan har hon där att göra?

När han såg upp igen var Karen Borg försvunnen.

21

PLATSEN VAR ännu mer betagande i det strålande vårvädret. Det slog Hanne Wilhelmsen när hon småsprang uppför den stenlagda gången mot Eivind Torsviks stuga: Vestfold var landets vackraste landskap. Gula berghällar smög sig ned i det friska gråblå vattnet. Träden hade på allvar slagit ut de senaste dagarna; ljusgröna kronor sträckte sig mot sommaren som just nu tycktes vänta alldeles om hörnet. Marken var täckt av vitsippor. Ljuset skar i ögonen och Hanne tog på sig solglasögon. Hon blev stående och såg ut över havet från terrassen framför huset. Solkatter lekte i den lugna fjorden. En pojke ropade med målbrottsröst från en liten holme bara trettio meter bort till en kamrat i land. Bägge började skratta. Ljudet bar långt och ekade över den smala Hamburgkilen.

– Så fint att du kunde komma. Så snabbt!

Hanne Wilhelmsen hoppade till när hon hörde honom och tvärvände. Eivind Torsvik hade också solglasögon på sig. Skalmarna hade rätats ut och böjts bakåt där de var hopfästa med ett snöre.

– Smart, sa hon utan att tänka sig för och pekade på glasögonen.

Han skrattade, ett fascinerande, barnsligt skratt som fick henne att le brett.

– Det är det inte många som har kommenterat, sa han och skrattade igen.

Han pekade på solväggen framför panoramafönstret. Två stora trästolar med blåvita dynor hade ställts fram sedan sist. Hanne satte sig i den ena och vände ansiktet mot solen. Klockan var ännu inte halv fyra på eftermiddagen. Det brände i kinderna.

323

– Vilket underbart ställe, sa hon lågt. Vilken fantastisk stuga du har.

Eivind Torsvik satte sig bredvid henne utan att svara. Han drog en pläd över de smala axlarna och Hanne kunde höra hans jämna andetag genom ljudet från en fiskebåt som långsamt passerade. Hon blundade bakom solglasen och kände sig tom och outsägligt trött.

Han hade varit så påstridig. När han ringde hade hon först bett honom komma till Oslo. Eivind Torsvik hade uttryckt stor förståelse för Hannes arbetssituation, men ändå med bestämdhet avvisat hennes uppmaning. Han hade inte varit utanför Sandefjordområdet på många år, berättade han, och så skulle det förbli. Om hon var intresserad av vad han hade att berätta om Evald Bromo, så måste hon komma till stugan längst ut på Årø. Alldeles ensam. Det var inte fråga om att tala med några andra.

Nu satt hon med den märkligt pojkaktige mannen bredvid sig och kände att hon skulle kunna somna. Eivind Torsviks närvaro var behaglig; det ständiga trycket bakom ögonen avtog och axlarna sänktes. Trots att de bara hade växlat några få ord när hon högst opassande hade trängt sig in i mannens privata sfär förra lördagen, så var det som om de hade känt varandra länge.

Eivind Torsvik var en man som avskärmade sig och sitt från alla andra. Författartillvaron gjorde det möjligt att hemfalla åt det extrema; han behövde knappast förhålla sig till någon alls. Eivind Torsvik hade inte behov av någon. Hanne kom på sig med att avundas honom innan hon faktiskt somnade.

Hon måste ha slumrat till i flera minuter, för när hon vaknade stod han framför henne med en rykande kopp te och en extra filt över armen.

– Här, sa han och räckte henne bäggedera. Det kan bli kyligt fram på eftermiddagen. Nu ska jag tala om för dej vad jag egentligen håller på med här ute.

Han hämtade en kopp till sig själv och satte sig igen medan han rörde ut sockret. Hanne skakade på huvudet när han räckte henne skålen.

– Vad tycker du är det värsta med att jobba som polis, frågade han milt och så lågmält att Hanne först inte riktigt förstod vad han sa. Det allra värsta med att vara lagens hantlangare, menar jag.

– Rättegångsbalken, sa hon genast. Det att ha så många regler att hålla sej till. Att det är så mycket vi inte kan göra, menar jag. Även när vi med säkerhet vet att folk är skyldiga.

– Jag tänkte väl det, sa han och nickade belåtet.

Teet smakade svagt av kanel och äpple. Hanne höll koppen mot ansiktet och andades in den lätta ångan.

– Ska jag berätta varför jag skriver?

Han såg på henne och lyfte glasögonen så att de satt fast på pannan. Hanne nickade lugnt och drack ur koppen.

– För att jag har levt ett liv som det är möjligt att skriva om, sa han och log förundrat, som om han först nu hade funnit förklaringen på något han länge hade funderat på. Jag skriver aldrig om mej själv. Samtidigt gör jag det hela tiden. Böcker handlar om levt liv. Jag levde mer än de flesta innan jag fyllde arton år. Då var det slut. Jag dödade en man och sedan har jag funnit mej i att det enda liv jag fick är över.

Hanne hällde upp te ur en termos som stod på berget mellan dem. Hon öppnade munnen för att protestera, hon såg sig omkring och lyfte handen mot det starka solskenet.

– Jag säger inte att jag är värdelös, sa han bestämt och förekom henne. Tvärtemot. Mina böcker är till glädje för många. För mej själv också. Genom att skriva stjäl jag ett liv som inte är mitt. Samtidigt ger jag något till andra som jag länge trodde att jag inte kunde. Man kan absolut bli tillfreds med att skriva böcker. Lycklig blir man däremot inte. Jag har…

Det var första gången Hanne hade hört honom avbryta sig

själv. Hans röst var mjuk och ljus. Orden flöt alltid utan ansträngning. Nu skakade han på huvudet, drog ner glasögonen på näsan igen och lutade sig tillbaka i stolen.

– Du känner ju till min bakgrund. Jag ska inte plåga dej med den. Men jag var inte speciellt gammal när jag förstod att jag hade förlorat förmågan att fästa mej vid andra människor. "Reducerad affektionsförmåga". Det var vad psykologerna kallade det i de otaliga rapporter som finns om mej.

Han drog filten tätare om axlarna.

– De har inte ens en aning om vad det innebär!

Hanne kunde se en lätt skälvning löpa nedför hans arm. Hyn var blek och hon kunde se en ryckning längs ena näsvingen.

– Nog om det, sa han lättsamt och försökte slå en knut på den tjocka pläden över bröstet. Det var inte alls därför jag bad dej komma. Jag skriver inte bara böcker. Jag håller på med något som är mycket viktigare. Kommer du ihåg Belgien?

– Belgien, upprepade Hanne. Dioxin och Belgisk Blå. Korruption och sexualsadism. Politiska mord. Salmonella och importförbud. Belgien: ett festligt land mitt i Europa.

Hon sneglade på honom. Han log inte. Hon flyttade förläget blicken ut mot fjorden. De skrattande pojkarna hade hoppat i en roddbåt och roade sig med att ro i cirklar med varsin åra.

– Marc Dutroux, sa Eivind Torsvik ut i luften. Minns du honom?

Naturligtvis mindes hon Marc Dutroux, "Monstret från Charleroi". Gudarna må veta hur många liv han hade tagit, både bokstavligen och i mer överförd mening. Pedofilskandalen som drog fram över Belgien sensommaren och hösten 1996 hade skapat chockvågor över hela världen. Massgripanden följde vartefter lik efter lik av små och stora barn grävdes upp ur trädgårdar och hittades ihjälsvultna i specialmurade källare. Så småningom framkom en bild av en omfattande pedofilring, där poliser och domare och en handfull centrala politiker blev föremål för utredning.

– Det värsta med saken var inte att Marc Dutroux uppenbarligen skyddades av mäktiga män i systemet, sa Eivind Torsvik. När det gäller pedofili, finns det inga sociala skillnader. Det finns heller inga gränser för vad människor kan göra när tillvaron är hotad. Inga som helst gränser. Nej, det allra värsta var…

Han hällde ut det kallnade teet på berget. Vätan tecknade ett mörkt mönster mot det grå. Fläcken liknade en krabba med tre klor och han satt och studerade fläcken medan han trummade lätt mot den tomma koppen.

– Det farliga är att systemet sviker. Marc Dutroux var nämligen dömd förr. Han satt inne efter att han dömts till tretton år för en serie våldtäkter. Vet du hur länge han satt?

– Sju, åtta år?

Hanne ryckte på axlarna…

– Tre. De släppte ut honom efter tre år. På grund av gott uppförande. Gott uppförande! Ha!

Han reste sig tvärt.

– Det är lite i kyligaste laget här ute. Jag är frusen av mej. Har du något emot att vi går in?

Hanne kunde inte begripa att mannen kunde frysa. Det var säkert femton grader varmt, och Eivind Torsvik hade suttit insvept i yllepläden under hela samtalet.

– Inte alls, sa hon ändå och följde efter honom in i stugan.

– Jag har lagat lite mat, hörde hon honom säga från köket. Bara en sallad och lite bröd, jag utgår ifrån att du inte vill ha vin.

– Jag kör, sa hon och klappade sig på bröstfickan. Är det rökförbud här?

Han stack ut huvudet mellan över- och underskåpet som skilde rummet från köket.

– Här har ingen rökt förr. Vilket innebär att det knappast kan göra någon skada. Var så god.

Innan Hanne rökt färdigt var bordet dukat. Tallrikarna var

vita och besticken av silver. Eivind Torsvik hällde Farris i hennes
höga vinglas och Alsacevin i sitt eget.

– Visste du att man kan beställa hemkörning från Vinmono-
polet, frågade han och satte sig. Och att det finns massor av bra
matrecept på Internet?

– Är du här hela tiden?

Hanne försåg sig med kapris och en bit franskbröd.

– Nej. Tyvärr måste jag in till stan någon enstaka gång. Till
tandläkaren och sånt. Dessutom cyklar jag till Hasle för att
handla ibland. Det är nästan ända inne i stan. Solløkka alldeles
här borta är väl mer som en stor kiosk. Visste du att Dutroux-
fallet egentligen löstes på grund av en privatutredning?

Hanne smakade på salladen. Mozzarellan var mjuk och fyllig
och tomaterna ovanligt smakrika.

– Jag har ett litet drivhus här bakom. Du kan få se det sedan
om du vill. Jag leder en sådan organisation. Eller, leder och leder.
Vi är en grupp på tjugotvå européer och femton amerikaner
som samarbetar. De andra betraktar mej som en sorts ledare,
fast det inte har varit något val eller formell utnämning.

Till att börja med trodde Hanne Wilhelmsen att det var en
grönsaksorganisation han pratade om. Hon slutade att tugga
och stirrade på honom med gaffeln i vädret.

– Vi kartlägger pedofiler helt enkelt.

Han log lite och stirrade retsamt, nästan utmanande, tillbaka.
Håret krusade sig blont kring det ovala ansiktet och ögonen fick
en glans som hon inte hade sett förr. Läpparna var blodröda mot
den bleka hyn och hon la plötsligt märke till att han knappt hade
någon skäggväxt. Han liknade en ängel. En sådan som fanns på
de bokmärken som Hanne för länge sedan hade haft i en sko-
kartong; överjordiskt vackra serafer med blå blick och glitter på
vingarna.

– Just nu ser du ut som en ängel, utbrast hon.

Han satt som förr. Blicken vek inte, det var som om Hanne såg in i något som hon inte hade med att göra, ett liv hon inte ville delta i. Eivind Torsvik var inte bara en man som hade funnit ett sätt att leva med sin ensamhet, ett liv hon kände en dragning mot och kanske på sätt och vis avundades. Så som han nu satt och såg på henne, med solljuset i lockarna som en gloria kring huvudet, var han också något annat, något hon inte kunde greppa, men som skrämde henne och fick henne att lägga ifrån sig kniv och gaffel.

– Jag *är* en ängel, sa han. Jag är själva *Ängeln*. Vår organisation heter The Angels of Protection. TAP till vardags.

Hanne ville gå. Det här var inte vad hon behövde nu. Hon stod mitt uppe i ett mordfall som hon inte begrep sig på, och ville inte belastas med en ockult organisation som mycket väl kunde syssla med olagliga saker i det godas tjänst. Hon harklade sig, tackade för maten och sköt tallriken ett par centimeter ifrån sig.

– Tror du på Gud?

Hanne skakade på huvudet och fumlade med servetten. Hon ville ut. Hon ville inte vara här, i den här stugan som var alldeles för varm och där suset från det omfångsrika dataanläggningen fick huvudvärken att blossa upp igen.

– Inte jag heller. På intet sätt. Gud är en patetisk figur som människorna tyr sej till för att förklara det oförklarliga. När jag frågar är det för att jag tror att det finns en sorts mening i att du dök upp här i lördags. Jag tror att ditt besök är en av de där tillfälligheterna som historien har sett så många av; plötsliga, oförutsedda händelser som utlöser nyupptäckter och katastrofer. Är du nöjd?

– Ja tack. Det var gott.

Hanne drack resten av mineralvattnet och såg på klockan.

– Du får inte gå än. Jag har inte gett dej det du ska ha. Du måste ha lite mer tålamod, Hanne Wilhelmsen. Du är en rastlös själ, det ser jag på dej. Men gå inte.

– Nej då, log hon blekt. Inte än. Men jag kan helt enkelt inte stanna så länge.

– Du förstår, jag har letat efter dej, förklarade han medan han dukade av bordet. Nå, kanske inte direkt efter dej, men efter någon inom polisen som jag kan lita på.

Han ställde plötsligt tallrikarna på bordet med en smäll och lutade sig fram.

– Vet du hur lång tid det tog, frågade han.

Rösten hade fått någon ny klang, en vrede som fick tonläget att djupna.

– Från att jag skar av mej öronen och berättade om min fosterfars upprepade övergrepp och till att fallet var färdigutrett?

– Nej. Jag känner inte till ditt fall i detalj.

– Tre år! *Tre år!* Fyra psykologer undersökte mej. Alla kom till slutsatsen att jag talade sanning. Dessutom måste jag stå med baken i vädret på en sjukhusbrits omgiven av vitklädda människor som inte ens hade hälsat på mej. De fingrade på delar av mej som skulle varit mina egna. *Bara mina!* Något de förstås aldrig hade varit, de blev stulna från mej själv gång på gång så länge jag kan minnas. Där stod jag med ändan i vädret och kunde inte ens gråta. Jag var tretton år och läkarnas slutsats var entydig: Grovt missbruk under många år. *Jag var tretton år!*

Eivind Torsvik sjönk ned på stolen igen och strök sig försiktigt över ögonen som om han hade gett allt.

– Ändå tog det tre år att få saken inför rätta, la han till med lugn röst.

Hanne kände att hon ville säga något. Eivind Torsviks historia var inte ny för henne. Hon hade sett den, hört den, upplevt den. Alltför ofta. Hon letade efter orden, men kunde inte säga något. I stället la hon försiktigt handen en bit in på bordet.

– Och när domen föll var den helt skrattretande.

Han tog ett djupt andetag och höll andan så länge att en rodnad spred sig över kinderna. För första gången kunde Hanne ana drag av en vuxen man i hans ansikte. Ängeln var borta. Framför henne satt en man i tjugofemårsåldern som hade förlorat allt innan han blev vuxen.

– Vi är alla offer, sa han efter en lång paus. Alla vi i The Angels of Protection. Vi har vigt våra liv åt att hitta dem. Förgriparna. Pedofilerna. De som stjäl själar. Vi är inte bundna av gränser. Inte av regler. Sexualförbrytare känner inte till några lagar och kan bara bekämpas på lika villkor. Vi övervakar. Vi spanar. Vi hittar dem på Internet. De flesta av dem klarar inte att hålla sej borta från den flod av barnporr som finns där. Idioter.

– Men hur gör ni?

Hanne kände en nyfikenhet som hon egentligen inte ville veta av.

– Vi har våra metoder, sa Eivind Torsvik. Vi har många som jobbar på fältet. Som i åratal har förföljt och granskat. Vi rör oss som skuggor i ett landskap som polisen inte känner till. Vi däremot, är födda och uppväxta där. För oss är det inte särskilt svårt att känna igen en pedofil. Vi har levt med dem. Allihop.

Han pekade på pc:n vid fönstret.

– Själv ger jag mej aldrig ut. Jag håller mej till nätet. Min uppgift finns där. Dessutom systematiserar jag. Lägger bitarna i pusslet på plats. Och det är många bitar. En del är väldigt små. Till slut framträder en bild. Och när det händer, och det dröjer inte länge nu, ska vi gå till polisen. Just nu har jag en lista på...

Han la sin hand bara fem centimeter från Hannes.

– ... elva norrmän som systematiskt har missbrukat barn och som polisen inte har den blekaste aning om.

– Men ni måste, började Hanne. Varför har ni... Kan ni...

Eivind Torsviks upplysningar var sensationella.

Hanne Wilhelmsen hade ofta hört rykten om organisationer av den typ som han beskrev. Ändå hade hon alltid avfärdat det som nys. Det var inte möjligt. Det *skulle* i alla fall inte vara möjligt. Visserligen led polisen av kronisk underbemanning, tröghet i systemet, regler och spärrar och därtill en hel del oskicklighet, men de hade väl i alla fall lagen på sin sida. De hade ett system. En kompetens. Att civilpersoner ingrep på egen hand när lagens handhavare kom till korta, var hon inte alls omedveten om. I mitten av nittiotalet hade hon själv utrett en våldtäkt där far och dotter hämnades med besked för dotterns förstörda liv. De blev frikända bägge två utan att någon hos polisen låg sömnlös för den sakens skull.

— Men en hel *organisation*, sa hon plötsligt. Ni måste ju balansera på lagens gräns? Eller bryta mot den?

— Ja, sa Eivind Torsvik uppriktigt. Vi bryter mot den när det är nödvändigt. Bland annat använder vi oss av telefonavlyssning. Inte ofta. Det är svårt att få till, i alla fall i Norge.

— Det får du inte berätta för mej!

Hon la handen över hans. Den var kylig och smal; hon kunde känna benstommen mot handflatan.

— Säg inget mer, sa hon sammanbitet. Jag vill inte veta det här.

— Ta det lugnt. Det material vi kommer att överlämna till polisen när det blir dags, kommer att vara oantastligt. Vittnesutlåtanden och sådant. När vi bryter mot lagen är det bara i... Utredningsmässigt syfte? Är det inte så ni kallar det?

Nu skrattade han igen, det där oemotståndliga skrattet som man inte kunde höra utan att själv le. Han verkade piggare nu och drog handen till sig.

— Och du kommer förstås inte att skvallra.

Hanne höll för öronen.

— Jag vill inte höra mer. Jag vill inte höra mer, fattar du?

— Evald Bromo missbrukade småflickor i hela sitt vuxna liv.

Långsamt tog Hanne bort händerna och lät dem falla. Det susade i öronen och hon svalde flera gånger.

– Vad sa du?

– Evald Bromo var pedofil. Han har köpt och stulit sex i många år av flickor ända ner i tioårsåldern. Mest köpt, förresten. Det får räknas honom till godo.

Hans läppar smalnade, nu var det som om ett barn hade ritat en mun på honom. Han reste sig och hämtade en plastmapp från en hurts vid datorn. Mappen var grön och halvgenomskinlig.

– Här, sa han. Den ska du få. Han kan ju inte gärna dömas postumt. När jag läste i tidningen på nätet att Bromo hittats mördad, samlade jag ihop det vi hade på honom. Du ska få det. Men det är bara till dej. Som en hjälp på vägen till att hitta mördaren. Du kan naturligtvis inte använda någonting av det, annat än som bakgrundsmaterial för den fortsatta utredningen. Jag skulle bli väldigt tacksam om du förstörde alltihop när du har läst det.

Hanne stirrade på den gröna mappen som om han hade lagt en välväxt skorpion på duken.

– Jag kan inte, flämtade hon. Jag kan överhuvudtaget inte ta emot något som jag inte kan visa mina kolleger.

– Läs det här då.

Han reste sig igen och tog på nytt tallrikar och bestick.

– Nu dukar jag av och sätter på en kopp te till. Du tyckte om det? Fint. Då tar du dej en cigarrett och läser det som ligger där.

Han nickade mot mappen. Sedan sköt han askfatet mot henne och gick ut i köket.

Hanne Wilhelmsen kom på sig med att önska att hon hade plasthandskar. Mappen som låg framför henne innehöll upplysningar som kunde vara avgörande för utredningen av mordet på Evald Bromo. Mest av allt ville hon slita av gummibandet som höll ihop mappen och kasta sig över innehållet. Samtidigt stred detta mot alla hennes principer. Eivind Torsvik ledde en olaglig organisation. Hanne Wilhelmsen var kommissarie i poliskåren.

Hon famlade mot bröstfickan och halade fram en cigarrett. Hon tände den och blåste långsamt röken mot den förbjudna mappen. Sedan drog hon bort gummibandet.

Det tog lite över en halvtimme att noggrant läsa igenom papperen, samla ihop dem ordentligt och sätta tillbaks gummibandet innan hon sköt alltsammans ifrån sig. Hon tände en tredje cigarrett och märkte knappt att Eivind Torsvik hade kommit tillbaka från köket och satt stilla i en stol i vardagsrummet och såg ut att ha somnat.

– Var det till nytta, frågade han med slutna ögon.

– Hur har ni lyckats med det här, frågade hon tyst.

– Det förklarade jag ju. Spaning. Utredning. Under åratal.

– Ändå. Allt det här. Hur i all världen har ni fått tag i allt?

Han log där han satt och vände ansiktet mot henne.

– Var det till nytta, upprepade han.

Hanne visste inte vad hon skulle svara. Om Evald Bromo blev mördad på grund av sina perversa sexuella böjelser, kunde hon inte begripa sambandet med mordet på Doris Flo Halvorsrud. Det fanns ingenting – inte det minsta korn av fakta – som tydde på att chefsåklagarens hustru var pedofil.

– Vet inte, sa hon till slut.

Thea.

Thea! Hanne svalde rök och hostade. Hon reste sig så tvärt att stolen välte. Ryggen for in i ett vitrinskåp. Dörrglaset sprack.

– Du måste svara på en sak, sa hon högt. Vilka andra har du på din lista?

Eivind Torsvik lyfte händerna och gjorde en avvärjande rörelse med handflatorna mot Hanne.

– Du fick mappen på Evald Bromo för att han är död. Han är utanför vår räckvidd. När det gäller de andra på listan så får du ingenting. Inte förrän allt är på plats. Det kommer inte att ta lång tid.

– Hur lång?

Hanne hörde att hennes röst sprack.

– Det kan jag faktiskt inte svara på. En månad, kanske. Eller ett halvår. Det är för tidigt att säga.

Han lyfte upp stolen och ställde den på plats. Sedan lät han fingret följa sprickan som delade glaset itu.

– Men du *måste* svara mej på en sak.

Hon gick emot honom, satte sig på huk framför hans stol och la armbågen på armstödet.

– Står Sigurd Halvorsrud där? Är Halvorsrud också pedofil?

Hans ögon var inte längre desamma. Hanne hade känt en gemenskap med den här unge mannen. Hon hade känt igen honom, egentligen hade hon sett något av sig själv i de blå ögonen med en distinkt svart rand kring iris. Nu var han en främling.

– Du får inte mer, sa han med hård röst.

Hanne släppte hans blick och reste sig stelt.

– Då får du ha tack för allt du har gett mej. Maten och teet och… Allt.

När hon hade tagit på sig den amerikanska hjortskinnsjackan med pärlbroderier och fransar, tog hon fram ett visitkort och en penna. Snabbt skrev hon sitt privata nummer på baksidan av kortet.

– Ring mej om du vill något, sa hon och gav honom kortet. När som helst.

– Jag gör nog det. Förr eller senare.

Hanne hade lagt femhundra kronor på köksbänken utan att han såg det. Hon hoppades att han skulle förstå att de skulle täcka kostnaderna för ett nytt glas i skåpet. När bilen försiktigt rullade ut på den dåliga vägen, kunde hon se honom i backspegeln. Han stod högst upp på berget bredvid stugan med en pläd omkring sig och såg efter henne. Så rundade hon en kurva och Eivind Torsvik var försvunnen.

22

– Var i *helvete* har du varit?

Billy T:s röst lät skarp i mobiltelefonen. Hanne hade just kört in på E 18 när hon kom på att telefonen varit avstängd sedan hon körde från Oslo. På vägen ner behövde hon lugn och ro för att tänka och hon kom inte på att sätta på den igen förrän nu. Hon hann precis registrera att det hade kommit åtta ingående obesvarade samtal när det pep i telefonen.

– Du meddelade att jag skulle ringa, vrålade Billy T. Och jag har fan ta mej inte gjort annat i flera timmar! Klockan är snart åtta, för helvete!

– Lugna ner dej, mumlade Hanne. Har nån dött, eller?

– Ja. Ståle Salvesen.

Hanne vinglade till med ratten. Så bromsade hon in och svängde av vägen. Med nödblinkern på blev hon stående på vägrenen.

– Vad sa du? Ståle Salvesen?

– Ha! Och du som lämnade ett meddelande att jag skulle ringa för att sedan…

– *Lägg av, Billy T.!* Jag är ledsen. Jag glömde telefonen. Är Salvesen död?

– Vi tror det. Två grabbar hittade ett lik i ganska dåligt skick ute i fjorden i morse. Vi har redan hittat Salvesens tandläkare. Klockan tio i kväll ska det finnas en preliminär identifiering.

Hanne Wilhelmsen gned sig i nacken. Närapå tre dygn nästan helt utan sömn gjorde det oansvarigt att köra vidare. Det svartnade för ögonen och hon slog sig hårt på höger kind.

– Jag är inne om en och en halv timme eller så.

– En sak till, Hanne…

– Jag är där om en dryg timme, Billy T. Då kan vi snacka.

Hon stängde av.

Antagligen var alla åtta meddelandena från Billy T. För säkerhets skull ville hon kolla. Hon hade inte pratat med Cecilie sedan i morse. Hanne kunde lika gärna få allt överstökat medan hon stod parkerad här.

De fem första meddelandena kom från en allt mer rasande Billy T. Det sjätte var från Ullevål.

– Det är doktor Flåbakk på onkologiska avdelningen på Ullevål som talar. Jag söker Hanne Wilhelmsen. Cecilie Vibe blev inlagd på förmiddagen och jag vore tacksam om du ringde så snart som möjligt. Mitt telefonnummer är…

Hanne kände en stöt genom hela kroppen. Vågen av hetta började i underlivet och forsade ut i alla lemmar. Med ens kände hon sig klarvaken. Hon ringde aldrig tillbaka till doktor Flåbakk. I stället stängde hon av telefonen och körde de dryga tolv milen till Oslo på femtiofem minuter.

23

CECILIE VAR MEDVETSLÖS. I alla fall vaknade hon inte
när Hanne kom in i rummet, följd av den energiska sjuksköter-
skan som uppenbarligen aldrig var ledig.

– Hon är ganska utslagen av smärtstillande, sa sköterskan.
Hon vaknar nog inte förrän i morgon. Om du vill prata med
doktor Flåbakk så bad han mej hälsa och säga att du kunde ringa
hem till honom före klockan elva i kväll. Har du hans nummer?

Hanne skakade på huvudet. Hon ville inte prata med någon
läkare.

– Vad hände, sa hon i stället. När kom hon in?

– Hon ringde själv. Vid elvatiden, tror jag. Hon var så dålig att
vi skickade ambulans.

Hanne snyftade och försökte hindra tårarna från att rinna
över.

– Så, så.

Sköterskan ställde sig bakom henne och strök henne varsamt
över ryggen. Handen var bred och varm.

– I morgon kan hon var bra igen. Det är så den här sjukdo-
men är. Det går upp och ned. Upp och ned.

– Tänk om hon inte blir bättre, viskade Hanne och gav upp;
tårarna rann okontrollerat nedför hennes ansikte. Tänk om...

– Nu ska du inte ta ut sorgerna i förskott, sa den äldre kvin-
nan bestämt. Cecilie måste bara få sova lite. Du ser ut att behöva
en god natts sömn själv. Jag hämtar en säng. Har du ätit?

Hon böjde sig fram och såg Hanne in i ansiktet.

– Är inte hungrig, mumlade Hanne.

Hon var ensam med Cecilie.

I morse hade hon verkat så pigg. Påskutflykten till Ula hade gjort henne gott. Trots att de reste hem en dag för tidigt, verkade Cecilie nöjd där hon tassade omkring där hemma. Hanne hade i förväg varit rädd att det skulle vara omöjligt att lämna henne för att gå till jobbet. I stället blev det Cecilie som nästan körde iväg henne. Hon fick tillräckligt med besök, sa hon, och tyckte för övrigt bäst om att ligga på soffan med en bra bok. Hårdnackat påstod hon att medicinerna tog knäcken på smärtorna.

– Jag *har* inte ont, hade hon leende och uppgivet sagt i morse när Hanne dröjde med att komma iväg. Tone-Marit kommer hit i eftermiddag med babyn. Då hinner jag kanske läsa färdigt Knausgårdboken först. Jag har det fint. Gå nu.

Antagligen var det Hanne som inte hade sett det. Ceciles ansikte hade blivit svårare att tyda efter att hon blev sjuk. Dragen var skarpare, munnen smalare, ögonen låg djupare. Det var ett ansikte som Hanne egentligen inte kände. Det förvirrade henne.

Hanne satte sig försiktigt på sängkanten.

Cecilie sov med öppen mun. En tunn blodstrimma syntes tvärs över den torra läppen som spruckit. Hanne letade fram en Lypsyl och smorde sitt pekfinger innan hon försiktigt drog det över såret. Cecilie gjorde en svag grimas men vaknade inte. Hon hade slangar i näsan och in i handryggen och dessutom en kanyl på sidan av halsen som var mer skrämmande än något annat i det främmande, gråmålade rummet.

– Vad är det där, viskade Hanne till sköterskan som kom tillbaka med en säng. Det där röret i halsen. Vad är det?

– Morfin, sa sköterskan. Jag tog med ett par brödskivor. Försök nu att sova. Cecilie vaknar inte förrän i morgon.

När morgonen kom var gästsängen orörd. Hanne Wilhelmsen satt på en stol bredvid Cecilie, med hennes hand i sin. Hon hade pratat hela natten, lågt och ibland helt stumt. Cecilie hade sovit; orörlig och i samma ställning. Ändå kunde Hanne svära på att det då och då hade synts en ryckning i det magra ansiktet, tydliga tecken på att Hanne skulle fortsätta.

När klockan blev åtta onsdag morgon den sjunde april, skrev Hanne ett kort meddelande som hon stack under glaset med ljummet vatten på nattduksbordet. Sedan begav hon sig till polishuset vid Grønlandsleiret 44.

På tre dygn hade hon nu sovit knappt fyra timmar.

24

– You look like something the cat dragged in!

Iver Feirand mätte Hanne Wilhelmsen med blicken och rynkade på näsan.

– Kom in, sa hon. Tack. Bussigt av dej.

– Det var inte illa ment.

Han satte sig och fortsatte att granska Hanne. Till slut reste han sig och försökte se på hennes ben under bordet.

– Men Hanne då. Du som brukade vara världens vackraste tjej. Vad har hänt? Ditt hår, till exempel...

Han viftade med händerna över sitt eget huvud och klatschade förebrående med tungan.

– Dessutom har du magrat, la han till. Inte bra. Är det stress eller med flit?

– Kul att du kom, sa Hanne trött och fäste spännet i luggen.

– För jävligt, sa Iver Feirand och skakade på huvudet. Ta bort det.

Hon lät det sitta.

– Har du tänkt nåt mer på hojen, frågade han ivrigt.

Hanne skakade på huvudet.

– Säg till. Jag är fortfarande intresserad. Jag trodde du var upptagen av det här Halvorsrudfallet.

Han knäppte händerna bakom nacken medan han vippade på stolen.

– Vad vill du mej?

Hanne blev irriterad över hans sätt att sitta, men bestämde sig för att inte säga något om det.

– Vi har väl ungefär lika mycket att göra, sa hon och tände

dagens fjärde cigarrett. Så jag går rakt på sak. Vi har anledning att tro att Evald Bromo under lång tid missbrukade småflickor. Vet du något om det?

– Evald Bromo?

Iver Feirand rynkade pannan och lät stolsbenen slå i golvet.

– Han, killen från Aftenposten som blev halshuggen i lördags?

– Mmm.

– Vad menar du med "anledning att tro"?

Hanne knäppte spännet en gång till, det hade börjat glida ner i pannan.

– Det vi vanligtvis menar med sånt, sa hon trött. Jag har naturligtvis en källa. En förbannat bra källa. Mer kan jag inte säga.

– Inte ens till mej?

Han drog ner mungiporna i en demonstrativt besviken min.

Hon hade haft ett våldsamt gräl med Billy T. samma morgon. När han hade hört om Eivind Torsvik och hans organisation var han beredd att åka ner till Sandefjord med tjutande sirener i täten för en styrka på tjugo man.

– För fan, Hanne, ser du inte att den där öronlösa galningen kan sitta på guld, hade han fräst åt henne när hon vägrade. Tänk om Halvorsrud knullar sin dotter, då! Det stinker motiv lång väg! Motiv är ju just vad vi saknar, för helvete!

Hanne hade invänt att det var svårt att se det logiska i att Halvorsrud skulle halshugga sin fru för att han utnyttjade sin dotter, och Billy T. hade lugnat sig något. Sur och tvär hade han mumlat fram ett löfte om att inte säga något. Medgivandet kom först efter att Hanne torrt hade påmint honom om att hon hade en lång vaknatt på sjukhuset bakom sig.

– Hur är det med Cecilie, hade Billy T. spakt frågat och därmed var saken avgjord; den här gången var det Hanne som bestämde.

– Skit i det, sa hon till Iver Feirand. Och svara på min fråga. Känner du till den här Evald Bromo?

– En gång i tiden var du en riktigt schyst tjej, sa Feirand sårat. Vacker, populär, beundrad. Vad har det blivit av dej?

Hanne blundade och försökte räkna till tio. När hon hade kommit till fyra öppnade hon ögonen, slog knytnäven i bordet och skrek:

– Sluta, Iver! Du av *alla* borde väl veta hur det är i det här jobbet!

Hon kastade sig bakåt i stolen. Så slet hon spännet ur håret och slängde det i väggen.

– Jag bad dej snällt att komma hit och hjälpa mej, sa hon genom sammanbitna tänder. Allt du har gjort hittills är att förolämpa mej å det grövsta. Enligt dej är jag ful, mager och risig i håret. Okej. Just nu har *jag annat att göra än att tänka på hur jag ser ut! Fattar du det!*

Hon vrålade så att spottet yrde och slog handflatan i bordet i takt med orden. Iver Feirand satt med öppen mun och höjda handflator.

– Lugna ner dej. Ärligt talat! Det var inte min mening.

Han skakade sakta på huvudet medan han reste sig.

– Sätt dej igen. Snälla du.

Hanne kammade till håret med fingrarna och tvingade fram ett leende.

– Förlåt mej. Jag sover inte nu för tiden. Stanna här är du snäll.

Iver Feirand såg tveksam ut, men satte sig igen; vaksamt, som om han tänkte studsa upp och genast lämna henne vid minsta tecken på ett nytt utbrott.

– Jag har aldrig råkat på Evald Bromo, sa han spakt. Är det mer du undrar över?

Hanne reste sig och stängde dörren. Sedan blev hon stående med handen på höften och såg ut genom det smutsiga fönstret. Påskhelgens vårtecken hade bara varit bluff. Regnet öste ner och det verkade nästan vara skymning fast det närmade sig lunchtid.

– Kan vi inte börja från början, sa hon med en röst som han kunde höra skälva. Jag behöver prata med dej. Jag har varit dum och obalanserad och det beklagar jag.

– Okej.

Feirand såg ut som om han menade det nu. Han satte sig bättre till rätta med ena benet över det andra och händerna knäppta över knäna.

– Jag beklagar jag också.

Hanne Wilhelmsen började där hon hela tiden hade tänkt börja. Hon berättade att de hade anledning att åtminstone undersöka möjligheten att Halvorsrud hade utnyttjat sin dotter. I korta drag la hon fram de fakta hon var tvungen att berätta. Det var klarlagt att Evald Bromo var pedofil och länge hade missbrukat småflickor. Vidare fanns det anledning att tro att morden på Doris Flo Halvorsrud och Bromo var utförda av samma person, eller åtminstone hade morden med varandra att göra. Den suspenderade chefsåklagarens envisa påstående att en man vid namn Ståle Salvesen skulle ha varit gärningsman, fick sig en ordentlig törn när liket av samme Salvesen dök upp i Skagerack, synnerligen präglat av flera veckors vistelse i havet. Nu satt Halvorsrud stum som en mussla i en cell nere i bakgården, efter en häktningsdom på fyra nya veckor från och med igår. Fingeravtrycken i källaren på Vogts gate 14 hade gjort sitt i rätten. Häktningsförhandlingen hade varat i tjugo minuter, utan att Halvorsrud ens hade tyckt att det var värt besväret att inställa sig.

– Det är alldeles uppenbart att Halvorsrud har ett mycket speciellt förhållande till sin dotter, avslutade hon. Vi är ju vana vid att det tar hårt på familjen när folk blir häktade. Särskilt när det gäller välanpassade människor, om man kan uttrycka det så. Men den här tjejen blev faktisk psykotisk. Det konstiga är att det verkade som om det var värre för henne att pappan satt i finkan än att mamman blev mördad.

– Kanske är hon bara en pappagris, sa Feirand torrt. Såna finns det gott om.

– Jooo…

Hanne letade efter en ny tepåse i översta lådan. Hon öppnade den, la den i koppen och svor när hon upptäckte att det inte fanns mer varmt vatten i termosen.

– Men är det inte så att övergrepp mot barn kan yttra sej på två sätt, frågade hon. Barnet kan paradoxalt nog komma *närmare* förgriparen än andra ungar gör med sina föräldrar?

– Helt klart måste man göra en skillnad här.

Iver Feirand nickade och stal en cigarrett från paketet som låg på bordet.

– En sak är att bli utsatt för övergrepp av en främmande. Det händer naturligtvis. Det skapar ett trauma, hemskt och ibland fatalt. Men det är lättare för barnet att tala om. Det känner ingen lojalitet mot förgriparen och även om det ofta hotas med våld och död så kryper sanningen lättare fram.

Han blåste tre rökringar mot taket.

– De allra flesta övergrepp görs emellertid av någon som känner barnet. Från scoutledare och prästjävlar till farbröder, bröder och pappor. Då blir det värre för oss som ska ta reda på det.

Han log beskt och drog ett halsbloss. Sedan såg han sig omkring efter ett askfat.

– Här. Använd den här.

Hanne sköt en halvfull Colaburk mot honom.

– Ju närmare förgriparen står barnet, desto starkare är rimligtvis barnets absurda lojalitet mot vederbörande. Några väljer att kalla den lojaliteten för kärlek. Det är möjligt att de har rätt. Vi vet alla att vi kan älska människor även om de gör oss illa. Trots det vill jag hävda att det först och främst är andra band det är tal om: lojalitet och inte minst beroende. Du ska komma ihåg att till exempel en fadersgestalt har så gott som obegränsad möjlighet att påverka sitt eget barn. Vi har haft fall där ungen envist säger att ingenting har hänt, trots att förgriparen har brutit samman och erkänt. Det har med många saker att göra. Skam. Rädsla. Och kanske en sorts kärlek. Komplicerade grejer. Jag kan låna dej några böcker om du vill.

Hanne gjorde en avvärjande gest.

– Har inte tid, sa hon. I alla fall inte nu.

Regnet hade tilltagit. Tunga droppar trummade mot rutan och Hanne tände arkitektlampan på bordsändan.

– Men du bad mej knappast komma för att få ett föredrag om något du säkert vet ganska mycket om, sa Iver Feirand. Vad är det egentligen du vill?

– Två saker.

Hanne släppte ner en halvrökt cigarrett i burken. Den fräste ilsket och Hanne la tummen över öppningen för att stoppa den sura röken.

– För det första: är det märkligt att du aldrig hört talas om Evald Bromo? Jag menar; ni sitter ju på spaningsupplysningar där borta hos er också.

– Tja. Både ja och nej. Jag vet inte. Jo, förresten. Det är egentligen inte så konstigt. Om jag visste lite mer än du har berättat så skulle jag lättare kunna svara. Jag måste veta mer om hans modus. Om sådana saker.

Hanne tänkte efter. Sedan fortsatte hon:

– Strunt i det. Det andra jag ville fråga dej om var om du kunde ta ett domarförhör med Thea. Hon blir i vilket fall en hård nöt att knäcka och du är den bäste.

Iver Feirand skrattade högt.

– Tack för förtroendet, men är inte den där tjejen femton, sexton år?

– Sexton.

– Hon är stor. Polisen kan förhöra henne som vittne på van-

346

ligt sätt. Då ska hon ha målsman närvarande och allt det där. Det blir väl förmyndare då eftersom mamma är död och pappa skakar galler. Jag kan förstås gärna ta det, men något domarförhör blir det ju inte.

Billy T. bankade på dörren och kom in utan att vänta på svar.

– Förlåt, mumlade han när han såg Feirand.

– Det gör inget, sa Feirand och såg på armbandsklockan. Jag måste gå i alla fall. Hör du…

Han gick mot dörren och vände sig mot Hanne medan Billy T. damp ner på stolen där han just hade suttit.

– Ring bara när du vill något. Om ni ska följa spåret kring det vi just har snackat om så bör du planera jävligt noga. Kan vi inte ta ett mer formellt möte, du och jag och ett par till från spaningsgruppen?

– Fint, sa Hanne och gäspade högljutt. Jag ringer.

– Jag har aldrig gillat den där typen, brummade Billy T. och tog en chokladbanan från den blå emaljskålen. Usch! Gammal!

Han spottade i handen och tittade på den brungula sörjan.

– Jag har inte precis haft tid att shoppa snask på sista tiden, sa Hanne. Och dessutom finns det bara ett skäl till att du inte tycker om Feirand. Han är snyggare än du. Längre, till och med.

– Inte alls. Han är två meter. Jag är två och två. I strumplästen.

– Vad vill du egentligen?

Billy T. torkade händerna på en gammal tidning. Därefter gnuggade han knogarna mot skallen och frustade som en häst.

– Jag har ett förslag, sa han efter en stund. Du är dödstrött. Jag håller på att ramla ihop. Jenny vrålade hela natten. Jag lät Tone-Marit sova, hon tog smällen i förrgår natt. Jag antar att du vill besöka Cecilie nu på eftermiddagen men kunde vi inte efteråt helt enkelt…

– Gå hem till mej, laga lite mat, snacka om fallet och sedan sova?

Han himlade med ögonen.

– Och så finns det de som påstår att du inte är dej lik. Det är bara för att de inte känner dej. Du tog orden ur munnen på mej. Är du med på det?

Hanne gäspade igen, långdraget. Hon fick tårar i ögonen.

– Jag tror det blir lite snack, lite mat och mycket sömn, sa hon och gnuggade sig i ansiktet. Men om det är okej för dej...

– Okej? Toppen! Jag sover på soffan och du brer ut dej i dubbelsängen.

– Nu tycker jag du ska tänka på varför jag ligger ensam i den sängen, sa hon stilla och gned sig på höger axel med vänster hand.

Han ruskade på huvudet och böjde sig mot henne.

– Du vet mycket väl att jag är ledsen över allt med Cecilie, sa han lågt. Det vet du förbannat väl. Men vi behöver sömn bägge två. Lilltjejen har skrikit som besatt tre nätter i rad. Tone-Marit sa att det var okej om jag övernattade hos dej, så som det här fallet tär på oss.

– Fint, sa Hanne. Det är sant som folk säger. Jag är mej inte riktigt lik. Vi ses vid femtiden. Senast halv sex.

25

– Present? Till mej?

Hanne Wilhelmsen såg frågande upp på Billy T. som hade tagit sig in i lägenheten med nycklar hon inte kunde begripa var han fått ifrån.

– Ja. Du får väl öppna den.

Hanne rev av pappret.

– Ett askfat, sa hon tonlöst. Så fint.

– Jag hade ju sönder ditt gamla på jobbet. Den där dagen när du var så sur på mej. Kommer du inte ihåg det? Du kommenderade mej att köpa ett nytt.

– Åh, sa Hanne. Det stämmer visst. Tack. Det var faktiskt fint. Finare än det gamla.

– Hur är det med Cecilie?

– Bättre.

Hanne sjönk ner i soffan och la fötterna på bordet.

– Hon var vaken. Doktorn säger att om allt går bra kan hon komma hem igen i morgon. Var har du egentligen fått nycklarna ifrån?

Han måste ha varit i hennes lägenhet ett bra tag. Det luktade gammaldags mat. En doft av något som stått och kokat länge hade spritt sig i lägenheten och hon kunde se att det låg imma på köksfönstren.

– Billy T:s köttsoppa à la Puccini, sa Billy T. belåtet och ställde en tung gryta på matbordet. Var så god. Kraftig föda till kraftiga tjejer och killar.

– Känner mej inte precis så, sa Hanne skeptiskt och lyfte på locket efter att ha hasat sig upp ur soffan och inte riktigt visste om hon fortfarande var hungrig. Vad är det här?

– Köttsoppa! Sätt dej nu ner.

Han öste upp en rejäl portion och klaskade den framför henne. Den ljusbruna vätskan flödade över den djupa tallriken och ett kokt kålblad föll i Hannes knä. Hon fiskade upp det och höll den slankiga, nästan genomskinliga biten mellan tumme och pekfinger.

– Vad i all världen är detta?

– Kål. Ät.

Hon åt en halv portion. Om maten inte precis var det bästa hon fått serverat så var den i alla fall varm. Hon sköljde ner smaken med ett glas vatten och förklarade sig mätt.

– Du är alldeles för mager, sörplade Billy T. Ät mer.

– Nycklarna. Var har du fått dem ifrån?

– Håkon. Vi har bestämt att det är bäst att vi behåller dem ett tag. Medan Cecilie åker ut och in på sjukhus så där.

– Ni kunde väl ha frågat.

– Vi *har* frågat. Cecilie sa att det var en bra idé.

Hanne var för trött att protestera.

– Liket *var* Salvesen, sa Billy T. Som vi antog.

Han sörplade så högt att Hanne höll för öronen.

– Förlåt, smackade han. Det går inte att äta sånt här snyggt.

– Du kunde i varje fall försöka. Tandläkaren?

– Ja. Utan tvivel Ståle Salvesen. För närvarande kan de inte säga något specifikt om dödstidpunkten, men likets konsistens stämmer väl med observationen av självmordet måndagen den första mars.

– Likets konsistens, upprepade Hanne med avsky i rösten.

– Du skulle sett'en.

– Tack. Vi äter. *Du* äter.

– Gör inte mej nåt.

Han försåg sig för fjärde gången.

– Och så kom det in nåt annat intressant i eftermiddags, sa

han hastigt. Det har du väl inte hunnit höra. En man satte in två-hundratusen svenska kronor på en bank i Gamla Stan i Stock-holm strax före jul. Du kan väl gissa i vilket namn.

– Orkar inte.

– Sigurd Halvorsrud.

Hanne fnissade. Sedan skrattade hon. Till slut la hon huvudet bakåt och gapkrattade. Det ekade mellan väggarna och Billy T. blev sittande med en halvtuggad bit rökt lamm i munnen och gapade.

– Halvorsrud, flämtade Hanne medan tårarna rann. Det var fan ta mej bara det som fattades. Tvåhundratusen!

Hon kunde inte sluta. Billy T. tuggade långsamt och såg av-mätt på henne.

– Är du färdig snart, sa han surt.

– Men fattar du inte? Sverige! Det *måste* ju vara en set-up. Vem fan vill sätta sina sketna pengar i en *svensk* bank? De har ju precis samma regler som vi. Sverige! Om det ändå hade varit Schweiz. Eller Cayman Island, eller nåt i den stilen. Sverige!

– Set-up och set-up, sa Billy T. ännu surare och la ifrån sig skeden. Du har tjatat om din set-up-teori i evighet. Jag kunde också tänka mej den. Ett tag. Men nu när Ståle Salvesen bevis-ligen är död och har varit det sedan innan Doris blev mördad så faller ju hela din tankegång ihop.

Hanne hostade och harklade och försökte ta sig samman.

– Men har de inte ett videoband på mannen som satte in pengarna, sa hon försonande. De har väl videoövervakning i svenska banker precis som här.

– Det är faktiskt lite oklart, sa Billy T. fortfarande förnärmat. Det finns visst gränser för hur länge de sparar dem. Vi har satt igång undersökningar. Får väl svar endera dagen.

De dukade av under tystnad. Hanne kom på att hon borde ha kört en omgång tvätt. Smutskläderna vällde ut ur korgen i korridoren och hon plockade blixtsnabbt upp en smutsig trosa som hade ramlat ur. I distraktion stoppade hon den i fickan. Hon var så trött att hon hade slutat gäspa.

– Strängt taget står vi fortfarande tomhänta, sa Hanne och satte sig i soffan.

– Tomhänta?

Billy T. kom in med två koppar kaffe och ställde den ena framför henne.

– Får jag påminna dej om att vi faktiskt har en kille i häkte?

– Och varför sitter han där, sa Hanne modlöst och valde att själv svara. På grund av en massa små fakta som är så konstiga och anmärkningsvärda att det uppenbarligen inte kan vara tal om tillfälligheter, men som samtidigt är en så svag indiciekedja att vi är miltals ifrån att få Halvorsrud dömd för mord. Varken på frun eller Bromo. Hade inte Halvorsrud nekat till att svara på frågor i rätten, tvivlar jag faktiskt på att vi hade fått någon omhäktning.

– Men fingeravtrycken då! Vad i helvete hade Halvorsrud i källaren till Vogts gate fjorton att göra? Och dessutom: om han är oskyldig, varför vägrar han då att uttala sej? Vi snackar om en chefsåklagare här, Hanne! Han vet bättre än de flesta att vägran att svara på frågor är liktydigt med erkännande. Dessutom höll han inte sin anmälningsplikt dagen efter mordet. Ganska anmärkningsvärt om jag får säga det.

Hanne svarade inte. Det värkte i lederna. Billy T:s röst lät fjärran, som om han satt i ett annat rum. Försiktigt masserade hon fotsulan med tummarna. Smärtan ilade uppför benet från en punkt mitt under hälen.

– Vad som egentligen förvirrar oss, är de här pedofilgrejerna, fortsatte Billy T. Jag tycker fortfarande att vi bör sätta till alla klutar på att följa korruptionsspåret. Där har vi i alla fall en massa handfast att gå efter. Pengarna i Stockholm till exempel.

Hanne släppte ner fyra sockerbitar i kaffet och rörde runt med en kulspetspenna.

– Nej, sa Hanne. Vi har så gott som ingenting att gå efter. Som jag har sagt till förbannelse: samtliga faktorer i det här fallet, som i och för sig kunde tyda på att Halvorsrud tagit mutor, är konstiga. De är ologiska. Amatörmässiga. Ofullständiga. Det är något med det här fallet som…

Hon gjorde en grimas när hon försökte räta på sig. Någonting stack till inne i korsryggen.

– Ståle Salvesen är strängt taget det enda vi har. Okej, han tog livet av sej. Då var det inte han som mördade Doris. Men för att vara ett lik så har han en förunderlig förmåga att dyka upp överallt hur vi än vänder oss. Mordet på Doris och mordet på Bromo har bara två gemensamma nämnare. De blev bägge halshuggna. Och så har vi vår joker, Ståle Salvesen. Om vi hittar *hans* roll i det hela så har vi lösningen. Det är jag faktiskt säker på. Och när det gäller Evald Bromos förhållande till småflickor…

Hon doppade en sockerbit i koppen och la den på tungan.

– Det är ju inte nödvändigtvis så att det har något med saken att göra. Men om… Låt oss säga att Bromo och Halvorsrud bägge är pedofiler. Vad vet vi om sådana? Jo, att de har en märkligt drift att ta kontakt med varandra. Byta material. Bilder. Erfarenheter…

– Så Bromo och Halvorsrud skulle vara medlemmar i någon sort pedofilring då?

Billy T. rynkade på näsan och gick bort till stereoanläggningen. Han rotade i cd-hyllan och fortsatte:

– Men var platsar Salvesen i det här? Ska han också ha varit pedo?

– Nej… Eller ja. Inte vet jag. Men låt oss se på det som är alldeles säkert. Det här är Halvorsrud.

Hon ställde kaffekoppen mitt på bordet och tog Billy T:s mugg.

– Och det här är Evald Bromo.

En silverskål med gamla jordnötsrester placerades framför de två kaffekopparna så det hela bildade en triangel.

– Var är Doris?

– Skit i Doris, sa Hanne trött.

Hon pekade från Halvorsrudkoppen till Bromomuggen.

– Gemensamma nämnare? Bägge jobbade med ekonomi. Bägge hade en ganska framgångsrik karriär. Ingen är tidigare dömd.

– Bägge är män och bägge är medelålders, mumlade Billy T. Här var det jävligt mycket P4-musik som vanligt.

Han lät otåligt fingret löpa längs cd-ryggarna.

– Så ser vi på spåren till Salvesen, fortsatte Hanne. Sätt inte på musik är du snäll. Jag orkar inte med det nu. Salvesen var, i motsats till honom och honom...

Pekfingret slog mot kopparna.

– ... en fallen man. Upp som ett lejon på åttiotalet och ner som en skinnfäll tio år senare. Den enda förbindelsen vi vet om mellan honom och de två andra, är konkursfallet och utredningen av honom. Halvorsrud var ansvarig för den, Bromo skrev om den.

– För tio år sedan, sa Billy T. grinigt innan han lyste upp och la en skiva i spelaren. Schubert!

– Dämpa det, åtminstone. Men om...

Billy T. skruvade upp volymen. Han stod mitt på golvet och log brett.

– *Det* kallar jag musik.

Hanne stoppade fingrarna i öronen och stirrade intensivt på de tre föremålen på bordet framför sig.

– Men om Bromo kände till Halvorsruds missbruk av dottern eller andra barn, viskade hon för sig själv. Om han faktiskt hotade Halvorsrud? Men varför... *Dämpa musiken, för helvete!*

Billy T. lydde äntligen. Hanne stirrade på honom och fortsatte.

– Om Halvorsrud av en eller annan anledning skulle mörda Bromo, varför väljer han ett ställe som Vogts gate fjorton? Och varför i himlens namn skulle han signera mordet så eftertryckligt genom att halshugga karln? Han måste ju fatta att vi omedelbart skulle se åt hans håll...

– Copy-cat, sa Billy T.

– Precis.

– Någon ville att det skulle se ut som ett Halvorsrudmord.

– Just det.

– Och det hände på natten. Det är den tid som inte så många av oss har annat alibi än den som sover bredvid oss. Om vi har någon.

– Precis.

– Kan det...

– Doris och Bromo kan ha mördats av två olika personer, sa Hanne långsamt och tydligt. Om ingen av dem är Halvorsrud... Då går det inte en, utan *två* mördare lösa där ute.

– Två, sa Billy T. Jag är dödstrött.

Hanne lyfte Halvorsrudkoppen till munnen. Kaffet hade blivit kallt.

– Jag tror att jag måste ta ett piller, sa hon. Jag är övertrött.

Billy T. dunsade ner i soffan bredvid henne. Schuberts pianokonsert hade kommit till en dramatisk vändpunkt och han skruvade upp volymen igen med fjärrkontrollen medan han la armen kring Hannes axlar.

– Lyssna nu, sa han. Lyssna precis nu!

Hon slappnade av. Billy T. luktade svagt av man och kokt kål. Yllegarnet i hans tröja kittlade mot kinden. Han satt alldeles stilla, med bakåtlutat huvud och slutna ögon. Hans arm låg behagligt tungt om henne. Varsamt strök hon hans hand. Den var stor och varm och helt orörlig där den vilade bara centimeter från

Hannes bröst. Hon lät två fingrar löpa längs blodådrorna som syntes tydligt på handryggen. När hon tittade upp igen, log han. Hon granskade de välkända dragen; den stora raka näsan, de blekblå ögonen, som just nu verkade grå och djupare än hon hade sett dem tidigare, läpparna som han fuktade med tungan innan han blev alldeles allvarlig och la den lediga handen över hennes kind och kysste henne, länge.

26

EN MAN HAMRADE knytnäven i en kakelklädd vägg.

– Fan. Fan. Fan.

Vattnet forsade brännhett över kroppen.

Han hade aldrig trott att någon skulle komma på Evald Bromos utnyttjande av småtjejer. Bromo var den försiktigaste förgripare som den nakne mannen i duschen någonsin träffat på. Bara en gång hade Bromo slarvat. Det var många år sedan, och misstaget hade gått att rätta till.

– Shit! Helvete också!

Han kände sig gråtfärdig. I stället dunkade han handen i väggen igen.

Det fanns bara en länk mellan honom och Evald Bromo. Han hade varit hundra procent säker på att den aldrig skulle upptäckas. Ett hundra procent.

Nu visste han inte vad han skulle göra.

– Pappa, skrek en röst utanför den låsta dörren. Du använder allt varmvatten! Nu är det min tur! Pappa!

Hade han vetat att någon visste, skulle allt ha gjorts på ett annat sätt.

NÄR HANNE VAKNADE på torsdagsmorgonen visste hon
först inte var hon befann sig. Det var halvmörkt i rummet och
den täta luften luktade obehagligt.

Hon var hemma. Hon låg i sin egen säng. Att gardinerna inte
fladdrade berodde på att fönstret var stängt. De brukade alltid
sova för öppet fönster. Cecilie och Hanne.

Billy T. låg på magen bredvid henne. Han sov fortfarande
tungt, med öppen mun och lätt snarkande andetag. Hans nakna
arm klämde henne mot madrassen. Täcket hade glidit av ho-
nom. Fast det var länge sedan sommaren kunde hon se att han
fortfarande hade en rand där den vita rumpan mötte den mör-
kare ryggen.

Hanne kände en plötslig rädsla; en fysisk smärta överallt i
kroppen. Billy T. mumlade någonting i sömnen och vände på sig.

Hanne försökte röra sig. Han höll henne inte nere längre.
Hans ansikte var bortvänt. Ryggtavlan rörde knappt vid henne.
Hon låg med armarna stelt sträckta längs den nakna kroppen
och fick inte luft.

Idag skulle Cecilie komma hem.

OLGA BROMO höll på att dö.

Sjukvårdaren som tvättade henne kom på sig med att tänka att det kanske var för allra sista gången. Det underliga var att den gamla kvinnan så snabbt hade blivit sämre natten till söndag. Hennes puls – som envetet hade drivit henne genom två meningslösa år i så gott som koma – hade plötsligt blivit ojämn och svag. Sjukvårdaren hade läst att Olga Bromos son mördades ungefär samtidigt. Dagarna efter hade hennes hjärta slutat slå två gånger. Ändå hade livet kommit tillbaka, som i envist trots mot vårdarens lättnad över att den åttiotvååriga gamla senila damen äntligen skulle få slippa leva.

– Ni stod varandra så nära, sa skötaren vänligt och lågmält när han vred ur tvättlappen. Han besökte dej ju nästan varje dag. Det är inte alla som har en sådan tur.

Olga Bromo låg i vitt nattlinne av flanell med rosa band i halsen. Skötaren hade gjort sig besvär med att klä henne i något som var hennes eget i stället för den rejäla, könlösa skjortan som de vanligtvis klädde patienterna i.

Han hade knappt knutit rosetten i halsen förrän Olga Bromo dog. En svag gurgling i strupen var allt som hördes innan hon slutade andas. Skötaren blev stående med pekfingret mot insidan av den gamlas smala handled i flera minuter.

HANNE WILHELMSEN hade svårt att se klart. En hinna hade lagt sig över ögonen; hon blinkade och blinkade och försökte bli av med något som verkade som en seg, grå massa som klistrade sig mot hornhinnan och gjorde det svårt att se. Rädslan högg i henne varje gång hon drog in luft. Hon andades i korta, grunda drag.

– Förlåt, sa hon till Iver Feirand och fingrade på paketet utan att ta någon cigarrett. Jag tror att jag kanske behöver glasögon.

– Trött, antar jag. Jag förstår hur du har det.

– Är vi någonsin otrötta?

– Otrötta?

Hanne Wilhelmsen satte tumme och pekfinger i ögonhålorna och gnuggade hårt.

– Jag tycker att jag har varit trött i tjugo år, sa hon tyst. Ju mer jag jobbar desto mer har jag att göra. Ju mer jag jobbar desto mer...

Hon rätade abrupt på sig och slängde ett halvfullt paket Marlboro Lights i papperskorgen.

– Det här måste jag i alla fall sluta med.

– Klokt. Jag borde själv sluta.

– Du ser rätt sliten ut, du också.

Iver Feirand log blekt och tände en cigarrett från sitt eget paket.

– Om du tror att ni har mycket att göra så skulle du se hur det ser ut på min avdelning. Jag var tvungen att skicka iväg familjen ensamma på påsklov på grund av jobbet. Allt tornar upp sej. Allt har blivit svårare. Det är som hela systemet har blivit fegare. Domare, läkare, dagispersonal... Bjugnfallet var en katastrof. En sak är att antalet anmälningar gick ner kraftigt efter den historien. Det var väl inte annat att vänta. Just det gick ju också uppåt igen. Värre är att alla andra fegade ur. Det är...

Han gjorde en grimas och fimpade den halvrökta cigarretten.

– Jag måste sluta, jag också. Det är fan ta mej inte ens gott. Thea blir en hård nöt. Jag har börjat samla in material. Från skolan och...

Iver Feirands röst blev allt mer fjärran för Hanne; tunnare och mer monoton. Till slut var det svårt att skilja orden från varandra. Feirands ansikte blev otydligt, en skimrande fläck mot en färglös bakgrund. Hon försökte att andas djupare, men det stack i mellangärdet varje gång hon andades in. Cecilie, tänkte hon.

Cecilie. Cecilie.

Allra helst hade hon velat resa sig från sängen och gå. Hon ville låta Billy T. ligga där han låg och försvinna. För gott. Resa sin väg. Låta allt fara. Hon ville glömma jobbet. Sigurd Halvorsrud och Evald Bromo, Billy T. och den påträngande polismästaren som förstod så mycket mer än hon önskade; hela Grønlandsleiret 44 och alla människorna där skulle bort ur minnet, raderas bort. Hon ville aldrig mer tänka på Cecilie och sjukdomen. Hon kunde resa till Rio och bo med gatubarnen. Hon kunde glömma vem och vad hon var.

Aldrig förr hade hon känt detta sugande behov av flykt.

Allt eftersom åren gått och livet hela tiden blivit svårare att hantera, hade hon gömt sig i sig själv. På så sätt hade hon hämtat sin styrka, ända sedan hon en tyst natt som elvaåring hade legat på taket till den gamla villan medan alla andra sov. Hon kände det nu; hon kände takteglet skära smärtsamt i skulderbladen, hon kände den kalla doften av septemberkväll och tunga träd, hon såg himlavalvet framför sig, med myriader av stjärnor som sa henne hur stark hon var bara hon var ensam. Bara ingen egentligen visste vad hon gjorde eller tänkte.

Hanne Wilhelmsen hade klarat sig på det sättet så länge. I början, den början som gav henne Cecilie och förde henne bort från familjen och en barndom som hon hade använt enorma krafter på att glömma, var allt så enkelt. De var så unga. Hon kände sig så stark. Skyddet omkring henne, gränserna som höll de andra borta och henne själv inne där hon hörde hemma, var så tydligt. När det gick upp för henne att det följde respekt med hennes levnadssätt, inåtvänd och alltid korrekt, duktig och hårt arbetande i skolan, visste hon att hon hade valt rätt. Det var så hon ville ha det.

Cecilie var den första Hanne hade älskat och den första Hanne älskade med. Hon såg henne plötsligt framför sig, i rökskjulet i gymnasiet, retsam och nästan flörtig när hon äntligen hade pratat med henne efter att Hanne hade tittat på henne i smyg i nästan två år. De kände inte varandra. Cecilie var populär och högljudd och höll sig till människor som Hanne inte tyckte om. Hanne Wilhelmsen var en allvarlig ung kvinna som gömde sitt utseende i islandströja och en gammal militärjacka och rökte handrullade cigarretter bakom skjulet som alla andra stod inne i. Hanne var duktig i skolan och kanske var det just det som fick Cecilie att prata med henne en dag när det regnade så häftigt att det inte längre gick att stå utanför.

– Du, sa hon och slängde med huvudet på ett sätt som fick Hanne att gömma ansiktet djupt i palestinasjalen. Jag har hört att du är skitbra på matte. Kan du inte hjälpa mej, va?

Hanne hade älskat Cecilie sedan dess. Hon gjorde det än. Hon drog efter andan där hon satt i sitt tjänsterum i polishusets fjärde våning och försökte lyssna på en kollega, men inte hörde annat än Cecilies röst.

"Jag är sjuk. Allvarligt sjuk."

Hanne Wilhelmsen flydde alltid inåt. När hon vaknade i morse, med Billy T. vid sin sida och en känsla av att vara fullständigt förlamad, förstod hon att hon hade hamnat i en återvändsgränd. Det fanns inte längre någonstans att gå.

När hon omsider hade lyckats gå upp duschade hon i en kvart. Sedan klädde hon sig och fick honom att vakna genom att ropa hans namn. När han grymtade och grep efter henne hade hon vridit sig bort. Allt hon hade sagt var att hon måste byta sängkläder. Han försökte få kontakt, han pratade och svor och slog ut med de stora armarna, hotade och tiggde och hindrade henne i arbetet med att få av lakanen och stoppa dem i tvättmaskinen, sätta programmet på nittio grader, leta fram rent, bädda med det, dammsuga sovrummet, vädra för fullt, duscha en gång till för att därefter gå till jobbet. Inte ett ord hade hon sagt annat än att sängkläderna måste bytas. Han hade lämnat lägenheten tillsammans med henne. När de stod utanför dörren hade hon uppfordrande hållit handflatan emot honom. För första gången såg hon honom i ögonen. När hon såg förtvivlan i dem slog hon ner blicken och beordrade:

– Nyckeln.

Han hade halat fram den lilla knippan och lagt den i hennes hand.

De hade gått var sin väg till Grønlandsleiret 44. Hans rygg hade verkat förunderligt smal när han försvann över gräsmattan på baksidan av kvarteret. Själv hade Hanne gått en omväg över Tøyenparken.

– ... skonsamt som det överhuvudtaget är möjligt.

Hanne blinkade.

– Hmm.

Hon hade inte den blekaste aning om vad Feirand hade sagt.

– Fint, mumlade hon. Du gör som du tycker är bäst. Vad har du för tidsperspektiv?

Feirand kisade förvånat på henne.

– Alltså, som jag sa... Jag ska tala med henne på lördag. Så

vitt jag förstår så står hon fortfarande under behandling och allt
ska naturligtvis göras i samarbete med…

– Bra.

Hanne framtvingade ett leende. Han måste gå. Hon måste få
vara ensam. Illamåendet tryckte mot struphuvudet; munnen
fylldes av saliv och hon försökte svälja.

– Vi talas vid, va?

– Okej. Jag håller dej informerad.

När han lämnade henne blev han stående och granskade
henne en aning för länge. Så ryckte han på axlarna och stängde
lugnt dörren bakom sig.

Hanne Wilhelmsen spydde som en gris och hann inte ens få
tag i papperskorgen. Spyor och galla sprutade över bordet och
dokumentpärmarna.

– Jisses, är du sjuk, sa Karl Sommarøy som plötsligt stod i
dörröppningen. Ska jag hjälpa dej med nåt?

– Låt mej vara i fred, mumlade Hanne. Kan jag för en gångs
skull få vara lite i fred? Och kan folk snart börja att knacka på
dörrar här?

Karl Sommarøy backade och lät dörren slå igen med ett brak.

30

– Du borde ta och be din väninna att skärpa sej. Nu har det för fan gått för långt.

Karl Sommarøy glodde på Billy T. som satt med en Cola och en tidning i kantinen sju trappor upp i polishuset. Sommarøy balanserade en smörgås över en kopp kaffe i ena handen och en skål med flingor ovanpå ett glas mjölk i den andra.

– Har du hört talas om att det finns brickor, sa Billy T. och fördjupade sig i Dagbladet för att få kollegan att sätta sig någon annanstans; det var knappt en människa i det stora rummet.

Karl Sommarøy struntade i vinken.

– En sak är att bruden har fullt upp, fortsatte han oförtrutet efter att ha satt sig i stolen mitt emot Billy T. Jag förstår på folk som har varit här längre än jag, att hon ska vara så gott som genial. Men det får vara måtta på uppförande. Du skulle ha sett vad hon...

– Håll käften, sa Billy T. hårt.

– Men ärligt...

– *Håll käft!*

– Jisses. Man skulle kunna tro att det är smittsamt!

Han lyfte skålen med flingor till munnen och skyfflade in. Det minimala hakpartiet försvann alldeles bakom skålen.

– Man får väl för fan lov att säga nåt, sörplade han. Så som hon uppför sej mot underordnade skulle hon haft sej en ordentlig skrapa. Men så vitt jag förstår så har hon blivit en sorts maskot för polismästaren. Inte för att jag förstår varför. Du...

Billy T. hade lyft upp Dagbladet framför ansiktet och bläddrade ilsket.

– Det sägs att hon var en *sån* pangbrud förr i tiden, viskade Karl Sommarøy högt. Är det sant? Och att hon egentligen är... lite åt andra hållet? Lesbisk, alltså? Hon ser inte precis sån ut, men...

Billy T. vek ihop tidningen. Sedan lutade han sig över bordet och tog ett hårt grepp om kollegans skjortbröst. Hans ansikte var bara ett par decimeter från den andres när han fräste:

– Hanne Wilhelmsen är den bästa här i huset. Hör du det? Det hon inte kan om polisarbete är inte värt att veta. Hon vet skillnad på rätt och fel, hon kan mer juridik än de allra flesta polisjurister här, hon jobbar ungefär tre gånger så mycket som alla andra, *inklusive dej*, och hon är dessutom *jävligt vacker*. Just nu är hon utarbetad och har en sambo som kan dö när som helst och då får du...

Han slog den lediga handen i bordet så flingorna stänkte.

– ... fan i mej tåla att hon inte har världens längsta stubin just nu.

Han släppte tvärt taget i Sommarøy och gav honom en blick bräddfull av förakt innan han drack resten av Colan och reste sig.

– Men hör nu här, sa Sommarøy bestört och försökte få ordning på skjortan.

– Nej, vrålade Billy T. och viftade med ett stort pekfinger. Nu är det *du* som ska höra på. Vad Hanne Wilhelmsen gör på fritiden har du inte med att göra. Förstått? Om det är något hon vill att du ska veta om hennes privatliv så väntar du tills hon talar om det för dej. Dessutom är du en idiot som kommer här och snackar skit om en människa som du med tiden borde ha förstått är min bästa vän.

– Okej. Okej. Okej.

Sommarøy gjorde fredstecknet med höger hand och böjde ner huvudet.

– Det var egentligen inte det jag kom för att prata med dej om, sa han spakt. Sorry. Jag menar det. Sätt dej ner.

Billy T. kände att han skakade. För andra gången i sitt vuxna liv kände han lust att gråta. Sedan i morse hade han försökt hitta orden han ville säga till Hanne; fraserna som kunde få den gångna natten att kapsla in sig till en händelse som egentligen inte hade ägt rum. Han måste säga någonting till henne som gjorde det möjligt att behålla det de hade och alltid hade haft tillsammans. Billy T. måste få behålla Hanne; tillvaron utan henne tycktes lika meningslös som ett liv utan ungarna. Tankarna hade virvlat från Hanne till Tone-Marit; han måste berätta för sin tillkommande vad som hade hänt. Han måste bekänna sitt svek och få förlåtelse så att de kunde gifta sig omedelbart, i morgon eller allra helst i kväll; de skulle gifta sig och han skulle ringmärka sig själv och aldrig göra något liknande igen.

Billy T. visste att han aldrig kunde säga något. Tone-Marit skulle inte få veta. I kväll skulle hon le mot honom vid middagsbordet, fråga om nyheter från jobbet och kanske berätta att Jenny hade gett henne sitt första leende. Hon skulle lägga sig bredvid honom i kväll. Hon skulle somna med handen löst inne i hans så som hon hade börjat göra efter förlossningen, som om barnets existens var det slutliga beviset på att de hörde ihop. Billy T. skulle aldrig berätta för Tone-Marit vad som hände när han övernattade hos sin bästa väninna för att slippa skrikande spädbarn och få en ostörd natts sömn.

– Vad gällde det, sa han och satte sig tungt igen.

– Jag har tänkt åka till Vogts gate fjorton, sa Sommarøy jovialiskt och försökte fånga kollegans blick medan han småtuggade på smörgåsen. Televerket har bekräftat att Salvesen hade två abonnemang. Det ena var Internet.

– Internet, upprepade Billy T.

– Ja. Lustigt. Inte såg vi skymten av en dator i lägenheten och dessutom: vad skulle en sån snubbe med Internet? Så jag tänkte att jag skulle ta en extra titt där, du vet. Kommer du med?

Billy T. ville hem. Han kände att han aldrig kunde komma hem igen.

Han ville prata med Hanne. Hanne ville inte prata med honom. Tre gånger hade han knackat på dörren till hennes rum. Varje gång hade hon vänt sig bort när han öppnade. Hon hade inte sagt ett ord, men det hade varit omöjligt att trotsa de höjda axlarna och den iskalla blicken hon gav honom innan hon vände sig bort.

– När tänkte du dra, frågade han matt.

– Så där vid fyrasnåret. Jag har inte tid innan. Hänger du med?

– Vi träffas fyra i garaget. Du får ordna bil.

När Billy T. kom ut från kantinen kunde han se Hanne Wilhelmsens rygg på väg in i hissen. Eftersom hon inte hade varit i kantinen, antog han att hon hade haft ett möte med polismästaren, som höll till på samma våning. Billy T. blev stående medan de blanka metalldörrarna gled ihop. Så lufsade han nedför trapporna, så långsamt att hon skulle hinna försvinna innan han kom ner till fjärde våningen.

31

SIGURD HALVORSRUD satt på en brits utan madrass i en cell på polishusets bakgård och höll sig krampaktigt om sina egna knän. Han borrade naglarna genom jeanstyget och in i huden tills fingertopparna domnade. Sedan släppte han ett ögonblick innan han upprepade övningen.

– Oskyldig, viskade han ut i den tjocka, fuktiga luften. Jag är oskyldig. Oskyldig. Jag är oskyldig.

Chefsåklagare Sigurd Halvorsrud hade aldrig dödat någon.

Såvitt han visste hade han aldrig gjort någonting värre än att då och då överskrida en fartgräns. Om han fortfarande hade haft förmågan att tänka efter ordentligt där han satt, så skulle han ha kommit på att han faktiskt blivit bötfälld för att ha slagit till en kompis i ungdomlig fylla; sjuttonde maj det år han fyllde sexton.

Men Sigurd Halvorsruds hjärna hade gått varm. Under den första häktningsperioden, medan allt det absurda ännu var så nytt att det fortfarande var möjligt att dra växlar på hans långa yrkesliv, hade han haft hopp. Det här var Norge. I Norge dömde man inte oskyldiga. När det någon sällsynt gång hände, var det trots allt bara tal om buset; fyllon och halvkriminella utslagna som kanske inte hade gjort det de dömdes för, men som bara hade sig själva att skylla för att de överhuvudtaget hamnade i polisens strålkastarljus.

Sigurd Halvorsrud var själv del i det system som han trodde på; ett traditionsbundet, civiliserat rättssamhälle han inte bara hade vigt sitt liv åt, utan som samtidigt var inflätat i hela hans personlighet, hans ego, i allt som var han. Hans tro på sig själv och sin egen styrka var därför i hög grad baserad på tillit till

Systemet. Under de första veckorna, när de gula väggarna höll på att kväva honom och han bråkade med arrestpersonalen för att få sin dagliga dusch som han var van vid, klä sig i kostym och slips som han brukade, kamma håret slätt med hårvatten och klippa naglarna en gång i veckan som hans vanor påbjöd, under den perioden hade han trots allt burit med sig en tro på sig själv, och därmed en tro på Systemet. Att han var häktad för mord på sin egen fru var uteslutande en lapsus av temporär varaktighet. Förr eller senare skulle rättvisan uppenbaras för polisen.

Så fungerade Systemet.

När han släpptes ut ur häktet kände han paradoxalt nog att han tagit fel.

Från början, när beslutet lästes upp och Sigurd Halvorsrud lyfte blicken mot domaren med bulldogshuvudet och insåg att han faktiskt skulle få komma hem, hade den misstrogna lättnaden varit blandad med högmodig segerkänsla: rättvisa hade skipats till belåtenhet.

Den första kvällen hemma, efter att Thea till slut hade somnat, hade han förstått att det hela bara var en illusion. Hans fall handlade inte längre om lag och rätt. Hans liv, dotterns liv, hela familjen Halvorsruds tillvaro hade lagts i ruiner av en kraft som var betydligt starkare än Fru Justitias blinda rättvisa.

Sigurd Halvorsrud bar ett stigma. Han kunde lika gärna fått en stämpel i pannan. När han satt och bläddrade i sina anteckningar, sirligt handskrivna ark med analyser och fakta om allt han hade genomgått från mordet på Doris till frisläppandet dagen före denna natt då beslutet fattades, förstod han att han måste göra något.

Karen Borg hade rätt.

Rådman Bugge hade rätt.

Polisen var mycket långt ifrån ett åtal. Ännu längre från en fällande dom. När Sigurd Halvorsrud betraktade nakna fakta i sitt eget fall, såg han att sannolikheten var stor för att han aldrig skulle bli tvungen att inställa sig i rätten. Detta gjorde honom upprymd, det fick blodet att brusa och kinderna att hetta, ända tills han ivrigt började bläddra i tidningarna som svägerskan hade sparat åt honom och lagt i en bunt på köksbordet, sorterade efter datum.

Sigurd Halvorsrud var dömd.

Han var just frisläppt, men ändå dömd för livet. När han satt i häktet med brev- och besöksförbud hade de nekat honom tidningar och radio. Han hade läst gamla veckotidningar och pocketböcker och befarat det värsta. Det här var värre.

Hans fall hade periodvis överskuggat kriget i Kosovo.

Det var som om hans liv var utsmetat över sidorna som en Picassobild; förvrängt och förvridet, proportionslöst och med färger som han inte alls kände igen. Ändå handlade det om honom. Omisskännligt om honom. Journalisterna hade grävt i hela hans bakgrund. Han ryckte till när han såg en helsidesbild av sig själv i studentmössa, det nakna, artonåriga ansiktet med framskjuten haka och självsäkert leende, som om ingenting kunde hindra honom från att klättra mot skyarna, medan blicken röjde en sårbar osäkerhet som han ännu inte hade lärt sig att dölja. Anonyma skolkamrater, osynliga kolleger, namnlösa grannar – alla hade de villigt och med illa dold begeistring över att äntligen ha något viktigt att berätta, gett sina synpunkter på hustrumördaren Halvorsrud. Stark och envis, listig och hetsig, slipad och oberäknelig, familjekär och social mittpunkt; karaktärsbeskrivningarna sved honom i ögonen och han slog ihop tidningarna och rullade dem till vedträn som han använde två timmar på att elda upp i spisen.

Sigurd Halvorsrud hade förlorat allt.

Det fanns ett sätt som han kunde rädda sig själv och familjen på. Han kunde inte bara sitta still och hoppas på att aldrig bli dömd. Han måste avstigmatiseras. Bara så kunde han hoppas på full upprättelse. Bara så skulle tidningarna skyndsamt kunna redigera om det de tills nu hade skrivit och skriva nya artiklar där bara det positiva var med. Bara så kunde tidningarna slå sig för bröstet och säga: "Se! Vi har hela tiden hållit möjligheterna öppna för att mannen är oskyldig. Se! Vi skrev att han var en god familjefar och respekterad kollega redan när han satt i häkte."

Sigurd Halvorsrud måste hitta den som mördade Doris. Han visste vem det var. Det var Ståle Salvesen.

Av den anledningen hade han gjort ett klumpigt försök att undersöka lägenheten på Vogts gate 14. Han letade efter vad som helst. Eftersom polisen inte hade fäst sig särskilt mycket vid hans förklaring, kunde de lätt ha missat något viktigt. För dem var Ståle Salvesen en förmodad död sjukpensionär. Bara för honom var Ståle Salvesen en mördare.

Eftersom han inte hade någon erfarenhet av olaglighter hade han uppfört sig dumt nog att bli överraskad av en gammal man i källaren, när han inte hade hittat något annat än stinkande matvaror i Salvesens lägenhet, och ville kolla om det fanns ett källarkontor.

Därför hade han lämnat fingeravtryck på ett ställe där det några dagar senare skulle dyka upp ett lik. En halshuggen journalist som han naturligtvis hade hört talas om; mannen täckte hans eget yrkesområde och hade gjort så i många år. Antagligen hade de talat med varandra i telefon också, men så vitt han kunde minnas hade de aldrig träffats.

Så visade det sig att Salvesen i alla fall var död.

Nyheten hade skjutit allt i sank.

Salvesen skulle inte vara död. Ståle Salvesen skulle sitta på en strand längs Brasiliens kust och njuta av en kall öl. Han skulle vara på fotvandring i Anderna, ensam med den storslagna naturen han alltid hade drömt om. Kanske skulle han ligga i ett fuk-

tigt famntag med en hora på Manillas bakgator; han kunde ha
tagit ströjobb som fårklippare i Nya Zeeland.

I stället hade han dykt upp som ett upplöst lik i Skagerack.

Då skar Halvorsruds hjärna ihop.

Det enda han nu kunde göra var att hålla fast vid sin oskuld.
Han klamrade sig till den; höll bergfast på meningen som han
mumlade om och om igen:

– Jag är oskyldig.

När rullvagnen med middagen kom, vägrade han att ta emot
maten. Vakten höjde likgiltigt på axlarna och gick vidare. När
han några timmar senare kom tillbaka satt Sigurd Halvorsrud i
exakt samma ställning som tidigare på dagen; rakt upp och ner
med händerna på knäna medan han nästan omärkligt vaggade
från sida till sida och mumlade något som den uniformsklädde
vakten inte uppfattade.

Det var egentligen ganska skumt och mannen tänkte att det
kanske var bäst att tillkalla läkare. I varje fall i morgon om fång-
en inte var bättre då.

Kanske chefsåklagaren höll på att tappa taget.

32

– Jag har pratat med den här killen förr. Låt mej ta hand om det.

Karl Sommarøy visste inte riktigt varför Billy T. hade sagt ja till att följa med. Han verkade totalt ointresserad där han stod i en sliten skinnjacka och kurade ihop sig mot den fuktiga vårvinden. Antingen måste den storväxte mannen vara utarbetad bortom allt vad Karl Sommarøy hittills hade upplevt, eller så måste det vara något annat allvarligt som plågade honom. Billy T. svarade i stort sett bara med enstaviga ord. Han hade lekt med en nyckelknippa hela bilturen från Grønlandsleiret till Vogts gate; monotont och enerverande. Blicken var död och ansiktet – som hade flammat upp i skrämmande raseri i kantinen – var nu tomt och uttryckslöst. Dessutom luktade Billy T. svett, en frän lukt som omgav honom.

– Portvakten Karlsen är en surpuppa. Men jag tror inte det är något ont i honom.

De ringde på för andra gången.

– Ja, skorrade det i porttelefonen.

– Det här är kriminalinspektör Sommarøy från Oslo polisdistrikt. Vi vill gärna undersöka...

Ljudet av dörröppnaren fick honom att avbryta sig och blinka konspiratoriskt till Billy T. Han tog i dörrhandtaget och ryckte upp dörren.

– Där ser du, sa han.

– Onödigt, sa Billy T. Vi har ju nycklar.

Han höll knippan mellan tummen och pekfingret, mitt framför ögonen på Sommarøy.

– Fan, sa kriminalinspektören. Det kunde du väl ha sagt.

– Jag trodde du fattade så pass att jag inte skulle åka för att titta på en låst lägenhet utan nycklar.

– Vad gäller det?

Portvakt Karlsen stod bredbent i hallen innanför, barfota i gulbruna tofflor. Han hade beige byxor och hängslen. Skjortan hade en stor fettfläck på bröstfickan och Billy T. kunde se matrester i skäggstubben.

– Det är okej, sa Billy T. och höll upp sin polislegitimation. Vi ska bara ta en liten koll i Salvesens lägenhet.

– Lycka till. Den är tom.

– Tom?

Karl Sommarøy och Billy T. såg på varandra.

– Jag tömde den i förra veckan.

– Du gjorde vafförnåt, sa du?

– Tömde den. Lägenheten. Tog alla Ståles saker. Den ska väl övertas av några andra snart, antar jag. Ville inte ha nån som rota i Ståles grejer.

Billy T. tittade i taket och hans mun rörde sig stumt. Så drog han djupt efter andan, sänkte huvudet och gav portvakt Karlsen ett brett leende.

– Kunde ni vara så älskvärd och följa med oss upp till Ståles lägenhet, sa han sammetsmjukt och la handen på gubbens rygg.

Karlsen var fyrtio centimeter kortare än Billy T. Han vred sig under beröringen och förklarade högljutt att han var mitt i middagen. Billy T. bytte grepp. Nu tog han tag om portvaktens överarm och gick bestämt mot hissen.

– Och vi ska till vilken våning?

– Femte, sa Sommarøy.

– Släpp, sa Karlsen.

– Ja. När du har lärt dej en del elementära regler för hur man uppträder. Här.

Hissen plingade och stönade tungt innan den stannade. De

tre gick ut och traskade iväg genom trapphuset. Karl Sommarøy först och Billy T. med portvakten efter.

– Se där, sa Billy T. och satte ett smutsigt pekfinger mot låset där det inte fanns mer än rester efter polisens försegling. Kan det till exempel vara du som har tagit bort den lilla grejen härifrån?

Ole Monrad Karlsen försökte åter slita sig loss.

– Det här ska jag rapportera, sa han ilsket när greppet inte tyckte vilja släppa. Det är visst och säkert.

– Bra, fräste Billy T. Så ska jag se till att du får *avsevärda* böter för det här.

Han stack nyckeln i låset. Den gick runt utan problem. Försiktigt vred han på dörrhandtaget och öppnade ytterdörren. Stillastående luft blandad med stanken av förruttnelse slog emot honom. Han tog ofrivilligt ett steg tillbaka och blev stående medan han såg på ett handskrivet litet kort på dörrkarmen. "S. Salvesen". Han stod så länge i egna tankar att Sommarøy till slut harklade sig och dunkade honom kamratligt i ryggen.

– Ska vi låta portvakten gå, kanske?

Billy T. kikade snett ner på den kortvuxna gamlingen och nickade lugnt.

– Det tycker jag absolut. Så kan han sätta sej i sin lägenhet och vänta tills vi är färdiga. Om vi har nåt att fråga om. Okej?

Om Karlsen tyckte ordern var okej eller ej förblev oklart för de bägge polismännen. Den lille gamlingen tofflade bort i ett saligt mummel av oförståeliga ord. De stod och såg efter honom tills hissdörren slog igen.

– Lite väl tuff, va? Gammal sailor under kriget och allt.

Sommarøy väntade inte på respons. I stället gick han in i Ståle Salvesens lägenhet. När Hanne Wilhelmsen och han hade varit här för något som framstod som en evighet sedan, verkade lägenheten helt obebodd. Nu var den helt enkelt utflyttad från. I tamburen kunde de ana ett ljusare fält i panelen där telefonbordet hade stått. En smutsrand avtecknade sig på tapeten där soffryggen hade stött mot väggen. Så mycket fler spår efter liv fanns inte, bortsett från ett allmänt och nedslitet missmod som präglade hela stället. Och stanken från köket.

Portvakten hade tagit bort allt som kunde sägas vara Ståle Salvesens personliga ägodelar. De spartanska möblerna, de få köksredskapen och de ordentligt hopvikta klädesplaggen som hade legat kvar efter Salvesens egen premortala städiver. Kylskåpet var däremot uppenbarligen kommunens egendom. Karlsen hade inte känt sig kallad att ta med sig en yoghurt, en mjölkkartong, en gul ost som blivit blå och dessutom någonting som en gång kanske hade varit ett salladshuvud och två tomater.

– Jävlar! Hanne och jag kom överens om att ta det med oss när vi var här. Vi glömde det helt enkelt.

Sommarøy gjorde grimaser mot kylskåpets innehåll, som inte luktade bättre av att dörren hade stått öppen under lång tid. Billy T. tog mjölkkartongen och yoghurten.

– Tjugosjunde februari, läste han långsamt. Den här mjölken kan förmodligen gå för sej själv. Tjugotredje januari. *Januari!* Kunde vara kul att öppna den här yoghurten.

Han sträckte den mot kollegan. Sommarøy drog sig undan och höll sig för näsan.

– I alla fall ser vi inte skymten av nån pc här, sa han nasalt. Låt oss ta en titt på telefonkontakten.

Billy T. ställde tillbaka mejerivarorna och stängde kylskåpet. Sedan ställde han fönstret på glänt och följde efter Sommarøy ut i tamburen. Det var halvmörkt i den fönsterlösa gången och han lät fingrarna glida över strömbrytaren på väggen vid ytterdörren. Glödlampan hade gått.

– Det finns bara ett urtag här, stönade Karl Sommarøy som satt på huk och ansträngde sig för att se. Ett gammalt hederligt jack med tre hål.

Billy T. knäböjde och lät handen följa ledningen från det grå-bruna jacket längs golvlisten mot ytterdörren. Ett jack, en led-ning. Det var trångt för de bägge männen och Karl Sommarøy tappade balansen och tog emot sig med händerna.

– Och här är ett till, sa han ivrigt. Ett modernt jack med sånt där plastlock på!

Billy T. kisade mot den lilla fyrkantiga plastkontakten som var fastsatt på väggen alldeles ovanför golvet. Så sköt han undan Karl och kände med fingrarna längs ledningen.

– Den ingående ledningen ser ut att komma från samma stäl-le som den andra, sa han innan han öppnade ytterdörren och tittade på den smutsgröna väggen ovanför dörrkarmen. Japp. Bägge ledningarna går in i det här röret. Vanlig grej. Televerket. Men det konstiga är…

Han kikade in i lägenheten igen.

– Urtaget ser ut att gå *ut* ur lägenheten.

Karl Sommarøy släppte en liten kort fis när han reste sig.

– Ja, det här är faktiskt värt en salut, sa Billy T. och kliade sig i mustaschen. Vi ska se om vi lyckas följa efter ledningen.

Det var uppenbart att någon hade försökt att dölja den. Trots att den måste vara relativt ny – det kunde man konstatera inne i lägenheten där ledningen lyste vit mot den urblekta väggen – hade någon målat över den där den löpte längs en sliten brun golvlist i tamburen. I slutet av gången försvann den in i ett hål. Fönstret i rummet hade slagit sig och hade antagligen inte öpp-nats på evigheter. När Billy T. tryckte till med axeln för att öpp-na, sprack en av de åtta små rutorna i tre delar.

– Titta här, sa han och lutade sig så långt ut han vågade innan han snabbt drog sig in igen. Ser du? Det ser ut som om den fort-sätter nedåt. Hur långt tror du?

– Omöjligt att säga. Den bara fortsätter tills jag inte kan se den längre.

De stängde fönstret.

– Källaren, sa de plötsligt i kör.

– Källaren, upprepade Billy T. med ett brett grin. Det ser ut som om vi måste hämta hjälp hos portvakten.

De stormade nerför de fem våningarna. Ljudet av Billy T:s järnbeslagna kängor skallade mellan väggarna och när de kom ned hade Ole Monrad Karlsen bytt till svarta skor.

33

CECILIE VAR MÖJLIGEN tillräckligt frisk för att få vara
hemma, men hon såg inte så ut. Hon låg på soffan när Hanne
kom vid femtiden; matt, blek och med ett leende som bara var
en dragning kring munnen och aldrig spred sig till ögonen.

– Tone-Marit körde mej, sa hon och sträckte handen mot
Hanne utan att försöka resa sig. Hennes mamma passade Jenny
en timme så Tone-Marit kunde få hem mej.

– Men varför… varför ringde du inte till mej, stammade
Hanne.

– Jag gjorde det. Receptionisten eller vem det nu var sa att
hon inte riktigt visste var du var.

– Men mobilen då?

Hanne nästan skrek, medan hon klappade sig på fickan i
skinnjackan med fransar och pärlbroderier, som Cecilie hade
köpt till henne för en förmögenhet när de var i USA. Så halade
hon fram en nästan oanvänd Ericssonmodell.

– Fan. Fan också.

Hon slog telefonen mot pannan.

– Shit. Shit. Shit!

– Du glömmer att slå på den, viskade Cecilie. Kom och sätt
dej då.

Hanne vrängde av sig jackan och lät den ligga på golvet. Se-
dan sköt hon ut soffbordet på golvet och la sig på knä vid änden
av soffan.

– Förlåt, sa hon och kysste insidan på Cecilies handled. Jag är
så förfärligt ledsen. Jag lovar att jag aldrig ska stänga av den mer.
Aldrig. Hur har du det? Lite bättre?

Hon granskade Cecilies ansiktsdrag. Hon hade gruvat sig hela dagen inför detta. Hanne hade ont i bröstet och knip i underlivet av rädsla för att träffa Cecilie. Hon lät pekfingret försiktigt följa linjerna kring hennes mun, de gråvita läpparna med torkad tandkräm i mungiporna; fingret löpte längs näsvingarna upp till de blåaktiga, nästan genomskinliga påsarna under ögonen.

– Jag älskar dej, Cecilie. Jag fattar inte hur jag ska kunna leva utan dej.

– Det blir du tvungen till.

Cecilies röst var skrovlig, hon hostade försiktigt. Så kupade hon handen om Hannes huvud och drog fingrarna genom det okammade håret.

– Jag vill inte!

Hanne försökte hålla kvar gråten där den hörde hemma, nere i mellangärdet där den kunde plåga henne men inte drabba Cecilie.

– Jag vill inte vara ensam.

– Du kommer aldrig att vara ensam. Om du bara snart blir vuxen och förstår att det är många som tycker om dej, behöver du aldrig vara ensam.

Hanne drog sig tvärt undan. Hon blev stående på knä och såg på Cecilie medan tårarna inte längre gick att hålla tillbaka.

– När du dör har jag ingen.

Cecilie log igen, mer äkta den här gången. Det glimmade till i de matta ögonen när hon drog Hanne intill sig igen.

– Barnrumpa! Du är världens bästa på att tycka synd om dej själv. Hör nu, min älskade. Du är inte fyrtio än. Du har möjlighet att leva dubbelt så länge. Minst. Det kryllar av människor som vill vara en del av ditt liv.

– Jag vill inte ha dem! Jag vill ha dej. Jag har alltid velat ha dej.

Cecilie kysste henne länge på pannan. Läpparna kändes på sätt och vis redan döda; kalla, torra, med flagor som raspade mot huden. Hanne snyftade och grät och lutade huvudet mot Ceciliers överkropp.

– Är jag för tung för dej, sa hon halvkvävt i yllefilten. Gör det ont när jag ligger så?

Cecilie luktade inte så som hon alltid hade gjort. Hanne snusade in den främmande lukten av tvål och sjukhus och blundade mot det plötsliga minnet av när Cecilie satt på hennes rum, böjd över matteböckerna, med en rynka i pannan och en lock av det långa håret i munnen, högljutt sugande och gång på gång klagande över integralers obegriplighet. Hon doftade så härligt. Hon luktade ung kvinna; ett stråk av söt kroppslukt som slog igenom den billiga parfymen och fick Hanne att böja sig mot henne och kyssa hennes mun, kort, innan hon snabbt drog sig tillbaka och yttrade sitt allra första,

– ... förlåt.

Cecilie skrattade den gången för nästan tjugo år sedan. Hon skrattade lågt; den våta hårtesten satt klistrad i en båge mot hennes mungipa tills hon drog håret bakom örat och kysste Hanne tillbaka, längre den här gången, mycket längre och mycket mer vågat.

Hanne skulle aldrig komma att berätta för Cecilie om vad som hade hänt på natten. Innan hon kom hem hade hon bestämt sig. Cecilie förtjänade sanningen. Hanne kunde inte leva med en sådan hemlighet.

Så kände hon doften av tvål och sjukhus.

Cecilie skulle aldrig få veta. Det var ingenting att veta.

– Kan jag hämta nåt åt dej, viskade hon medan hon varsamt gned kinden mot Ceciliers bröst under yllefilten. Är det nånting du vill ha, min vän?

– Yoghurt. Jag tror jag är sugen på lite yoghurt. Om vi har.

– Vet du vilket tal du jobbade så med den där dagen när vi blev tillsammans?

Hanne hade rest sig upp.

– Va?

– Den dagen. När du kom hem till mej för att få hjälp med matten. Kommer du ihåg vilken integral du inte fick ihop?

Cecilie rätade försiktigt på täcket som om hon hade ont i hela kroppen.

– Nej...

Hanne tog en gammal tidning och en penna från bokhyllan.

– Den här, sa hon och höll upp tidningen framför Cecilies ansikte.

$$\int_9^3 (x^2 + 3x + 4)dx$$

Cecilie skrattade gott. Hon skrattade länge, nästan som hon hade gjort den gången, för nitton år sedan, och när hon äntligen slutade skakade hon på huvudet och sa:

– Du är märklig, Hanne. Du är fan ta mej märklig. Kommer du ihåg det där så exakt, eller bluffar du?

– En klar integral. Svaret är trettiofyra komma fem.

Hanne hörde fortfarande Cecilie småskratta när hon öppnade kylskåpsdörren. Hon tog en yoghurt naturell och kollade sista datum; fyra dagar kvar. När hon drog av aluminiumlocket, föll hon plötsligt i tankar.

– Hanne?

Hon måste ha stått där i flera minuter utan att ge ett ljud ifrån sig.

– Hanne, vad håller du på med?

– Kommer, sa hon och plockade fram en tesked ur besticklådan.

Hon hällde över yoghurten i en skål, la lite jordgubbssylt i mitten, gick tillbaka in och ställde skålen på soffbordet.

– Måste bara ringa ett samtal, sa hon lätt. Tar inte lång tid.

Cecilie hörde Hannes mest formella röst ute i tamburen medan hon försökte få i sig maten.

– Det är kriminalkommissarie Wilhelmsen här. Jag skulle gärna vilja kolla en uppgift om en stulen bil. Jaha. Det gäller en...

En plötslig och våldsam smärta fick Cecilie att tappa skeden. Yoghurt och sylt klaskade i golvet och hon skakade på handen när hon försökte rädda skålen från att följa efter. Försiktigt halade hon fram morfinsprutan som låg bakom henne. Hon gav sig själv en extra dos och slappnade sakta av allt eftersom smärtorna avtog.

– Du måste väl inte till jobbet nu, sa hon när Hanne kom tillbaka in i rummet. Snälla du...

– Nej då, sa Hanne mjukt och hämtade en trasa för att torka upp på golvet. Jag väntar till i morgon. Men du... Ska jag dra ut soffan till en säng så vi kan ligga bredvid varandra? Jag har köpt tre nya videofilmer. Vi kanske kunde se lite på en av dem i kväll.

– Fint. Väldigt gärna. Jag skulle önska att du kunde vara lite mer hemma den tid som kommer.

Hanne tog hennes ansikte mellan sina händer och kysste henne lätt på munnen.

– Om jag är så genial som alla säger att jag är, så tar det inte så lång tid innan jag kan ta ledigt, viskade hon. Riktigt ledigt. Så att vi kan vara tillsammans hela tiden. Bara du och jag.

– Det låter förfärligt nytt och skrämmande...

– Låt mej hjälpa dej upp. Jag ska fixa till en säng.

Cecilie valde "Casablanca". Hanne grät genom hela sista hälften. Hon hade alltid tyckt att Cecilie liknade Ingrid Bergman.

34

KÄLLARGÅNGEN I HUSET vid Vogts gate var lång och inte särskilt trång. Billy T. upptäckte till sin förvåning att han kunde stå rak i den nästan femton meter långa korridoren. När han sträckte ut armarna åt båda håll var det knappt att fingrarna nuddade väggarna. Långt ner i andra änden lyste en skarp ljuskägla mot golvet från ett rektangulärt fönster. En naken glödlampa satt i en sockel alldeles bortom trappan och gjorde det möjligt att se också i den delen av källaren.

– Skrubbarna är inte märkta, sa Ole Monrad Karlsen bistert. Men de här två är mina.

Han slog handflatan i dörrarna till de två första.

– Och dem får ni inte rota i utan beslut om husrannsakan. Jag vet vad jag har för rättigheter. Det finns ingenting där som ni har med att göra.

– Och vilken av de här tillhör Ståle Salvesen, sa Billy T. otåligt. Jag skiter uppriktigt sagt i vad du har här nere. Visa mej Ståles skrubb.

Karlsen lufsade bortåt den dunkla gången. När Billy T. passerade glödlampan skuggade han för ljuset. Karlsen brummade och klagade högljutt. Till slut var han framme. Dörren var av enkla bräder med krysstag och vanligt hänglås.

– Här.

Portvakt Karlsen slog knytnäven i träverket. Billy T. himlade med ögonen och bad honom vänligt att låsa upp.

– Har ingen nyckel.

Den gamle mannen tittade ner och spottade på betonggolvet. En brun klatt snus blev liggande alldeles intill Billy T:s kängor.

– Och var har du då placerat alla Salvesens saker?

– Det har inte du med att göra. Men om du absolut ska veta det så står det mesta borta i mina skrubbar.

– Du ljuger, sa Billy T. utan att se på Karlsen. Klart att du har nyckel.

Han gjorde ett tecken till Karl, som ställde sig bredvid honom med axeln mot den tunna dörren.

– En och två och *tre*, sa Billy T.

Dörren gav efter vid första försöket. De två polismännen hade väntat sig större motstånd och brakade in i den trånga skrubben. Karl snubblade på ett par skidor och ramlade framstupa.

– Helvete! Jävlar! Hjälp mej!

Så småningom kom han på fötter och borstade smuts och spindelväv från Catalinajackan, som kanske var modernare när han var femton, och som var så trång och ljusblå att den mycket väl kunde vara från den tiden.

Skrubben var nästan tom. Bortsett från de omoderna slalomskidorna som Karl Sommarøy snubblat över, innehöll det rektangulära utrymmet ingenting annat än en cykelram utan hjul och sadel, en svart plastpåse med gamla kläder samt en uppsättning slitna sommardäck staplade i ett hörn.

– Går det inte att få mer ljus här inne?

Billy T. klev ilsket över klädsäcken och försökte riva loss en fanerplatta som var fastspikad över något som kunde vara ett fönster.

– En kofot, Karlsen, har du det?

– Här, sa Karl. Låna min ficklampa.

Han tände en halvmeterlång ficklampa som han hade varit och hämtat i bilen. Billy T. riktade den starka ljusstrålen mot det igenspikade källarfönstret.

– Bingo, sa han lågt.

Karl kisade mot stället som Billy T. pekade på. Han kunde

tydligt se hålet. Han böjde sig ner och Billy T. lyste på golvet framför Karl.

– Färskt murbruksdamm, sa polisinspektören belåtet och slickade på ett finger som han doppade i dammet innan han reste sig. Det här hålet är inte gammalt.

– Och här har vi vår ledning, sa Billy T. Men vart går den?

De två poliserna följde den tunna ledningen bort längs väggen. Den var inte ens fäst ordentligt här nere utan hängde i en slak båge bort mot sidoväggen där den försvann in i ett nytt hål.

– Vem äger skrubben bredvid?

Karlsen höll på att rädda resterna av dörren som de hade slagit in. Han hade fällt ut skruvmejseln på en Swiss Army-kniv och försökte bända loss träsplittret från de förvridna gångjärnen. Han tog sig god tid på sig innan han svarade.

– Den skrubben är i alla fall inte Ståle Salvesens. Det innebär att ni inte kan gå in där.

Billy T. och Karl växlade en blick. Mannen hade rätt. Det låg en helvetes massa pappersarbete framför dem om de skulle kunna bryta upp dörren bredvid. Ett enklare alternativ skulle självklart vara att fråga ägaren om tillstånd.

– Men vem är ägaren, återtog Billy T.

– Gudrun Sandaker. Hon är på semester.

Den gamle mannen skruvade vidare utan att ägna de två polismännen en blick.

– Billy T.!

Karl snappade åt sig ficklampan och höll ljuskäglan tätt inpå sidoväggen.

– Se här. Plankorna är gamla och slitna. Men se på spikhuvudena!

Spikarna var nya. Träverket runt omkring var nyligen uppflisat; det ljusare träet skilde sig tydligt från det övriga mörka och smutsiga.

– Ge mej den där skruvmejseln, kommenderade Billy T.

Portvakten avbröt sitt arbete med den trasiga dörren och gav motvilligt kniven ifrån sig.

De första bräderna var värst. Det visade sig att väggen var isolerad med stenull på insidan, något som Billy T. tyckte var märkligt. Varför någon skulle tycka det var mödan värt att isolera en innervägg i en källare var obegripligt. Till slut var fyra plankor borta från golv till tak, och han fick hjälp av Karl med att dra ut den första isoleringsmattan.

Väggen dolde ett hemligt utrymme; knappt mer än en halvmeter brett. Det var isolerat runt omkring och nu var det inte längre något problem att förstå varför. Det karaktäristiska suset från en dator trängde ut i källarskrubben. Under tystnad rev de ned resten av väggen.

– En pc, sa Karl tyst. En alldeles vanlig pc.

– Men ingen skärm eller tangentbord, sa Billy T. och lämpade bort den sista mattan stenull.

– Behövs inte, sa Karl. Det är inte meningen att någon ska använda den här.

– Vad fan är då meningen?

Billy T. böjde sig fram och tittade på den gröna lampan som bekräftade att datorn var påslagen.

– Det har jag ingen aning om. Men jag slår vad om att det som finns i den här maskinen är mycket intressant. *Nej!*

Karl Sommarøy grep kollegan i armen och drog honom brutalt tillbaka. Billy T. tänkte dra ur kontakten ur det uppenbart nymonterade urtaget.

– Vi måste ju ta maskinen med oss, sa han förargat och ryckte till sig sin arm. Vi måste få nån att se vad som finns i den.

– Det måste de göra här. Vad vi vet så kan den vara programmerad att paja ihop när strömmen bryts.

– Då får du tillkalla expertisen, sa Billy T. Jag stannar här. Jag går inte härifrån förrän någon kan tala om för mej vad den här datorn innehåller.

Karl Sommarøy nickade och såg på portvakt Karlsen.

– Och du kan följa med mej, sa han. Jag tror du och jag har en del att prata om.

Billy T. kunde höra det argsinta mumlet från portvakten ända tills källardörren stängdes. Då satte han sig på traven av plank och stenull, lutade ryggen mot väggen och somnade.

MANNEN SOM Evald Bromo hade brukat kalla Kai, höll på att packa. Han hade tagit fram en kostym, två tröjor, fyra skjortor och ett par jeans som han prydligt vek ihop och la i en resväska. Överst placerade han underkläder och en toalettväska. Han hade kollat att det inte fanns något i fickorna som kunde avslöja vem han var. Därefter tömde han plånboken på personliga saker. Bilder av barnen, ett kvitto från IKEA, körkort och andra plastkort; allt klipptes i bitar och hamnade i en plastpåse som han tänkte kasta någonstans där ingen skulle lägga märke till den.

Sedan fyllde han plånboken igen och stoppade det nya passet i innerfickan.

Nu hette han något helt annat.

Han kände sig lugn.

Den förtvivlan, som nästan hade förlamat honom de senaste dagarna, var borta. Kvar fanns bara en känsla av beslutsamhet; gjort var gjort och han hade ingenting annat att göra än att fly. Tanken på att lämna ungarna för gott hade han kallsinnigt skjutit ifrån sig när han klippte sönder fotografierna. Han kunde inte tänka. Han hade inte råd att känna något. Nu måste han handla och det måste ske snabbt.

Han skulle köra till Köpenhamn. Där skulle han ta ett plan till en plats långt borta; ett ställe där han hade vänner.

För han hade vänner.

Under loppet av alla dessa år hade han hållit fast vid några få utvalda. Alltid för att han hade nytta av dem. Aldrig för att han kände sig hotad. Det enda undantaget var Evald Bromo.

Han stängde väskan, gick ut ur huset och la den i bilens

bagagelucka. I natt skulle han åka. Han kände en stark lust att sätta sig och köra redan nu, men det var för riskabelt. Frun skulle slå larm så snart det hade gått ett par timmar och han inte kommit hem från jobbet.

Genom att köra vid tretiden på natten, skulle han få ett försprång på flera timmar. Han behövde inte mycket mer. Han lyfte motorhuven och tog bort fördelarlocket och la det på en hylla längst bort i garaget. Han fick säga att bilen var trasig. Då riskerade han inte att frun tog sig en tur på eftermiddagen och upptäckte resväskan.

36

KARL SOMMARØY var bland de få i hela det stora, grå polishuset som hade gjort ett ärligt försök att få sitt tjänsterum att framstå som hemtrevligt. Han hade mörkblå gardiner som hans fru hade sytt, foton av barnen i röda ramar på skrivbordet och blomkrukor med gröna plantor på hyllorna. På ena väggen hängde en stor affisch med en reproduktion av Gustav Klimt, på den andra hade han satt ihop ett collage av barnteckningar bakom en glasskiva. Det var som om den småflicksaktiga nedre delen av hans ansikte inte bara var ett naturens elaka skämt, men också ett utslag av en livskraftig feminin ådra i den för övrigt så maskulina kroppen. En ryamatta i glada färger dämpade akustiken och pennmuggen på skrivbordet gick i stil med det ljusa skrivunderlägget av skinn. Som en maskulin kompensation för alltihop hängde ett slags gökur på väggen. Varje timme kom det ut en polis som höjde batongen och skrek "You're under arrest" med metallisk röst.

– Vet du, sa Karl Sommarøy, och satte sig på den ergonomiskt korrekta skrivbordsstolen, min farfar var i handelsflottan under kriget.

Ole Monrad Karlsen brummade buttert och satt oroligt på stolen.

– Han var andrestyrman på M/T Alcides. Skaugens Rederi. Seglade från Abadan med bunkringsolja på väg till Freemantle. Torpederades i Indiska Oceanen i juli fyrtiotre.

–Jösses, sa Karlsen och rätade en aning på ryggen. Tagen av japanerna, då?

– Japp. Min farfar satt i japanskt fångläger resten av kriget.

– Det var grejer, sa Karlsen och skakade på huvudet. De killarna som hamnade hos gulingarna hade det värst av alla. Själv blev jag torpederad två gånger. Men aldrig fångad.

Han tittade på polisinspektören. Uttrycket hade förändrats något, han bet sig i underläppen och verkade inte längre lika fientlig.

– Norge har behandlat er grabbar på krigsfartygen alldeles för dåligt, sa Sommarøy medlidsamt. Kaffe, Karlsen?

Han hällde upp i en gul kopp med nyckelpigor på innan portvakten hann svara. Sedan sköt han koppen mot den gamle och log så brett han kunde.

– Men du har ju klarat dej bra, du. Pension då, Karlsen? Du måste ju vara…

Han såg i taket och räknade efter.

– Sjuttiosex?

– Sjuttiofem. Jag mönstra på till jul trettionio. Då var jag femton år gammal. Jag får fortsätta med mitt jobb i huset. Jag får inte lön, vet du, men tanten som äger hela rasket låter mej behålla lägenheten mot att jag gör lite jobb här och där. Billigt för henne och bra för mej. Det var bättre förr när det inte var så mycket slödder i huset. Efter att kommunen köpte upp en massa lägenheter så kom alla sorters konstigt folk rännandes. Han din kamrat, den långe…

Karlsen lyfte handflatan över huvudet.

– Han är inte schyst. Har ingen respekt.

– Du får förlåta Billy T. Han är stressad för närvarande.

– Behöver väl inte uppföra sej som ett svin för det. Polis och allt. Ser inte sån ut, förresten.

Karlsen granskade skeptiskt nyckelpigorna på muggen och tog på prov en klunk av kaffet.

– Du kände Ståle Salvesen, du.

Sommarøy la händerna bakom nacken.

– Var ni vänner?

Ole Monrad Karlsen smackade och ställde ifrån sig koppen medan han kliade sig på tinningen med vänster hand.

– Det är inte förbjudet att stå på god fot med folk, sa han och den aggressiva tonen var tillbaka.

– Inte alls. Jag tror att Ståle Salvesen i grund och botten var en bra kille. En som livet farit illa med.

– Han var affärsman en gång i tiden, sa Karlsen. Visste du det?

– Ja. Men det var nåt krångel med en utredning och nån konkurs och vad det var.

– Just det. Misstänka han kunde'rom. Utreda och skriva och gräva och förstöra allt för han kunde'rom. Men blev det nåt av'et? Närå, allt bara rann ut i sanden. Och där satt Ståle kvar, ensam och övergiven. Kärringen stack och grabben kom aldrig tillbaka från Amerika. Otacksam knöl! Det var ju farsan som hade gett han möjlighet att resa och studera och alltihop. Ståle hade det precis som jag, ska du veta. När jag kom hem från kriget och hade fått erbjudande om...

Karl Sommarøy insåg att det här skulle komma att ta tid: han ursäktade sig och försvann för att återkomma med en wienerlängd och två flaskor läsk. När bara smulorna fanns kvar på pappersunderlaget och flaskorna var tomma var hans tålamod tunnslitet.

– You're under arrest, skrek gökurpolisen sju gånger.

– Jösses, där hoppade jag till, sa Karlsen och vände sig om mot klockan.

– Den här datorn i källaren, sa Karl i lätt ton. Du kände till det, va?

– Det är inte förbjudet att ha datagrejer i sin egen källare.

– Inte alls. Hur länge har den stått där?

– Hur så?

Karl Sommarøy suckade tungt. Så reste han sig och blev stående med ryggen mot Karlsen medan han tycktes granska barn-teckningarna noga.

– Hör här, sa han långsamt och la handen på något som antagligen skulle vara en racerbil. Vi står mitt uppe i ett mycket besvärligt fall. Det skulle gå lite lättare för oss om du bara ville svara på det jag frågar dej. Jag förstår att du inte har mycket till övers för myndigheterna. Men du är en hederlig karl och har så vitt jag vet aldrig gjort något orätt. Fortsätt med det.

Han vände sig tvärt mot portvakten.

– Hjälp mej, sa han. Snälla du.

– Sen i februari, mumlade Karlsen. Februari.

– Sa Ståle varför han ville gömma pc:n?

– Nej.

– Hjälpte du honom att sätta upp väggen?

– Ja.

Ole Monrad Karlsen såg på honom med ett trotsigt uttryck i blicken. Ändå hade det kommit något spakare över honom. Han såg mycket gammal ut.

– Bra.

Sommarøy satte sig igen.

– Vet du något mer om den där datorn?

Karlsen skakade på huvudet.

– Vet du överhuvudtaget något mer? Någonting som kan säga oss varför Ståle tog livet av sej? Du pratade ju mycket med honom, han måste ju...

– Jag har ju sagt det. Ståle hade ingenting kvar här i världen. Allt var borta för han. Jag sa ju det.

– Betyder det att du *visste* att han tänkte ta livet av sej?

Karlsens underläpp rörde sig. En skälvning drog över hans ansikte. Den ojämna rakningen kunde tyda på att gubben hade problem med synen. Sommarøy hade aldrig sett Karlsen med glasögon.

– Jag visste inte nåt, sa han så lågt att Sommarøy böjde sig fram. Jag fattade ingenting när du kom första gången. Jag tänkte att han bara hade rest bort ett tag utan att säga till. Men sen…

Hans händer darrade nu och han torkade ögonen med pekfingret.

– Men jag borde kanske ha förstått nåt när han gav mej paketet.

– Paketet?

– Han gav mej ett brunt paket med adress på. Frimärken och alltihop. Behövde bara stoppa't i brevlådan om det skulle hända nåt me han. Jag skulle vänta ett par, tre veckor eller så. Efter att jag hade sett han sist, menar jag. Sen fråga jag om han hade tänkt sej att resa nånstans. Det hade han inte, sa han, och sen kom vi inte att snacka mer om det. Jag kom inte ihåg paketet ens. Förrn det hade gått ett bra tag. Då tänkte jag att paketet var ett sätt att säga adjö på. Han litade på mej, Ståle.

Karl Sommarøy såg ner på sina händer som klamrade sig om bordskanten. Knogarna var vita.

– Postade du paketet?

– Ja, det måste jag ju.

– Vem var det till?

– Jag kan inte för mitt liv komma ihåg adressen. Men namnet…

Ole Monrad Karlsen lyfte ansiktet och såg på polismannen. Det rann en liten brun rännil från ena mungipan och en tår hade fastnat i skäggstubben alldeles vid ena näsborren.

– Men namnet var Evald Bromo, i alla fall. Det har jag inte glömt. Det var ju han som låg utan huvud i min källare.

– You're under arrest, skrek gökuret; åtta gånger den här gången.

37

MARGARET KLEIVENS föräldrar var döda för länge sedan
och andra anhöriga hade hon inte. Visserligen fanns det en fyra
år yngre syster, men de två hade aldrig haft något nära förhållan-
de. Redan som barn var de påfallande olika; Margaret sluten,
blyg och försiktig; systern utåtriktad och charmerande. Efter att
systern hade gift sig med en engelsman och flyttat till Manches-
ter, upphörde all kontakt. Till och med julkorten, som de första
åren pliktskyldigast skickades i slutet av november, hade utebli-
vit de senaste sex åren.

Margaret Kleivens liv var Evald. Evald och arbetet som lektor
i historia och franska. Hon visste mycket väl att eleverna inte
tyckte om henne. För det var hon antagligen för tråkig och krä-
vande. Å andra sidan var hon långt ifrån impopulär. Ungdomar-
na accepterade på sätt och vis hennes traditionella undervisning
och visste att den kunde löna sig. Förra året hade två elever bytt
klass bara för att få lektor Kleiven i franska. Bägge fick en sexa i
betyg. Efter studentexamen stod en liten bukett luktärtor i
orange cellofan i lärarrummet. Sådana upplevelser fick henne
att känna en försiktig förväntan inför nästa skolår.

Margaret Kleiven var inte bortskämd med stora känslor. När
hon gifte sig med Evald var hon tillräckligt gammal för att gå in
i äktenskapet med dämpade förväntningar. Efterhand hade hon
kommit fram till en trött tillfredsställelse med tillvaron. Livet
med Evald var lugnt. Med åren blev de alltmer isolerade, men
som Margaret såg det tyckte de om varandra och hade det bra,
trots barnet som aldrig kom.

Nu var Evald borta.

Chocken hade övergått i en förlamande förtvivlan under loppet av det första dygnet. Nu var det fyra dygn sedan poliskvinnan med den flackande blicken hade talat om för henne att Evald var död, antagligen mördad. Det hade blivit torsdag morgon den nionde april 1999 och Margaret Kleiven var rasande.

Klockan var bara sex och hon hade inte sovit en minut.

Det intresserade henne inte vem som hade dödat Evald.

Vid skohyllan i tamburen låg Dagsavisen och Aftenposten för fyra dagar och hon hade inte ens öppnat dem. I måndags hade det varit ett foto av Evald på Aftenpostens förstasida, en gammal bild av en löpande, dräglande man som hon nästan inte kände igen. Hon tog in tidningarna varje morgon, la dem ifrån sig på golvet och gick tillbaka till sängen.

Evald var död och ingen kunde ändra på just det.

De mystiska omständigheterna kring mordet – som enligt den lätt överviktiga poliskvinnan skulle ha hänt i Torshov – påminde Margaret om att Evald hade haft en skuggsida i livet som han aldrig hade låtit henne ta del av. Hon visste det naturligtvis; något var det, något som han gick och bar på och aldrig blev riktigt fri ifrån. De första åren hade hon undrat vad det var, och vid ett par tillfällen hade hon försökt prata med honom om det. Initiativet hade bara lett till att han löpte mer och pratade mindre. Så hon lät det vara.

Det skulle få vara för evigt.

Margaret Kleiven var arg på sin döde man. Han hade sprungit på natten, trots hennes upprepade varningar. Hon skulle aldrig förlåta honom.

Hon reste sig och gick stelt över golvet.

Vid badrumsdörren stod en liten kista. Den var rosmålad och kunde väl snarast betraktas som ett större skrin. När de ringde från sjukhemmet för att berätta att Olga var död, kände hon ingenting. Hon hade aldrig känt något för den gamla. Hon hade faktiskt inte sett henne på över två år; när svärmodern försvann in i total senilitet, tyckte Margaret att det var meningslöst att hyckla och gå på besök när Evald ändå var där så gott som varje dag. Men sjukhemmet hade ingen annan att vända sig till. De hade ringt Margaret och Margaret hade kommit. Olga Bromo ägde ingenting annat än ett allmogeskåp med underkläder och några små silverskedar. Och en liten kista med namnet i blåmålad skrift på locket. Sjukskötaren såg i golvet när han harklade sig och sa att de behövde rummet ganska omgående, det var en kö av gamla och sjuka och han hoppades att hon inte tog illa upp när han frågade henne vad han skulle göra med de personliga ägodelarna.

Margaret Kleiven hade tagit med sig kistan och låtit dem göra vad de ville med resten.

Nu satt hon i morgonljuset som silade in i rummet genom en glipa mellan gardinerna, på huk i en rosa morgonrock medan hon vred om nyckeln av smidesjärn i låset.

Det högg till i henne när hon öppnade locket. Det var som att bli träffad av en instängd pust som bekräftade det hon alltid hade vetat: hon kände honom egentligen inte. Försiktigt lättade hon på två betygsböcker. En skär ask innehöll en kamé som hon aldrig hade sett. En röd postsparbanksbok var styv och fläckig och utställd i Evalds namn, trots att insättningarna gjorts på den tiden när Evald bara var ett litet barn och knappt kunde veta vad det var att spara.

När Margaret Kleiven var klar med att titta igenom innehållet i den lilla kistan med blå bokstäver på locket, reste hon sig och kände att benen hade somnat. Hon skakade på benen och gick långsamt ner i bottenvåningen, där hon tände eld i en svart kamin. Det tog inte lång tid; veden var torr och hon hittade tillräckligt med tidningar vid skohyllan i tamburen. Sedan gick hon upp till sovrummet och hämtade svärmoderns kista. Ett efter ett tog hon föremålen i den och kastade dem i lågorna. Några brann bra, som betygsboken och en pappask med en gammal hårlock. Andra saker blev liggande länge i elden, som kamén och en bred vigselring i guld. Efterhand blev också metallföremålen svarta, och hon visste att bara hon lät dem ligga där skulle också de så småningom försvinna.

Längst ner i skrinet låg ett cd-fodral.

Margaret blev betänksam; alla sakerna i kistan var gamla – riktigt gamla – men cd:n såg ut att vara alldeles ny. Ett ögonblick tänkte hon öppna fodralet, men någonting sa henne att det var bäst att låta bli.

Så kastade hon det i elden.

Det fräste därinne och kring plasten steg en klar, blå låga. Fodralet krullade ihop sig i den starka hettan och stanken av bränd plast sved i näsan. En bit papper kom till synes när fodralet sprack; för ett ögonblick bara, sedan var det också borta i lågorna.

Margaret Kleiven stängde kaminluckorna.

Hon var fortfarande lika rasande på Evald, och svalde tre sömnpiller innan hon gick till sängs.

38

"Evald Bromo.

Du har säkert glömt mig. I din jakt på nya offer har du väl inte tid att stanna upp för att tänka över vad du gör med människor som du förföljer. Men om du slår upp i ditt eget arkiv kommer du att hitta mitt namn. Många gånger. Du måste visserligen gå långt tillbaka i tiden. De senaste åren har jag definitivt inte blivit omskriven i någon tidning. Det är knappt någon som längre vet vem jag är.

Jag hade ett företag som hette Aurora Data. Det var en lovande firma. Jag ska inte plåga dig med historien om hur jag byggde upp en framgångsrik, framtidsinriktad datafirma från två tomma händer. Du känner själv till historien, om du letar långt tillbaka i minnet.

Slutet av åttiotalet var en svår tid. När nittiotalet började var det många män av min kaliber som gick under. Firmor som Aurora Data föll som dominobrickor. Men inte vi. Inte förrän ekoroteln fick in en anmälan från en tidigare anställd hos oss, en bedragare som jag hade gjort en tjänst genom att ge honom sparken. Jag borde naturligtvis ha anmält mannen för polisen, han hade försnillat mer än tvåhundratusen kronor.

Jag hade faktiskt inte gjort något orätt. Inte då.

Det påstods att min son hade köpt aktier i ett bolag där jag satt i styrelsen, bara en kort tid innan samma bolag offentliggjorde ett stort kontrakt som på ett ögonblick fördubblade aktievärdet. Ekoroteln anade insideraffärer och använde lång tid på att konstatera det som hela tiden kunde bevisas: avtalet med amerikanarna var faktiskt inte aktuellt när min son köpte aktier. Men ekoroteln var igång. De sänkte Aurora Data. Och mig. Min fiende, den tidigare anställde, hade kokat ihop så många historier, hittat på så många *fakta och ljugit så övertygande att det tog många år innan fallet blev nedlagt. Under tiden dök det förstås upp en och annan småsak. Ett företag som Aurora Data kan inte sänkas till botten utan att ett eller annat kommer upp till ytan. Petitesser, förstås, och aldrig något som kunde hänföras till mig. Ingenting skulle resultera i annat än en tillrättavisning, i värsta fall böter. Men utredarna hittade precis tillräckligt för att hålla det hela igång.*

Du skrev om fallet. Andra medier hakade på. Men det var du och din tidning som var "ledande". Det du skrev citerades av andra. Det var du som var viktig.

Jag tålde att bli undersökt. Till och med idag, efter allt som har hänt, vill jag påstå att jag förstår att åklagarmyndigheten måste göra något i förhållande till de grova anklagelser som riktades mot mig. Vad jag inte tålde, var att bli dömd på förhand.

Du dömde mig genom det du skrev. Halvorsrud dömde mig genom att ständigt tala med dig.

FYRA GÅNGER ringde jag dig för att förklara hur det hela egentligen förhöll sig. Du lyssnade och låtsades att du tyckte min historia var intressant. Ändå genomsyrades dina artiklar av polisens antaganden och förmodanden, anklagelser och ogrundade påståenden.

SEX BREV skickade jag till Sigurd Halvorsrud. Han svarade inte på något. Jag bad om ett möte med honom, men blev avspisad med långa förhör hos dem som jobbade för honom. Aldrig fick jag träffa mannen som du så villigt citerade och som menade sig veta så mycket om mig och mitt liv.

Ni uppnådde det ni ville.

Trots att jag aldrig blev åtalad, förlorade jag allt. Aurora gick miste om viktiga kontrakt och gick till slut i konkurs. Själv blev jag utsatt för "the silent treatment" från flera av mina gamla affärsförbindelser, människor som hade haft stort förtroende både för mig och Aurora Data. Jag jobbade tjugofem timmar om dygnet för att hålla katastrofen stången, men det hjälpte inte. Min fru lämnade mig, min grabb stannade borta i förakt för en far som inte längre var någon att beundra, och jag stod på bar backe. När mitt fall blev nedlagt, fann du det för gott att nämna det i en enspaltare.

Nåja, jag var inte helt medellös. När allt började rasa omkring mig, utan att jag hade gjort något fel, var jag klok nog att stoppa undan några hundratusen i kontanter. Jag var redan stämplad och kastad för vargarna. Pengarna skulle jag inte använda för egen del. Det kunde jag inte.

I flera år försökte jag rehabilitera mig. Jag hade skapat ett börs-äventyr på åttiotalet och "alla" visste hur duktig jag var. Ingen hade riktigt uppfattat att saken mot mig aldrig mynnade ut i någonting som helst. Ingen ville ha med mig att göra. Till slut gav jag upp.

Det var då jag bestämde mig för att förgöra både dig och Sigurd Halvorsrud. Den otrogna tjänaren som satte igång förföljelsen av mig hade sådan tur att han dog i en bilolycka nittiofem. Sådan tur har inte ni. I tre år har jag förföljt er. Alltid på avstånd, men ändå närmare än någon skulle kunna tro. Jag har rört mig i skuggorna och vänt upp och ned på den tillvaro ni kallar er egen. Under tre år har jag knappt gjort annat än att hålla er två under uppsikt.

Det var lätt att hitta din svaghet, Evald Bromo. När det gällde Halvorsrud, var det värre. Därför behandlar jag er olika.

Bifogad hittar du en cd-rom. Du förstår dig inte på data, så jag ska kort förklara vad rom-beteckningen betyder. "Read Only Memory". Det betyder att du inte kan manipulera, redigera eller ändra någonting. Cd:n innehåller en videoupptagning av mig själv, där jag förklarar vad jag har gjort. Bland annat klargör jag att Halvorsrud är oskyldig till mordet på sin fru.

Jag har nämligen tänkt döda henne själv.

Jag ska inte bara döda henne, utan jag ska ta livet av henne på det mest spektakulära sätt. Halvorsrud ska få känna på hur medierna fungerar. Genom att halshugga Doris Flo Halvorsrud ser jag *till att tidningsartiklarna blir förödande. Pressen kommer att för-störa honom, så som den en gång krossade mig.*

Om allt går bra – och det har det gjort om du läser det här – så kommer det att finnas så många indicier mot Halvorsrud att han i alla fall kommer att vara misstänkt i hela sitt liv. Det var så mitt liv en gång raserades och på det sättet vill jag dela mitt öde med honom.

Om inte du räddar mannen. Jag antar att han redan har fått en skymt in i det helvete som skapas av falska anklagelser, en syn som kommer att få honom att tänka och som kanske kommer att prägla honom resten av livet.

Han ska få slippa undan med dessa veckor om du vill offra dig.

Tanken på att ge dig ett moraliskt dilemma, roar mig mycket. Finns det moral i en man som förgriper sig på barn i skydd av ett respektabelt jobb? Du minns det inte, men när jag ringde till dig fjärde gången, pratade du om plikt. Det var din plikt att skriva om utredningen. Det var din plikt att återge vad polisen trodde, kände, ansåg och antog. Plikt!

På cd-romen berättar jag inte bara om min omfattande och för-ödande terror mot familjen Halvorsrud; om nycklarna jag stal från yngste sonen när han tränade, om fruns pc som jag bytte hårddisk på en natt, bara för att skapa lite otrivsel, och om pengarna jag sat-te in i hans namn och så vidare, och så vidare…

Jag lämnar också ut dig. Jag berättar om de förbrytelser du har gjort dig skyldig till upprepade gånger de senaste åren. Du kommer att bli förvånad över hur mycket jag vet. En någorlunda vaken polis borde kunna få dig dömd efter en kort tids utredning.

Det är ditt val.

När du bestämmer dig, borde du ha i bakhuvudet gamle Poker-fejs löfte att skicka ett paket till chefredaktören den första septem-ber. Kanske ljuger Pokerfejs, kanske inte. Eftersom jag är Pokerfejs, vet jag sanningen.

Du däremot kan bara gissa.

Ni tog ifrån mig allt. Ni dömde mig till döden som jag nu har sökt tillflykt till. I gengäld har jag skickat er båda till Helvetet.

Ståle Salvesen.

Erik Henriksen var den förste som blev färdig.

Han la ifrån sig utskriften med en lätt huvudskakning.

– Åttonde budet, sa han mörkt. Du ska inte lämna falskt vittnesbörd om din nästa. Det kan stå dej *jävligt* dyrt.

Prasslet av papper övergick till ett chockerat och stigande mummel av röster. Hanne Wilhelmsen satt längst bort vid bordet i det instängda ledningsrummet, med avdelningschefen på ena sidan och polismästare Mykland på den andra.

– Karianne, sa hon kort och lyfte handen för att få tystnad.

– Alltså, började Karianne Holbeck. Det här var det enda dokument som gick att ta fram ur hårddisken. Det var raderat, men ändå ganska lätt att hitta. Salvesen måste ha använt en annan dator för att göra den cd-rom som han beskriver i brevet.

– Innebär det att vi inte vet vad den cd:n innehåller?

Billy T. försökte fånga Hannes blick, men måste ge upp. I stället tittade han på Karianne, som satt med en bärbar pc framför sig och hade djupröda rosor på kinderna.

– Den är ju ganska ingående beskriven i brevet. Men om vi inte hittar mer av Salvesens utrustning... Nej... Då... Men vi kunde ju ha sådan tur att vi hittade själva cd:n. Eller en kopia. Nu håller grabbarna på att vända upp och ner på hela Vogts gate fjorton. Det har de hållit på med hela natten utan att det har dykt upp något av intresse. Så det är väl tveksamt.

– Fan, sa Billy T. och slog knytnävarna mot varandra.

– Vi behöver den inte, sa Hanne torrt.

– Nej, men tänk er! Det hade varit jävligt intressant att få fler detaljer. Maken till set-up har jag aldrig hört talas om. Killen har ju använt *år* av sitt liv på att ta hämnd!

Han tittade bort mot Hanne igen. Han ville ge henne ett er-kännande, han ville visa henne respekt. Hanne Wilhelmsen hade trott på Halvorsruds oskuld redan från början. Hon hade, opå-verkad av andras synpunkter, argumenterat för sin teori, logiskt och självklart, inför alla som ville höra på. Billy T. kände en fy-sisk smärta i bröstet; han såg på Hanne som stod där framme, gråblek och osminkad, äldre än han någonsin hade sett henne, med magra händer som fumlade med filtpennan och en blick som aldrig mötte hans hur mycket han än försökte. Han ville ha henne tillbaka. Han ville få förlåtelse, så som han hade förlåtit henne. När han la sig den kvällen, kvällen efter, låg han vaken till klockan två. Han lyssnade till spädbarnsljuden från Jenny, som gjorde att det gick ryckningar över Tone-Marits sovande ansikte. När han kände hennes hand i sin, famlande efter hans i sömnen, hade han förlåtit både Hanne och sig själv. Han visste att allt kunde bli som förr om hon bara kunde göra detsamma.

Hon vägrade att besvara hans blick.

– Yoghurten i kylskåpet, sa hon snabbt och vände sig mot blädderblocket. Varför skulle Ståle Salvesen göra sej så mycket besvär med att städa upp i sitt liv och sin lägenhet och sedan glömma daterade matvaror i kylskåpet?

Hon ritade en yoghurtbägare och en mjölkkartong. Det blev inte särskilt likt. Bägaren såg ut som en trasig hink och kartong-en som en dansk sommarstuga.

– Därför att han ville stärka den svagaste länken i planen, sva-rade hon själv. Salvesen tog inte livet av sej den första mars. Han var visserligen vid Staure bro. Han parkerade bilen. Han gick upp på krönet av brospannet och väntade tills det fanns någon som var tillräckligt nära för att se honom, men ändå så långt bort att det inte gick att uppfatta att han aldrig försvann i vatt-net. Han låtsades hoppa, kröp in under bron, och tog sej tillbaka till stan på ett eller annat sätt.

– Precis som du trodde, sa Billy T. och ångrade sig genast; han kände sig som en hundvalp som viftande på svansen slickade mungipan på en gammal arrogant hynda.

– Hur får vi väl aldrig veta, sa Hanne, opåverkad av det löjliga berömmet, och ritade en bil. Det jag däremot aldrig tänkte på...

Hon lyfte en plastmugg med vatten mot munnen och drack.

– ... var att Ståle Salvesen inte stack utomlands. Han flydde inte till Sydamerika eller någon annanstans med bristfälliga registreringsrutiner och ovänliga utlämningsavtal med Norge.

– Han tog definitivt livet av sej, men inte förrän han hade mördat Doris, sa Erik långsamt och spottade bläck; kulspetspennan han hade sugit på läckte ordentligt. Genialt. Halvorsrud skulle verka knäpp som hävdade att en död man tog livet av hans fru.

– Just det.

Hanne ritade hjul på den blå bilen.

– Söndagen den sjunde mars upptäcktes en stulen Volvo på parkeringsplatsen vid Staure bro, fortsatte hon. Den hade varit borta för ägaren från torsdagen den fjärde på eftermiddagen. Det var den natten Doris mördades. Ägaren bor i Grünerløkka.

– Fem minuter från Vogts gate, sa Karl Sommarøy. Salvesen har för fan mördat Doris, kört ut till Staure i stulen bil och sedan hoppat i sjön. Jäklar!

– Men det var ju ett otroligt högt spel, invände Erik. Om han hittats under loppet av de första dygnen, skulle det varit lätt att konstatera att han inte hade legat i vattnet ända sedan första mars. Och hur gömde han sej under tiden? Mellan måndag och torsdag kväll, menar jag? Och tänk om han hade blivit tagen när han körde den stulna bilen? Och om någon hade sett honom natten till fredag när han verkligen gjorde allvar av att hoppa i sjön?

– Högt spel, jovisst. Definitivt. Och det är mycket jag är rädd att vi aldrig får svar på.

Hanne Wilhelmsen blåste upp kinderna och lät luften sakta sippra ut mellan sammanbitna tänder.

– Men vad hade den mannen att förlora? Salvesen hade inte mer att leva för. Hans liv var innehållslöst. För några dagar sedan träffade jag en märklig man som sa att det inte finns gränser för vad folk kan hitta på att göra om tillvaron blir allvarligt hotad.

Hon blev tyst. Det verkade så länge sedan. Eivind Torsvik var ointressant. Han var ingenting annat än en omväg hem. Hon blundade några sekunder och undrade för ett ögonblick om hela mannen var ett resultat av hennes egen fantasi.

– Gränserna blir förmodligen ännu lättare att överskrida när du redan har förlorat dej själv, sa hon lugnt. Salvesen har hållit sej uppe under lång tid på blotta tanken om hämnd; tanken på att Evald Bromo och Sigurd Halvorsrud skulle få se åtminstone en flik av det helvete han själv hade levt i. Naturligtvis kunde han inte veta när hans lik skulle upptäckas. Men han kunde hoppas att det skulle ta tid. Ju längre tid desto svårare skulle det bli att fastställa en exakt dödstidpunkt. Ju längre tid det tog desto mindre anledning skulle polisen ha att tvivla på vittnets observation från måndagen den första. Yoghurten och mjölkkartongen var bara en pytteliten bricka. En kuliss, så att säga. En liten finess som vi aldrig la märke till, men som stimulerade vårt undermedvetna att se den bild som Ståle Salvesen ville att vi skulle se.

– Ganska genialt med de försenade mailen, sa Karianne och slog ett kommando på sin bärbara dator. Han gjorde helt enkelt ett litet behändigt program som skickade mail till Bromo långt efter att han var död. "Avsända dokument"-lådan i datorn i källaren var full av mail, alla avsända med ett dygns mellanrum. Han hade skrivit ett par till chefredaktören för Aftenposten också, förresten.

– Du är blå om läpparna, Erik.

Hanne strök med fingret över sina egna för att visa honom.

– Gå och tvätta dej innan det torkar fast.

– Men, sa Erik och blev stående bakom stolen medan han försökte gnugga bort bläcket med skjortärmen. Tänk på alla pengar, då! Hundratusen i källaren och tvåhundratusen i den svenska banken. Har han helt enkelt lagt ut en liten förmögenhet på att rikta misstanke mot Halvorsrud?

Hanne Wilhelmsen ryckte på axlarna och försökte få håret att ligga bakom örat.

– Vad skulle Salvesen med pengar till? Det var trots allt inte en tillräckligt stor förmögenhet för att kunna slå sej ner utomlands och börja på nytt, fly från allting. Det var precis tillräckligt för att skapa en massa oro omkring Halvorsrud. Självklart valde han Sverige. Lika självklart som att han la pengarna i källaren. Vi skulle hitta dem. Om han hade satt pengar i en schweizisk bank hade vi aldrig fått tag i en krona.

– Och där har vi en jättepoäng som jag inte riktigt fattar.

Karl Sommarøy fingrade muntert på en termos som någon hade glömt kvar från igår. Plötsligt lossnade korken och surt, dygnsgammalt kaffe rann ut i hans knä.

– Halvorsrud skulle ju inte alls bli dömd, sa han utan att fästa något större avseende vid att han var plaskvåt i skrevet. Du har ju sagt det hela tiden, Hanne. Vi har inte haft tillräckligt för en dom.

– Riktigt, sa polismästare Mykland och log avmätt. Vilket naturligtvis kan förklara varför Salvesen var villig att släppa Halvorsrud av kroken om Evald Bromo ville offra sej. Poängen för Salvesen var aldrig att få Halvorsrud dömd. Ta disketterna som vi hittade, till exempel. Karianne har ju hela tiden påpekat att de inte var "särskilt polismässiga".

Mykland tecknade citattecken i luften.

– Antagligen har Salvesen bara satt ihop material som han hittat i tidningarna. Alla fallen blev ju mycket omskrivna i pressen. Han måste ha förstått att vi efterhand kunde komma att tvivla på hela indiciekedjan. Men det gjorde så lite. Poängen var att ge Halvorsrud en känsla av hur det är att vara oskyldigt misstänkt. Och bli förhandsdömd av pressen. Salvesen var ingen dum karl.

– Gå och tvätta av dej det där bläcket, Erik, sa Hanne Wilhelmsen smått irriterat. Du ser ut som en pajas. Du kan få blodförgiftning.

– Jadå, mamma, svarade han surt. Men först en sak. Betyder det här att hela pedofilgrejen bara var bluff? Att Thea Halvorsrud helt enkelt bara *är* en pappagris?

– Ja. Med all sannolikhet.

– Jaha? Men Evald Bromo då? Var *han* pedofil, eller var det också bara påhitt? Och vem... Vem fan mördade Evald Bromo?

Ingen sa något. Det blev så tyst att Hanne tydligt kunde höra hur det knorrade hungrigt i magen på Hasse Fredriksen, en tekniker som satt vid andra bordsänden och generat höll andan, som om det skulle hjälpa. Luften i det avlånga, instängda rummet var nästan outhärdlig. Hanne kände värmen bränna i kinderna och den klibbiga hinnan över ögonen hade kommit tillbaka.

Evald Bromo angick henne inte.

Evald Bromos öde hade egentligen aldrig berört Hanne Wilhelmsen.

Då och då hände det. Oftare nu än för bara ett år sedan. Tidigare ändå, när hon var yngre, starkare – möjligen mer naiv – kände hon att vartenda mord, varje blodig våldtäkt, samtliga fall av grovt våld var en kränkning av just *henne*; rent personligt. Morden angick henne, våldtäkterna sårade henne djupt, knivdåden provocerade henne. Det var därför hon hade använt nästan tjugo år av sitt liv på en uppgift som hon innerst inne visste var hopplös: att begränsa kriminaliteten i Oslo.

Vetskapen la sig som en järnhand om halsen och hon blev plötsligt illamående:

Hon hade börjat sortera människor. Hanne Wilhelmsen hade varit besatt av tanken på att utreda mordet på Doris Flo Halvorsrud. Doris var en respekterad yrkeskvinna, mor och hustru. Hennes man var en duktig jurist. Hanne skulle, ville och måste lösa fallet.

Evald Bromo däremot, var bara pliktuppfyllelse. Evald Bromo var en sedlighetsförbrytare som missbrukade stackars barn.

– Jag har börjat ge fan, viskade hon för sig själv och drog djupt efter andan innan hon satte sig.

– Hur är det med dej, sa Mykland lågmält och la handen över hennes. Är du sjuk?

Hanne svarade inte. Hon tog sig krampaktigt samman, hon blundade och letade efter en sista rest av styrka. Hon måste avsluta det här mötet. Hon måste bli färdig här inne, sätta punkt för Halvorsrudfallet och skjuta över ansvaret för Bromomordet till någon som kunde ta hand om det. Bara hon kom igenom det här mötet kunde hon ta ledigt. Permission. Hon skulle vara hemma hos Cecilie dag och natt, så länge det var nödvändigt, så länge de hade varandra; så länge Cecilie fick leva.

Bara hon tog sig igenom det här mötet.

Hon reste sig igen, stod halvvägs böjd med handflatorna på bordet och tog sats.

– Evald Bromos död har nog ingenting alls med Halvorsrud att göra, sa hon onödigt högt. Jag är fortfarande av den absoluta uppfattningen att han var pedofil. Det är mycket möjligt att det finns ett samband mellan hans sexuella perversiteter och det faktum att han blev mördad. Men i vårt egentliga fall, mordet på Doris Flo Halvorsrud, blev Evald Bromo bara en omväg. Det återstår självklart en massa trådar att nysta upp, som till exempel varför Halvorsruds fingeravtryck fanns i källaren på Vogts gate. Min personliga teori är att han i ett anfall av desperation skulle försöka hitta något som kunde bevisa hans oskuld. Klumpigt och dumt, naturligtvis. Men å andra sidan...

– Tänk på hur han måste ha haft det, avbröt Annmari Skar som hade suttit tyst och bläddrat i något, som för Hanne såg ut att vara en roman, genom hela mötet. Han har sagt sanningen hela tiden. Ingen har egentligen trott på honom. Inte ens du, Hanne.

Hon såg utmanande på kriminalkommissarien.

– Om du verkligen hade trott på Halvorsruds historia, skulle du ha pressat på mer. Inte tidsmässigt. Alla vet hur du har jobbat arslet av dej.

– Bokstavligt talat, mumlade Erik; läpparna hade i alla fall blivit ljusare blå efter toalettbesöket, och han såg på Karianne som dolde ett leende bakom handen.

– Men du hade argumenterat starkare. Pressat på. Du hade vägrat att låta honom sitta där vecka efter vecka om du *verkligen* hade trott på honom. Naturligtvis förstod han det. Han var fullkomligt ensam. Det hade blivit trängre och trängre omkring honom; situationen måste ha tett sig mer och mer absurd. Som om han…

– Dessutom var han tvungen att leva med sveket mot sin fru, sa Hans Christian Mykland. Mitt uppe i alla anklagelser har han antagligen varit sin egen värsta domare. Han lät henne mördas. Han försvarade henne inte.

– Vi avslutar nu, sa Hanne tvärt.

Det verkade som om väggarna hade börjat luta inåt. Hon lyfte plastmuggen mot munnen igen, den var tom.

– Men Hanne, insisterade Erik grälsjukt. Vi kan ju inte med säkerhet säga att Halvorsrud inte slog ihjäl Bromo! Salvesen tar på sej ett slags postumt ansvar för mordet på Doris, javisst… Men faktum är att chefsåklagarens fingeravtryck *fanns* i källaren vid liket, han *hade* inget alibi, han *kom* inte och anmälde sej som han…

– Annmari har rätt, sa Hanne skarpt och högg blicken i den yngre kollegan med den löjliga ljusblå munnen mot den kritvita hyn under det knallröda håret. Jag ställde inte upp tillräckligt för Halvorsrud. Då gör jag det nu. Han är oskyldig. Det vet vi allihop.

Mordet på Evald Bromo var ett patetiskt försök att härma. Det kan ju ett barn förstå.

Hon slog ut med armarna. Så omfamnade hon sig själv, som om hon frös i det överuppvärmda rummet.

– Seriemord, eller signaturmord, är lätta att känna igen. Man hittar en gemensam nämnare för offren. Den kan vara svår att upptäcka, men den finns där. Och hur ser man att ett mord har försökt kamoufleras som en länk i en seriemördares dödskedja? Offret stämmer inte! Evald Bromo och Doris Flo Halvorsrud hade knappt något annat gemensamt än att de båda förmodligen var norska medborgare.

Hon började packa ihop sakerna framför sig. Hon stoppade två pärmar och ett gammalt pennskrin i den svarta ryggsäcken. De andra i rummet följde henne med blicken.

– Och apropå Norge, sa hon utan att le medan hon riktade ett pekfinger mot Erik Henriksen. Så ser du ut som en flagga i nyllet. Röd, vit och blå.

Ingen skrattade. Stolsben skrapade mot golvet. Folk pratade lågmält med varandra och rösterna blandade sig till ett intetsägande surr som efterhand försvann ut genom dörren. Billy T. blev stående på tröskeln några sekunder, i hopp om att Hanne skulle komma efter, men när han såg att polismästaren hade lagt en hand på hennes underarm, gav han upp.

– Vad vill du göra nu, sa Hans Christian Mykland lågt till Hanne. Berätta för mej vad du vill.

– Tack, sa hon tyst.

– Va?

– Tack för att du har beskyddat mej på sista tiden. Jag utgår ifrån att det har kommit klagomål.

Mykland log brett och strök håret bakåt.

– Tre, viskade han. De ligger nederst i min låda och där får de ligga så länge jag har något att säga till om.

Hanne stödde sig mot nylonsäcken som stod framför henne. Så lutade hon sig plötsligt mot polismästaren och kramade honom.

– Tusen tack, sa hon mot hans axel. Jag begriper inte varför du är så snäll mot mej. Så tålmodig. Jag lovar att när allt det här är över och Cecilie...

– Hysch nu, sa han lågt och strök henne mellan skulderbladen.

Han ville inte släppa. Hon märkte det; när hon försökte att dra sig undan, lät han henne inte gå. Förunderligt nog fann hon det behagligt.

– Låt några andra ta hand om Bromofallet, sa han; hon kände små pustar mot örat när han talade. Ta dej ledigt nu, Hanne. Det är dej väl unt.

– Jag ska det. Det är bara ett par saker jag ska ordna först.

– Låt det inte bli för många, sa han när han släppte henne.

– Nej, sa hon och slängde säcken över ryggen. Bara ett par små saker.

– Du, Hanne.

Hon hade hunnit till änden av bordet och vände sig om.

– Ja?

– Vem borde ta över ansvaret för Bromoutredningen?

Hanne ryckte på axlarna.

– En av de andra kommissarierna, utgår jag ifrån.

– Jag har tänkt på att utnämna Billy T. Vad tycker du?

Hon rättade till ryggsäcken och började gå.

– Det är skitsamma för mej, sa hon. Det är mej totalt likgiltigt vad du gör med Billy T.

39

ASKFATET SOM HON hade fått av Billy T. passade inte in. Det var säkert dyrt. Det såg ut som någonting från Alessi; en svart enkel kopp med en stålskål i som kunde vippas runt och tömmas för varje cigarrett man fimpade. Kontoret var för opersonligt för det. Hon hade aldrig slagit sig till ro här, hade aldrig brytt sig om att göra det hemtrevligt i det nya tjänsterummet. Hade aldrig haft tid. Förr i tiden hade hon bemödat sig. Inte bara för egen del, utan också för att det verkade lugnande på vittnen och misstänkta att bli förhörda i ett rum som inte påminde lika mycket om en cell som de här rummen egentligen gjorde.

Hon fingrade på askkoppen och vippade den rörliga skålen runt, runt. Eftersom hon hade slutat röka, behövde hon den inte. Hon la den i papperskorgen och hoppades att städaren skulle få syn på den och kanske ta med den hem.

Det knackade hövligt på dörren.

– Kom in, sa hon.

Polisinspektör Karsten Hansen log mot henne. Han hade gott och väl passerat femtio och skulle aldrig få sina kommissarieränder. Rund som en tunna tassade han mot besöksstolen medan han pustade tungt. Hanne Wilhelmsen hade alltid svårt att föreställa sig att Karsten Hansen en gång måste ha varit smärt och någorlunda spänstig; han hade väl klarat inträdesproven till polisskolan, han som alla andra. Hansen jobbade hos trafikpolisen och trivdes med det, år efter år.

– Hur mås det, sa han milt och torkade svetten ur pannan.

– Okej. Och du?

– Finfint. Jag har det så bra så. Men du förstår, jag kom på nåt här för en timme sedan.

Hanne Wilhelmsen var inte särskilt intresserad av vad en trafikpolis hade kommit på. Hon ville gå hem.

– Du vet våra lådor, fortsatte han oförtrutet. Våra radarkameror.

– Mmm.

– Jag skulle hjälpa kontorspersonalen med att gå igenom filmrullarna för att skicka ut böter och sånt. Och vad hittar jag?

– Det vet jag faktiskt inte.

– Du vet, Wilhelmsen, att det är inte särskilt kul när det dyker upp kolleger på de här filmerna.

Han satt obekvämt och försökte vrida den omfångsrika kroppen till rätta i den trånga stolen. Hanne kände rodnaden sprida sig över ansiktet och försökte desperat komma ihåg om hon hade varit oförsiktig nog att köra för fort förbi en av lådorna. Hon visste var alla fanns och brukade därför sakta ner precis i tid. När hon körde från Sandefjord, tänkte hon snabbt. Hon hade kört som en galning till Ullevål.

– Jag är väldigt ledsen, stammade hon och försökte driva tillbaka rodnaden. Det finns naturligtvis ingen ursäkt... Hur fort körde jag?

– Du?

Han ryckte till och började sedan att skratta.

– Nämen, Wilhelmsen, då. Det är inte dej jag snackar om. Titta här!

Han drog fram ett fotografi från ett kuvert och la det framför henne. Hon kände fortfarande pulsen slå för snabbt; fortkörning kunde vara en allvarlig sak för en kommissarie. Särskilt om den var så graverande som den måste ha varit den kvällen när hon satte nytt rekord på sträckan Sandefjord–Oslo.

– Fortkörningen är bara på fyra kilometer över fartgränsen, sa Hansen. Sextiofyra i sektionen alldeles före Tåsenkorsningen, västgående körbana. Men det som jag undrar…

Han satte ett tjockt pekfinger på förarens ansikte. Bilden var grovkornig och otydlig, men tillräckligt bra för att identifiera föraren.

– Det är väl Iver Feirand, eller hur? Bilen är i alla fall hans, det har jag redan kollat.

Hanne Wilhelmsen svarade inte. Hansen hade rätt. Det var intressant. Det var till och med sensationellt. Hanne hade redan sett vem passageraren var.

– När är det här taget, sa hon och följde hans finger ner till fältet där tidsangivelsen stod.

Tisdag 30 mars klockan 17.24.

Hanne tog fotografiet och höll det tätt mot ansiktet. Hon fick inte ta fel. Hon kunde inte ta fel.

– Och du fattar, jag hoppade ju till när jag såg att han kompisen där, det är ju Evald Bromo som blev mördad häromdagen. Det har ju varit massor av foton av honom i bladen. Jag fick det liksom inte att stämma att snubben åker omkring med en polis på tisdan och så blir han halshuggen på lördan. Men så tänkte jag att det kunde ju vara en massa som inte jag känner till i det där fallet, det kunde ju tänkas att allt var fullständigt okej. Men så är jag ju lite gammaldags…

Han log generat.

– … och det är bättre att göra bort sej och fråga än att sitta och klämma på nåt man undrar över. Det tycker nu jag.

– Du är fantastisk.

Hon viftade med fotot, tog hans hand och tryckte till.

– Du är helt otrolig, sa hon och bet sig i läppen. Jag måste slå en signal. Sitt kvar. För all del.

Hon letade reda på en gul lapp som hon hade lagt under

skrivunderlägget och slog numret hon hade krafsat ner för bara några dagar sedan.

– Eivind Torsvik, hörde hon efter en stund en röst säga; det hade ringt i en evighet.

– Hej du. Det är Hanne Wilhelmsen. Tack för senast.

– Tack själv.

Hon hade inte ens lagt upp någon strategi. Fotografiet av Evald Bromo bredvid en man, som bedyrade att han aldrig hade sett honom förr, hade fått henne att hoppa in på ett spår som kunde bli förstört om hon var oförsiktig.

– Jag är i en förfärlig knipa, sa hon uppriktigt efter en pinsam paus. Du vill inte lämna ifrån dej något av det material som ni har samlat. Jag kan inte göra annat än att respektera detta. Men du måste ändå svara mej på en fråga. En enda fråga. Kan du det?

– Det beror på. Jag har lovat dej att komma med allt vi har när vårt jobb är över. När vi har tillräckligt med bevis. Inte förr.

– Men du *måste*...

Hon såg på papperskorgen där det låg en splitterny askkopp och ett halvfullt paket Marlboro Lights. Så böjde hon sig fram, plockade upp bägge sakerna, och fick eld av Hansen som förvånat satt och lyssnade på ett samtal han inte förstod ett dugg av.

– Har du någon polis på din lista, frågade hon och höll det första blosset kvar i lungorna så länge hon orkade.

– Du skulle bli förvånad över var sexualförbrytare befinner sej i samhället. Visste du att pedofiler är överrepresenterade i yrken där man har hand om eller mycket kontakt med barn? Läkare. Biståndsarbetare i u-länder. Förskollärare. Scoutledare, konfirmationspräster, handbollstränare...

– *Jag vet det, Eivind!*

Hon hade aldrig kallat honom vid förnamn. Hon hade aldrig kallat honom någonting alls. Det fick honom att tystna.

– Jag kan inte säga något, sa han till slut; det verkade som om han gick omkring, han andades stötvis. Inte än. Men det är inte lång tid kvar. Det kan jag lova.

– Eivind. Hör här…

Hanne hörde sin egen röst som om den kom från någon annan. Där och då bestämde hon sig för att bussa varenda dataexpert som gick att uppbringa på Eivind Torsvik om han inte svarade. Hon skulle själv leda angreppet, de skulle storma stugan vid Hamburgkilen och vända upp och ned på allt som fanns. Om han inte svarade.

– Du *måste* svara. Det gäller livet.

Hansen såg bekymrat på henne. Hon la handen över luren och viskade över bordet.

– Killen är lite knäpp. Jag måste överdriva.

– Ja.

– Va? Vad sa du?

– Ja. Vi har en polis på listan. Tillsammans med två lärare, en tandläkare, två präster som till råga på allt är fosterfäder…

– Heter han Iver Feirand?

Det blev alldeles tyst. Hanne blundade för att höra bättre; det verkade som om Eivind Torsvik hade tagit den trådlösa telefonen med sig ut. Hon tyckte sig höra skrin från måsar och det fjärran surret från en aktersnurra.

– Ja, sa han matt. Han heter Iver Kai Feirand. Det var honom det tog tre år för att utreda saken mot min fosterfar. Det var Iver Kai Feirand som sabbade mitt fall.

– Iver K. Feirand, sa Hanne Wilhelmsen långsamt. Tack.

Eivind Torsvik hade redan lagt på.

40

MANNEN, som nu hade ett pass där det framgick att han hette
Peder Kalvø, satt på ett Lufthansaplan som just hade lyft från
Kastrup. Det skulle landa i Frankfurt om en dryg timme. Där-
ifrån skulle han ta ett plan vidare till Madrid, där han hade tänkt
stanna några dagar. Inte fler än fyra.

Han hade alltid räknat med att detta kunde hända.

Falskt pass och utländskt bankkonto hade han ordnat för fle-
ra år sedan. Resrutten hade förändrat sig något under de senaste
två åren, men inte mycket. Iver Kai Feirand var en topputbildad
polis och visste vad som skulle till.

Han hade känt en dragning till småpojkar ända sedan han
själv kom i könsmogen ålder. Inte män. Aldrig män; skulle han
ha sex med vuxna, något han inte gärna hade, var det kvinnor
han valde. Aldrig småflickor. Skulle han ha barn, vilket han med
jämna mellanrum måste, var de alltid pojkar. Själv hade han två
döttrar. Han hade aldrig rört dem. Inte på det sättet,

Naturligtvis var han en duktig utredare när det gällde sexuel-
la övergrepp. Han visste vad han letade efter. Han såg det i ögo-
nen på de misstänkta; det tog honom bara sekunder att avgöra
skuld eller oskuld. Metodiskt och målmedvetet hade han manöv-
rerat sig in i det jobb han nu hade; ända från det att möjligheten
öppnade sig i början på åttiotalet hade han vetat vad han skulle
jobba med.

Det gav honom makt.

Det eggade honom.

Och det hade gett honom en unik möjlighet att veta exakt
vart han skulle gå för att hitta det han behövde.

För sju år sedan hade en patrull plockat upp två flickor i tolv-
årsåldern på Ströget. De var tafatt sminkade och den ena hade
gråtit så våldsamt att en kvinnlig polisassistent tog henne med
sig för att träffa en läkare. Den andra hade blivit kvar på Fei-
rands tjänsterum, där hon satt med frejdig uppsyn och tuggade
tuggummi medan de väntade på någon från barnomsorgen.

Missbrukade barn skulle inte förhöras utan förmyndares när-
varo. Men ingen kunde förvägra Iver Feirand att småprata lite.
Kanske var hon redan så förstörd att det sexualiserade beteendet
kom av sig själv. I varje fall hade hon gjort ihärdiga försök att köp-
slå sig ut ur polishuset; hon skulle inte säga något om han ville föl-
ja med till en lägenhet som hon kände till och som stod obebodd.

När tanten från barnomsorgen kom och tog med sig ungen,
la han märke till att det låg ett visitkort på stolen där den smala
flickrumpan suttit, som just utmanande vickat sig ut ur rum-
met. Evald Bromos visitkort. Iver Feirand ville gärna veta vad
mannen haft att göra med en tolv år gammal prostituerad och
kallade in journalisten för ett samtal.

Bromo bröt fullständigt samman.

Han kunde inte begripa varifrån jäntungen hade fått hans
visitkort. Iver Feirand antog att mannen hade varit idiotisk nog
att tappa det i upphetsningen över ett par smala flicklår. Det för-
vånade honom mycket; allt Evald Bromo berättade tydde på att
mannen var oerhört försiktig och hade klarat sig i ovanligt
många år. Men Feirand sa ingenting. I stället satte han på tum-
skruvarna; Iver Feirand fick de flesta att börja pladdra inom en
halvtimme.

Evald Bromo sa för mycket.

Evald Bromo berättade om en kontakt Iver Feirand inte ville
höra talas om. En latinamerikan med en sorts filial i Köpen-
hamn. Det var Iver Feirands privata förbindelse. Evald Bromo
kände till Iver Feirands egen sexuella tillflyktsort.

Iver Feirand hade en unik insikt i pedofilers psykologi. Till att börja med var han en utmärkt polis, med god insikt och en skarp hjärna. Dessutom kände han sig själv. Därtill hade han genom över femton år fått den bästa vidareutbildning amerikansk och europeisk polis kunde erbjuda. Han visste vad som var värt att veta om pedofila organisationer, kretsar, klubbar och enskilda individer. Han hade aldrig varit i närheten av att bli avslöjad.

Inte förrän Evald Bromo fick honom att inse att det fanns flera som kände till Pedro Diez och hans källare i Kongens by.

Förhöret hade tagit en annan vändning.

Bromo var en vekling. Bromo tillhörde dem som levde i ett evigt spänningsfält mellan den förlamande rädslan att bli avslöjad och det underliggande behovet att bli stoppad i det som de också själva förstod var ogärningar. När han väl kommit in till polishuset rann bekännelser och erkännanden, namn, adresser och datum ur honom som ärtor ur en säck.

Om Iver Feirand gick vidare i utredningen av Bromo skulle Pedro Diez namn komma fram till andra än bara till honom. Bromo hade så mycket att berätta att han skulle sysselsätta fyra spanare under lång tid. Källaren i Köpenhamn skulle ryka. Det må så vara, Iver Feirand hade andra kontakter, andra namn, andra adresser; längre bort och ännu tryggare.

Det farliga var att Evald Bromo la alla kort på bordet.

Evald Bromo skulle ge polisen ett spår som kunde leda till Iver Feirand själv. Om dansk polis gjorde razzia i Diez filial i det gamla ärevördiga huset vid Søerne, kunde Iver Feirands identitet dyka upp. Inte hans namn, naturligtvis, han hade alltid rest utan papper, men vem kunde veta vilka beskrivningar som lämnades. Den två meter långa atletiska kroppen och det nästan vita, blonda håret *kunde* ge honom problem. Det bästa var att låta allt vara.

Så han lät Evald Bromo gå.

Inte bara lät han mannen slippa undan, han passade därefter på att hålla honom i stram lina. Han visste alltid var han hade honom.

Där Iver Feirand nu satt, med ett plastglas med konjak i handen och såg på de stora EU-åkrarna där nere, såg han Evald Bromo framför sig. Han hade stått vid hans skrivbord, totalt utmattad och lycksaligt förvånad över att Iver Feirand under stark tveksamhet hade låtit honom gå för den här gången. Kanske hade han innerst inne förstått varför. Evald Bromo var en intelligent man och dessutom journalist. Naturligtvis tyckte han att det var konstigt att en polisman lät honom gå efter allt han hade berättat. Men Iver Feirand kände till den pedofiles psykologi. Just där och då, när Evald Bromo skulle få gå från polishuset som en fri man med obefläckat register, hade han redan börjat bagatellisera det hela. Rationalisera det. Skjuta bort alltsammans.

– Jag uppfattade inte, hade han stammat medan han skakade Iver Feirands hand till tack. Jag uppfattade inte namnet?

– Kai. Du kan kalla mej Kai. Om det är något så ring mej på det här numret. Jag är nästan aldrig på mitt kontor. Mobilen står alltid på.

Evald Bromo hade tagit emot lappen och gått.

Det hade varit ett gediget misstag att döda Evald.

Men vad skulle han annars ha gjort?

När de stod vid Sognsvann i skydd bakom en skåpbil, förstod han att det inte skulle hjälpa att övertala Evald. Det hade kommit ett beslutsamt lugn över mannen, han var en helt annan person än det desperata, upplösta vrak som hade suttit på hans rum för sju år sedan.

Men naturligtvis kunde han inte låta Evald gå till polisen. Även om faran med Diez källare inte var lika stor – Feirand hade bytt jaktmark sedan dess – skulle Evald berätta att Feirand lät honom gå den gången. Inte för att vara elak eller för att skvallra;

troligtvis trodde han fortfarande att avtalet om att låta nåd gå före rätt var rimligt. Evald Bromo skulle berätta om episoden för att han ville bikta sig. Han skulle komma ut med allt. Alla detaljer, alla fakta.

Kanske Feirand skulle kunna prata sig ur det. Kanske inte. I alla fall började det brännas. Var det en sak som alla dessa år som spanare hade lärt honom, var det att om en sak som den här började spricka så sprack det hela vägen.

Eftersom han trodde att Evald Bromo var ett oskrivet blad hos polisen så hade han känt sig trygg. Stressad och desperat efter att stoppa Bromo; visst, men säker på att ingen, absolut ingen, skulle kunna koppla honom själv till mordet.

När Hanne Wilhelmsen hade lagt fram upplysningarna som hon hade, var det som att bli drabbad av en lavin. Han hade fått svårt att andas och han föll och föll utan att kunna klamra sig fast vid någonting. Visserligen hade han lyckats hålla masken någorlunda; det hade hjälpt att hon själv verkade vara ganska så ur balans.

Utredningen av Evald Bromos död skulle inte rikta sig mot Sigurd Halvorsrud, efter vad han förstod. När Iver Feirand hade följt efter Halvorsrud och sett honom försvinna in i Vogts gate 14 mitt i natten, hade han knutit händerna i triumf. Han stod i en portgång och väntade i en halvtimme innan chefsåklagaren kom utfarande med en gammal man i hälarna. Dagen efter hade Feirand uppsökt gubben. Han borde veta var i huset Halvorsrud hade varit. När han senare fick veta att det faktiskt fanns fingeravtryck i källaren, kunde han nästan inte tro på sin egen tur. Tills Hanne Wilhelmsen berättade vad hon visste.

Planet måste befinna sig över Tyskland nu. Han såg på klockan och bad en flygvärdinna om en konjak till.

Utredningen skulle ta som utgångspunkt att mannen var pedofil.

Iver Feirand kunde inte längre chansa på att han skulle klara sig. I två nätter hade han legat vaken och funderat fram och tillbaka. Till slut hade hans fru protesterat; han vred sig så mycket i sängen att hon inte kunde sova. Resten av natten satt han vid köksbordet. När han använde kall logik lyckades han inbilla sig att han inte hade någonting att frukta. Inte mycket i alla fall. Evald Bromo hade – trots den fåniga oturen med visitkortet för sju år sedan – varit oerhört försiktig. Det var mycket möjligt att polisen skulle gå på en nit om de fullföljde tanken att han blivit mördad på grund av sin pedofila läggning. Å andra sidan: Bromo hade inte varit tillräckligt försiktig. Någon visste. Någon hade gett Hanne Wilhelmsen de upplysningar hon hade fått.

En källa, hade hon sagt.

Den måste vara bra. Gudarna visste vad vederbörande satt på.

Tanken på att det fanns en källa som var så informerad att den kände till Evald Bromo, fick honom att fatta ett beslut klockan sex den sista morgon han tillbringade hemma hos fru och barn.

Han måste följa sin instinkt och fly.

Han hade till och med klarat det.

41

DET VAR SENT torsdag eftermiddag den nionde april och ingen kunde hitta Iver Kai Feirand. Hans fru kunde berätta att både han och bilen var borta och att han tydligen hade rest sin väg med en resväska.

Hanne Wilhelmsen kände att hon inte brydde sig.

Evald Bromos död var inte längre hennes sak.

Hon skulle ta ledigt på obestämd tid och ville hem.

Det återstod bara en uppgift och hon visste inte riktigt om hon gruvade sig eller gladde sig.

– Jag talar med honom ensam, sa hon avvisande till vakten som låste upp cellen där Sigurd Halvorsrud satt på en brits och sakta vaggade fram och tillbaka.

– Du kan gå. Lås inte dörren.

Hon gick in i cellen. Mannen därinne mumlade ett slags mantra. Hon satte sig på huk. Varsamt la hon handen över hans. Hon kunde känna hur spänd han var; senorna på handens översida kändes som skarpa kanter mot hennes handflata.

– Det är över nu, Halvorsrud. Vi har rett ut alltihop.

Han lyfte ansiktet en aning.

– Vad säger du?

Hon log svagt och upprepade:

– Vi har rett ut alltihop. Du hade rätt. Det var Salvesen som dödade din fru. Och Evald Bromos död hade ingenting med dej att göra.

Ett ögonblick trodde hon att Sigurd Halvorsrud höll på att dö. Ansiktet blev mörkt, nästan blålila kring ögonen och munnen. Han blundade innan han plötsligt frigjorde handen och reste sig upp. Så rättade han till byxorna och klappade sig hjälplöst på skjortbröstet.

Hanne Wilhelmsen hade otaliga gånger sett insidan av häktescellerna. Hon tyckte inte om det, men hade aldrig känt det obehag som nu vällde över henne. Hon såg Halvorsruds snabba blick mot den öppna dörren, som om han övervägde möjligheten att fly. Hon såg honom förflytta sig med små, små steg, sidlänges mot utgången, innan han plötsligt stannade och satte händerna för ansiktet.

– Vad har vi gjort med dej, viskade Hanne Wilhelmsen och försökte ta på honom; en meningslös, tröstande gest.

Mannen vred sig undan och grät så han skakade medan han pressade armbågarna mot kroppen och böjde huvudet.

– Vad har vi *gjort* mot dej och din familj, återtog hon, ohörbart den här gången.

Det var sig själv hon frågade.

EPILOG

HANNE WILHELMSEN hade haft tjänstledigt i två månader. Så som allting var just nu visste hon inte om hon någonsin skulle gå tillbaka till polisen. Tills vidare hade polismästaren sagt att hon var välkommen när som helst, men hon antog att till och med hans inflytande tog slut förr eller senare. Hon måste bestämma sig snart.

Iver Kai Feirand var ännu inte gripen. Det hade inte tagit så lång tid att ta reda på att han hade rest till Madrid via Frankfurt på falskt pass. I Spanien slutade alla spår. Han var efterlyst över större delen av världen och Hanne kände sig övertygad om att han skulle bli fast. Om inte förr så i alla fall senare.

Bara en gång hade hon varit på sitt tjänsterum under den här tiden. Det var för fem veckor sedan, och enbart för att Eivind Torsvik hade insisterat på att träffa henne. Han lät sig inte avspisas med någon annan av utredarna. Eftersom han var beredd att frivilligt företa resan till Oslo, måste det vara något viktigt.

Materialet som han hade överlämnat till henne hade givit Oslopolisen deras största triumf genom tiderna när det gällde att bekämpa sexuella övergrepp mot barn. "Operation Ängel" hade satts igång bara en vecka efter att Eivind Torsvik hade lagt fem ringpärmar och tjugo disketter på bordet i polishuset. Materialet var så detaljerat, så grundligt undersökt att polisen bara behövde två dagar på att syna det i sömmarna. Erik Henriksen, som fungerade som kommissarie med ansvar för sexuella övergrepp, hade vuxit med uppgiften. Det hade kommit något nytt och allvarligt över honom. Han var för ung för ett sådant jobb, bara trettiotre, men Hanne hade alltid ansett att han var duktig.

Hon hade inte varit så mycket äldre själv när hon blev utnämnd.

Tidningarna hade frossat i "Operation Ängel". Där fanns tillräckligt att ta av. Aktionen hade lett till nio gripanden bara i Norge. En av de häktade var en känd politiker, två av dem välrenommerade läkare. Saken var förstasidesstoff i flera veckor. Sedan kom pingsthelgen med ett blodigt trippelmord i Sørum, några mil nordost om huvudstaden, och Oslo Polisdistrikt fick en välförtjänt paus från mediernas skarpa och ibland så besvärande strålkastarljus.

Kosovokriget var också historia.

Det var onsdag den nionde juni 1999 och klockan började närma sig midnatt. Cecilie hade åkt ut och in på sjukhuset sedan Hanne tog tjänstledigt. Under några dagar kunde hon vara ganska bra för att sedan bli så dålig att Hanne var säker på att allt var slut. Men så tog hon sig igen, märkvärdigt nog, och flyttade hem för en vecka eller så.

De var tillsammans hela tiden.

Det kom ofta vänner för att besöka Cecilie, både på sjukhuset och hemma. Hanne såg aldrig på någon av dem, hon bara hälsade kort i förbifarten och gick. Cecilie lät det vara så. Kanske hade hon talat med de andra, för de gjorde inte längre några försök att hejda henne. Inte ens Billy T.

Det duggregnade.

Hanne hade tagit en lång promenad, genom hela sjukhusområdet, upp mot Tåsen, över korsningen där Iver Kai Feirand hade blivit avslöjad av en radarkamera, upp över Nordberg och hela vägen in till Sognsvann. Hon hade varit borta i nästan två timmar och kände sig orolig.

– Är du säker på att jag inte ska ringa efter någon, sa den knubbiga sjuksköterskan allvarligt när Hanne kom tillbaka.

Hon hette Berit och var den enda människa förutom Cecilie som Hanne hade pratat ordentligt med på länge.

– Har du ingen du vill ha här i natt?

Hanne skakade på huvudet.

Cecilie var medvetslös. I samma stund som Hanne satte sig vid sängkanten insåg hon det. Cecilie vägde knappt fyrtiofem kilo nu och hade inte mer att ta av.

Hanne talade till Cecilie hela natten. Hon strök henne försiktigt över håret och berättade för henne alla de saker som hon aldrig tidigare hade haft mod att prata om. Inte med Cecilie; inte med någon.

När morgonen kom dog Cecilie.

Det hände utan ett ljud; bara en liten ryckning över ögonen, och så var det över.

Hanne Wilhelmsen blev sittande och höll sin Cecilies hand i ytterligare en timme. Så kom Berit in och lossade greppet; försiktigt, medan hon försökte få Hanne att resa sig.

– Det är över nu, sa hon lågmält och moderligt. Kom nu, Hanne. Det är dags att släppa henne.

När Hanne stelbent rörde sig ut i det starka ljuset i korridoren utanför, satt Cecilies föräldrar där i varsin stol. De höll varandra i händerna och grät tyst.

– Tack, sa Hanne och såg på Cecilies mor ett kort ögonblick.

Den gamla damen var så lik sin dotter. Hon hade samma ögon, sneda med breda ögonbryn; samma hårfäste, samma pikanta amorbåge, som alltid hade gjort det svårt för Cecilie att använda läppstift.

– Tack för att jag fick vara ensam med henne.

Så gick Hanne Wilhelmsen ut från sjukhuset, utan att veta vad hon skulle göra av sig.